Schaafssteine

Edgar Schaafs achter Fall

Pit Ferman

Edgar Schaaf, von seinem letzten Fall psychisch ange-schlagen, erhofft sich professionelle Hilfe in der Psychia-trischen Akut- und Reha-Klinik *An klaren Wassern* in *Haldensee.*

Doch ausgerechnet er ist es, der bei einer Kahnpartie auf dem gleichnamigen See die Leiche eines Mit-Patienten findet. Als er dann noch von seiner Tisch-Nachbarin Martina darum gebeten wird, ihr bei der Suche nach ihrem vermissten Geliebten zu helfen, ahnt er noch nichts von dem Mann, dessen größte Sorge es ist, dass das Geheimnis um seine Steine und deren Herkunft unter allen Umstän-den gewahrt bleibt. Und dann verschwindet eines Tages auch Martina.

Nachdem Edgar die entscheidende Witterung aufgenom-men hat, spitzt sich die Situation am Ende dramatisch zu, und Edgar spielt mit seinem Leben.

Achat

Impressum

TWENTYSIX – der Self-Publishing-Verlag

Eine Kooperartion zwischen der Verlagsgruppe **Random House** und

BoD – Books on Demand

© 2020 Pit Ferman

Herausgeber und Verlag
BoD – Books on Demand, Norderstedt

ISBN 9783740766092

Teil I

Schaafssteine

Sonntag, 11. Juni 2023
Schlipfbachtal/Holzrück

Es war ein Fehler gewesen, den Kerl einzuladen. Ich hab᾽ mich beschwatzen und breittreten lassen, und das hab᾽ ich jetzt davon. Der Mann haderte mit sich selbst. Er hockte wie ein alter Mann steif und viel zu nah am Lenkrad. Dabei war er gar nicht so alt; noch etliche Jahre von der Rente entfernt.

Es war ein Unfall. Ein gottverdammter blöder Unfall. Anders kann man es nicht bezeichnen. Anders werde ich es nicht bezeichnen, falls es überhaupt jemals etwas zu bezeichnen gibt. Dass es nicht so weit kommt, dafür werde ich sorgen.

Er fuhr mit seinem alten SUV *BMW X-Drive* die Schlipfbachtalstraße Richtung *Poggenau* hinunter. Es war Sonntagmorgen, und nur vereinzelt kamen ihm Fahrzeuge entgegen. Motorräder hauptsächlich, die hinauf zur Schwarzwaldhochstraße strebten, um dort die Sau rauszulassen. Im *Motodrom*, wie sie es nannten. Er schaute auf die Uhr. Es war um die Stunde, in welcher der Gottesdienst in der *Poggenauer* Kirche zu Ende sein musste. Ach ja, die Kirche. Galoppierender Besucherschwund. Wie gesagt, nur vereinzelte Fahrzeuge. Motorradfahrer pflegten nicht in die Kirche zu gehen. Sonst war um diese Zeit niemand unterwegs.

Im Kofferraum lagen einige Jutesäcke und seine Werkzeuge. Der Hammer, die Draht- und die Wurzelbürste, die Spitzhacke. Oder der Pickel, wie man hierzulande sagte.

Ein guter Pickel mit einem guten Griffstiel, der nicht die Handgelenke und Unterarme prellte, wenn er damit auf einen verborgenen Stein schlug. Im Laufe der Jahre hatte er dazugelernt, was die Qualität der Werkzeuge betraf. Man durfte nicht am falschen Ende sparen.

So ein Idiot. Wusste nicht, was sich gehört. Kein Anstand, keine Manieren. Eigentlich hatte ich ihn ja nur mitgenommen, damit er endlich Ruhe gab. Wie gesagt, es war ein Fehler gewesen. Ein verdammter Fehler. Aber dennoch: So benimmt man sich nicht, wenn man eingeladen ist. Wenn man Gast ist. Das hat er jetzt davon.

Er liebte dieses Tal. Die Wasserfälle am oberen Ende. Der naturbelassene Bach. Die steilen bewaldeten Berghänge. Die Wiesen im Talesgrund. Die versteckten Seitentäler, wilde Zinken. Die dünne Besiedlung. Touristisch wenig interessant, wenn man von den Wasserfällen absah. Der Reiz lag darin, dass es keine ins Auge springenden Reize gab.

Wieder mal eine Baustelle in *Poggenau*, die nicht rechtzeitig fertig geworden war. Anstatt den Ort auf kürzestem Weg zu durchqueren, wurde er über schmale, kurvige Gassen durch das Wohngebiet gezwungen. Neureiche und Zuzügler hatten dort ihre Wohnklötze hingestellt. Er fragte sich, wo die strengen Bauvorschriften von einst geblieben waren. Heutzutage baute doch jeder, wie es ihm gefiel. Eine Schande. Aber er hatte ja nichts zu sagen. Wenn er aber etwas zu bestellen hätte, dann, ja dann würde die Welt wahrscheinlich ein bisschen anders aussehen. Wobei nur er allein wusste, wie. Er, und vielleicht die Stammtischbrüder seiner Stammkneipe.

Nun, er wohnte nicht in *Poggenau*, sondern etwas außerhalb in dem kleinen Weiler *Holzrück*. Aber trotzdem. Der Anblick war wie ein Stein im Schuh.

Ha, das wär's. Schuh ausziehen, den Stein fortwerfen, und alles wäre wie früher, dachte er.

Als er notgedrungen am Haus des Idioten vorbeifahren musste, versteifte sich sein Genick. Auch der hatte ein Ensemble aus Quadern errichten lassen, als hätte das Kind eines Riesen seine Bausteine nicht aufgeräumt.

Er schielte zu den schwarzen Fenstern des Gebäudes. Es fröstelte ihn bei dem Anblick.

Wie kann man sich da drin bloß wohlfühlen? Zudem als Single?

Dann war er an dem Grundstück vorbei.

Ungefähr eine Viertelstunde später hielt er im Hof vor seinem Haus. Er nahm an, dass seine Frau schon aus der Kirche zurück war und allein gefrühstückt hatte. Bevor er aber ins Haus ging, holte er den Pickel aus dem Kofferraum und trug ihn in seine Werkstatt, die in einer separat stehenden Scheune untergebracht war. Dort stellte er den Pickel in eine Wanne mit Wasser. Anhaftender Dreck löste sich zuerst in kleinen Wölkchen, kringelte wie Zigarettenrauch um den Stahl, bevor er weiter verdünnt und das Wasser trüb wurde.

Dann ging er zum Auto zurück und hob einen der Jute-säcke heraus. Der Inhalt war ziemlich schwer. Auch ihn schleppte er in die Werkstatt, wuchtete ihn auf eine Werk-bank und leerte ihn. Achtlos ließ er den Sack zu Boden gleiten. Sein Interesse galt vor allem der einen steinernen Kugel, die nun vor ihm lag. In der handballgroßen Kugel klaffte ein fast kreisrundes Loch mit dem ungefähren Durchmesser einer Bierdose. Sogar ohne elektrisches Licht sah er es im Innern der Kugel glitzern. Die anderen, etwas kleineren Steinknollen schob er achtlos zur Seite. Von denen besaß er massenweise.

Zwei Dinge lagen noch da. Zuerst das Handy. Da er keine Verwendung dafür hatte und, inspiriert durch etliche Fernseh-Krimis, an die technischen Möglichkeiten der Rückverfolgung dachte, spannte er es kurzerhand in einen Schraubstock und fräste es mit einem Winkelschleifer der Länge nach in zwei Teile, die er in die Hausmülltonne neben der Scheune warf.

Hat sich was mit Rückverfolgung, hähähä.

Leerung der Tonne am morgigen Tag.

Dann lag nur noch die Kamera des Spinners vor ihm, Marke *Leica*. Eine Kamera mit kompliziert anmutendem Objektiv. Er nahm sie in die Hände, betrachtete sie von allen Seiten, guckte durch den Sucher und drehte am Objektiv. Würde er sich ausgekannt haben, wüsste er, dass es sich um ein sehr wertvolles Gerät handelte. So aber war es für ihn nichtssagend. Er legte die Kamera zur Seite und war sich nicht schlüssig, was er damit machen sollte. Mülltonne? Behalten? Verkaufen? Im Internet den Wert ermitteln? Auf jeden Fall hätte die Arschgeige diese Fotos nicht schießen sollen. Nicht von seiner *Goldmine*, dieser Idiot.

Das hättest du nicht tun, und das hättest du nicht sagen sollen, du Arsch. Das hättest du einfach nicht tun sollen.

Sonntag 11. Juni 2023
Schlipfbachtal

Auf die unausweichliche Frage seiner Frau, wo er zu so später Stunde noch hinwolle, hatte er bloß unwirsch gegrunzt. ... **etwas erledigen!** Mehr dürfte sie nicht verstanden haben, und da er mit feuerroten Ohren und gesenktem Schädel die Tür hinter sich zugeworfen hatte, war ihm ihr verständnisloser Gesichtsausdruck erspart geblieben.

Sonntagabend, zweiundzwanzig Uhr dreißig, und beinahe Nacht. Für das, was er zu erledigen gedachte, konnte er kein Tageslicht gebrauchen. Kein Tageslicht und keine Zeugen. Doch Licht würde er brauchen, weshalb er eine starke Stabtaschenlampe in den Rucksack steckte. Und er musste es heute tun, er durfte sich keinen Aufschub gewähren, denn morgen konnte es bereits zu spät sein, zum Beispiel wenn einer der Ex-Kollegen auf die Idee käme, just an diesem Tag in ihrer *Goldmine* zu graben. Was er zwar nicht glaubte, nachdem alle außer einem aus dem Projekt ausgestiegen waren. Dennoch. Oder wenn ein Pilzsammler zufällig in oder über die *Goldmine* stolperte. Man konnte ja nie wissen. **Scheiß Pilzesucher.**

Goldmine. Freilich war es keine *Goldmine*, das wäre ja noch toller, aber die körperliche Arbeit unterschied sich kaum von jener der Goldgräber am Klondike in Kanada vor hundertfünfundzwanzig Jahren, oder wie lange das her war.

Damals, wenn ich gelebt hätte. Ha! Keine Sekunde hätte ich gezögert nach Kanada auszuwandern. Der reine Wahnsinn. Gold. Echtes Gold. Aber sowas gibt es heute ja nicht mehr. Ich bin einfach zu spät geboren.

Den Stammtischbrüdern gab er hochtrabend an, ein sogenannter *Strahler* zu sein. Was er ganz gewiss nicht war, denn *Strahler* waren Leute, die in Spalten und Rissen im Gebirge nach Bergkristallen suchten. Ein gefährlicher Job. Er war eher ein Schürfer, oder, wohl am zutreffendsten, ein *Digger*, womit er doch in die Nähe der Goldgräber rückte.

Als er mit dem *BMW* vom Hof fuhr, sah er seine Frau am erleuchteten Fenster stehen.

Soll sie denken, was sie will. Ich kann ihr das nicht auf die Nase binden. Unmöglich!, dachte er.

Seit dem Tod ihrer Cousine vor knapp zwei Jahren war sie allem gegenüber, das von der normalen Tagesroutine abwich, sehr dünnhäutig geworden. So behauptete sie, dass ihre Cousine keines natürlichen Todes gestorben sei. Angeblich hatte sie, die Cousine, ihr vor ihrem Tod in einem Gespräch anvertraut, dass sie Angst vor ihrem Mann habe. Bald danach war sie bei einer gemeinsamen Wandertour mit ihrem Mann am *Karlsruher Grat*, einem beliebten Ziel für Wanderer und Kletterer im Nordschwarzwald, abgestürzt. Unheilbar an Krebs erkrankt, so seine geschilderte Version, hätte sie sich am Rande einer Steilwand für immer von ihm verabschiedet und sich theatralisch mit dem Rücken voran und mit ausgebreiteten

Armen über die Kante in die Tiefe fallen lassen. Am Fuß des hohen Felsens zerschmettert, war sie sofort tot gewesen.

Er hat sie gestoßen, war seine Frau überzeugt. So unheilbar krank war sie nicht, sagte sie. Brustkrebs, ja, aber nach der Operation mit guten Heilungschancen. Er hat sie umgebracht, wiederholte sie gebetsmühlenartig. Außerdem hat er sie zu Lebzeiten geschlagen.

Dünnhäutig. Vielleicht auch hysterisch. Seine Frau. Die Senta.

Die Polizei hatte den Vorfall untersucht, natürlich, aber nie einen Anhaltspunkt gefunden, der gegen einen Suizid gesprochen hätte. Ihr Mann war nie unter Verdacht geraten. Nur Senta hielt ihn für einen Mörder.

Erneut schlängelte er sich durch die Umleitungsstrecke in *Poggenau*. Er zwang sich, nicht zu dem Schachtelbau des Idioten zu schauen, doch wurde sein Vorhaben durch eine unerwartete Feststellung aus den Augenwinkeln zunichte gemacht: Hinter einem der Fenster brannte Licht. In der Grundstückseinfahrt stand ein Auto, das heute Morgen noch nicht da gewesen war. Dunkelgrün, dunkelgrau oder dunkelblau? Er konnte die Farbe genauso wenig erkennen wie das Kennzeichen. Oder war das Auto, ein Kleinwagen, heute Morgen doch dagestanden und er hatte es übersehen?

Verdammt, ich dachte der Kerl sei Single? Wieso brennt dann Licht in seinem Haus? Wer kann das sein?

Diese Frage beschäftigte ihn auf der Fahrt durch das Schlipfbachtal und noch weiter den Waldweg hinauf, bis er zu der Stelle kam, wo er für gewöhnlich das Auto abstellte, wenn er zur *Goldmine* ging. Tagsüber stellte der

Trampelpfad durch den Wald kein Problem dar. In völliger Dunkelheit sähe das anders aus, aber die Taschenlampe leistete ihm vortreffliche Dienste. Er schlug sich durch das Randgehölz am Weg und die Böschung hinauf, folgte dem ausgetretenen Steig, bis er nach circa hundertzwanzig Metern an den Rand ihrer *Goldmine* kam.

Seine Ex-Kollegen und er hatten sich nie darum gekümmert, wem der Wald gehörte. Frei nach dem Motto: **Wer viel fragt, erhält viel Antwort, also frage nicht**, hatten sie sich um eventuelle Besitzer und dessen Besitzrechte nicht geschert. Mit den Monaten und Jahren hatte das Areal um ihre *Goldmine* mehr und mehr die Zerstörungen eines Schlachtfeldes angenommen. Es war übersät mit Trichtern und Kratern, mit Gräben und Löchern, mit Höhlen und Abraumhalden. Es war ein Wirrwarr zwischen Bäumen und Wurzeln. Manche Bäume starben ab oder drohten umzustürzen. Einige der besonders in Schräglage geratenen Bäume waren durch Stahlseile abenteuerlich gesichert worden. **Man ist ja nicht lebensmüde, oder?**

Er brauchte nicht zu suchen. Er fand den Graben, in dem er den Idioten hatte zurücklassen müssen, auf Anhieb. Im Schein der Taschenlampe kletterte er zu ihm hinunter. Allem Anschein nach lag er unverändert. Ohne Verzögerung machte er sich ans Werk. Wie er den Körper aus dem Graben befördern konnte, hatte er im Voraus überlegt und sich entsprechend vorbereitet. Gegen mögliche Kontaminierung mit Blut streifte er einen Einweg-Regenschutz über und wuchtete die Leiche mit gekonntem Griff auf die Schultern.

Da macht sich die Ausbildung bei den Bundeswehr-Sanitätern echt einmal bezahlt, dachte er.

Derart beladen erreichte er seinen *BMW* ohne einen Tropfen Schweiß vergossen zu haben.

Er verfrachtete den Toten durch die Heckklappe auf die mit Folie ausgelegte Ladefläche und bereitete ihn weiter vor. Um den Oberkörper schlang er ein fingerdickes Sisalseil und verknotete es vor der Brust. Ein langes Stück des Seiles, ungefähr acht Meter, ließ er lose und spliss das Ende auf. Dann schloss er die Klappe, setzte sich ans Steuer und steuerte das Auto den Waldweg zurück bis zur Schlipfbachstraße. Von dort schlug er die Richtung zu den Wasserfällen ein. Er kannte sich bestens in der Gegend aus.

Während die Schlipfbach-Wasserfälle das Gebirge in einer tiefen Schlucht durchschnitten, wand sich die Straße den Berg hinauf und verlief am oberen Rand meist parallel zur Schlucht. An mehreren exponierten und baulich gesicherten Plattformen bot sich die Gelegenheit, von oben in die Klamm und auf die reißenden Wasserfälle zu schauen. Man hatte den Orten malerische Namen verliehen. **Adlerhorst**, zum Beispiel. Oder **Rapunzels Fenster**. Oder **Gänsehaut-Blick**. In der Nähe waren jeweils Abstellplätze für Busse und Autos angelegt. Sein auserwähltes Ziel war die **Satanskanzel**, in Fließrichtung des Baches die erste und höchste Stelle über dem Talesgrund.

Es war nach Mitternacht, als er die **Satanskanzel** erreichte. Noch während er den *BMW* am Straßenrand abstellte, kamen ihm Zweifel an der Sinnhaftigkeit seines Vorhabens. Der Plan war, dass er die präparierte Leiche über das Geländer der **Satanskanzel** in die Schlucht werfen würde. Da es aussehen sollte wie ein Kletterunfall, hatte er dem Körper ein Seil umgebunden. Ein entsprechendes Gegenstück wollte er, ebenfalls am nach unten hängenden Ende aufgespleißt, am Geländer der **Satans-kanzel** befestigen. Eventuellen Untersuchungen, falls die Leiche jemals entdeckt würde, sollten die gespleißten Teile suggerieren, dass das Seil gerissen war. Ferner sollte ein am Gürtel befestigter Jutesack sowie ein Zimmermannshammer erklären, warum der Mann sich an der Felswand abgeseilt hatte: Es sollte aussehen, als wäre er auf der Suche nach wertvollen Steinen gewesen. Die klaffende Brustwunde, die er dem Idioten mit einem einzigen Pickelschlag zugefügt hatte, hätte er sich beim Sturz zugezogen. So weit, so gut.

Je länger er darüber nachdachte, desto unglaubhafter kam ihm die ganze Sache vor. Warum sollte ein Mann sich hier abseilen wollen? Woher sollte er wissen, dass ausgerechnet an diesem Fels wertvolle Steine zu erbeuten seien? Und warum sollte er eine so gefährliche Expedition allein und ohne jegliche Hilfestellung unternehmen? So blöd konnte eigentlich niemand sein. Und so blöd würde auch die Polizei nicht sein. Also so weit, so schlecht?

Aber wohin dann mit der Leiche?

Montag, 12. Juni 2023
Holzrück

Ob er heute nicht zur Arbeit ginge, hatte seine Frau beim Frühstück gefragt, und er hatte gesagt, dass er sich nicht gut fühlen würde. Daraufhin hatte sie wortlos den Autoschlüssel ihres kleinen *Renault* genommen und war nach *Offenburg* gefahren. Wieder einmal.

Er war Gabelstaplerfahrer in einem Sägewerk in *Poggenau*. Großsägerei Dolder, um genau zu sein. Zuständig für die Annahme der Rohware, sprich Baumstämme, und für die Lagerung der bearbeiteten Hölzer.

Jetzt lag die Kamera wie ein glühendes Brikett auf seinem Schreibtisch neben dem Computer. *Leica S Typ smart* hatte er bei *Google* eingetippt, und war aus allen Wolken gefallen. Achtzehntausend Euro Neupreis allein für den Apparat, und mehr als sechstausend Euro für das Objektiv.

Wozu, zum Teufel, braucht der Kerl eine so teure Kamera?

Es folgte eine ellenlange Artikelbeschreibung, die er ohne zu lesen nach unten scrollte. Die Fachausdrücke bedeuteten für ihn das pure Latein, und davon verstand er nichts. Nur dass er einen Schatz auf dem Schreibtisch liegen hatte, wurde ihm langsam klar. Annähernd fünfundzwanzigtausend Euro Wert. Daraus sollte sich doch Kapital schlagen lassen. Er schätzte sich froh, dass er die Kamera nicht leichtsinnig entsorgt hatte.

Nach genauerer Untersuchung gelang es ihm, die Kamera einzuschalten und den Fotospeicher zu öffnen. Die letzten geschossenen Bilder erschienen, darunter insgesamt siebenundzwanzig Aufnahmen von seiner *Goldmine*.

Der Kerl hätte die Bilder veröffentlicht, ohne Frage. Das konnte ich nicht zulassen.

Geduldig folgte er den Anzeigen auf dem Kamera-Display, erreichte das Menü und löschte die Speicherkarte. Aufatmend legte er das kostspielige Gerät in eine Schublade und schloss sie ab.

Wenn ich sie für achttausend Euro bei ebay anbiete, dürfte sich ein Käufer finden lassen, dachte er. Da kann ich ruhig mal einen Tag blaumachen.

Gleichzeitig bekam er Bedenken wegen ebay. Das Netz vergisst nichts, verdammt. Wenn ich über ebay ein Inserat schalte, kann ich die Kamera auch gleich zur Polizei bringen. Es muss andere Wege geben, das Ding zu verkaufen.

Den Idioten hatte er in seiner Stammkneipe kennengelernt, beziehungsweise der hatte ihn angesprochen, weil er sich angeblich für die Achate interessierte, die der Wirt in einer Vitrine im Gastraum ausgestellt hatte. Ob die Achatscheiben zu kaufen seien oder wie und vor allem wo man sie finden könnte.

Verkaufen ja, finden nein, hatte er bereitwillig Auskunft gegeben, nichtsahnend, dass der Spinner wegen des Fundortes nicht locker lassen würde. In unregelmäßigen Abständen hatte er hartnäckig darauf gedrungen, einmal mitgenommen zu werden. Hatte Tischrunden für den Stammtisch springen lassen und alle Eide geschworen, den Fundort der Achate geheim zu halten. Bis er der Nervensäge, nicht zuletzt auf Anraten der Stammtischbrüder, nachgegeben und gesagt hatte: Nächsten Sonntagmorgen, halb acht Uhr. Ich hol´ dich ab. Wo wohnst du?

Donnerstag, 22. Juni 2023
Holzrück

Die Kamera lag noch immer wie ein Bündel Falschgeld in der Schublade. Er konnte sich einfach nicht dazu entschließen, sie zu vernichten. Das Geld, sofern er sie denn verkauft brächte, könnte er gut gebrauchen. Fünfundzwanzigtausend Euro würde er zwar nicht verlangen können, das war ihm klar. Aber zehn- bis zwölftausend – Donnerwetter, so viel müsste doch drin sein, oder nicht? Eine neue, vor allem stärkere Steinsäge war schon lange sein Wunsch. Diamantbestückte Sägeblätter waren saumäßig teuer. Der *BMW* brauchte neue Reifen, und Senta lag ihm ständig wegen Renovierung des Hauses in den Ohren.

Gut, die Kamera frisst bei mir kein Pfund Salz, um es badisch zu sagen, aber ich will sie endlich los werden. Nur wie, ohne dass die Bullen mir auf die Schliche kommen?

Bis jetzt war noch keine Leiche gefunden worden. Jedenfalls hatte nichts darüber in den Zeitungen gestanden, die er seither mit besonderer Aufmerksamkeit las. Dann, davon konnte er ausgehen, hatte er sie an einem guten Ort versteckt. Gleichermaßen Fehlanzeige bei den Vermisstenmeldungen.

Unglaublich, wie einfach man Menschen verschwinden lassen kann. Kein Hahn kräht nach ihnen.

Jeweils nach Feierabend bereitete er sich nun für die nächste Mineralienausstellung in fünf Wochen vor. Er putzte die Glasvitrinen, stellte den Ausstellungstisch parat, bürstete die blaue Veloursdecke aus, die er über den Tisch breiten würde, und packte die ausgewählten Achate in

Kisten. Schmuckstück und Blickfang würde die Kugel sein, die er mit einem dünnen Bohrer angebohrt und mit einer Leuchtdiode versehen hatte.

Es war Ende Juni, seine Frau war mal wieder in der Stadt gewesen, womit sie *Offenburg* meinte.

„Stell′ dir vor, wen ich getroffen hab?", berichtete sie. „Den Mann meiner Cousine. Den Mörder. Er muss jetzt in eine Klinik. Vier Wochen Alkoholentzug. Er bekommt sonst keine Stütze mehr, was immer das heißt. Ab dritten Juli in *Haldensee*. Sagt er. Man sollte die Versicherung warnen, dass das rausgeschmissenes Geld ist."

Das wird ihm stinken, hähähä. Dann kann er nicht an der Mineralienschau teilnehmen. Früher oder später musste es ja mit seiner Sauferei soweit kommen.

Im Hinterkopf schickte sich ein Gedanke an, zu einer Idee zu werden. **Wann hat sie gesagt? Vier Wochen ab dritten Juli?**

Er schaute auf den Kalender. **Dritter Juli bis neunundzwanzigster Juli,** dachte er. **Das passt.**

Dienstag, 25. Juli 2023
Kreuzthal bei Freudenstadt

Die Kamera war verkauft. Sechstausendsechshundert Euro bar auf die Hand, inklusive Objektiv. An einen vierschrötigen Typ aus *Rust*, Heimat des größten europäischen Vergnügungsparks. Figur wie ein Kleiderschrank und ein

Backpfeifengesicht Marke Tagedieb. Egal. Hauptsache das Geld war echt.

Den Tipp zu diesem Kerl hatte ihm ein LKW-Fahrer gesteckt, der sporadisch Holz von der Sägerei transportierte.

Der verhökert alles, hatte der ihm geflüstert und ihm eine Handynummer gegeben. *Aber hey, nicht an die große Glocke hängen. Ist nicht ganz hasenrein. Und wenn dich einer fragt, dann hast du den Tipp nicht von mir.*

Er hatte sich herunterhandeln lassen. Mist, verdammter, ja, aber das schnelle Geld war zu verlockend gewesen. Als es vor ihm gelegen war, hatte er nicht nein sagen können. Sechstausendsechshundert. Dafür konnte man schon mal einen Tag die Arbeit schwänzen.

Okay, er schwänzte jetzt bereits den zweiten Tag innerhalb von zwei Monaten, aber die Auftragslage im Sägewerk war gut. Er würde nicht gleich entlassen werden, denn durch den Klimawandel und ausufernden Borkenkäferbefall war Holz in Massen vorhanden. Überwiegend billiges Fichtenholz zwar, aber auch das musste verarbeitet werden. Die Nachfrage nach Holz-Pellets zum Heizen war enorm gestiegen, und die Chinesen waren ganz verrückt nach deutschem Bauholz. Zudem nahm er sich ja nur heute frei, und der Chef wusste, im Gegensatz zu seiner Frau, Bescheid.

Das Haus lag als letztes in einer Sackgasse. Doppelhaushälfte. Hinter dem verwahrlosten Gartengrundstück stieg das Gelände steil an, für eine Bewirtschaftung ungeeignet. Ein Sammelsurium von Gehölzen zog sich den Hang hinauf. Ein Eldorado für allerhand Viehzeug.

Er drehte den *BMW X-Drive* im Wendehammer, fuhr die Sackgasse wieder zurück, parkte in der Nähe der Straßeneinmündung und ging, einen Leinenbeutel tragend, zu Fuß bis zum Haus. Wie immer stand das Gartentor offen. Er umrundete die Haushälfte und achtete darauf, dass er nicht über das wertlose Gerümpel stolperte, das ohne erkennbares System entlang der Hauswand verteilt lag. Von rostigen Autofelgen über verdreckte Porzellanwaschbecken bis hölzernen Ziergittern war alles vorhanden, womit sich ein Verlierer einen Euro zu verdienen hoffte.

Zielstrebig erreichte er die Hintertür des Hauses. Ohne Federlesens nahm er den kleinen Geißfuß aus dem Beutel, setzte ihn in Höhe des einfachen Türschlosses an, drückte mit kontrollierter Kraft gegen die Spannung – schon sprang die Tür auf.

Was ihn in dem Haus interessierte, befand sich im Keller. Die Steine. Die Achate. Vom Flur aus führte eine Treppe nach unten.

Bei einem seiner seltenen Besuche hatte er die Schaustücke in der Vitrine im Wohnzimmer schon bewundern dürfen. In den Keller zu schauen jedoch war er nie eingeladen worden, weshalb er vermutete, dass dort der eine oder andere *Rohdiamant* aufbewahrt sein musste. Deswegen war er gekommen, und die Gelegenheit war günstig, denn der Hausbewohner war längere Zeit nicht anwesend. Alkoholentzug.

In der Ausstattung unterschied sich der Keller kaum von seiner eigenen Werkstatt. Steinsäge, Schleifmaschine, Sägeblätter diverser Durchmesser, Schleifsteine, Hämmer, Meißel, Zangen. In Regalen Marke Eigenbau lagerten, nach Größe geordnet, hundert oder mehr Gesteinsknollen, die er alle als Schlipfbachachate erkannte. Er würde sich sogar zutrauen, das Loch bestimmen zu können, aus dem sie gefördert worden waren. Zu seiner Enttäuschung jedoch befand sich, auch nach genauerer Durchsicht, kein herausragendes Stück darunter. Alles Durchschnitt. Massenware. Mist. Davon besaß er selber genug. Dabei hätte schwören mögen, dass ... Ach, pfeif drauf.

Frustriert stieg er die Kellertreppe wieder hinauf.

Aber da er nun schon mal hier war, erlaubte er sich, sozusagen als Entschädigung für entgangenen Gewinn aus dem Keller, ein wenig in der Wohnung herumzustöbern. Die Vitrine im Wohnzimmer, ja, zweifellos schöne Achatscheiben, aber die ließ er unberührt. Er zog stattdessen Schubläden auf, stocherte darin herum, vielleicht fiel ihm doch ein Geldbetrag in die Finger, aber daran glaubte er bei dem notorisch klammen Hungerleider selber nicht. Im Flur hinter einem Vorhang entdeckte er eine Kiste mit Bier und lud sich selber zu einer Flasche ein.

Die Bierflasche in der Hand, stieg er eine Etage höher. Hier oben war er noch nie gewesen. Drei Türen gingen vom Flur in der Mitte ab. Das Zimmer hinter der rechten Tür erwies sich als Rumpelkammer.

Wie kann ein Mensch nur in so einem Chaos leben, dachte er und schloss die Tür wieder. Geradeaus befand sich das Badezimmer. Linker Hand musste ergo das Schlafzimmer sein.

Nach all dem Durcheinander, das er bis jetzt zu sehen bekommen hatte, war er erstaunt, ein aufgeräumtes und sauberes Zimmer vorzufinden. Dass es sich um eine altmodische Möblierung handelte, war zweitrangig. Die Betten waren gemacht. Die Kleiderschranktüren geschlossen. Keine umherliegenden Klamotten. Und das, obwohl der Kerl seit zwei Jahren alleine hauste. Beeindruckend.

Im Spiegel des Kleiderschrankes prostete er sich mit der Bierflasche zu. **Na, war wohl nix, Alter,** murmelte er zu sich selbst. **Aber einen Versuch war's wert.**

Schon dabei, das Zimmer zu verlassen, fiel sein Blick auf einen der Nachttische. Was ihn veranlasste, genauer hinzusehen, konnte er im Nachhinein nicht sagen. Auch dass ihm die Bierflasche aus der Hand gerutscht und auf den Fußboden gepoltert war, wusste er später nicht mehr. Der Anblick traf ihn wie eine schallende Ohrfeige und gleichzeitig wie ein Schlag in die Magengrube. Er fühlte, wie ihm der Boden unter den Füßen entzogen wurde. Taumelnd und nach Luft ringend ließ er sich auf dem Bett nieder.

Der Chef wird noch einen weiteren Tag auf mich verzichten müssen, war sein erster Gedanke. Der zweite Gedanke: **Verdammt, da hätte ich gleich die ganze Woche Urlaub nehmen können, und nicht erst ab Freitag.** Der dritte Gedanke: **Das hast du nicht umsonst gemacht, Rico.**

Mit süßer Genugtuung verfolgte er den Prozess, der seine kopflose Wut in einen kalten, berechnenden Zorn umwandelte. **Das werdet ihr bezahlen,** dachte er und schlug die Faust in die hohle Hand. Dann stieg er die Treppe hinunter, stapfte zielstrebig ins Wohnzimmer und räumte die Vitrine leer.

Mittwoch, 26. Juli 2023
Haldensee

Nach etlichen Gesprächen mit seiner Frau Melanie und auf Anraten von Frau Holzer, Melanies treuer Vertretung für ihr Geschäft *Aquarelle und Poesie* in *Gengenbach*, hatte sich Edgar Schaaf letztlich für *Haldensee* entschieden. *Haldensee* im Südschwarzwald mit dem gleichnamigen See.

Es wird dir gefallen, Edgar, hatte Frau Holzer geschwärmt.

Es war die Psychiatrische Akut- und Reha-Klinik namens *An klaren Wassern*, und Frau Holzer war selber einmal Patientin der Anstalt gewesen.

Die Nähe zum Wasser war nicht zu leugnen. Der Speisesaal der Klinik ließ über eine breite Panorama-Fensterfront einen ungehinderten Blick über den See zu. Edgar mochte die Aussicht, besonders zum Frühstück, wenn sich aus dem warmen Seewasser mystisch wirkende Dämpfe in die noch kühle Morgenluft erhoben und peu à peu die Wälder am gegenüberliegenden Ufer ihres Nachtgewandes entkleidet wurden. Er fühlte sich an Gemälde des Frankfurter Künstlers *Winfried Skrobek* erinnert, der einen ganzen Zyklus solcher verwunschenen und vergänglichen Landschaftszaubereien mit dem Pinsel festgehalten hatte.

Anfänglich hatte er sich gegen die zu Tage tretende Konsequenz als Ergebnis ihrer Gespräche gewehrt. Wenn er ehrlich war, hatte er bloß zum Schein reklamiert, und auch der war eher seiner Bequemlichkeit geschuldet als fundiert begründet.

Wenn ich mit den Hunden spazieren gehen kann, ist mir das Therapie genug, hatte er angegeben, wohl wissend, dass es eine durchschaubare Ausrede gewesen war.

Spinnwebendünn, wie Melanie es treffend kommentierte.

Unbestreitbar war, dass der Tod des jungen Kriminaloberkommissars Kai Schuster ihn tiefer getroffen hatte, als die äußeren Symptome vermuten ließen. Nach einer kurzen Phase der Desorientierung hatte es nämlich ausgesehen, als hätte er den Schock bereits überwunden. Zu sagen, am Tod des Kollegen schuld zu sein, war die eine Sache. Mit den penetrant auftretenden Geistern der Nacht fertigzuwerden aber eine andere. Selbstgespräche zur Eigentherapie, so viel ahnte Edgar im Grunde selber, waren zwecks Aufarbeitung der Geschehnisse im Spätfrühling dieses Jahres nicht zielführend. Und so wichtig und unersetzlich die Gespräche mit seiner Frau Melanie zu diesem Themenkomplex waren – so eindeutig musste er auch eingestehen, dass er sie nicht überfordern durfte. Nicht umsonst wurden zum Beispiel Polizeibeamte von Fällen abgezogen, wenn sie wegen Befangenheit Gefahr liefen, objektive Ermittlungen zu gefährden. So betrachtet war Melanie, ob sie nun wollte oder nicht, die befangenste aller Personen schlechthin.

Der für Edgar beschreitbare Weg kristallisierte sich nach und nach fast von alleine heraus: Professionelle Hilfe. Gewissermaßen in Form eines *Retreats* in neutraler, um nicht zu sagen isolierter Umgebung. Kein Kloster, nein, aber eine Einrichtung, die auf Fälle wie den seinen spezialisiert und ausgerichtet war.

Es wird dir gefallen, Edgar.

Innerhalb von wenigen Tagen war alles perfekt gemacht worden. Edgars Hausarzt hatte die Überweisung geschrieben, und Melanie die Termine festgezurrt. Vierundzwanzigster Juli bis vierter August, mit Option auf Verlängerung. Stationärer Aufenthalt in der Psychiatrischen Akut- und Reha-Klinik *An klaren Wassern* in *Haldensee*. Edgar war schon am Sonntag, dreiundzwanzigsten Juli, per Bahn angereist. Um dem Mob der Schwarzwaldtouristen zu entgehen, Erster Klasse.

Den begehrten Platz am Fenster hatte er sich nicht ausgesucht. Vielmehr war er von Frau Weingärtner, der die Speisesaalaufsicht oblag, dorthin platziert worden, unter neidischer Beobachtung etlicher Augenpaare.

Neuankömmlinge wurden, wie überall, wo sich Gemeinschaften zusammenfanden, zuerst kritisch beäugt. Was war das für ein Typ? Zu welcher Gruppe würde er passen? War er umgänglich oder ein Eigenbrötler? Schnüffler wurden beauftragt, seine Verwendbarkeit herauszufinden. Edgar hatte diese Tests in den ersten beiden Tagen nach seiner Ankunft schon hinter sich gebracht, mit dem Ergebnis, dass man ihn größtenteils in Ruhe ließ. Er war kein Schwätzer und er war kein Opportunist, der sein Fähnchen nach dem vorherrschenden Wind wehen ließ. Altersmäßig zählte er zu den Ältesten.

Um acht Uhr, zu Frühstücksbeginn, hatte Edgar schon die erste Anwendung hinter sich: kalte und warme Beingüsse im Keller des Hauses, bei Norbert Grob, dem Bademeister und Physiotherapeuten der Anstalt. Bei dieser erfrischenden Prozedur hatte er mit einiger Genugtuung festgestellt, dass er von den Männern, die mit ihm in einer Reihe auf den Wasserstrahl warteten, die ansehnlichsten Füße vorzuweisen hatte. Direkt filigran im Vergleich zu den anderen Tretern.

Ihm am Zweier-Tisch gegenüber saß Rico Fischer, ein End-Fünfziger aus dem Raum *Freudenstadt*. Mehr, als seinen Namen und die ungefähre Herkunft zu nennen, hatte er von sich noch nicht preisgegeben. Auf Edgars vorsichtige Versuche, ein bisschen Small Talk zu üben, reagierte er entweder sehr zurückhaltend oder gar stumm und vermied angestrengt den direkten Augenkontakt, wie ihn überhaupt jede Bewegung oder Handlung große Kraft zu kosten schien. Und wenn es nicht Kraft war, so vermutete Edgar, dann war es die Konzentration darauf, Bewegungen von Armen und Händen bewusst zu steuern, damit sie nicht zitterten, was ihm nur bedingt gelingen wollte, genauso wie das Zittern der Lippen zu unterbinden. Wenn sich doch einmal ihre Blicke begegneten, meinte Edgar einen deutlich gelben Farbstich in Rico Fischers Augenweiß feststellen zu können. Er tippte auf Hepatitis oder auf eine Gallenkrankheit.

Man sah es den Patienten der Anstalt nicht an, was der Grund ihres Aufenthalts hier war. An manchen Tischen ging es laut und fröhlich zu wie an einem Betriebsfest oder einer Geburtstagsfeier, und es täuschte den Anschein vor, dass keiner mit einem seelischen Defekt belastet sein konnte. Und doch war niemand ohne irgendeine Beschädigung hier, seien es Traumata oder Phobien, wie immer sie auch definiert sein mochte.

Edgar bewohnte ein Einzelzimmer im dritten Stock, das letzte im langen Flur. Die Ausstattung glich in etwa der eines Zwei-Sterne-Hotels oder eines sogenannten Jugendstudios: Weiße, Resopal-beschichtete Spanplattenmöbel, wie ein schmales Bett, ein kombinierter Ess-/Schreibtisch, ein Kleiderschrank. Dazu zwei Stühle aus Holz, Dusche, WC. Den Fußboden bedeckten abgetretene Teppiche mit angedeutetem persischem Muster. Der Wohnraum selbst maß drei Meter zwanzig in der Länge und zwei Meter neunzig in der Breite. Das Beste waren das Fenster und der Balkon zum See mit einem Liegestuhl. Im ganzen Haus herrschte Rauchverbot, aber für die hartnäckigen Nikotin-Junkies existierte außerhalb des Gebäudes ein überdachter Rauchertreffpunkt.

Der erste Eindruck, den Edgar beim erstmaligen Betreten des Zimmers empfunden hatte, war einem Schock nahegekommen. Diese Bude sollte mindestens zwei Wochen lang sein Rückzugsort sein? Er hatte bereits eine sofortige Abreise in Erwägung gezogen. Dann jedoch konnte er seine Ablehnung herunterfahren und relativieren.

Brauchst du Edelhölzer, um dich wohl zu fühlen? Vergoldete Badezimmerarmaturen? Bettwäsche aus Seide? Konzentriere dich auf den Zweck deines Hierseins.

Mittlerweile fühlte er sich in seinen vier spartanischen Wänden ziemlich wohl.

Edgar war derart in Gedanken vertieft und auf eine Ansprache überhaupt nicht gefasst gewesen, sodass er die Frage nicht in Gänze verstanden hatte.

„... auf einen Spaziergang?"

„Entschuldigung, was meinst du?" So direkt angesprochen schien Rico Fischer gleich wieder der Mut zu verlassen, weshalb Edgar ein „Hm?", folgen ließ und die Augenbrauen zu Fragezeichen formte.

Rico Fischer schluckte. „Ob du heute vielleicht Lust auf einen Spaziergang hast?"

Edgar rief in Windeseile seinen heutigen Anwendungsplan ins Gedächtnis: Neun bis zehn Uhr Gespräch mit der Psychologin; zehn bis elf Uhr Infrarot-Bestrahlung und

Massage bei Norbert Grob; elf Uhr bis Mittag Gymnastik; Mittagspause; vierzehn Uhr bis fünfzehn Uhr Gruppenge-sprächsrunde; Abendessen ab achtzehn Uhr.

„Ab drei Uhr, warum nicht?", antwortete er und unter-stützte die Zusage mit freudlosem Grinsen. Rico Fischers anhängendes Idiom schien ostdeutschen Ursprungs zu sein.

Die Psychologin, Frau Dr. Lazlo, war eine, Edgar wusste sofort, dass das Adjektiv zu abgenutzt und zu platt war, gutaussehende Frau. Er umging das Wort *attraktiv* mit Ab-sicht, um der Versuchung entgegenzusteuern, die Ärztin bloß auf ihr äußeres Erscheinungsbild zu reduzieren. Den-noch wurmte es ihn, dass er sie zuerst danach bewertet hatte.

Sie war nicht nur eine gutaussehende Frau. In Gestik, Bewegung und Sprache rundete sie den gewonnenen Ein-druck zu einer kompetent wirkenden und intelligenten Persönlichkeit ab.

Sie trug die langen honigblonden Haare offen und schminkte sich dezent. Edgar sollte feststellen, dass sie in ihrer Fünf-Tage-Woche jeden Tag eine andere Garderobe trug. Heute hatte sie einen perfekt geschnittenen dunkel-grauen Hosen-Anzug gewählt, was Edgar von der Farbe her natürlich gefiel. Ihm, dem Großmeister aller leuchtenden grauen Farben von hellgrau bis tiefschwarz.

„Bitte, setzen Sie sich, Herr Schaaf", bat sie ihn auf einen bequemen Stuhl und strahlte ihn förmlich an. Edgar suchte nach Anzeichen einer professionell aufgesetzten Maske, aber da war nichts, das einen Zweifel an ihrem herzlichen Gesichtsausdruck genährt hätte.

„Wie war Ihre Nacht? Haben Sie gut geschlafen?" Sie vermittelte den Eindruck, als ob sie das wirklich interessierte.

Es war ihre zweite Sitzung. In der gestrigen ersten Sitzung hatte Edgar von seinen Albträumen und seiner Angst erzählt. Träume, in denen er Kai Schuster in unterschiedlichsten Situationen in Todesgefahr brachte und es ihm kein einziges Mal gelang, ihn zu retten. Jedes Mal starb Kai Schuster in Edgars Armen. Von der Angst, sein Gedächtnis zu verlieren und mit ihm alles, was er liebte.

Fast unmerklich schüttelte er den Kopf. „Es war nicht gut", antwortete er auf ihre Frage.

Im Gegensatz zu gestern setzte sich Frau Dr. Lazlo nicht hinter ihren Schreibtisch, sondern zog einen zweiten Stuhl heran und nahm Edgar vis-à-vis Platz, die Hände flach auf die Schenkel gelegt. Eine Weile betrachtete sie sein Gesicht, als befände sich dahinter ein verstecktes zweites Ich. Doch er empfand es nicht als unangenehm, bloßstellend oder sezierend. Ihre Augen strömten Vertrauen aus, und so konnte er sich darauf einlassen. Bisher hatte er einzig Melanie erlaubt, so tief in ihn einzudringen.

„Erzählen Sie mir von Ihrem Glück", sagte Frau Dr. Lazlo, und damit hatte Edgar nun gar nicht gerechnet.

Rico Fischer war achtundfünfzig, wie er angab. Achtundfünfzig und Witwer, und nach dem Suizid seiner Frau wegen zu vieler Fehltage im Betrieb auch arbeitslos geworden.

„Nur damit du's weißt, und verschone mich mit Fragen", sagte er grob und unmissverständlich.

Sie hatten sich kurz nach fünfzehn Uhr am Klinikeingang getroffen. Rico Fischer trug eine leichte Kniebundhose, ein rotweiß kariertes kurzärmeliges Hemd und flache Wanderschuhe. Er war von kräftiger Statur. Die hellbraunen Haare hatte er streng nach hinten gekämmt, sodass sie sich im Nacken kräuselten. Oberlippe und Kinn zierte ein Richelieu-Bart, und die Wangen waren von einem Netz feiner roter Äderchen durchzogen.

Edgar war in eine seiner bevorzugten grauen Leinenhosen und ein ebensolches Hemd gekleidet. Den Kopf bedeckte ein Strohhut. Die Füße steckten in schwarzen *Timberlakes*.

Jetzt, außerhalb des Gebäudes, steckte Edgar eine Zigarette an, „Rauchst du", fragte er und hielt Rico Fischer die Packung hin. Der nickte und angelte eine Zigarette heraus und ließ sich Feuer geben.

„Eigentlich sollte man das Rauchverbot der Klinik nutzen und mit dem Scheiß aufhören", grinste Rico Fischer und blies den Rauch in die Luft. „Gehen wir ein Stück am See entlang? Es gibt einen Rundweg." Er beschrieb mit einem Arm einen weiten Bogen. „Bin ihn schon x-mal gelaufen."

Edgar hatte nichts dagegen und wandte sich zum Gehen. Er hatte vorgehabt, während seines Klinikaufenthaltes den Rundweg um den See nach und nach zu erschließen, und war darum bis heute nur wenige Meter auf dem Uferweg entlanggegangen.

„Stopp! Andere Richtung", bestimmte Fischer und schwenkte nach rechts auf den Uferpfad ein, der direkt zwischen Klinikgebäude und See verlief.

Es gab einen Bootssteg, der zur Klinik gehörte. Edgar hatte ihn bereits von seinem Zimmerbalkon aus gesehen.

Gegen eine geringe Gebühr, er hatte sich danach erkundigt, konnte man Ruderboote leihen, und er nahm sich vor, die Möglichkeit in Anspruch zu nehmen.

Rico Fischer schlug ein ordentliches Tempo an. Er strebte geradezu aus dem Ort hinaus, jedoch nur bis zu einem Kiosk, der am Wegesrand in der Nähe eines Parkplatzes stand. Dort deckte er sich zum einen mit Zigaretten, zum anderen mit Wodka in kleinen Flaschen ein. Edgar schätzte mindestens an die zehn. Noch bevor er einen weiteren Fuß auf den Seerundweg setzte, kippte Rico den Inhalt einer solchen Flasche in den Hals und wischte sich mit dem Handrücken den Mund ab. Ungeniert öffnete er die nächste. „Was ist? Was guckst du so?", pflaumte er Edgar an und trank die zweite Flasche leer. Die übrigen Flaschen steckte er in einen Leinenbeutel.

Edgar kehrte ihm den Rücken zu und schaute über den See. Das war nichts, mit dem er zu tun haben wollte. Er fragte sich, warum Rico Fischer ihn zum Zeugen seiner Sucht gemacht hatte.

Schweigend setzten sie den Spaziergang am See entlang fort. Waren sie zu Beginn noch der Sonneneinstrahlung ausgesetzt gewesen, tauchten sie bald in den Schatten des Waldes ein, der sie von nun an schützte. Sie erreichten in einer Biegung des Weges eine kleine Brücke über den Bach, der den See speiste. Die Biegung setzte sich fort, bis sie zwischen den Bäumen hindurch das Klinikgebäude auf der gegenüberliegenden Seeseite erblicken konnten. Sie hatten nach ungefähr eineinhalb Stunden den See beinahe zur Hälfte umrundet und außer ein paar belanglosen Floskeln und Plattidüden noch kein Wort miteinander gesprochen. Es war angeblich nicht mehr weit bis zu der Vesperstube, die von Rico Fischer anvisiert wurde.

„Bist du auch bei Frau Dr. Lazlo in Behandlung?", startete Edgar einen Versuchsballon, um ein Gespräch anzukurbeln. Doch Rico Fischer schnaufte nur und beschleunigte seine Schritte.

Die Vesperstube lag auf einer baumfreien Landzunge, die sich einige Meter in den See hineinschob. Im Grunde war es eine Blockhütte mit angegliederter Küche und Toilette. Vor der Hütte luden massive Tische und Bänke aus gehobelten halben Baumstämmen zum Verweilen und zum Verzehr ein. Nebenan waren für Kinder Schaukel, Rutschbahn und Klettergerüst vorhanden. Die Aussicht über den See hinüber nach *Haldensee* zählte bestimmt zu den bevorzugten Fotomotiven.

Rico Fischer und Edgar setzten sich an einen der Tische. Außer ihnen waren nur wenige Gäste da, der Kleidung und den Rucksäcken nach Wanderer. Kaum Platz genommen, stand die Bedienung vor ihnen und wartete auf die Bestellung. Rico Fischer orderte ein Bier und einen Schnaps. Edgar hatte auf einer Tafel gelesen, dass heute Schnitzel mit Brot angeboten wurden und entschied sich dafür. „Und ein Radler, bitte."

Bier und Schnaps waren rasch serviert. Rico Fischer nahm den Schnaps und kippte ihn in den Rachen.

„Pfffft, die Lazlo, diese dumme Fotze", zischte er. „Die versteht doch nichts!"

Edgar war von dem negativen Ausbruch überrumpelt. Um seine Überraschung zu kaschieren, hob er das Glas an den Mund und trank einen kräftigen Schluck. Er dachte an die Sitzung mit Frau Dr. Lazlo von heute Morgen zurück. *Erzählen Sie mir von Ihrem Glück.*

Nach einigen Augenblicken der Besinnung hatte er begonnen zu erzählen. Angefangen von dem Tag im

Dezember vor nun fast drei Jahren, an dem er Melanie kennengelernt hatte, bis zum Sommer dieses Jahres. Er erzählte von ihr als seiner großen Liebe. Wie sehr und innig sie sich verbunden waren. Was sie ihm bedeutete. Er erzählte von ihrem Türmchenhaus in *Gengenbach*, von den Hunden *Müller* und *Lydia*, und von seiner Leidenschaft, dem Motorradfahren. Frau Dr. Lazlo hatte ihm aufmerksam zugehört und ihn kein einziges Mal unterbrochen. Die Stunde war im Nu vorbei gewesen und er hätte noch weiterreden können, doch da hatte sie ihn gestoppt und auf die Uhr verwiesen. *Leider muss ich hier unterbrechen, Herr Schaaf,* hatte sie gesagt. *Aber es hat mir sehr gut gefallen. Wir sehen uns dann wieder am Freitag.*

Edgar wischte sich Schaum von der Oberlippe. „Wie kommst du darauf?", hakte er nach und wollte Rico Fischers Polemik nicht so stehen lassen. „Wieso versteht sie nichts?"

„Weil sie ein Weibsbild ist", blaffte er zurück.

„Also ich finde sie recht gut. Ich hab´ zwar erst zwei Sitzungen bei ihr gehabt, aber ..."

„Deine Frau hat auch keinen Selbstmord verübt, nehme ich an. Ich habe ebenfalls eine Sitzung bei der Lazlo gehabt, und die Schlampe quetscht mich nach dem Grund des Selbstmordes aus. Hallo? **Ich** bin hier der Patient. Ich lass´ mich doch von der nicht auf die Anklagebank setzen. Ne, ne, mein Lieber. Ich hab´ mich dann an Dr. Winkler gewandt, und der betreibt keine ..." Er unterbrach seine Tirade, um kurz darauf fortzufahren. „Jedenfalls lässt er meine Frau aus dem Spiel."

Edgar wusste, dass Dr. Hauke Winkler einer von drei Psychologen der Klinik war. Trotzdem fragte er: „Dr. Winkler ist demnach wohl ein Mann?"

„Logisch", antwortete Rico Fischer.

Edgars Schnitzel wurde gebracht. Rico Fischer nutzte die Gelegenheit, ein weiteres Bier mit Schnaps zu bestellen.

Sobald das Schnitzel auf dem Tisch stand, stieg Edgar ein wohlbekannter Duft in die Nase, der ihn zurück in die Anfänge seiner Polizeikariere katapultierte. *Maggi-Würze.* Die Soße roch nach *Maggi-Flüssigwürze*, jener sagenhaften braunen Flüssigkeit in den unverwechselbaren Flaschen, die in den Kantinen der Polizeikasernen zum alltäglichen Standard gehörten. War die Soße nicht bereits vor der Essensausgabe damit gewürzt, stand bestimmt die *Maggi*-Flasche griffbereit auf dem Tisch.

Das wird mein Geheimtipp für Melanie, wenn sie am Wochenende zu Besuch kommt, dachte er.

Edgar bemerkte, dass Rico Fischer ihn musterte. *Ich werde ihn nicht auf seinen Alkoholkonsum ansprechen,* dachte er. *Aber mit irgendwas wird er gleich hinter dem Busch hervorkommen*

„Weswegen bist du eigentlich hier?", kam die Frage, bewusst gleichgültig gestellt, aber mit unverkennbar lauerndem Unterton.

„Es wird dich kaum interessieren", sagte Edgar leichthin. „Ich habe zwei Männer umgebracht."

Rico Fischer fiel die Kinnlade herunter. „Was?", rief er, sodass andere Gäste die Köpfe nach ihm drehten. Seine Haltung versteifte sich. „Und warum bist du dann nicht im Knast?"

Edgar schob ein Stück Schnitzel in den Mund und kaute ausgiebig. „Unzurechnungsfähigkeit", nuschelte er und spülte mit einem Schluck Radler nach.

„Aber ...aber ...dann müsstest du doch in der Klapse sein, oder?"

„Bin ich doch hier", grinste Edgar breit über den Tisch.

„Moment. Das *An klaren Wassern* ist eine **offene** Anstalt. Ich meine ..."

„Egal, was du meinst, Rico. Frau Dr. Lazlo bürgt für mich. Wie ich schon sagte: Ich finde die Frau recht gut."

In Rico Fischer arbeitete es. Zwei-, dreimal setzte er zum Reden an, brach jedoch genauso oft ab. Plötzlich sprang er auf, als hätte er in einem Ameisenhaufen gesessen, beugte sich über den Tisch und schrie, dass der Speichel sprühte: „Weißt du was? Du bist ein blödes Arschloch, und verarschen kann ich mich selber!" Dann stürmte er zur Bedienung, bezahlte seine Zeche und stapfte in aufgebrachter Stimmung davon.

Aber das tust du doch schon die ganze Zeit – dich selber verarschen, dachte Edgar und überlegte, ob er noch ein zweites Schnitzel verdrücken sollte.

Beim Abendessen, Edgar begnügte sich mit Frischkäse auf einer Scheibe Brot, blieb Rico Fischers Stuhl am Zweier-Fenster-Tisch leer. Auch später war von ihm weder im Fernsehraum noch im Lesezimmer noch im Fitnessraum etwas zu sehen. Gegen zweiundzwanzig Uhr umrundete Edgar das Klinikgebäude und schaute an der Fassade hoch. In Rico Fischers Zimmer brannte kein Licht.

Mittwoch, 26. Juli 2023
Holzrück/Haldensee

Es war eine sogenannte *Tropische Nacht* gewesen. Sie reihten sich mittlerweile aneinander wie die Perlen auf einer Kette. An eine normale Nacht konnte er sich fast nicht mehr erinnern. Aber so war das mit dem Klimawandel: Er setzte sich fest und verdrängte die gewohnte Normalität, bis er selber zur Normalität wurde.

Er glühte jedoch auch von innen heraus. Seit er das Foto in Ricos Schlafzimmer entdeckt hatte, fraß ihn ein Feuer auf, von dem er nie im Leben gedacht hätte, dass es ihn eines Tages anheimfallen würde. Es schien ihn förmlich zu verzehren.

Es war spät geworden gestern Abend. Das Haus war schon dunkel gewesen, als er nach Hause gekommen war. Die Nacht hatte er, sturzbetrunken wie ein Matrose auf Landgang, auf dem Sofa verbracht. Sich nach der Entdeckung zu seiner Frau ins Bett zu legen, war ein Ding der Unmöglichkeit. Zuerst musste reiner Tisch gemacht werden. Zu dieser Erkenntnis war er in seiner Stammkneipe gekommen, und aus diesem Grund war er unterwegs. Frühmorgens war er losgefahren, ohne Senta gesehen oder ein Wort mit ihr gewechselt zu haben. Wo er Rico finden würde, hatte sie ihm ja in ihrer Unverschämtheit gesagt: *Haldensee.* Stell⁻ dir vor, wen ich getroffen hab? Den Mann meiner Cousine. Den Mörder. Er muss jetzt in eine Klinik. Vier Wochen Alkoholentzug. Er hörte ihre Worte, als sei es gestern gewesen.

Haldensee. Ausgerechnet *Haldensee*, wo in zwei Tagen die Mineralienausstellung beginnen würde.

Natürlich war er viel zu früh losgefahren. Aber er hatte Senta aus dem Weg gehen wollen. So vertrödelte er den Vormittag und den halben Nachmittag in einem unorthodoxen Stimmungsmix aus düsterem Stumpfsinn und tickender Zeitbombe auf einem Rastplatz an der B 500. Erst gegen drei Uhr nahm er die Reststrecke unter die Räder.

In Haldensee angekommen, parkte er den *BMW* vor der Turnhalle, in der auch die Ausstellung am Freitag sein würde, und machte sich zu Fuß Richtung Klinik auf. Gewissermaßen zur Tarnung trug er einen billigen Wanderhut, den er tief in die Stirn drückte, und eine verspiegelte Sonnenbrille. In der Nähe der Klinik standen ein paar Leute um einen großen Standaschenbecher und rauchten. Er fragte, ob ihnen ein gewisser Rico Fischer bekannt sei. Und was für ein Schwein er hatte. Rico Fischer sei um diese Zeit meistens zu einer Wanderung um den See unterwegs. Man zeigte ihm sogar die Richtung an.

Nach kurzer Überlegung entschied er sich. Da er ihn, wenn er den gleichen Weg nahm, nicht mehr einholen würde, schlug er die Gegenrichtung ein und marschierte ihm entgegen. Eilig hatte er es nicht, und darum achtete er sehr darauf, wer ihm entgegenkam. Die Zeit zog sich hin, und es war gleich viertel nach fünf Uhr, und er fragte sich, ob ihm die Leute vorhin einen Bären aufgebunden hatten, als er ihn in seinem typischen Outfit, einem rotweiß karierten Hemd und Kniebundhose, endlich kommen sah.

Die Gegend und die Gelegenheit waren günstig. Den linken Wegrand begrenzte eine steile Felsformation. Rechts des Weges und bis in den See hinein lagen einige mächtige Felsblöcke, hinter denen man sich gut verstecken konnte. Andere Wanderer waren gerade nicht in Sicht, und Rico war allem Anschein nach alleine. Handliche Steine, stellte er außerdem fest, gab es jede Menge.

Du wirst dein blaues Wunder erleben, Rico.

*

Senta wusste nicht mehr, was da vor sich ging. Was sie davon halten sollte. **Die Steine machen ihn verrückt**, dachte sie.

Als sie vor ein paar Jahren zu ihm gesagt hatte, dass er sich, anstatt samstags den ganzen Tag in der Kneipe zu verbringen und das Geld zu versaufen, ein gottverdammtes Hobby zulegen solle, eine Freizeitbeschäftigung, war nicht zu ahnen gewesen, welche Lawine sie damit lostreten würde. Eine Steinlawine.

Wer ihn auf den Geschmack gebracht hatte, hatte sie über die Jahre vergessen. Vielleicht ein Kollege aus dem Sägewerk, oder einer der LKW-Fahrer, die das Sägewerk mit Holzstämmen belieferten oder zugeschnittenes Holz abholten. Oder der Mann ihrer Cousine, was sie noch für am wahrscheinlichsten hielt, denn der war ebenfalls ein von den Steinen Angefressener. Obwohl, die beiden Männer hatten sich noch nie ausstehen können und gingen sich wenn irgend möglich aus dem Weg.

Jetzt war es so, dass er in jeder freien Minute mit den Steinen hantierte. Entweder hockte er samstags den ganzen Tag in der *Goldmine*, wie er die Fundstelle der Knollen nannte, kam heim mit Klamotten voller Dreck, die er ihr vor die Füße warf, oder er arbeitete in seiner Werkstatt mit Steinsäge und Schleifmaschine.

Alles gut und recht, solange er seiner Arbeit nachging und er seine Pflichten nicht vernachlässigte, und zu seinen Pflichten gehörte nun mal die Arbeit im Sägewerk. Von dem einen, nicht gerade üppigen Verdienst, lebten sie. Ein anderes Einkommen hatten sie nicht. Was er mit seinen Steinen bei den seltenen Mineralienausstellungen einnahm, behielt er für sich.

Dabei hätte das Haus, in dem sie wohnten, eine dringende Renovierung nötig. Ein neues Dach, zum Beispiel. Die Fassade gehörte frisch gestrichen. Neue Fenster, um die Heizkosten zu senken, und überhaupt eine effizientere Heizung. Schon lange lag sie ihm wegen neuer Fußböden in den Ohren. Eine moderne Küche wäre kein Luxus. Aber nein, der Herr kümmerte sich um nichts und ließ das Haus vergammeln. Wenn sie durchs Dorf ging und die anderen Häuser mit ihrem eigenen verglich – nein, sie durfte gar nicht daran denken.

In seinem Größenwahn hatte er einst getönt, dass seine Frau keiner Arbeit nachzugehen bräuchte. Obwohl sie damals gern gearbeitet hätte. Aber er hatte es nicht zugelassen. Sie müsse zu hundert Prozent für die Kinder da sein, hatte er verlangt. Doch die Kinder waren in all den Jahren nicht gekommen, und nun bekam sie keine Arbeit mehr. Sie musste leider gestehen, dass sie sich nie getraut hatte, eigene Bedürfnisse durchzusetzen.

Um ehrlich zu sein: Sie hatte längst keine Lust mehr zu arbeiten. Nicht mit ihren neunundvierzig Jahren. Für andere Leute den Buckel krumm zu machen für einen Scheiß-Lohn? Ne, nicht mit Senta.

Sie war zwar keine ausgesprochene Schönheit, aber hässlich war sie noch lange nicht. Wegen ihrer geringen Größe von eins zweiundsechzig wäre eine Karriere als

Model nicht für sie in Frage gekommen. Sie war schlank, und ihr hervorragendes Plus war ein liebreizendes Gesicht, das sie mit ihrer braunen Lockenfrisur gut hervorzuheben wusste.

Wenn sie in der Stadt war, wie sie sagte, wenn sie nach *Offenburg* ging, führte sie das Leben, das sie gerne gehabt hätte. Ein Leben, von dem ihr Mann keine Ahnung hatte und das von dem gemeinsamen Leben mit ihm so weit entfernt war wie die Erde von der Sonne. Sie trug ihre besten Kleider, flanierte die Geschäftsstraßen auf und ab, saß in den Straßencafés, gönnte sich Proseccos, rauchte Zigaretten mit einer langen Spitze, obwohl sie zu Hause nie rauchte, und beobachtete die Leute, die vorbeigingen. Sie besuchte die besten und teuersten Geschäfte, ließ sich Kleider zeigen und probierte sie an, betrachtete sich damit im Spiegel, um ohne Kauf wieder hinauszugehen. Sie ließ sich Handtaschen vorführen, Schuhe, Hüte und Kosmetikartikel, ohne je einen Euro dafür auszugeben.

War es ihr zu Beginn der Stadtausflüge noch peinlich gewesen, hatte sie sogar Scham empfunden, den Verkäuferinnen eine Ausrede zu servieren, wenn sie von einem Kauf Abstand nahm, gewöhnte sie sich mit der Zeit daran und fand es selbstverständlich zu behaupten, dass sie ihre Kreditkarte vergessen habe. Und als dann die Verkäuferinnen sie als die Frau erkannten, die nie etwas kaufte, war es ihr egal geworden. In einigen Läden begann man sie, sehr zu ihrer angenehmen Freude, sogar zu hofieren.

Ja, das wäre ihr Traum gewesen. Respektiert und geachtet zu werden. Aber mit diesem Mann war es immer nur ein Traum geblieben. Sie tröstete sich damit, dass sie immerhin noch einen Traum hatte. Anderen Frauen ging es bestimmt noch schlechter. An diese fragwürdige Hoffnung, für die sie jedoch keine Bestätigung fand, klammerte sie sich in verbitterter Verzweiflung.

Sein Chef hatte angerufen. Herr Dolder persönlich. Nicht genug, dass ihr Mann heute nicht zur Arbeit erschienen war. Bereits gestern hatte er sich entschuldigt und war nicht zur Arbeit gekommen. Und am Freitag hatte er sowieso schon frei wegen der Mineralienausstellung in *Haldensee*.

Morgens war er wie gewohnt aus dem Haus gegangen. Zur Arbeit, hatte sie gedacht. Wohin sonst? Er hatte mit keiner Silbe mit ihr über seine Pläne gesprochen, oder was immer in ihn gefahren sein mochte. Gestern nicht einmal ein einziges Wort. Auch spätabends nicht, als er betrunken aus der Kneipe gekommen war. Wenigstens nahm sie an, dass er betrunken gewesen war, denn er hatte nicht im Ehebett geschlafen, sondern im Wohnzimmer auf dem Sofa. **Wahrscheinlich war das auch besser so**, hatte sie gedacht. Aber so konnte das nicht weitergehen. Sie würde ihn zur Rede stellen müssen.

*

Es war spät, als er zu Hause den *BMW X-Drive* in den Hof zwischen Wohnhaus und Scheune abstellte. Spät, aber noch nicht dunkel. Der zweite Tag nacheinander, dass er die Arbeit geschwänzt hatte.

Er schielte zum Haus hinüber. Mittwochabend. Normalerweise ging seine Frau mittwochs zur Kirchenchorprobe und anschließend mit den anderen Weibern ins *Vesuv*, dem italienischen Restaurant in dem Kaff *Holzrück*, das ein Italiener eröffnet hatte, nachdem der alte *Löwen*-Wirt seine Kneipe krankheitsbedingt hatte schließen müssen.

Aber irgendwie traute er der Normalität heute nicht. Und richtig. Schon kam sie aus der Haustür und hielt auf das Auto zu. **Das sieht nicht nach Frieden aus**, dachte er.

„Senta", sagte er müde und es klang wie eine Enttäuschung, „was gibt's? Hast du heute keine Chorprobe?" Er bemühte sich, einen normalen Tonfall anzuschlagen, doch dass sein Blut in Wallung geriet, konnte er nicht verhindern.

Anstatt den Weg ins Haus einzuschlagen, lenkte er die Schritte Richtung Werkstatt. Er schloss die Tür auf und ging hinein, dicht gefolgt von ihr, Senta.

„Wir müssen miteinander reden", sagte sie. „Dein Chef hat angerufen. Er hat gefragt, warum du nicht zur Arbeit erschienen bist."

Soso, hat er das?, dachte er und stellte sich, ihr den Rücken zukehrend, an die Werkbank.

„Wo warst du den ganzen Tag, und wo kommst du her?", fragte sie in einem Ton, der ganz und gar nach Verdruss klang. „Meinst du nicht, ich habe ein Recht darauf, das zu erfahren?"

Unbemerkt legte irgendein Stellwerker, der die Weichen der Lebensbahnen überwachte, einen Hebel um.

„Recht? Welches Recht? Und du? Wo gehst du hin, während ich auf Arbeit bin? Was hast du ständig in *Offenburg* zu suchen, wie du immer sagst, dass du gewesen bist, hä? Zieht es dich nicht eher ganz woanders hin?"

Aha, das hat gesessen. Jetzt hat es ihr die Sprache verschlagen.

In der Tat schien es, als hätte man ihr die Luft zum Atmen geraubt. „Was ... was soll der Quatsch? Was willst du damit sagen?"

„Tu´ doch nicht so scheinheilig. Du weißt genau, von was ich rede. Ich hab´ dein Drecks-Foto gesehen", schleuderte er ihr entgegen.

Sie schien nicht zu kapieren. „Von was faselst du denn da. Von was für einem Foto redest du?"

Sie streitet es ab! Sie stellt sich tatsächlich dumm! Der Becher, den er gestern in seinem Schädel aufgestellt und über Nacht und über Tag beharrlich mit Gift gefüllt hatte, stürzte in diesem Augenblick um und ertränkte die Vernunft. Speichel strömte in seinen Mund, als wäre es der Nil. Adrenalin schoss durch den Körper und ließ ihn erblinden. Aber seine Hand wusste auswendig, wo die Steine lagen. Die Finger krallten sich wie von selbst um eine Achatkugel.

In einem Anfall von Jähzorn wirbelte er herum.

„Das Nacktfoto von dir, du falsche Schlange!", brüllte er.

Donnerstag, 27. Juli 2023
Haldensee

Am Donnerstagmorgen fehlte Rico Fischer bei den wechselwarmen Beingüssen vor dem Frühstück, sowie beim Frühstück selbst. Eine Krankenschwester, beauftragt, mit einem Zweitschlüssel in seinem Zimmer nachzusehen, erstattete negative Meldung. Zu den eingetragenen Anwendungen erschien Rico Fischer ebenfalls nicht.

Als er auch zum Mittagessen nicht gesehen wurde, ließ die Klinikleitung Rico Fischers Zimmer überprüfen, ob es

Anzeichen für eine eigenmächtige Abreise gab. Aber es waren sowohl Wechselkleidung als auch Toilettenartikel wie Zahnbürste und Rasierer, und sein Handy nach wie vor vorhanden. Ebenso stand sein Auto, ein grauer *Dacia Duster*, auf dem Parkplatz, der zur Klinik gehörte.

Edgar hielt es nach diesen Anzeichen für geboten, bei der Klinikleitung vorzusprechen.

„Herr Schaaf, ja, nehmen Sie doch bitte Platz", sagte die Geschäftsführerin Frau Dr. Dreßen und deutete auf einen futuristisch anmutenden Sessel vor ihrem Schreibtisch. „Was kann ich für Sie tun? Ich hoffe, es gefällt Ihnen bei uns." Ihr Strahlegesicht entsprach voll und ganz der propagierten Philosophie der Anstalt. Frau Dr. Dreßen war eine großgewachsene Frau mit unzerstörbarer Stahlwollefrisur. Die grauen Business-Anzüge, Edgar erinnerte sich an Dr. Lazlos gestrige Garderobe, schienen ebenfalls zum seriösen Aushängeschild der Klinik zu gehören. Außer ihrer Funktion als Geschäftsführerin war sie neben Frau Dr. Lazlo und Herrn Dr. Winkler die dritte praktizierende Psychologin der Klinik.

Edgar nahm Platz. Der Sitzkomfort war besser als befürchtet. „Frau Dr. Dreßen, ich komme wegen Rico Fischer."

„Ah, ja, unser vermisster Patient. Wissen Sie etwas über ihn? Vielleicht, wo er sich momentan aufhält? Ich muss gestehen, dass ich mir Sorgen um ihn mache. Seine mentale Verfassung, wie ich von Dr. Winkler gehört habe, sei nicht die beste. In Anbetracht seiner Vorgeschichte halte ich ihn für in höchstem Maße gefährdet."

„Nein, tut mir leid, wo er sich gerade aufhält, weiß ich auch nicht", sagte Edgar. „Aber ich war gestern Nachmittag mit ihm zusammen. Wir haben eine kleine Wanderung unternommen. Bis zur Vesperstube drüben auf der anderen Seeseite. Dort hat er sich dann von mir abgesetzt. Das war gegen siebzehn Uhr."

„Mhm. Ist etwas vorgefallen, dass er Sie verlassen hat? Und welche Richtung hat er eingeschlagen?"

„Nun, er hat den Weg um den See fortgesetzt. Und ja, es ist etwas vorgefallen. Nicht, dass ich ihn in Misskredit bringen will, aber der Vorfall heißt Alkohol. Er hat in kürzester Zeit eine beträchtliche Menge davon konsumiert. Vielleicht ist er einfach nur versumpft."

Frau Dr. Dreßen sog scharf Luft durch die Nase. „Ui, das ist nicht gut. Absolut nicht gut", sprach sie mehr zu sich als zu Edgar. Trotz ihrer Größe erhob sie sich geschmeidig hinter dem Schreibtisch und zog aus einem Regal einen dünnen Aktenordner hervor. Wieder am Tisch, schlug sie den Ordner auf und überflog, Lesebrille auf der Nase, die Einträge. Dann wiederholte sie: „Tja, gar nicht gut."

Sie wandte sich erneut an Edgar. „Hat er irgendetwas zu Ihnen gesagt? Was er vorhat? Wie er sich fühlt?"

„Ich muss zugeben, dass unsere Unterhaltung zu einer Provokation meinerseits geführt hat. Daraufhin hat er mich ein Arschloch genannt, ist aufgestanden und gegangen."

„Provokation? Inwiefern, wenn ich fragen darf?" Sie neigte wachsam ihren Kopf zur Seite

„Ich habe Frau Dr. Lazlo in Schutz genommen", sagte Edgar.

„Aha, Frau Dr. Lazlo. Klar. Sie ist sein rotes Tuch. Das konnten Sie nicht wissen." Sie klappte den Ordner zu und lächelte ihn an. „Ich weiß, dass Sie erpicht sind, mehr über Rico Fischer zu erfahren, Herr Kriminalhauptkommissar a. D. Edgar Schaaf. Aber Sie kennen ja die ärztliche Schweigepflicht, nicht wahr? Danke, dass Sie trotzdem zu mir gekommen sind."

Der Haldensee liegt am Fuße der Nordflanke des tausendzweihundertelf Meter hohen Breitkopfs. Die mit Fichten bewaldete Nordflanke, im Volksmund Halde genannt und so auch in Land- und Wanderkarten bezeichnet, ist durchsetzt mit steilen Geröllfeldern und Felsformationen, die in ihren weitesten Dimensionen bis an den See heranreichen. Seit einigen Jahren konnte man an der Halde eine der wenigen Gäms-Populationen des Schwarzwaldes beobachten.

Das Boot dümpelte im Wasser wie in einem Teig. Die Oberfläche war vollkommen ruhig. Von der Höhe herab strich ein kühles Lüftchen über den See, angereichert mit der Feuchtigkeit und den Aromen des Waldes.

Edgar lag rücklings im Rumpf, die Ruder eingeholt, die Beine auf der Ruderbank, den Kopf auf dem Rucksack am Bug. Der Strohhut bedeckte das Gesicht. Er betrieb auf eigene Weise die Fortsetzung der Meditation, an der er in einer Gruppe die Stunde davor teilgenommen hatte.

Meditation bei Frau Dr. Lazlo. Er hatte nicht gewusst, dass sie auch dafür zuständig war. Heute trug sie ein fliederfarbenes Kostüm.

Sie machte das gut. Ihre Stimme traf Tempo und Intonation, setzte an den richtigen Stellen Akzente. Sie rezitierte mit geschlossenen Augen und völlig souverän aus dem Stegreif. Mit Meditationsübungen unerfahren, war Edgar auf ihre Methode sogleich angesprungen.

Kurz nach drei Uhr hatte er die Leihgebühr für das Boot in die angekettete Kasse gesteckt und war auf den See hinausgerudert. Nach schätzungsweise erreichter Mitte hatte er die Ruder eingeholt und sich treiben lassen. Zuerst beobachtete er in sitzender Position die unendlich langsame, kaum realisierbare Drift des Bootes. Nachdem er kalkuliert hatte, dass es Stunden, wenn nicht Tage dauern würde, bis er auf diese Weise gegen ein Hindernis am Ufer stieße, war er mit dem Hintern von der Ruderbank gerutscht und hatte die liegende Stellung eingenommen.

Selbstmord! Arbeitslos wegen Fehltagen im Betrieb. Nur damit du's weißt und keine Fragen stellst. Edgar rief sich die ungefähren Worte Rico Fischers ins Gedächtnis, nachdem Fragmente davon im Sieb seines Gedankenflusses hängen geblieben waren. Wenn Ehemänner vom Selbstmord der Ehefrau sprachen, wurde er automatisch hellhörig und schaltete aus alter Gewohnheit in den Misstrauensmodus. Nicht dass hinter jeder Tragödie gleich ein Verbrechen verborgen sein musste, aber er wäre ein schlechter Kriminalist gewesen, wenn er seiner inneren Stimme kein Gehör geschenkt hätte.

Es war natürlich längst nicht so, dass jeder Alkoholiker ein potenzieller Mörder war. Aber Rico Fischer zeigte sehr wohl unübersehbare Anzeichen von Alkoholismus, was die Frage aufwarf, ob er schon vor oder erst nach dem angeblichen Selbstmord seiner Frau zur Flasche gegriffen hatte. Und falls es davor gewesen war, ob dann der Suizid eine indirekte Folge davon gewesen sein könnte.

Wäre er im Dienst, würde er nun ein Dossier anlegen. Inoffiziell noch und absolut diskret, doch er würde die Sache auf seinem Radarschirm haben und im Auge behalten. Es wäre nicht das erste Mal, dass durch Zufall ein unbedachtes Wort, beispielsweise im Suff gesprochen, über verschlungene Wege an die richtige Stelle geriet.

Aber Edgar war nicht im Dienst, wie ihm auf dem Rücken in einem Boot liegend schmerzlich bewusst wurde. Er hob den Kopf, nahm den Hut vom Gesicht und betrachtete über den Bootsrand hinweg das Ufer. Der Vegetation nach befand er sich mit seinem Kahn noch immer an der gleichen Position: Mitten im Haldensee. Zufrieden grunzend lehnte er sich wieder zurück. War es siebzehn oder achtzehn Jahre her? Dass er ein Ferienhaus an einem See in Schweden gemietet hatte? Auch damals war er mit dem Ruderboot auf den See hinausgefahren und hatte sich stundenlang einfach treiben lassen. Er liebte diese Art der Entschleunigung und dankte im Geiste jenem genialen Mensch in grauer Vorzeit, der das *Archimedische Prinzip* zu nutzen wusste, ohne es praktisch zu kennen und doch verstanden hatte, zu welchen Bedingungen ein Gegenstand im Wasser schwimmt – oder nicht.

Er dachte an die vergangene Nacht zurück und daran, dass er überraschend gut geschlafen hatte. Durchgeschlafen sogar, zumindest von halb zwölf Uhr nachts bis halb sechs Uhr am Morgen. Ohne Unterbrechung. Ohne Albtraum.

Er hatte bis dreiundzwanzig Uhr mit Melanie gequatscht. Am Telefon. Hatte ihr geschildert, dass die Psychologin ihn über sein Glück hat erzählen lassen, und wie gut er sich hinterher fühlte.

„Dann ist sie, glaube ich, eine kluge Frau", hatte Melanie geantwortet.

„Hm, du meinst, das war Taktik?"

„Ob Taktik der richtige Ausdruck ist, wage ich zu bezweifeln. Aber ich weiß, was du meinst, mein Edgar. Sie hat dir zwei Räume vor Augen geführt. Im ersten waren deine Schuldgefühle und Albträume, und danach ist es dir miserabel gegangen. Im zweiten Raum war dein Glück, und du hast dich hinterher gut gefühlt. Das ist schon eine starke Botschaft, verstehst du?"

Edgar hatte verstanden. Und er wusste, dass seine Melanie ebenfalls eine kluge Frau war. Sie hatte auf Anhieb Frau Dr. Lazlos Therapieansatz erkannt.

Seine Gedanken schweiften ab. Zweidreiviertel Jahre zurück, als und wie sie sich kennengelernt hatten. Er mit *Müller* im Zug von *Offenburg* nach *Radolfzell* zur Befragung eines Ex-Kollegen, Melanie mit ihrer *Lydia* von *Gengenbach* nach *Singen (Htw.)* zum Notar. Und dann, wie eine himmlische Fügung, wieder auf der Rückreise. Bereits am nächsten Tag war er zu ihr nach *Gengenbach* gefahren und sozusagen für immer dort geblieben. Bei seinem Glück. Ein Jahr später war ihre Hochzeit gewesen. Im *Ortenberger Schloss* bei Frau Tamara Brassova. Edgar lächelte.

Entfernt drang Kindergeschrei an sein Ohr. *Es wird vom Haldenseer Strandbad kommen*, dachte er und schloss daraus, dass er nun doch eine ziemliche Strecke abgetrieben sein musste. Sich dessen zu vergewissern, hielt er jedoch für überflüssig. Als er aber wenig später den scharfen, grellen Schrei eines Raubvogels vernahm, lüftete er den Strohhut, um nach dem Verursacher den Himmel abzusuchen. Edgar entdeckte ihn rasch. Ein Milan, der in höchstens zwanzig Metern Höhe seine Kreise über ihm drehte.

Als der Vogel plötzlich im Sturzflug auf die Seeoberfläche herunterstieß, richtete sich Edgar im Boot auf. Gerade rechtzeitig, um den Milan mit einem Fisch als Beute zwischen den Krallen Richtung Ufer fliegen zu sehen.

Fantastisch. Allein deswegen hat sich der Aufenthalt hier gelohnt, dachte er.

Richtung Ufer. Genau dort befand sich Edgar mittlerweile. Quer über dem See, auf der anderen Seite, machte er tatsächlich das Strandbad aus, von dem das Kindergeschrei herüberkam. Er schätzte, dass er ohne einen einzigen Ruderschlag vielleicht einen oder eineinhalb Kilometer weit abgedriftet worden war. Er geriet nun in die Schattenzone unter den Ästen der Bäume, was zur Folge hatte, dass er vom Sonnenlicht nicht mehr geblendet wurde und darum bis auf den Grund blicken konnte. Flaches Wasser.

Etwa zwei Ruderschlaglängen voraus bemerkte er eine beachtliche Geröllhalde, die vom Ufer bis in den See hineinreichte. Felsbrocken unterschiedlicher Größe, teils unter, teils über der Wasseroberfläche. Edgar rief sich die Landkarte des Haldensees ins Gedächtnis, die er im Empfangsbereich der Klinik studiert hatte. Es musste sich um die Überreste des sogenannten Mönchsfelsens handeln, oder auch Räuberfelsens, wie die Einheimischen bevorzugt sagten. Die Beschreibung erklärte, dass bis vor hundertachtzig Jahren der Weg entlang des Sees durch einen Felsvorsprung versperrt war. Wanderer oder Reisende waren gezwungen, den Fels durchs Wasser watend zu umrunden. Im achtzehnten Jahrhundert waren zwei Mönche auf der Wanderung vom Kloster St. Blasien im Südschwarzwald zum Kloster Amtenhausen auf der Baar an dieser Stelle ertrunken. Der Volksmund hatte eine Räubergeschichte daraus konstruiert und überliefert, dass die Mönche von einem ihnen auflauernden Räuber erschlagen worden waren. Um achtzehnhundertvierzig wurde der Fels schließlich gesprengt und der Abraum in den See gekippt. Seither war der Weg auch für Fuhrwerke passierbar.

Edgar setzte sich auf die Ruderbank und senkte die beiden Ruder ins Wasser. Mit einem einseitigen Ruderschlag drehte er das Boot. Beziehungsweise wollte er es drehen, was aber nicht klappte, weil das Heck unter Wasser an einen Stein polterte.

Bin zu nah am Ufer, dachte er. Schon zog er an dem anderen Ruder, um entgegengesetzt zu drehen, als er knapp unter der Wasseroberfläche eine merkwürdige Entdeckung machte. Sein erster Blitzgedanke galt einer Qualle, weil sich das Ding aufzublähen schien. Aber erstens hatte er noch nie von Süßwasserquallen gehört, und zweitens waren Quallen nicht rotweiß kariert. Dann war es vielleicht eine Plastiktüte?

Ist es nicht genug, dass die Meere mit dem Scheiß zugemüllt sind?, dachte Edgar und riss nun fluchend an den Rudern, weil der Kahn nicht sofort so reagierte wie er wollte. Auf einmal aber befand er sich fast senkrecht über dem Objekt. Und schlagartig wurde ihm klar, dass die scheinbare Plastiktüte kein Müll war und die vermeintliche Qualle nicht Qualle, sondern Rico Fischer hieß.

Donnerstag, 27. Juli 2023
Haldensee

„Das glaub´ ich jetzt aber nicht. Edgar Schaaf leibhaftig und in Lebensgröße. Hallo Edgar, alter Recke, was für eine Überraschung, ich grüße dich."

Der so Erstaunte war niemand anders als Franz Hirt, seines Zeichens Polizeihauptmeister und Leiter des Polizeipostens *Hohenterzen*. Mit aufrichtiger Herzlichkeit streckte er Edgar, der auf einer Sitzbank unweit des Mönchfelsens auf das Eintreffen der Polizei gewartet hatte, seine rechte Hand entgegen. „Du hast aber nicht die Polizei gerufen, oder?"

„Franz Hirt, wie schön, dich zu sehen. Immer noch im Dienst?", begrüßte Edgar den ergrauten Polizisten. „Wie lange ist das her? Zwei Jahre?"

„Kommt hin", meinte Franz Hirt. „Tja, ich bin erst dreiundsechzig, und dass ich im Dienst bin, siehst du ja."

Edgar nickte. „Ich hab´ den Notruf gewählt, Franz. Notrufleitstelle *Freiburg*."

„Ja, von dort bin ich verständigt worden. Absperrmaßnahmen, du weißt schon. Aber damit bin ich hier bald fertig. Ich brauch´ ja bloß den Weg abzuriegeln." Er schlenderte mit Edgar zu seinem Streifenwagen, um das Polizei-Plastikband zu holen.

„Oje, immer noch der alte *VW-Sharan*", stellte Edgar mit Kennerblick fest.

Franz Hirt winkte ab. „Du wirst lachen, aber ich habe die Annahme eines neueren Streifenwagens für mich verweigert. **Den** fahren jetzt meine beiden jungen Kollegen. Weißt du, meine Bandscheiben haben sich an das alte Modell gewöhnt, und was gut funktioniert, soll man nicht ändern."

„Ach, stimmt. Du und deine Bandscheiben. Und wie geht´s deiner Ursula? Zuckerkrank, nicht wahr?"

Franz Hirts Miene verfinsterte sich. „Dass du ihren Namen noch weißt? Ja, unverändert Zucker. Wird nicht mehr besser. Leider." Franz Hirt deutete den Weg entlang. „Da schau, die Kollegen aus *Neustadt (Schw.)* rücken an."

Die Kollegen kamen auf nur einen Kollegen dezimiert daher, nämlich in Person von Kriminaloberkommissar Jens Melzer. Jener Jens Melzer, der, wie Franz Hirt vor zwei Jahren, in den Kriminalfall um Margarete von Drach, Ralf Großbauer, Roman Teichmann und Dino Gabric, um nur einige zu nennen, involviert gewesen war.

Ungläubig wie zuvor Franz Hirt, aber um einiges forscher begrüßte er Edgar. Und Edgar fragte: „Wo hast du denn deine bessere Hälfte gelassen?"

„Du meinst Linda? Sie absolviert aktuell die Polizeihochschule. Nächstes Jahr wird sie fertig und von der Kripo *Freiburg* als Kommissarin übernommen", setzte Jens Melzer ihn ins Bilde.

„Seid ihr eigentlich schon ..."

„Verheiratet? Hahaha, nein, Edgar. Haben wir ebenfalls für nächstes Jahr aufgehoben. Melanie und du werdet diesbezüglich Post von uns erhalten. Wir suchen nämlich noch nach Trauzeugen." Dann wurde Jens Melzer dienstlich. „Ist der *Condor* mit seinen Leuten schon da?"

Edgar horchte auf. „Du meinst Herbert Wasserfeind?"

Herbert Wasserfeind war der Leiter der Kriminaltechnischen Untersuchung KTU *Freiburg*. Den Spitznamen *Condor* verdankte er seinem Aussehen, asketischer Kahlkopf mit Hakennase, und seinem Hobby, dem Gleitschirmfliegen.

„Klar. Ihn und Doktor Kleinschmidt. Es geht hier doch um eine Leiche, oder nicht?"

Edgar fasste den jungen Oberkommissar am Ellbogen. „Komm´ mit, ich zeige dir, wo sie liegt, bevor *Condor* Wasserfeind den Schauplatz für sich vereinnahmt."

Gemeinsam schritten sie zu der Stelle des Ufers, von wo aus der tote Körper im Wasser zwischen den Felsbrocken zu erkennen war.

Jens Melzer grinste fies. „Das gönne ich ihm", sagte er. „Muss sich der *Condor* heute nasse Füße holen."

„Ihr versteht euch immer noch nicht besonders gut?", wollte Edgar wissen.

„Doch, doch, wir haben gelernt, einander zu respektieren. Aber wir beschießen uns gerne mit kleinen giftigen Pfeilen, wenn du verstehst, was ich meine. Ist fast ein Sport geworden."

Edgar drehte dem See den Rücken zu. „Hör´ zu, Jens. Der Tote ist mir bekannt. Sein Name ist Rico Fischer. Er ist in der Gegend um *Freudenstadt* zu Hause. Er war Patient in der Psychiatrischen Klinik *Haldensee*. Dort findest du auch sein Auto, einen grauen *Dacia Duster*. Und ich bin vermutlich der Letzte, der ihn lebend gesehen hat."

„Darauf wollte ich gerade zu sprechen kommen. Was hast du in dieser Gegend zu suchen? Und sag´ jetzt nicht, dass es Pilze sind."

Edgar hatte natürlich gewusst, dass diese oder eine ähnliche Frage kommen würde, und doch wurde er jetzt auf dem falschen Bein erwischt. Seine Augen verschleierten sich und die Schultern sackten nach unten. „Kai Schuster", seufzte er nur und betrachtete seine Schuhspitzen.

Jedem Polizeibeamten im Lande waren Kai Schusters Tod und die Umstände, wie es dazu gekommen war, nahe gegangen. So auch, dass er in Edgar Schaafs Armen gestorben war. Eine Hauptrolle, die zu spielen Edgar gerne abgelehnt hätte. Dass Jens Melzer ein Mann mit rascher Auffassungsgabe und geschulter Schlussfolgerung war, bewies er mit der direkten Antwort. „Du bist ebenfalls

Patient in der *Haldenseer* Klinik. Daher kennst du den Toten."

Edgar bestätigte stumm und erklärte dann: „Wir waren gestern spazieren. Rico Fischer und ich. Er hat viel Alkohol getrunken. An der Vesperstube, an der du vorhin vorbeigekommen bist, haben wir uns getrennt. Er hat von dort aus weiter den See-Rundweg eingeschlagen, ich bin von dort in die Klinik zurückgekehrt. Vielleicht ist er einfach besoffen in den See gefallen, hat sich den Kopf an einem der Felsen gestoßen und ist ertrunken. Oder ..."

„Oder er ist in den See gefallen worden, sein Kopf ist gegen einen Felsen gestoßen worden, und dann wurde er so lange unter Wasser gedrückt, bis er tot war. Gibt es Zeugen, dass du zur Klinik zurückgegangen bist? Bei der Vesperstube vielleicht?"

„Da musst du das Personal dort fragen, Jens. Ich hatte noch ein Schnitzel gegessen, als Rico Fischer schon längst weg war. Und ja, man muss sich in der Klinik zurückmelden, wenn man das Haus und das Gelände verlassen hatte. Die Uhrzeit lässt sich sicher feststellen. Ich schätze, ich war gegen achtzehn Uhr wieder dort."

„Und wie hast du ihn heute gefunden?"

„Purer Zufall." Edgar schilderte die Drift mit dem Ruderboot und verwies auf den Kahn, den er nicht weit vom Fundort der Leiche am Ufer festgebunden hatte.

Jens Melzer schien eine Weile die Gedanken zu sortieren und fragte dann: „Ist dir sonst noch etwas aufgefallen, was Rico Fischer betrifft? Hatte er Besuch von außerhalb der Klinik? Verwandtschaft oder so? Oder hatte er Streit mit anderen Patienten oder mit Angestellten der Klinik?"

„Von Besuchen oder Streit habe ich nichts mitgekriegt. Angeblich, so erzählte er, hat seine Frau Suizid begangen, woraufhin er selbst arbeitslos geworden war. Auf eine Ärztin der Klinik war er nicht gut zu sprechen, weil sie ihn nach den Ursachen für den Suizid seiner Frau gefragt hatte. Frau Dr. Lazlo ist ihr Name."

Jens Melzer notierte sich den Namen.

Dann rollte in langsamer Fahrt das Einsatzfahrzeug der KTU *Freiburg* heran. *Condor* Wasserfeind stieg aus, erfasste die Situation mit der Lage der Leiche, und sagte: „Scheiße."

Edgar hatte sich hinter das Plastik-Absperrband zurückgezogen und beobachtete die Bergung der Leiche. Zwei von Wasserfeinds Männern suchten das Ufer nach Spuren ab. Auf Jens Melzers Frage, ob er Taucher anfordern solle, hatte der *Condor* mit Kopfschütteln reagiert.

Gerichtsmediziner Dr. Albert Kleinschmidt traf just in dem Moment ein, als Rico Fischers Körper am Ufer abgelegt wurde. Was er zur Todesursache und zum Todeszeitpunkt sagte, verstand Edgar von seiner Warte aus nicht, sah jedoch, wie der Doktor die Wassertemperatur des Sees maß.

Wenigstens versteht er sein Geschäft, dachte Edgar. Es kribbelte ihn in den Fingern, nicht aus erster Hand an Informationen zu kommen, sondern wieder einmal auf Nachfragen angewiesen zu sein, was die Bereitwilligkeit zu Antworten voraussetzte, und das mit erheblicher Zeitverzögerung. Er wusste, dass einmal vorgekaute Fakten nie wieder die Qualität des Originals erreichten. Es ging ihnen zu viel an szenischer Substanz verloren.

Deswegen suchte er einen Tatort bevorzugt persönlich auf, führte Vernehmungen oder Zeugenbefragungen am liebsten selber durch. Tatortatmosphären, Stimmungsschwankungen, Mienenspiele, Augensignale und Körperhaltungen konnte man in einer Retorte nicht wieder herstellen. Signifikante Botschaften wurden direkt übermittelt.

Dennoch wartete er geduldig auf das Ende des Polizeieinsatzes. Immerhin war er demütig genug zu akzeptieren, dass weichgespülte Fakten besser waren als gar keine Fakten. Mit blutendem Herzen sah er *Condor* Wasserfeind mit seinen Gehilfen und Dr. Kleinschmidt davonfahren. Entsprechend erwartungsvoll schaute er Jens Melzer entgegen.

„Edgar, ich habe eine Bitte an dich. Ich möchte, dass du mich zur Klinik *Haldensee* begleitest. Du kennst dort die Örtlichkeiten. Das erspart mir lange Sucherei. Okay?"

Nichts lieber als das, dachte Edgar in klammheimlicher Freude. „Schon, aber was mach´ ich mit dem Ruderboot? Es ist Eigentum der Klinik", fragte er.

„Wenn wir fertig sind, bring´ ich dich wieder hierher. Dann kannst du das Boot zurückrudern", bot Jens Melzer an.

Edgar nickte. *Er hat **wir** gesagt. Wenn **wir** fertig sind*, dachte er. „Okay, fahren wir."

Zu Edgars dankbarer Kenntnisnahme unterließ es Jens Melzer, während der Fahrt zur Klinik das Thema Kai Schuster anzusprechen. Stattdessen schwelgte er in Erinnerungen an den gemeinsamen Kriminalfall vor zwei Jahren, und von Linda. „So einen großen Fall hatten wir seither nicht mehr", sagte er zum Abschluss.

Als Jens Melzer und Edgar das Büro der Klinikleiterin betraten, war es siebzehn Uhr fünfzig. Frau Dr. Dreßen befand sich nicht allein in ihrem Büro, sondern war in ein

Gespräch mit Dr. Winkler vertieft, weshalb sie das Eintreten der beiden Männer als Störung betrachtete. „Nicht jetzt!", rief sie und fuchtelte mit einem Arm abwehrend durch die Luft.

„Doch, jetzt", ignorierte Jens Melzer die Abweisung und blieb mitten im Raum stehen. Bevor sich im Gesicht der Klinikleiterin Empörung ausbreiten konnte, stellte er sich unter Verwendung seines Dienstausweises vor. „Es geht um Rico Fischer. Er ist doch Patient in diesem Hause?"

Frau Dr. Dreßen und Herr Dr. Winkler richteten ihre Aufmerksamkeit nun auf den jungen Kriminaloberkommissar. „Herr Fischer ist mein Patient", fühlte sich Dr. Winkler angesprochen. Seine Haltung verriet die aktuelle Alarmstufe. „Wir haben soeben über Herrn Fischer gesprochen." Er nickte Frau Dr. Dreßen zu. „Sein Verschwinden und so. Wieso Kriminalpolizei?"

„Herr Fischer ist tot", antwortete Jens Melzer. „Er ist drüben beim Mönchsfelsen aufgefunden worden. Zu den Todesumständen kann ich wegen laufender Ermittlungen noch nichts sagen, aber ich hätte da einige Fragen an Sie."

Herrn Dr. Winklers und Frau Dr. Dreßens Auskünfte waren nicht wirklich aufschlussreich gewesen. Vorhersehbar, wie Edgar meinte. Immerhin wussten sie jetzt, wer Rico Fischer in die Akut- und Reha-Klinik überwiesen hatte, nämlich ein Herr Doktor Jochen Paulus, sein Hausarzt in *Freudenstadt*. Grund war ein massives Alkoholproblem.

Das Alkoholproblem, hatte Dr. Winkler geäußert, bestand nicht erst seit Frau Fischers Suizid, sondern schon erheblich länger, weswegen Rico Fischer bereits des Öfteren in seinem Betrieb abgemahnt worden war. Und trotz aller Warnungen, bei Nichteinhaltung des Abstinenzgebots die Therapie in der Klinik abbrechen zu müssen, hatte er auch hier weitergetrunken, obwohl er das strikte Gegenteil behauptete. Einem erfahrenen Mediziner blieb das natürlich nicht verborgen, wie Dr. Winkler sagte.

Über das Privatleben schwieg sich Rico Fischer grundsätzlich aus. Einzig wenn das Gespräch auf sein Hobby gelenkt wurde, öffnete er sich und wurde redselig, beschränkte sich jedoch auch dann nur auf die Materie: Steine. Rico Fischer sammelte Steine. Achate, um genau zu sein, und er sammelte sie nicht nur, sondern er suchte sie auch. Auf die Frage, wo er die Steine finden würde, grinste er bloß.

Rico Fischer hatte sich in der letzten von zunächst vier veranschlagten Therapiewochen befunden.

Abschließend hatte Jens Melzer die Klinikleitung gebeten, Patienten und Angestellte der Klinik zu informieren, dass sie sich für eine morgige polizeiliche Befragung zur Verfügung halten sollen. Beginn zehn Uhr.

Rico Fischers Klinik-Zimmer gab nicht viel her. Normale Wechselwäsche und –kleidung, wie man sie bei einem Klinik-Aufenthalt vermutete. Eine Batterie leerer Wodkaflaschen im Kleiderschrank, wie man sie einem Alkoholiker zutraute. Ein Schlüsselbund mit Autoschlüssel.

Erst Fischers Handy sollte ein mögliches Motiv preisgeben, für das ein Verbrechen denkbar wäre: Geld.

Zwar war das Handy durch einen Pin-Code gesperrt, doch Jens Melzer hatte nur müde gelächelt, als das Zahlenfeld zur Eingabe der Geheimzahl erschien. Das Display war derart verschmutzt, dass ihm die Zahlenfolge förmlich ins Auge sprang. „Zwanzig Prozent aller *User* wählen das Z. Wieder zwanzig Prozent drehen das Z einfach um.

Zwanzig Prozent wählen das **N**, und wieder zwanzig Prozent die Umkehrung. Nur die übrigen zwanzig Prozent verwenden unterschiedliche Zahlen. Rico Fischer hat das **Z** benutzt. Du siehst es hier an den Wischstreifen."

Jens Melzer rief die SMS-Seite auf und las die letzte eingegangene SMS vom ersten Juli vor: *„Letzte Warnung! Wo bleibt mein Geld?"*

„Eine klare Frage", sagte Edgar. „Und ein mögliches Motiv. Gibt es noch andere Nachrichten?"

Jens Melzer schob den Finger über das Display. „Ja, aber nur Zahlen. Sehen aus wie Termine. Zum Beispiel: 13.03.11.00; oder 27.03.11.00; 10.04.11.00. Praktisch alle vierzehn Tage um die gleiche Uhrzeit, wenn ich die Zahlen als richtig interpretiere. Das setzt sich so fort bis 19.06.11.00. Dann enden diese Einträge."

„Und wann beginnen sie?", fragte Edgar.

„Moment." Melzer scrollte zurück. „Der erste derartige Eintrag lautet: 06.06.11.00. Rückgerechnet wäre das dann im Jahr 2022 gewesen. Was aber nicht heißt, dass es nicht vorher schon solche Termine gegeben hat. Manchmal löscht man ja alte Einträge."

„Siehst du eine zugehörige Nummer?"

„Die Nummer des Absenders ist unterdrückt." Jens Melzer überlegte. „Obwohl noch überhaupt nicht definitiv feststeht, wie Rico Fischer ums Leben gekommen ist, nämlich durch Unfall, Totschlag oder Mord, und obwohl noch gar nicht entschieden ist, wer für den Fall zuständig sein wird, *Freiburg* oder *Freudenstadt*, nehme ich das Handy mit. Ich werde es *Condor* Wasserfeind zukommen lassen. Du bist mein Zeuge, Edgar. Und jetzt würde ich mir gern das Auto des Kerls vornehmen." Er nahm den Schlüsselbund an sich.

„Denk´ dran, dass du mit den Schlüsseln auch in Fischers Wohnung kommst", riet Edgar.

„Entweder ich oder die Kollegen aus *Freudenstadt*", sagte Jens Melzer. „Wir werden sehen."

Der Innenraum des *Dacia Duster* verriet den Besitzer als Chaoten. Zu einer soliden Grundverschmutzung gesellte sich allerhand Unrat: Unzählige dreckige Plastiktüten, mehrere Kunststoffsteigen, Lappen und Lumpen, alte Zeitungen, dazwischen etliche leere Wodkaflaschen. Im Kofferraum gab es einige Anzeichen für Rico Fischers Hobby. Neben zwei offenen Holzkisten mit knollenförmigen, faustgroßen Steinen, lagen einige Handwerkszeuge bunt durcheinander: Draht- und Wurzelbürsten; Hämmer verschiedener Größen; ein Spaten mit abgesägtem Stiel; eine Spitzhacke; einige Jutesäcke. Auf den ersten Augenschein alles in allem nichts von Belang.

In der kurzen Dauer der Besichtigung hatte sich eine stattliche Anzahl von Gaffern hinter dem Fahrzeug angesammelt. Ausnahmslos Patienten der Klinik, und ausnahmslos Leute aus einer Gruppe, die sich um ihren selbsternannten Wortführer Vincent scharte, wie Edgar konstatierte.

„Das ist doch Rico Fischers Auto", rief Vincent auch schon, ein glatzköpfiger Mann im Trainingsanzug. „Was ist mit ihm?"

Jens Melzer warf die Heckklappe zu, drehte sich zu den Leuten um und ging auf sie zu. „Sie werden es ohnehin erfahren", sagte er ernst. „Rico Fischer ist tot. Wir untersuchen, wie er ums Leben gekommen ist."

„Wer ist wir?", fragte Vincent. Er sprach in einer für einen Mann seltsam hohen Stimmlage. *Eunuchenstimme,* wie Edgar sie für sich einordnete. Er wusste, dass das gemein war, aber er mochte den aufdringlichen Maulhelden nicht.

„Kriminalpolizei. Aber das heißt nicht, dass er einem Verbrechen zum Opfer gefallen ist. Wie gesagt, untersuchen wir die Umstände."

„Hm, dumme Frage: Was hat Edgar damit zu tun? Er ist doch hier Patient", fragte Vincent gierig.

Jens Melzer lächelte freundlich. „Sie sagen es selbst, Herr ...?"

„Herr Gilka."

„Herr Gilka. Dumme Frage. Fischers Auto ist übrigens beschlagnahmt. Fassen Sie es nicht an. Es wird morgen abgeholt."

Als Edgar zu einem verspäteten Abendessen den Speisesaal aufsuchte, war das kalte Buffet schon abgeräumt. Frau Weingärtner war jedoch so umsichtig gewesen, für ihn einen Teller mit Wurst, Käse und Brot zu reservieren.

Für gewöhnlich hielt sich um diese Zeit kein Patient mehr im Raum auf. Doch als Edgar seinem Platz zustrebte, stellte er mit Verwunderung fest, dass fast alle Tische komplett besetzt waren. Mit seinem Erscheinen verstummten die Unterhaltungen schlagartig. Man schien auf ihn gewartet zu haben.

Und richtig. Kaum dass er Platz genommen hatte, klemmte sich Vincent Gilka auf den nun freien Stuhl am Tisch. Edgar hatte ihn bisher nur unter seinem Vornamen gekannt.

Immerhin besaß Vincent so viel Anstand zu warten, bis er angesprochen wurde, doch er schien vor Neugier geradezu zu platzen. Edgar indes nahm sich die Zeit, zuerst an sein leibliches Wohl zu denken, schmierte genüsslich ein Leberwustbrot und biss hinein.

„Na, Vincent, wo brennt's?", fragte er dann mit vollen Backen.

„Wir", Vincent schloss mit einer Geste alle Anwesenden ein, „fragen uns, wieso du mit der Polizei so gut Freund bist? Du hast mit dem Kriminaler geredet wie mit einem alten Bekannten."

Edgar gönnte sich einen zweiten Bissen und kaute ausgiebig. Dann fragte er:„Kommt dir das suspekt vor?"

„Nicht suspekt, aber merkwürdig. Hast du eventuell mit Ricos Tod etwas zu tun, hä?"

Edgar goss Mineralwasser in ein Glas. „Zufällig hab´ ich Ricos Leiche gefunden", sagte er, „und dann meine Bürgerpflicht erfüllt, so wie das wahrscheinlich jeder getan hätte. Mehr war da nicht."

„Verstehe. Du willst mit der Sprache nicht herausrücken. Aber glaub´ mir, dass ich schon noch unterscheiden kann, ob sich zwei Leute kennen oder nicht. Und der Polizist und du – ihr kennt euch. Das ist so klar wie Kloßbrühe."

Jetzt lächelte Edgar. „Und? Was hast du davon, wenn du das weißt? Damit kannst du keinen Blumentopf gewinnen. Es ist unnützes Wissen. Ballast, sozusagen. Vielleicht kannst du dich bei den anderen Herrschaften wichtigmachen. Aber wofür sollte das gut sein?"

So schnell warf Vincent die Flinte nicht ins Korn. „Wenn man so wie wir hier mit einer Menge Leute unter einem Dach wohnt, ist es gut zu wissen, mit wem man es zu tun hat, verstehst du?"

Edgar hatte genug. „Oh, ich denke, dass keiner in diesem Haus gezwungenermaßen hier ist. Jedenfalls sehe ich keinen mit einer Zwangsjacke herumlaufen oder in einer

Gummizelle hocken. Aber gut, wenn du meinst, dass es wichtig ist, die Leute zu kennen, dann fangen wir doch bei **dir** an. Wie heißt du? Wo wohnst du? Wie alt bist du? Vollständiger Name und Adresse. Beruf? Familienstand? Kinder? Altlasten? Welche Krankheiten hattest du? Eventuelle Vorstrafen? Leichen im Keller? Wer sind deine Freunde? Bist du politisch aktiv? Wenn ja, welche Partei? Warum bist du hier? Wie hoch sind deine Schulden? Was sind ...?"

„Spinnst du jetzt? Was soll der Scheiß?", Vincent Gilka tat empört. Seine Stimme war um eine halbe Oktave gestiegen.

„Augenblick mal. **Du** hast doch damit angefangen, schon vergessen? Was für dich gilt, muss auch für mich gelten. Oder willst du nicht **B** sagen, wenn du mit **A** begonnen hast?" Edgar nahm eine zweite Scheibe Brot in Angriff. Vincent Gilka glotzte ihn an, als würde er Kinder fressen.

„Du hast sie doch nicht mehr alle", fauchte er nach einer Weile und stand auf.

„Seh´ ich auch so", antwortete Edgar kühl. „Deswegen bin ich schließlich hier."

Vincent Gilka schnaubte zynisch und trollte sich breitbeinig zu seinen Huldigern.

Edgar kannte solche Typen zur Genüge. Wandelnde Worthülsen; selbstherrliche aufgeblasene Frösche; in der Regel strunzdumme Leute, die nur deswegen ein Publikum fanden, weil sie am lautesten und häufigsten ihre Ergüsse verbreiteten. Und vielleicht auch, weil ihr Publikum noch um einige Grade dümmer war.

„Ich scheine das Verbrechen anzuziehen wie ein Misthaufen die Fliegen", begann Edgar abends am Telefon das tägliche Gespräch mit Melanie. „Oder anders gesagt: Es verfolgt mich." Dann schilderte er die heutigen Vorkommnisse in *Haldensee*.

„Aber es steht doch noch überhaupt nicht fest, dass es ein Verbrechen war, wie ich dich verstanden habe, mein Edgar. Oder ist der Wunsch der Vater des Gedankens? Bitte denke dran, dass deine Genesung an erster Stelle steht. Und komm nicht auf die Idee, den Teufel mit dem Belzebub austreiben zu wollen. Das wäre kontraproduktiv."

Er hörte die Sorge aus ihren Worten. „Ja, du hast natürlich recht. So wie ich gesehen habe, hat Jens Melzer die Sache im Griff. Liebe Grüße übrigens von ihm an dich." Er legte eine Kunstpause ein, um einen Erklärungsversuch zu starten. „Im Grunde verhält es sich so wie mit einem Musikstück, das man hört und kennt. Im Geiste summt man es unwillkürlich mit. Freilich beschäftigt mich der Tod des Mannes, gerade weil die Todesursache noch offen ist. Vielleicht würde ich die Musik nicht so laut hören, wenn nicht **ich** ihn gefunden hätte. Aber so war es nun mal, mein Engel."

„Bin ich das? Dein Engel?", fragte sie, nun mit beruhigter Stimmlage.

„Das bist du mehr denn je. Ich freue mich auf Samstag, wenn du kommst. Hast du das Zimmer gebucht?"

„Nein, hab´ ich nicht", antwortete sie mit einem provokanten Unterton.

Edgar stutzte und wartete auf eine Fortsetzung, die nicht kam. „Aber wir wollten doch ..."

„Ich hab´ eine Ferienwohnung gebucht, mein Lieber", kicherte sie. „Hotelzimmer sind immer so eng. Dann können wir wenigstens so tun, als seien wir zu Hause."

Freitag, 28. Juli 2023
Haldensee

Edgar stand in der Schlange vor dem Frühstücksbuffet. Irgendeine oder irgendeiner vor ihm hielt den Verkehr auf, weil sie oder er sich nicht für die Brotsorte entscheiden konnte. Jeden Morgen das gleiche Schauspiel. Eine Stimme, begleitet von heißem feuchtem Atem, drang von rechts an Edgars Ohr.

„Ich hab´ dich *gegoogelt*, Edgar Schaaf. Du warst selber ein Bulle. Kriminalhauptkommissar. Jetzt bist du außer Dienst."

Edgar drehte leicht den Kopf. Dicht über seiner Schulter reflektierte Vincent Gilkas Glatze das Neonlicht des Speisesaals.

„Es existieren sogar Bücher über dich. Sechs insgesamt. *Google* weiß alles. Hey, du bist eine Berühmtheit."

Die Warteschlange rückte vorwärts. Edgar bediente sich an der Müslitheke und lud zusätzlich einen Apfel und eine Banane auf sein Tablett. „Wenn du es noch ein paar Wochen aushältst, kannst du auch den siebten Band lesen. Ist gerade in Arbeit. Titel: *Schaafsfrauen*."

„Du hast wohl deinen eigenen Schriftsteller, was? Wie abgehoben ist das denn?", ätzte Vincent.

Edgar stand nun für Kaffee an. „Pit Ferman nennt sich nicht Schriftsteller, sondern Autor. Er legt großen Wert auf den Unterschied. Einen besseren Freund als ihn kann man nicht haben."

Vincent hechelte nun, sodass Edgar das Gefühl überkam, sein Ohr werde geleckt. „Wenn er dein Freund ist: Kannst du ihm nicht mal sagen, dass er mir ein paar Bücher schicken soll?"

Edgar räusperte sich. „Kann ich machen, aber zufällig weiß ich, dass er Bücher nur an intelligente Leute verschenkt. Man kann die Bücher jedoch auch auf ganz legalem Weg käuflich erwerben. Pit Ferman lebt davon. *Google* weiß, wo du sie finden kannst."

Vincent wurde aufdringlich und rempelte Edgar an. „Was meinst du mit *intelligente Leute*, hä?"

„Oh, hab´ ich das gesagt?" Edgar stellte sich verwirrt.

„Allerdings, das hast du." Vincent klang bedrohlich.

„Dann entschuldige. Damit habe ich nicht dich gemeint." Edgar ergatterte mit langem Arm eine der Kaffeekannen und schlüpfte aus der Schlange.

Auf dem Weg zu seinem Fensterplatz raunte er Frau Weingärtner augenzwinkernd zu: „Wenn Sie den freien Platz an meinem Tisch besetzen wollen, dann würde ich nichts dagegen haben, wenn Sie Herrn Gilka übersähen."

Es war das zweite Mal innerhalb achtundvierzig Stunden, dass er zwei Menschen die kalte Schulter gezeigt hatte. Mehr noch. Er hatte sie förmlich auflaufen und abprallen lassen. Von Altersmilde keine Spur.

Muss ich mir Sorgen machen, dass ich ein zynisches altes Arschloch werde?, dachte er. *Benutze ich die armen Leute hier als Blitzableiter für meinen persönlichen Frust?*

Wird das mein neuer Wesenszug? Ob ich mit Frau Dr. Lazlo darüber reden soll?

Das Verhalten mutete ihn so fremdartig an, dass er ihm nachlauschte wie einem Echo in den Bergen. Frau Weingärtner setzte seinem Sinnieren ein Ende, indem sie Frau Kohlfelt an Edgars Tisch führte, die bislang einen Tisch ausgerechnet mit Vincent Gilka geteilt hatte. Sie begrüßte Edgar mit festem Händedruck.

„Martina. Sie glauben nicht, wie erleichtert ich bin, von dort wegzukommen. Ein widerwärtiger Zeitgenosse."

„Na, wenn Sie da bloß nicht vom Regen in die Traufe kommen. Ich bin Edgar." Er erwiderte den Handschlag.

„Ich weiß", sagte sie ohne Hemmungen. „Ich glaub', ich weiß durch ihn besser über Sie Bescheid als Sie selbst."

„Oha", grinste Edgar schief, „und dann wagen Sie sich in die Höhle des Löwen?"

Frau Kohlfelt lächelte fein. „Lieber ein Löwe als ein zahnloser Tiger. Aber was red' ich. Vielleicht ist das gerade sein spezieller Schaden. Ich meine Vincent. Er hält Sie übrigens für einen Polizeispitzel."

Edgar nickte verstehend. Frau Kohlfelt war bestimmt zwanzig Jahre jünger als er selber. Sie erinnerte ihn vom Aussehen her an eine frühere Fernsehreporterin, deren Name ihm aktuell nicht einfiel. Russland-Expertin, eigenwilliger und auffallender Kurzhaarschnitt, so viel wusste er noch. Frau Kohlfelt war ungefähr ein Meter siebzig groß, trug ein olivfarbenes T-Shirt unter einem Jeanshemd, eine helle Sommerhose und flache weiße Mokassins. An den Ohrläppchen baumelten goldene Ohrhänger mit türkisen Steinen. Aus dem gleichen Material zierte ein Armreif ihr linkes Handgelenk. Sie war sehr schlank, über die Maßen schlank, um nicht zu sagen dürr. Unter dem T-Shirt bildeten sich scharf die Schlüsselbeine ab.

„Ich kann deine Gedanken lesen, Edgar, und ich sage dir, ich bin es nicht." Sie wechselte ohne Anstrengung in die klinikübliche Du-Form.

Edgar war überrascht. Weder hatte er sie über Gebühr angestarrt noch verstand er, wen sie meinte, nicht zu sein.

„Entschuldige, Martina, aber wer bist du nicht?"

„Gabriele Krone-Schmalz. Die Russland-Expertin. Sie sieht mir nur ähnlich und ist mindestens fünfundzwanzig Jahre älter als ich."

Edgar war baff. „Gratuliere und danke. Richtig ist, dass mir partout der Name nicht einfallen wollte. Aber in der Tat hatte ich ihr Bildnis vor Augen."

Frau Kohlfelt lächelte. „Deine Sprache gefällt mir. Wer sagt heute noch *Bildnis*?" Und damit begann sie, das Frühstück nach einem nur ihr erschlossenen System zu sortieren. Rohkost, bestehend aus Karotte, Tomate, Trauben, Apfel und Banane, zerkleinert und im Uhrzeigersinn auf dem Teller angeordnet. Mittig stellte sie eine Schale mit diversen Nusskernen. Dann servierte Frau Weingärtner ein Glas mit einer undefinierbaren breiartigen Substanz und unbenennbarem Farbenmix.

„Heute Nachmittag beginnt in der Turnhalle *Haldensee* eine Mineralienausstellung", sagte Martina. „Hast du vielleicht Lust, mich zu begleiten? Sonst ist ja nichts los in diesem Kaff."

Edgar erinnerte sich an die Gesteinsknollen in Rico Fischers Auto. *Waren das etwa auch Mineralien? Hatte Rico Fischer vorgehabt, seine Knollen dort auszustellen? Warum sonst sollte er sie spazieren fahren?*, dachte Edgar, von Martinas Einladung geschmeichelt. *Ob sie auch Vincent Gilka eingeladen hätte?*

„Ja, gerne, warum nicht?", antwortete er. „Wann ist es dir recht?"

„Sagen wir um drei Uhr?"

„Drei Uhr ist gut", bestätigte er und wandte sich dem Essen auf dem Teller zu. Während er aß, summte sie mit zufriedener Miene eine ihm unbekannte Melodie.

Er öffnete die Tür zu Frau Dr. Lazlos Sprechzimmer in dem Augenblick, als sie gerade das Zimmer verlassen wollte. Automatisch blickte sie auf ihre Armbanduhr.

„Ach, guten Morgen, Herr Schaaf. Pünktlich wie immer. Gehen Sie doch schon hinein und nehmen Sie Platz. Ich will mir nur rasch einen Kaffee aus der Küche holen." Sie trug ein hellgrünes Leinen-Kostüm.

Ich kann es nicht anders sagen, dachte er, *aber die Frau hat einfach Format. Klug, schön und feminin und dabei keineswegs abgehoben. Ob sie privat ebenfalls so in sich ruht?*

Edgar setzte sich in den gewohnten Sessel und betrachtete, während er auf die Psychologin wartete, die Buchrücken im Bücherregal. Durchweg Fachliteratur, wie er von seiner Warte aus sah. Kein Titel darunter, der ihn ansprach.

Sie kehrte, zwei Tassen auf einem Tablett balancierend, ins Büro zurück. „Ich habe mir erlaubt, für Sie einen Kaffee mitzubringen. Es ist Ihnen doch recht? Entschuldigen Sie, aber heute Morgen war ich für Kaffee zu Hause ein bisschen zu spät dran", sagte sie, stellte die Tassen auf dem Schreibtisch ab und setzte sich in den Sessel Edgar vis-à-vis. „Schrecklich, nicht wahr, die Sache mit Herrn

Fischer. Wie ich gehört habe, waren Sie es, der ihn gefunden hat? Ausgerechnet Sie? Verstehen Sie, was ich mit *ausgerechnet* andeuten will?"

Edgar nickte und seufzte. „Natürlich. Gevatter Tod pflegt seine intime Beziehung zu mir."

Ihre Augen wanderten ein paar Sekunden lang über sein Gesicht. „Es gibt Menschen, die daran zerbrechen. Und wenn sie nicht zerbrechen, dann verändert sich ihre Persönlichkeit. Auch das kann eine Zäsur zum bisherigen Leben sein. Darüber wollen wir heute reden."

Kann sie jetzt hellsehen, oder was? Edgar dachte an seinen spitzzüngigen Umgang sowohl mit Rico Fischer als auch mit Vincent Gilka, und er hatte das unangenehme Gefühl, dass es in unübersehbar großen Lettern auf seiner Stirn geschrieben stand. Ungemütlichkeit befiel ihn. Ihre Blicke drangen wie Skalpelle in seine Seele.

„Beschreiben Sie bitte Ihren Schutzschild", forderte sie ihn auf. „Sie verstehen, was ich meine. Ihre Strategie, gewisse Dinge, auch Menschen, nicht an sich ranzulassen."

Verdammt, sie hat mich, dachte er.

„Sie brauchen keine Angst zu haben. Sie gehören nicht zu den Leuten, denen ihr Verhalten gleichgültig ist." Sie lächelte ihm aufmunternd zu.

Er gewährte sich einen Moment der inneren Einkehr. Dann senkte er seinen Blick und sagte: „Mein Schutzmechanismus hat einen Namen: Ekel. Ja, ich glaube, dass ich mich in bestimmten Situationen zu einem regelrechten Ekel entwickle."

Sie ließ seine Worte auf sich wirken. „Mhm, und weiter?"

„Ich befürchte, dass ich sogar Gefallen daran finden könnte, auf subtile Art und Weise gewissen Leuten zu sagen, was ich von ihnen halte. Dass es mir zur Gewohnheit wird, ein Moralapostel zu sein. Mein Weltbild als das einzig richtige zu sehen und dementsprechend auftrete."

Ihr Lächeln wurde breiter. „Führen Sie Selbstgespräche?"

Donnerwetter, ist die schlau, dachte er und versuchte, eine stabilere Sitzpolition einzunehmen. Der Sessel unter ihm wackelte. „Selbstgespräche würde ich es nicht nennen. Vielmehr mischt sich mein innerer Besserwisser gelegentlich in meine Denke ein."

„Besserwisser?"

„Ja. Besserwisser. Innere Stimme. Klugscheißer. Kleiner Mann im Ohr. Je nach Auftritt gebe ich ihm verschiedene Namen."

„Und? Antworten Sie ihrem Besserwisser?"

Edgar hielt das für eine rhetorische Frage und schaukelte mit dem Oberkörper an der Sessellehne.

„Wann hatten Sie Ihr letztes Gespräch mit Ihrem Besserwisser? Wissen Sie das noch?"

„Ziemlich genau sogar. Im Mai diesen Jahres."

„Oh, das liegt doch schon Monate zurück. Und seither nicht mehr?", fragte sie.

„Seither nicht mehr", antwortete er und wunderte sich selbst über die relativ lange Zeit.

Auch Frau Dr. Lazlo gönnte sich eine Denkpause und trank, versunken in Konzentration, einen Schluck Kaffee. Dann sagte sie: „Kommen wir zu dem Ekel zurück. Sie wissen schon, dass das kein echter Schutz ist. Denn zwei Dinge passieren. Erstens: Sie stellen einen Menschen bloß und verletzen ihn. Vielleicht merkt es derjenige nicht auf

Anhieb, aber es ist so. Es ist so, weil Sie es so wollen. Zweitens: Kurzfristig glauben Sie, sich Ruhe verschafft zu haben. Sie spüren ein fragiles Gefühl von Überlegenheit. Was ein Trugschluss ist. Denn Ihr Gewissen wird Sie einholen, und dann malträtieren und quälen Sie in Gedanken sich selbst. Weil Sie ein Gewissen haben, und das halte ich bei Ihnen für sehr gesund und ausgeprägt. Wahrscheinlich ist es durch den tragischen Verlust Ihres jungen Kollegen einfach verschüttet. Geben Sie dem Gewissen eine neue Chance. Aktivieren Sie es. Sprechen Sie wieder mit Ihrem Besserwisser. Lassen Sie ihn mit sich reden. Antworten Sie ihm. Denn **er** ist Ihr Gewissen."

Pünktlich um zehn Uhr traf Kriminaloberkommissar Jens Melzer in der Klinik ein. In seinem Gefolge Polizeihauptmeister Franz Hirt mit seinen beiden jungen Kollegen.

„Das ist ein Déjà-vu-Erlebnis", begrüßte er Edgar, dessen Sitzung bei Frau Dr. Lazlo zu Ende war. „Vor ziemlich genau zwei Jahren hatte ich schon einmal eine Befragung in einer psychiatrischen Klinik. In *Hohenterzen* war das gewesen."

„Ja. Und auch diesmal musst du dir Namen und Adressen der Patienten geben lassen, die zu Rico Fischers Lebzeiten Kontakt zu ihm hatten, die Klinik jedoch bereits verlassen haben", antwortete Edgar.

„Ja, sag´ ich doch: Déjà-vu. Genau wie damals", stöhnte Jens Melzer.

„Nun, die Anzahl der Patienten in diesem Haus ist überschaubar. Es werden wohl nicht mehr als fünfundzwanzig sein. Das schafft ihr ring", sagte Edgar und klopfte ihm auf die Schulter.

„Willst du nicht mit dabei sein?"

„Nein, Jens. Ich muss den Ruf, ein Polizeispitzel zu sein, nicht noch tatkräftig zementieren. Dafür hält man mich nämlich hier. Zudem hab´ ich gleich eine Stunde Meditation. Wann wird Rico Fischers Auto abgeholt?"

„Ist schon weg. *Condor* Wasserfeind hat sich persönlich darum gekümmert. Also Edgar, man sieht oder hört sich."

Edgar nickte, drehte ab und lauschte in sich hinein. Dort herrschte viel von *Ludwig Ganghofers* Heimatschinken-Klassiker: *Das Schweigen im Walde.*

Hey, du Klugscheißer. Wo steckst du? Hast du Frau Dr. Lazlo nicht zugehört? Wir sollen wieder miteinander reden. Also mach´ du den Anfang.

Aber der Klugscheißer hatte aktuell gerade Sendepause.

Edgar fand keinen Zugang zur Stimme des Übungsleiters. Beziehungsweise die Stimme drang nicht zu ihm vor. Der Mann war neu, das Gesicht war fremd, das Talent als Medium unterirdisch. Alsbald gab Edgar die Bemühungen um Wahrnehmung auf, folgte den Anweisungen nicht länger und tauchte von sich aus in innere Gefilde ab.

Er dachte an die zurückliegende Stunde bei Frau Dr. Lazlo, in der es nicht nur um die Befindlichkeiten seines Schutzschildes gegangen war, sondern des Weiteren um seine Sorge vor Verlust der geistigen Fähigkeiten und der Kontrolle über seine Handlungen. Zu präsent waren ihm die diversen Blackouts der vergangenen zwei Monate.

„Sie haben Glück und sind nicht allein. Sprechen Sie mit Ihrer Frau darüber", hatte Frau Dr. Lazlo gesagt. „Schließen Sie sie nicht aus. Lassen Sie ihre Frau unbedingt teilhaben. Es wäre ein fataler Fehler, es aus Scham nicht zu tun, oder um sie nicht zu belasten. In dieser Phase des Lebens darf es keine Geheimnisse mehr geben. Aus Ihren

Schilderungen von vorgestern schätze ich Ihre Frau als starke Persönlichkeit ein. Pflegen und behüten sie einander. Zudem empfehle ich Ihnen, mindestens vierteljährlich mit einem Psychologen oder einer Psychologin zu sprechen. Testen Sie aus, wer Ihr Vertrauen am ehesten verdient. Noch besser wäre monatlich."

Edgar hatte an die Psychologin Frau Gudrun Torwall gedacht, die er erst kürzlich kennengelernt hatte und die in *Gengenbach* praktizierte.

„Und seien Sie gut zu sich selbst. Lernen Sie, sich selber zu verzeihen. Dann können Sie es auch bei anderen Menschen anwenden. Wir sehen uns dann am kommenden Montag wieder. Okay, Edgar?"

Frau Dr. Lazlo weiß alles über mich, hatte er gedacht. *Eigentlich müsste mir das unangenehm sein, ist es aber komischerweise nicht. Wenn ich zum Hausarzt gehe und er verlangt, dass ich mich ausziehe, ist mir das jedes Mal peinlich. Bei der Psychologin hingegen entblöße ich meine Seele bis auf die Unterwäsche und darüber hinaus, und ich finde nichts Anstößiges dabei. Ist das normal?*

Martina Kohlfelt saß bereits am Tisch, als Edgar zur Mittagszeit den Speisesaal betrat. Anstatt des Tagesmenüs, Gulasch mit Salzkartoffeln oder Nudeln, hatte sie einen gemischten Salat vor sich stehen, in dem sie lustlos herumstocherte.

Liegt es am Salat, oder ist ihr eine Laus über die Leber gelaufen, fragte er sich insgeheim und reihte sich vor der Essensausgabe in die Warteschlange. Nebenbei registrierte er, dass von Jens Melzer und den uniformierten Polizisten nichts mehr zu sehen war.

An Vincent Gilkas Tisch entdeckte er das unbekannte Gesicht einer neuen Patientin. Gilka selbst rangierte drei Plätze vor ihm in der Reihe. Edgar konnte dessen erwartungsfrohen Eifer wie ein elektromagnetisches Kraftfeld in der Luft spüren. Es kribbelte ihn unter der Kopfhaut, die Frau vorwarnen zu wollen, und ließ es doch wider seines natürlichen Beschützerinstinkts bleiben.

Selber in Gedanken versunken und darauf bedacht, das Essenstablett unfallfrei an seinen Tisch zu tragen, nahm er Martina gegenüber Platz. Er wusste nicht genau, ob sie ihn überhaupt realisierte, denn ihre Blicke schienen durch ihn hindurchzugehen, als sei er aus Glas, doch hatte sie zumindest die Hälfte ihres Salats verzehrt. Fast unhörbar leise hörte er sie summen. Nach *Laus über die Leber* sah sie indes aus der Nähe betrachtet nicht aus.

„Martina, bist du ansprechbar?", fragte er vorsichtig und meinte, die Zahnräder ineinandergreifen zu hören, die ihren Augenfokus auf eine neue Entfernung einstellten. Als die Distanz zu stimmen schien, sagte sie nur ein Wort: „Edgar."

Er gab ihr einige Sekunden Zeit, bevor er eine weitere Frage zu stellen wagte: „Kummer?"

Wie der Schatten eines schnellfliegenden Vogels huschte ein Lächeln über ihr Gesicht. „Nein, Edgar, kein Kummer. Aber Wegkreuzung."

Im Grunde brauchte es keiner zusätzlichen Erklärung mehr. Edgar wusste: Wer sich in eine solche Anstalt begab, ob freiwillig oder nicht, wurde früher oder später mit einer Entscheidung konfrontiert, die sein Leben grundlegend verändern konnte. Dennoch hakte Edgar nach:

„Lass´ mich raten. Deine Therapeutin ist Frau Dr. Lazlo, und sie hat dir eine Hausaufgabe gestellt."

Erneut vertickten einige Sekunden, die sie nutzte, um in Edgars Gesicht zu forschen. „Du kennst sie", stellte sie fest.

Edgar nickte und sagte: „Ich kenne sie und finde sie gut."

„Du hast recht. Sie hat mir die Frage gestellt, ob ich meinen Mann noch liebe." Ihr Blick verließ Edgars Gesicht und wanderte aus dem Fenster über den See. „Darüber denke ich gerade intensiv nach."

*

Turnhalle Haldensee
Er hockte auf einem Klappstuhl und kochte innerlich. Nicht genug, dass der Betrüger überhaupt als Aussteller zugelassen worden war, nein, er hatte seinen Stand zu aller Unbill auch noch schräg gegenüber. Schlimmer noch: Er machte nicht einmal einen Hehl aus seinem Betrug.

Er hatte angenommen, dass, wenn er als erster an der Turnhalle einträfe, die Aussicht auf einen guten Standplatz besser sein würde, als wenn er quasi im Pulk auf die Gnade der Platzverteiler angewiesen wäre. Dieser Idee jedoch waren anscheinend mehrere Aussteller gefolgt, denn als er mit seinem *BMW X-Drive* auf den Parkplatz gefahren kam, warteten bereits an die zehn Leute vor dem Eingang. Unter ihnen, und das zu seinem Ärgernis, auch der elende Nestbeschmutzer, dem er jetzt bereits zum dritten Mal auf der Mineralien-Tour begegnete.

Eröffnung der Ausstellung, die über das gesamte Wochenende dauerte, war um dreizehn Uhr. Für Freitag war das in Ordnung, brauchte es doch eine gewisse Vorlaufzeit, die Stände aufzubauen und herzurichten und die

Ausstellungsstücke, die Steine, bestmöglich zu präsentieren. Für die Aussteller waren die Eingangstore um zehn Uhr geöffnet worden, keine Minute früher, wie es nach deutschem Ordnungswahn immer der Fall war. Doch um halb neun Uhr war er schon vor der Turnhalle vorgefahren. Zu spät, wie sich herausgestellt hatte.

Dabei war es nicht das erste Mal, dass er an einer solchen Ausstellung teilnahm. Er hatte diesbezüglich schon das ganze Bundesland bereist, *Pforzheim*, *Tübingen*, *Bad Waldsee*, und auch in *Idar-Oberstein* in Rheinland-Pfalz, dem Mekka der Halbedelsteinbranche. hatte er bereits seine Steine angeboten.

Der Betrüger war ein Betrüger, weil seine Steine nicht echt waren. Anders gesagt, die Steine waren echt, aber die Ammoniten, die er feilbot, waren falsch.

Der Mann war Bildhauer und fertigte aus unterschiedlichsten Sand- und Kalksteinsorten Skulpturen in verschiedenen Größen, die das Aussehen und die Formen von Ammoniten aufwiesen, ohne freilich solche zu sein. Ammoniten, ausgestorbene Kopffüßler mit spiralförmigem, schneckenhausartigem Gehäuse, die man als Versteinerungen fand. Zugegebenermaßen waren die Arbeiten gut ausgeführt, ohne Zweifel, aber eben bloß Kopien. Anhand von Fotos, die in Klarsichthüllen an seinem Stand baumelten, pries er andere Arbeiten seiner Werkstatt an, wie zum Beispiel Eulen, Schildkröten, Weintrauben und Schnecken. Zu allem Überfluss demonstrierte er zur Schau sein Können an einer aktuellen Skulptur.

Erfahrungsgemäß hielt sich der Besucherandrang freitagnachmittags in Grenzen. Aber wer auf die lukrativen Wochenendtage spekulierte, musste den Freitag mit in

Kauf nehmen und die Standgebühr für alle drei Tage bezahlen.

Er hatte seine prachtvollsten Achate in zwei hochstehenden Glasvitrinen ausgestellt, je eine an jeder Seite des Tisches. Dazwischen, auf dunkelblauem Velours, nicht weniger wertvoll, die anderen Steine. Zeigten andere Aussteller, hauptsächlich Händler, ein Sammelsurium von Achaten aus aller Herren Länder, meist jedoch aus Brasilien, legte er Wert auf ausschließlich einheimische Fundstücke, die er eigenhändig gesägt, geschliffen und poliert hatte. Einige dünne Scheiben präsentierte er blickfangend, indem er sie mit Teelichtern hinterleuchtete.

Sein Glanzstück war eine etwa handballgroße hohle, an einer Stelle offene Steinknolle, die er erhöht in der Mitte des Tisches auf einem Podest platziert hatte. Von unten, durch ein dünnes Bohrloch, war eine Leuchtdiode in den Hohlraum geschoben, die an einer Batterie hing und den Innenraum der Kugel auf fantastische Art illuminierte. Tausende kleiner Kristalle glitzerten, reflektierten und brachen das Licht, spalteten es in die Regenbogenfarben auf. Ein Wunderwerk der Natur, effektvoll zur Geltung gebracht, das man durch das etwa hühnereigroße Loch bestaunen konnte. Mit tausendvierhundert Euro das teuerste Stück auf dem Tisch.

Er versuchte, den Betrüger zu ignorieren, was ihm nur bedingt gelang, weil er sich im Gespräch mit anderen Kollegen der Stein-Branche zu Seitenhieben auf ihn hinreißen ließ. Aber offenbar schien die anderen der Bildhauer nicht zu stören, und allmählich keimte in ihm der Verdacht, dass eher **er** wegen seines ketzerischen Auftretens als Querulant angesehen wurde. Schmollend und enttäuscht, keine Fürsprecher gefunden zu haben, zog er sich hinter seinen Stand zurück.

Er hatte mitbekommen, dass der eine oder andere Aussteller, der Entfernung des Wohnorts geschuldet, schon am Abend vorher angereist war. Das war ihm erspart geblieben. Die Strecke *Holzrück – Haldensee* schaffte er in zwei Stunden. Nur für die Nächte von heute auf morgen und von Samstag auf Sonntag hatte er ein Pensionszimmer reserviert, Haus Tanneck, etwas außerhalb des Ortes gelegen.

Seit zwei Stunden war die Mineralien-Ausstellung nun für die Öffentlichkeit zugänglich. Vereinzelt bummelten Leute durch die Gänge, ihrem Gebaren nach kaum fachkundig oder von großem Interesse getrieben. Keine Einheimischen jedenfalls, das würde man sehen. Den

Bekleidungen nach Touristen oder Feriengäste. So wie jene beiden, der Mann ganz in Grau mit dem silbernen Pferdeschwanz und dem Vollbart, und die Frau in Rot, die Frau, die – verdammt, wo hatte er die schon gesehen – im Fernsehen? Die mit der markanten Kurzhaarfrisur. In Talkshows?

*

Edgar hatte nicht so recht daran geglaubt, dass Martina Kohlfelt ihre Verabredung einhalten würde. Sie war beim Mittagessen seiner Meinung nach doch in einer sehr angespannten Verfassung gewesen. Doch als er Punkt drei Uhr das Klinikgebäude durch den Haupteingang verließ, sah er sie schon im Schatten eines Ahornbaumes auf ihn warten. Auf den ersten Blick schien sie gelöst und frei von jeder Bedrückung zu sein. Sie trug einen roten Jeans-Anzug und ein weißes T-Shirt und lächelte ihm entgegen.

„Du hast nicht nur deine eigene Sprache, sondern auch einen eigenen Stil, was die Kleider angeht, Edgar."

„Man ist, wer man ist", antwortete er. „Schön, dass du dich traust, mit mir gesehen zu werden."

Sie lachte. „Um uns nicht ganz so auffällig zu produzieren, gehen wir lieber am See entlang anstatt durchs Dorf."

„Gut, packen wir's. Du kennst den Weg?"

Sie nickte unternehmungslustig und grinste schelmisch.

Der gepflasterte Weg führte entlang des Ufers, der Richtung entgegengesetzt, die Edgar zwei Tage zuvor mit Rico Fischer gegangen war. Die Gemeinde hatte in regelmäßigen Abständen schattenspendende, offensichtlich hitzeresistente Laubbäume gepflanzt, deren Gattung Edgar fremd war. Zwischen den Bäumen, nah am Seeufer, hatte man Sitzbänke aufgestellt.

Schon nach wenigen Minuten kamen sie an den kleinen Hafen *Haldensees*, in dem sich einige kleine Segelboote und Tretboote verloren. Ab hier lagen Straße und Plätze ungeschützt im vollen Sonnenlicht. Vom Hafen aus bogen sie im rechten Winkel ins Dorfzentrum hinein ab, überquerten den Marktplatz vor dem Rathaus und betraten kurz darauf den Pausenhof der Hauptschule. Dann schwenkten sie schon auf den Parkplatz der Turnhalle ein. Aus alter Gewohnheit registrierte Edgar Autokennzeichen aus dem Großraum Südwestdeutschlands. *Passt*, dachte er.

Sie entrichteten fünf Euro Eintritt und betraten die klimatisierte Halle.

Was Edgar überhaupt nicht ausstehen konnte, war Musikberieselung in Supermärkten und Kaufhäusern. Auch die Halle wurde dezent beschallt und Edgar schwoll schon der Kamm, und er hätte am liebsten auf dem Absatz kehrtgemacht. Dann jedoch erkannte er die Musik, und was ihn eben noch abstoßen wollte, zog ihn nun förmlich in sich hinein. *The Dark Side of the Moon* von *Pink Floyd*. Wie von Geisterhand erschien das Cover des Albums vor seinen Augen: Das Prisma mit dem in seine Spektralfarben zerlegten Lichtstrahl. Edgars Laune wurde automatisch auf ein höheres Level gehoben.

Er war noch nie bei einer derartigen Ausstellung gewesen und war darum umso beeindruckter von der Vielfalt der zur Schau gestellten Exponate. Da kaum Publikumsverkehr herrschte, bummelten sie kreuz und quer ungehindert durch die Gänge der Stände.

Einige der Aussteller hatten sich wirklich Mühe gegeben, ihre Auslagen geschmackvoll darzubieten, indem sie entweder besonderen Wert auf die Dekoration gelegt und/oder die ausgestellten Stücke informativ beschriftet hatten. So flimmerten Edgar bald die Augen, geriet seine Auffassungsgabe an den Rand der Erschöpfung. Von A – Z, also von Achaten bis Zinkblenden reichte das Spektrum an käuflichen Mineralien, und war doch nur ein Bruchteil der weltweit bekannten Steinarten. Ammoniten, Amethysten, Granate, Turmaline, Bergkristalle, Pyrite, Flussspate, Versteinerungen wie Schieferplatten mit Einschlüssen, Fossilien, Sandrosen, Bernsteine, uran- und silberhaltige Gesteine – Edgar brauchte einen Themenwechsel und lechzte nach einem Kaffee und einer Zigarette. Er hob den Kopf und suchte nach Martina Kohlfelts rotem Jeans-Anzug, drehte sich dabei ungeschickt um und stieß mit dem Fuß an einen Gegenstand: Eine Kiste am Boden, die etwas in den Gang hineinragte.

„Oh, hoppla, Vorsicht", murmelte er und guckte auf die Kiste hinunter. In ihr lagen die gleichen knollenförmigen Steine, wie er sie in Rico Fischers Auto gesehen hatte. Faustgroß, zwei Euro fünfzig das Stück.

„Achate", sagte eine Stimme, die hinter dem Stand hervorkam. Edgar bemerkte einen Mann, der, von einer Vitrine halb verdeckt, hinter dem Stand saß. „Schlipfbachtal-Achate, um genau zu sein."

„Schlipfbachtal? Da fahre ich gelegentlich mit dem Motorrad", bemerkte Edgar.

Der Mann beugte sich nach vorne. Edgar bekam einen Schädel mit breitem Gesicht auf breitem Hals zu sehen. Braune, fettige Haare mit akkuratem Seitenscheitel.

Hitlerjugend-Frisur, dachte Edgar.

„Wo sind Sie her?", fragte der Mann.

„Aus *Gengenbach*", antwortete Edgar. „Was macht man damit?" Er deutete auf die Kiste mit den Knollen.

„Aufsägen. Nur so erfährt man, was drin ist."

„Wie, was drin ist?"

Jetzt erhob sich der Mann ächzend. Edgar fielen seine pockennarbigen Wangen auf. „Sehen Sie", sagte der Mann, ergriff eine der Achatscheiben auf dem Tisch und drückte sie Edgar in die Hand. „Hier ist das Innere des Knollens verquarzt. In der Mitte weiß wie Milch mit einem ockerfarbenen Randstreifen und einer weiteren kristallinen Umhüllung. Das würden Sie von außen nicht erkennen. Darum muss man die Knollen aufsägen."

Edgar betrachtete die Scheibe. Der weiße Quarz hatte die Form eines Fisches. „Ist das bei jeder Knolle so?", fragte er.

„Keineswegs. Viele haben nur eine mineralische Verfärbung. Die sind dann uninteressant", erklärte der Mann.

„Man kauft also die Katze im Sack", stellte Edgar fest.

„Dafür sind die Knollen in der Kiste auch billig. Wenn Sie bei einer Tombola ein Los kaufen, wissen Sie auch nicht vorher, ob Sie einen Gewinn oder eine Niete gezogen haben."

„Stimmt. Da haben Sie recht." Er bewunderte die anderen Scheiben auf dem Tisch und in den Vitrinen.

„Jede ein Unikat", sagte der Mann und rieb seine knorrigen Hände, denen schwere Arbeit anzusehen war.

„Ach, was ist das Schönes hier?" Martina Kohlfelt war hinzugetreten. „Edgar, schau mal. Diese Kugel." Sie bückte sich und spähte in das Loch. „Oooh, das ist wunderbar. Traumhaft schön. Das musst du dir ansehen. Wie das funkelt und glitzert."

Edgar tat es ihr nach und schnalzte mit der Zunge. „Ja, märchenhaft", bestätigte er Martinas Eindrücke.

„Das ist ebenfalls ein Schlipfbachtal-Achat", sagte der Mann stolz. „Ein Achat mit einer vollständig ausfüllenden Druse aus kleinen Kristallen. Sehr selten in dieser Größe und Qualität."

„Fantastisch. Ich bin ganz hin und weg. Tausendvierhundert Euro?", fragte Martina Kohlfelt.

„So ist es, ja", antwortete der Mann. „Haben Sie Interesse?"

Martina Kohlfelt schaute Edgar an. „Hab' ich Interesse?"

Edgar hob entschuldigend die Hände.

„Ich hab' Interesse", entschied sie sich. „Aber so viel Geld hab' ich nicht dabei. Äääh, genügt eine Anzahlung?"

Der Mann schüttelte den Kopf. „Sowas mach' ich nicht. Ich will Ihnen auch sagen, wieso. Ich bin noch zwei ganze Tage hier, und es besteht die Möglichkeit, dass die Druse einen Käufer findet, der den ganzen Betrag hinblättern kann, verstehen Sie? Aber wenn sie am Sonntagabend noch nicht verkauft ist, dann ..." Er ließ offen, was dann sein würde.

„Hm, haben Sie eine Visitenkarte oder etwas ähnliches?", fragte Martina Kohlfelt.

Der Mann brummte etwas, kramte geschäftig unter dem Tisch herum und überreichte ihr dann eine Karte. „Steht alles drauf. Name, Adresse, Telefon, E-Mail, IBAN."

„Da will man einmal leichtsinnig Geld ausgeben, und was passiert? Es will keiner", moserte Martina Kohlfelt beim Weitergehen.

Es waren nur noch wenige Stände übrig, die sie noch nicht besucht hatten. Edgar spürte wieder das Koffein- und

Nikotin-Defizit, und deshalb manövrierte er ihre Schritte geschickt zum Ausgang.

„Was hältst du von Kaffee und Kuchen? Ich meine, beim Marktplatz ein Café gesehen zu haben."

„Kaffee ja, Kuchen nein", antwortete sie.

Sie waren noch keine zehn Schritte gegangen, als er plötzlich stehen blieb. Es war nur ein lichtschneller Gedanke gewesen, der ihn zum Innehalten bewog. Ein Sekundenblitz, der ein einzelnes Teil eines Puzzles beleuchtete, von dem er weder eine Ahnung hatte, aus wie vielen Teilen es insgesamt bestand, noch welches Bild es ergeben sollte. „Warte einen Moment, bitte. Ich möchte rasch etwas erledigen."

Er kehrte um, zeigte am Halleneingang seine Eintrittskarte vor und steuerte schnurstracks auf den Stand des Mannes mit der Dreißiger-Jahre-Frisur zu. Der saß wie vorhin halb verdeckt im Schatten der Vitrine. Edgar räusperte sich.

„Ach, Sie sind´s nochmal", sagte er, als er Edgar erblickte. „Haben Sie sich´s anders überlegt wegen der Kugel?"

Edgar zog eine verneinende Grimasse. „Leider nicht. Aber ich möchte doch ein Erinnerungsstück mitnehmen. Die Achatscheibe, die Sie mir gezeigt hatten, bitte."

„Ja, das ist ein schönes Stück." Er stand aus seiner Ecke auf und nahm die Scheibe in die Finger. „Wie gesagt, ein Unikat." Er wickelte sie in Seidenpapier ein. „Zwanzig Euro wären das."

Edgar streckte ihm einen Zwanzig-Euro-Schein entgegen und nahm die Achatscheibe in Empfang. Dann verpasste er seiner Stimme eine beiläufige Intonation. „Ach, was ich Sie noch fragen wollte: Kennen Sie zufällig einen Herrn Rico Fischer?"

Der Mann reagierte, als hätte er dringenden Stuhlgang nötig. Trippelnd suchte er festen Stand und griff mit einer Hand reflexartig an die Tischkante. „Nein", sagte er, um Gleichmut ringend. „Nie gehört."

Sie ergatterten die letzten Plätze unter einem der Sonnenschirme des Cafés, und der Bedienung, obschon um Effizienz bemüht, drohten die Felle davonzuschwimmen. Es dauerte entsprechend lange, bis sie Kaffee und Kuchen an Martinas und Edgars Tisch brachte.

„Meine Frau kommt morgen zu Besuch", sagte Edgar. „Wenn du willst, rufe ich sie an, dass sie Geld mitbringen soll. Dann kannst du morgen diese Steinkugel kaufen."

„Das ist nett von dir, Edgar, aber ich denke, die Magie des Augenblicks hat sich verflüchtigt. Man sollte immer zuerst einen Kaffee trinken, bevor man eine größere Menge Geld ausgibt. Und tausendvierhundert Euro sind für mich eine größere Menge Geld." Demonstrativ prostete sie ihm mit der Kaffeetasse zu.

Edgar juckte es unter der Kopfhaut, sie um Erzählung ihrer Geschichte zu bitten, aber ein Hemmschuh namens Respekt bremste ihn aus. So war er überrascht, dass sie von sich aus sprach.

„Es ist relativ einfach zu erörtern, ob man jemanden liebt oder nicht. Aber es ist unheimlich schwer, die Konsequenzen daraus in die Tat umzusetzen."

„Die Frage, ob du deinen Mann noch liebst, nicht wahr?"

„Ja. Im Grunde weiß man es schon lange. Es geschieht nicht über Nacht."

Edgar trank Kaffee, gabelte von seinem Käsekuchen, und schwieg.

„Ich bin so ein Angsthase!", brach es aus ihr heraus. „Solch ein Feigling!"

„Aus deiner Wortwahl schließe ich, dass du die Antwort auf die Frage gefunden hast. Allein das zu erkennen, ist bereits ein Fortschritt. Du bist auf einem guten Weg", sagte er. „Wie lange bist du noch in der Klinik?"

„Zwei Wochen, wieso?"

„Gut. Dann hast du bis Ende nächster Woche drei Sitzungen bei Frau Dr. Lazlo. Reden wir nächsten Freitag nochmal darüber."

Samstag, 29. Juli 2023
Haldensee

Melanie war mit dem Zug gekommen. Als Edgar sie auf dem Bahnsteig erblickte, weitete sich sein Herz.

Melanie. Ja, für sie lebe ich. Sie ist meine Bestimmung.

Er schloss sie zärtlich in die Arme. „Melanie."

„Mein Edgar."

Der Hitze wegen hatte Melanie ihr kastanienbraunes lockiges Haar zu einem Pferdeschwanz gebunden. Sie trug eine lockere weiße Bluse und eine hellblaue Dreiviertelhose. Die Füße steckten aufgrund ihres verkürzten linken Fußes in leichten Halbschuhen. Mit der Sonnenbrille auf der Stirn sah sie umwerfend aus.

Edgar hielt sie eine Armlänge von sich. „So jung habe ich dich nicht in Erinnerung, meine Schöne."

„Du siehst auch gut aus, mein Edgar. Der Aufenthalt scheint dir zu bekommen. Gehen wir zu Fuß oder nehmen wir ein Taxi?"

„Zu Fuß, natürlich. *Haldensee* darf ruhig sehen, welch schöne Frau ich habe", sagte er. „Ist es weit?"

„Einer schönen Frau ist nie eine Strecke zu weit, das weißt du doch. Also Edgar Schaaf, walte deines Amtes und nimm´ meinen Arm und meinen Koffer. Aber Vorsicht. Er ist schwer. "

Etwa fünfzehn Minuten später konnten sie die Ferienwohnung beziehen. Ein kuscheliges Nest mit Freisitz, Markise und Rasen bis zum See. Edgar lobte Melanies Wahl. „Wie hast du dieses feine Plätzchen denn aufgegabelt? Dazu in der Hochsaison?"

„Mit meinem Charme und meiner Kreditkarte, mein Lieber", antwortete sie. „Normalerweise bekommt man solch ein Schmuckstück nicht für nur zwei Tage."

„Das glaub´ ich, und mehr will ich lieber gar nicht wissen. Es ist herrlich. Fast so schön wie mein Zimmer in der Anstalt." Er umarmte sie von hinten und küsste sie in die Halsbeuge.

„Ha, ha, ha, selten so gelacht. Die Anstalt. Vergiss´ sie einfach für heute und morgen, wenn du kannst. Oder drängt es dich, zu erzählen?"

„Nein, absolut nicht. Aber erzähl´ du. Gerti und du allein zu Haus."

„Und mit *Lydia* und *Müller*. Gerti – sie ist so glücklich. Es war eine gute Idee, sie bei uns einziehen zu lassen. Morgens übernimmt sie ganz selbstverständlich die Tour mit den Hunden, und abends, wenn ich aus meinem Geschäft nach Hause komme, steht ein warmes Essen auf dem Tisch. Aber ich muss gestehen, dass du mir sehr fehlst, mein Edgar. Wenn ich den Laden in der Stadt nicht hätte, wäre ich vermutlich unausstehlich. Die Decke würde mir auf den Kopf fallen."

Sie bummelten Hand in Hand über den Rasen zum See und überquerten dabei den See-Rundweg. Edgar erklärte, dass er hier mit dem später ums Leben gekommenen Rico Fischer entlanggewandert war, und zeigte ihr, wo auf der anderen Seite des Sees die Versperstube lag.

„Hast du Lust, heute etwas zu unternehmen? Wandern? Rudern?", fragte er sie.

Melanie hängte sich an seinen Arm. „Nein. Ich will bei dir sein. Will dich für mich haben."

Sie blieben eine Weile am See sitzen und streckten die Füße ins Wasser. Anschließend schlenderten sie zurück.

Zur Ferienwohnung gehörten einige Gartenmöbel. Edgar fand eine breite Liege, die, so schätzte er, das Gewicht von zwei erwachsenen Menschen auszuhalten versprach. Im Schatten der Markise lagen sie bald innig umschlungen auf der Liege, wie es nur in einer großen Liebe geschehen konnte.

Geraume Zeit später rührte sich Melanie und schälte sich aus Edgars Umarmung. „Ich kriege langsam Hunger, mein Lieber. Mach´ doch mal den Koffer auf, sei so gut. Ist alles drin für ein währschaftes Picknick."

Was Melanie als *währschaft* bezeichnete, offenbarte sich in diversen Behältnissen, die fast den gesamten Raum des Koffers beanspruchten: Kartoffelsalat, Nudelsalat, hartgekochte Eier, Tomaten, Radieschen, gegrillte Hähnchenschenkel, zwei Paar Knackwürste, ein halbes Baguette, Salz und Pfeffer, eine Flasche Landwein und vier Dosen

Bier. Fürs Frühstück zwei Äpfel, zwei Bananen, eine Packung Müsli, ein Glas Joghurt und ein Glas löslicher Kaffee.

„Gottseidank ist die Bahn kein Flugzeug", scherzte Edgar. „Mit dem Gewicht wärst du niemals an Bord gekommen." Er sah, dass Melanies persönlicher Anteil an Körperpflegeartikel und Kleidung verschwindend gering war.

„Mehr als einen Slip zum Wechseln, ein Shirt, eine Zahnbürste und eine Haarbürste brauche ich wegen einer Nacht nicht", antwortete sie, als er sie darauf ansprach. „Wollen wir am See essen?"

Er sortierte die Frühstückszutaten aus, packte Teller, Gläser und Bestecke in den Koffer, eine Decke obenauf, und schleppte ihn zum See hinter sich her, wo sie sich auf dem schmalen Streifen zwischen Rundweg und Wasser gemütlich einrichteten.

„Nun, mein lieber Edgar, erzähle von dir", eröffnete Melanie das Gespräch und das Picknick.

Der See schien von innen heraus beleuchtet zu sein; als brenne in der Tiefe eine kraftvolle Glühbirne. Nur dass die Glühbirne nicht unter der Oberfläche hing, sondern sich im Westen hinter die bewaldeten Berge zurückzog und fichtennadelgefärbte Strahlen wie Pfeile ins Wasser schoss.

Edgar rauchte, mit dem Rücken an einen Felsen gelehnt, nach dem ausgiebigen Picknick die erste Zigarette, während Melanie mit dem Kopf auf seinen Oberschenkeln lag und einige tausend Lichtjahre weit in den Himmel schaute.

Eine riesige Libelle stand für einige Sekunden mit reflektierenden Flügeln über dem Wasser und schien die beiden zu beobachten, um dann mit UFO-Geschwindigkeit weiterzuschwirren.

„Ich bin sehr froh, dass du hierher gegangen bist, mein Edgar. In die Klinik *An klaren Wassern*. Es ist auch für mich eine Erleichterung", sagte Melanie. „Ich danke dir dafür."

Er drückte ihre Hand. „Ja, sehe ich auch so. Es ist keine Flucht, sondern eine Konfrontation mit dem Dämon unter Aufsicht. Ich werde auch zu Hause regelmäßig mit einer Psychologin sprechen."

„Sehr gut, Edgar. Denkst du an jemand Bestimmten? Hast du schon einen Namen?"

„Gudrun Torwall", antwortete er.

Ein Lächeln kräuselte Melanies Lippen, wie eine kleine Welle den See. „Dacht´ ich´s mir. Gute Idee", sagte sie.

Ein langer Schatten fiel über die Liegenden. Edgar drehte den Kopf nach dem Sonnenstrahldieb. Im Gegenlicht erkannte er nur eine schlanke Gestalt, die sich durch die Lichtumrahmung in Nichts aufzulösen schien.

„So lässt es sich prima aushalten", sprach die Gestalt, die Edgar aufgrund der Stimme als Martina Kohlfelt identifizierte. Er setzte sich aufrechter hin.

„Martina, welch Überraschung. Du bist übers Wochenende nicht nach Hause gefahren?"

„Nein. So weit bin ich noch nicht. Der Feigling in mir ist noch immer stärker als mein Mut."

Inzwischen hatte sich Melanie aus der Liegeposition aufgesetzt. Edgar stellte die Frauen einander vor.

„Tja, wir sind hier praktisch an unserem Privatstrand", erklärte Melanie die Situation mit der Ferienwohnung. „Setzen Sie sich doch eine Weile zu uns. Haben Sie Lust auf ein Bier oder ein Glas Wein? Edgar, es ist doch noch beides da, oder?"

Edgar hielt demonstrativ Dosenbier und die Weinflasche zur Auswahl in die Höhe.

Martina ließ sich im Schneidersitz nieder und nahm ein Glas Wein entgegen. „Danke, aber das war jetzt nicht meine Absicht gewesen."

„Du kannst auch zu essen haben, wenn du willst. Es ist noch genug da", bot Edgar an.

Aber Martina schüttelte den Kopf. „Wenn ich mir eine Bemerkung erlauben darf: Ich habe euch so friedlich und vertraut beieinanderliegen sehen, dass es mich einfach gereizt hat zu fragen, wie euch, im Gegensatz zu mir, das gelingt."

„Ach, sieht man uns das an?" Melanie ließ sich von Edgar ebenfalls ein Glas Wein einschenken.

„Ja, gewissermaßen schon. Ihr strahlt es aus", erwiderte Martina Kohlfelt.

„Mit einer erschöpfenden Antwort darauf kann ich leider auch nicht dienen. Es ist, wie es ist, und das ist gut so. Die Basis, denke ich, ist, dass wir uns gegenseitig achten und respektieren. Jeder ist des anderen allerbester Freund, und zufällig lieben wir einander." Melanie nippte am Weinglas.

„Irgend sowas Einfaches und Logisches habe ich mir schon gedacht. Bei euch klingt es so wahr, dass es schön ist. Bei mir wäre es schön, wenn es wahr wäre. Ist es aber nicht."

Melanie forschte einige Sekunden in Martina Kohlfelts Gesicht. „Ist das der Grund, weshalb Sie hier sind?"

Martina Kohlfelt spähte in ihr Glas, als könnte sie darin die Lösung für die Quadratur des Kreises entdecken.

„Meine Tochter, pardon, unsere Tochter, hat vor einem Jahr das Elternhaus verlassen. Seither ... seither entwickeln sich mein Mann und ich diametral auseinander, um es milde zu formulieren. Es war vorher schon nicht gut. Aber jetzt treten die Unterschiede offen zu Tage, prallen die Gegensätze ungebremst aufeinander."

„Darf ich wissen, wo Sie wohnen und was Sie beruflich machen?", fragte Melanie.

„Nennen Sie mich Martina. Lassen wir das blöde Sie weg, und ich sag' Melanie zu dir, wenn's recht ist. Ich wohne in *Breisach* am Rhein und führe dort ein Goldschmiedeatelier, das zurzeit geschlossen ist, natürlich."

„Natürlich. Und dein Mann?"

Edgar kam aus dem Staunen kaum heraus: Melanie erfuhr über Martina in fünf Sekunden mehr als er an einem ganzen Tag.

„Er besitzt eine eigene Versicherungsagentur in *Bad Krozingen.*"

Es trat eine Situation ein, in der auf der einen Seite die erste Stufe der Neugierbefriedigung ausgeschöpft war und die reine Höflichkeit es gebot, nicht weiterzubohren. Auf der anderen Seite war das, was man freiwillig preiszugeben bereit war, gesagt. Infolgedessen herrschten ein paar Sekunden unbeholfenen, fast betretenen Schweigens. Plötzlich schien die Kluft zwischen dem offensichtlich gelebten privaten Glück hier, und der dem Glück gegenüberstehenden Depression dort, unüberbrückbar zu sein.

Melanie spürte jedoch durch feinste atmosphärische Schwingungen mit traumwandlerischer Sicherheit, dass Martinas Kohlfelts Geschichte vom Auszug ihrer Tochter und dem Auseinanderleben der Eltern nicht zu Ende erzählt war. Sie zu dieser Stunde aber einer näheren Befragung zu unterziehen, hielt Melanie für unangemessen. Einen Versuchsballon allerdings wollte sie dennoch starten.

„Und sonst, Martina? Alles okay?"

Melanie entging nicht, dass die Angesprochene fahrig, ja, beinahe erschrocken reagierte und aufgesetzt unbekümmert antwortete: „Sonst ist alles okay. Doch, doch."

Martina Kohlfelt beeilte sich daraufhin, das Weinglas zu leeren und sich zu verabschieden. „Ich will dann nicht länger stören. Danke für den Wein. Und Edgar, wir sehen uns ja noch. Schönen Abend, euch beiden."

Nachdem Martina Kohlfelt gegangen war, legte sich Melanie wie zuvor auf Edgars Oberschenkel und lauschte eine geraume Weile in sich hinein. Dann fragte sie: „Sie ist also deine neue Tischnachbarin?"

Edgar bejahte und zündete eine neue Zigarette an.

„Nur für den Fall, dass es dich interessiert, mein Edgar: Die Frau lebt in Angst. Aber nicht nur wegen ihres Mannes. Da ist noch etwas anderes im Busch."

„Wie kommst du auf so eine Vermutung?", fragte er.

„Weibliche Intuition, mein Lieber. Ist durchaus mit deiner kriminalistischen Intuition vergleichbar", antwortete sie mit einem wissenden Lächeln.

„Und wieso sollte ich mich dafür interessieren? Außer dass die Frau an meinem Tisch sitzt und ich sie gestern zu einer Mineralienausstellung begleitet habe, wie du weißt, gibt es keine Gemeinsamkeiten, wenn ich das so sagen darf."

„Vielleicht hast du recht und ich sehe Gespenster. Aber normalerweise kann ich mich auf meine Antennen verlassen, und die flüstern mir, dass Martina ein Geheimnis hütet, wobei ich auf eine eher dunkle denn eine helle Farbe tippe.“

„Geheimnis? Dunkel? Hell? Kann es sein, dass dein Interesse eventuell größer ist als das, von dem du wünschst, dass ich es hätte?“

Melanie kicherte. „Du kannst dich so herrlich gestelzt ausdrücken, mein Edgar. Ich habe bloß versucht, den schlafenden Hund in dir zu wecken. Wie heißt er noch gleich? Ach ja: Spürhund.“

Edgar beugte sich über ihr Gesicht. „Der Spürhund zerfetzt dir gleich die Hose, mein Engel.“

„Au ja. Und die Bluse auch, bitte“, gurrte sie und schlang die Arme um seinen Hals.

Sonntag, 30. Juli 2023
Haldensee

Edgar war, nachdem er Melanie zum Halb-Zwölf-Uhr-Zug begleitet hatte, in sein Zimmer in der Klinik zurückgekehrt. Angesichts des Speiseplans verzichtete er auf das Mittagessen. Auf Putengeschnetzeltes mit Reis hatte er keinen Appetit, und im Übrigen hatte er mit Melanie ziemlich spät gefrühstückt.

Er erinnerte sich daran, wie wunderbar leicht sie den Morgen verdöst hatten. Keine schweren Gewichte geschleppt, keine tiefgründigen Gespräche geführt, keine Last auf dem Gewissen gespürt. Leicht, als hätten sie beide Flügel gehabt, wie Frau und Herr Vogel.

Da es nachmittags für einen Aufenthalt auf dem Balkon zu heiß wurde, zog er die Vorhänge zu, legte sich aufs Bett und verschränkte die Hände hinter dem Kopf. Zur eigenen Verblüffung gelang es ihm mühelos, den richtigen Bahnsteig zu finden, an dem ein Schlaf-Sonderzug abfahren sollte, kümmerte sich nicht um das Kreuzfeuer feindlicher Gedanken und befand sich nach wenigen Minuten schon im Land der Träume. Ganz normale Träume, die einem siebzigjährigen Mann keine Angst einjagten.

Er wurde geweckt, weil es an seine Tür klopfte. Seine *Breitling*-Armbanduhr zeigte zehn Minuten nach achtzehn Uhr an. Benommen schwang er die Beine aus dem Bett, tappte zur Tür und öffnete sie einen Spalt.

„Edgar? Alles in Ordnung bei dir?"

Alles in Ordnung bei mir? Es war seine Tischnachbarin, deren Name ihm auf die Schnelle partout nicht einfallen wollte. Entsprechend auf dem Schlauch stehend glotzte er sie an.

„Ich hab´ dich allein vom Bahnhof kommen sehen und gedacht, dass du zum Mittagessen kommst. Willst du auch das Abendessen verpassen?"

Er senkte die Augen zu Boden, als würde ihr Name dort geschrieben stehen. Dann endlich fiel der Groschen.

„Martina, pardon, du hast mich gerade auf dem falschen Fuß erwischt. Abendessen, ja, freilich. Gib´ mir fünf Minuten."

Im Badezimmer warf er sich kaltes Wasser ins Gesicht, kämmte die langen Haare und band den Pferdeschwanz neu. Dann legte er ein frisches aschgraues Leinenhemd an und begab sich in den Speisesaal.

Da es Edgars erster offizieller Sonntag in der Psychiatrischen Akut- und Reha-Klinik war, am Anreisetag vor einer Woche war er von den kulinarischen Angeboten des Hauses noch ausgeschlossen gewesen, wunderte er sich über den spärlichen Besuch des Speisesaals. Er schätzte, dass mindestens die Hälfte der Patienten das Wochenende andernorts verbrachte. Am Buffet ging es darum zügig voran. Er belud einen Teller mit Kartoffelsalat und zwei heißen Würstchen.

Martina Kohlfelts Auswahl bot wie üblich einen spartanischen Anblick: Exakt vier Häufchen verschiedener Salate zierten ihren Teller, die sie der Reihe nach im Uhrzeigersinn vertilgte.

„Ich hätte das Abendessen um ein Haar verpennt", sagte Edgar und setzte sich. „Danke für deine Aufmerksamkeit."

Martina antwortete erst mit einem knappen Lächeln, dann sagte sie: „Ohne Tischnachbar fühlt man sich hier gleich doppelt einsam. Gestern zum Beispiel war ein schrecklicher Tag. Auch heute Morgen und heute Mittag war es einfach nur öde. Außerdem habe ich den Eindruck, dass man mir, seit ich den Platz bei dir habe, aus dem Weg geht."

Edgar kaute und schluckte. „Sippenhaft", sagte er dann. „Wer mit dem Polizeispitzel an einem Tisch sitzt, steckt auch mit ihm unter einer Decke. Manche Leute sehen das so, und möglicherweise sind die zurzeit alle hier." Edgar grinste schräg. „Gegen dieses Phänomen kann man wenig ausrichten, es sei denn, man entzieht ihm das Futter."

„Wie meinst du das?"

„Indem man den Platz wechselt", sagte er kurz und bündig.

„Fällt mir gar nicht ein", begehrte sie auf. „Du scheinst hier der einzige Mensch zu sein, mit dem man anständig reden kann."

„Na, na, na", tönte er und biss von der Wurst ab.

Sie kümmerte sich jetzt um das letzte Salathäufchen auf ihrem Teller. Als der Teller leer war, sagte sie:

„Ich habe euch angelogen."

Edgars Augenbrauen fuhren Fahrstuhl nach oben.

„Gestern Abend. Ich habe euch angelogen, Edgar. Mein Mann hat keine eigene Versicherungsagentur. Er ist arbeitslos. Tut mir leid."

Edgar legte Messer und Gabel weg, hob beide Hände, die Handflächen nach oben. „Martina. Es ist bestimmt gut gemeint von dir, aber das musst du mir nicht sagen. Wie soll ich mich ausdrücken? Es geht uns nichts an."

Sie befeuchtete die Lippen mit der Zunge. „Trotzdem kein Grund, etwas zu erfinden und als Tatsache zu verkaufen. Nachdem ich gestern von euch weggegangen war, hatte ich mich sehr geschämt. Ich hatte gedacht, wenn ich ein bisschen Kosmetik an meiner Agenda betreibe, ist der Unterschied zwischen eurer und meiner Situation nicht so krass. Aber es gibt nichts zu beschönigen. Nicht, wenn man auf Menschen wie euch trifft."

Edgar schaute gerade über den Tisch in Martinas Augen. Er erinnerte sich an Melanies Worte, die sie gestern Abend über Martina verloren hatte und überlegte, ob er Melanies Vermutung zur Sprache bringen sollte. Doch bevor er einen Satz dazu formulieren konnte, ergriff Martina wieder das Wort.

„Da ist noch etwas, Edgar. Aber das will ich nicht hier ansprechen. Können wir vielleicht in deinem oder in meinem Zimmer unter vier Augen reden?" Martina schluckte, und ihre Augenlider flatterten.

Hat Melanie doch recht gehabt mit ihrer weiblichen Intuition, dachte er. *Was mag da noch kommen?*

„Keine gute Idee", antwortete er. „Ich meine das mit den Zimmern. Treffen wir uns besser an einem Ort, an dem man uns sehen kann."

Martina errötete. „Was schlägst du vor?"

„Ich glaube, das Café am Marktplatz hat auch sonntags geöffnet. Sagen wir halb acht Uhr? Dann ist es noch hell."

Das Café war gut besucht. Edgar erkannte unter den Gästen einige Patienten der Klinik und grunzte zufrieden. Die Sonnenschirme waren zugeklappt und er entschied sich für denselben Stuhl, den er am Freitag schon besetzt gehabt hatte. Martina war nirgends zu sehen.

Er bestellte ein alkoholfreies Bier und nestelte die Zigarettenpackung aus der Brusttasche seines Hemdes. Das Porphyrpflaster, mit dem der Marktplatz ausgelegt war, strahlte die gespeicherte Tageshitze in die Luft und brachte sie zum Vibrieren. Als er eine Zigarette anzündete, entdeckte er eine verschwommene Gestalt. Sie kam wie eine Fata Morgana den Weg vom See heraufgeschritten und schien über dem Boden zu schweben, ohne wirklich näherzukommen. Die Konturen verflossen in einem wabernden Glast.

Edgar blinzelte, und erst dann erkannte er, dass es Martina war, eine Sonnenbrille vor den Augen, die ihr halbes Gesicht verdeckte.

Sie hat die Figur eines zehnjährigen Bubens, dachte Edgar.

Plötzlich war sie leibhaftig da und setzte sich ohne Umschweife zu ihm an den Tisch, behielt jedoch die Sonnenbrille auf der Nase. Im Nu galt ihnen das allgemeine Interesse der übrigen Besucher.

Martina wartete, bis sie ihre Bestellung aufgegeben hatte. Dann sagte sie: „Hier bin ich also, wo man uns sehen kann. Ist es das, was du wolltest? Wir auf dem Präsentierteller? Wir werden Gesprächsstoff Nummer eins sein." Es klang wie ein Vorwurf.

„Immer noch besser als das Getuschel, wenn man mich beim Verlassen deines Zimmers gesehen hätte. Oder dich aus meinem, wenn du verstehst, was ich meine."

Martina wandte ihr Gesicht ab und wandte es Edgar erst wieder zu, als ihr Mineralwasser gebracht wurde.

„Seltsam", sagte sie. „Ich bin mir gar nicht mehr so sicher wie vor einer Stunde, ob ich mit dir über die Sache sprechen soll. Nicht wegen dir, weil ich dir nicht traue, sondern aus Angst vor der eigenen Courage. Es ist so ... ich weiß nicht ... welche Konsequenzen daraus folgen würden. Welches Ausmaß es annehmen könnte."

Edgar drückte die Zigarette im Aschenbecher aus. „Sag´ einfach einen ersten Satz. Danach sehen wir weiter."

Sie hob die Hand vor den Mund und raunte dahinter: „Ich habe dich gegoogelt."

Jetzt war es Edgar, der sein Gesicht abwandte.

„Ich habe gestern Pit Fermans Buch *Schaafshunde* gelesen. Als E-Book", fügte Martina hinzu.

Edgar schnaufte schwer.

„Und – da – hab´ – ich – mich – gefragt, ob – du – mir – eventuell helfen kannst."

Edgar drehte den Kopf und schaute sie an. „Melanie hat gestern gesagt, nachdem du gegangen warst, dass du ein Geheimnis hütest. Ich habe das nicht so gesehen. Aber **sie**. **Sie** hat es gespürt."

Martina nahm die Sonnenbrille ab. Eine Träne rann über ihre Wange, doch ihre Miene blieb regungslos.

Er fuhr fort: „Du hast also *Schaafshunde* gelesen. Gut. Dann will ich dir sagen, weshalb ich in *Haldensee* bin: Bei meinem letzten Fall vor einem Monat sind zwei Männer ums Leben gekommen. Es hat zwar geheißen, ich sei nicht schuld gewesen. Aber **ich** habe mir die Schuld an ihrem Tod gegeben. Einer davon war einer meiner besten Freunde. Ein junger Polizist, gerade Vater einer Tochter geworden." Er legte eine Kunstpause ein. „Zwei tote Menschen, Martina. Und warum? Weil ich gebeten worden war, mich zu kümmern. Zu helfen."

Martinas Kopf wackelte, als sei er nicht richtig am Hals befestigt. „Das hab´ ich nicht gewusst, Edgar. Tut mir leid. Das hab´ ich nicht ... tut mir sehr leid." Eine zweite Träne bahnte sich den Weg über die Wange.

Edgar sah ihren Schock, aber auch ihre Enttäuschung. „Was ist dein Geheimnis?", fragte er, um ihr wenigstens die Möglichkeit auf eine Chance zu gewähren.

Sie angelte ein Papiertaschentuch aus ihrer Tasche und betupfte die Augen. Sie öffnete den Mund um zu sprechen, blieb jedoch stumm. Als Kinn und Lippen bebten, schlug sie beide Hände vor den Mund.

„Der Bruder meines Mannes", quälte sie die Worte aus der Kehle.

„Gut", sagte Edgar und wartete.

„Der Bruder meines Mannes – er ist verschwunden. Er meldet sich nicht mehr." Beim letzten Satz blickte sie Edgar beinahe herausfordernd, sogar stolz an.

Melanie hatte recht. Martina hütet ein Geheimnis, seine Farbe ist dunkel, und es ist der Bruder ihres Mannes, dachte Edgar.

„Ist er vermisst gemeldet?", fragte er.

Martina schüttelte den Kopf.

„Dein Mann ...“

„Er hasst seinen Bruder!“, platzte es aus ihr heraus. „Die beiden verstehen sich nicht“, schwächte sie ihren Gefühlsausbruch ab.

„Weiß dein Mann davon?“

„Wie bitte?“

„Weiß dein Mann, dass du ein Verhältnis mit seinem Bruder hast?“

„Lass uns woanders hingehen“, bat sie. „Hier sind mir zu viele Leute. Ich möchte nicht beobachtet werden, wenn ich heule.“

Sie bezahlten und gingen zum See hinunter, wo sie auf einer Sitzbank Platz nahmen. Ein Schwanenpaar mit Nachwuchs im Gefolge suchte am Ufer nach Futter.

„Die Geschäfte meines Mannes gingen von Monat zu Monat schlechter. Bei dieser Zinspolitik schließt keiner mehr eine Lebensversicherung oder etwas Ähnliches ab. Keine Renditen, keine Abschlüsse. Er hatte die Agentur schließen müssen. Die Miete war am Ende höher als seine Einnahmen. Seit eineinhalb Jahren ist er arbeitslos. Er ist zu stolz, eine andere Arbeit anzunehmen. Nein, er ist bösartig.“

„Ich kann mir vorstellen, dass das nicht einfach ist. Weder für ihn noch für dich“, sagte Edgar.

„Du kannst dir nichts vorstellen, Edgar. Entschuldige, wenn ich das so sage, aber stell´ dir einen hungrigen Tiger im Käfig vor. Wenn du außerhalb des Käfigs bist, kannst du von Glück reden. Aber ich befinde mich drin.“

„Okay. Sein Bruder?“

„Carsten. Erfolgreicher Fotograf. Das krasse Gegenteil von Curd. Curd, so heißt mein Mann.“

„Er ist **der** Carsten Kohlfelt? **Der** Naturfotograf?"

Martina nickte. „Ja, der ist er. Der berühmte Naturfotograf. Oft unterwegs, auf der ganzen Welt zu Hause. Er wollte es in jüngerer Zeit ruhiger angehen lassen. Hat sogar ein Haus gekauft. In *Poggenau*. Wollte sesshaft werden." Sie lächelte. „Obwohl, bei ihm weiß man nie so genau. Wusch, ist er wieder für ein paar Wochen fort. Aus dem Stegreif, sozusagen."

„Und du und er, ihr habt ..."

„Ja. Seit zwei Jahren. Curd weiß nichts davon. Glaube ich wenigstens. Er würde Carsten umbringen, wenn er davon erführe."

Es ist die uralte Geschichte, dachte Edgar. *Frau, Mann, Liebe. Geradezu klassisch.* „Du hast gesagt, er ist verschwunden. Seit wann vermisst du ihn?"

„Wir waren am Sonntag, dem elften Juni, ab Mittag in seinem Haus in *Poggenau* verabredet. Ich war rechtzeitig dort, aber er ist nicht gekommen. Dabei muss er zu Hause gewesen sein, denn sein Frühstücksgeschirr stand noch auf dem Tisch. Ich habe den ganzen Tag bis in die Nacht auf ihn gewartet. Dann bin ich zurück nach *Breisach* gefahren."

„Seither hat er sich nicht mehr bei dir gemeldet? Weder telefonisch noch per Mail oder sonst wie?"

Sie weinte Tränen ohne Schluchzer. „Er hat mir immer eine Nachricht hinterlassen, wenn er verreisen musste. Immer, ohne Ausnahme."

„Für dich kommt eine Vermisstenanzeige wegen deines Mannes nicht in Betracht. Sehe ich das richtig?"

Sie schniefte nun doch „Ja. Kannst du mir helfen? Ich weiß nicht, was ich tun soll."

Edgar widerstand dem Impuls, sie in seine Arme zu nehmen und zu trösten. Doch berührte er sacht ihre Schulter. „Weißt du zufällig, woran er vor seinem Verschwinden gearbeitet hat?"

„Er hatte eine Wanderausstellung geplant. Kohleminen, Diamant- und Goldminen, Erzgruben, Steinbrüche. Er war deswegen in Ostasien gewesen. In Australien. Südamerika. Afrika. Skandinavien. Überall, wo es die Menschheit irgendwie bewogen hat, Löcher in die Erde zu buddeln. Er wollte bald damit fertig sein."

„Letzte Frage: Besitzt du einen Schlüssel zu seinem Haus?"

„Natürlich. Warum?"

Teil II

Montag, 31. Juli 2023
Holzrück

„Willst du mich verarschen? Letzte Woche hast du an drei Tagen gefehlt, und jetzt willst du dich krankmelden? Du kannst deine Papiere abholen", hatte der Chef getobt.

Drei Fehltage. Aus besonderem unvorhersehbarem Anlass war es erforderlich gewesen, auch am Donnerstag blauzumachen.

Er hatte sich trotzdem krankgemeldet, denn er fühlte sich wirklich nicht gut. Nicht gerade krank, also Grippe oder dergleichen, aber matt und ausgebrannt. Er hoffte, dass er bis Ende der Woche wieder die Energie für seine *Goldmine* aufbringen konnte,

Jetzt saß er in seinem Haus am Küchentisch, eine Kanne dünner Plörre, genannt Kaffee, und einen Laib alten trockenen Brotes vor sich. Er hätte halt einkaufen sollen. Letzten Donnerstag wäre noch Zeit dazu gewesen. Aber da hatte er anderes zu tun gehabt. Zum Beispiel das Auto für die Ausstellung beladen und, ja, da war noch die lästige und unangenehme, aber notwendige Sache mit seiner Frau gewesen. Es schüttelte ihn, als er an sie dachte. **Diese heuchlerische ... heuchlerische ... Schlampe.**
Nachbetrachtet war die Mineralienausstellung ein Reinfall gewesen. Enormer Aufwand, keine Einnahmen. Gerade

so, dass er die Standgebühr entrichten konnte. Sein Schmuckstück, die große Druse mit den beleuchteten Kristallen, hatte keine Käufer gefunden. Bewunderung ja, aber das war auch schon alles. Einmal, um ein Haar, hätte es beinahe geklappt. Wenn er eine Anzahlung akzeptiert hätte. Er könnte sich heute noch in den Hintern beißen. Das Geld wäre ihm sicher gewesen, und nur wegen seiner sturen Haltung – er raufte sich die Haare.

Immerhin hat sie meine Visitenkarte eingesteckt. Vielleicht wird doch noch was aus dem Geschäft.

Aber die Hoffnung tendierte zu null.

Er kehrte in Gedanken zu der angedrohten Kündigung zurück und wie lange er sich ohne Job und ohne Lohn über Wasser halten könnte. Er besaß noch das gesamte Geld vom Verkauf der Kamera. Über sechstausend Euro. Und wenn er Sentas Auto verkaufte, drei- bis viertausend sollte er dafür noch rausschlagen können, hätte er zehntausend Euro zur Verfügung. Bei sparsamer Lebensweise würde ihm das ungefähr ein Jahr lang reichen. Er bezahlte keine Miete, das Haus war Eigentum, und ab und zu verdiente er auch ein Zubrot mit seinen Steinen. Es musste ja nicht immer so mies laufen wie in *Haldensee*. Die nächste Ausstellung fand zum Beispiel bereits am zwölften und dreizehnten August in *St. Paulsberg* statt, und dort saß der Geldbeutel lockerer, wie er aus der Erfahrung vergangener Jahre wusste. In einem Jahr würde er mit Sicherheit einen anderen Arbeitgeber finden. Er war ein guter Gabelstaplerfahrer, verdammt. Er hieb mit der Faust auf den Tisch.

Soll er mir doch kündigen, das Arschloch. Krank ist krank. Und am Samstag geht´s wieder in die *Goldmine*.

Mit Aussichten, die sich nicht mal so übel anließen, stand er auf und schüttete die Plörre in den Abfluss der Spüle.

Montag, 31. Juli 2023
Haldensee, Poggenau

Martina und Edgar hatten sich aus besonderem Anlass für einen Tag aus dem Klinikbetrieb abgemeldet. Auf eigene Verantwortung und nur gegen Unterschrift, denn schließlich waren sie Patienten und ihre Behandlung nicht abgeschlossen. Frau Weingärtner, die umsichtige Perle aus dem Speisesaal, brachte ihnen ein Essenspaket ans Auto. Damit sie unterwegs nicht verhungern, sagte sie augenzwinkernd.

Martina steuerte ihren Kleinwagen *Toyota* durch die Schwarzwaldberge über *Hohenterzen* nach *Hausach* im Kinzigtal, und von dort weiter nach *Gengenbach*, wo Melanie zusteigen sollte, bevor es zu dritt zum relativ nahegelegenen *Poggenau* ging. Edgar hatte darauf bestanden, Melanie über die geplante Aktion zu informieren und mit einzubinden.

„Melanie, ist sie ...?", fragte Martina ohne Worte.

„Sie ist total vertrauenswürdig und verschwiegen wie ein Grab", antwortete Edgar.

„Das hab´ ich nicht gemeint", schmollte sie.

„Ich weiß, was du gemeint hast. Eifersüchtig, und das ist sie nicht. Sie hat auch keinen Anlass dazu. Aber wie würde das aussehen, wenn ich fünfzehn Kilometer von ihr entfernt tätig wäre und sie darüber nicht verständigt hätte? Das ist das Eine. Die andere Sache ist, dass Melanie eine wichtige Funktion übernehmen wird. Du erfährst es, wenn wir dort sind."

Lustigerweise schleppte auch Melanie eine Tasche voller Verpflegung an. „Extra heute Morgen besorgt und gerichtet. Sogar ein Bier für dich, mein Edgar."

„Dann kann uns rein ernährungstechnisch ja nichts mehr passieren", kommentierte er amüsiert. „Danke, mein Engel."

Martina ließ sich ab *Gengenbach* vom GPS leiten, da sie die kürzere und kurvenreiche Strecke über den Berg ins benachbarte Tal noch nie gefahren war. Erst als sie nach *Poggenau* hineinfuhren, schaltete sie den Dienst ab. Wenig später, kurz vor Mittag, bog sie auf die gepflasterte Hofeinfahrt ein, die zum Haus ihres Geliebten Carsten Kohlfelt gehörte.

Melanie und Edgar schauten mit zusammengekniffenen Augen an dem futuristischen Gebäude empor, das aus drei miteinander verschachtelten Quadern bestand und, von außen betrachtet, drei Ebenen aufzuweisen hatte. Jeweils an den Stirnseiten befanden sich großzügig bemessene Fenster aus Sonnenlicht beeinflusstem getöntem Glas.

„Mir gefällt es auch nicht", gestand Martina gequält lächelnd, „aber angeblich war es verhältnismäßig günstig und innerhalb einer Woche bezugsfertig."

Man betrat das Ensemble durch einen ziemlich schmalen Eingangsbereich neben der Garage, der mit einer kleinen Garderobe fast schon übermöbliert war. Von dort führte eine Treppe aus Marmor-Imitat geradewegs in den ersten

Quader, in dem Küche, Wohnzimmer und ein Bad untergebracht waren. Über eine zweite geländerlose Treppe gelangte man in das nächste Element, das im rechten Winkel
auf dem unteren lag. Darin hatte der Hausherr ein Büro
und ein Atelier eingerichtet. Die letzte Treppe reichte in
den obersten Quader, der wiederum rechtwinklig zum
unteren angeordnet war, und zwei Schlafzimmer und ein
Bad beherbergte.

„Wirklich sehr praktisch, das Ganze", nickte Edgar abschließend. „Gerade, übersichtlich, schnörkellos. Steht eigentlich ein Auto in der Garage?"

„Ja, ein *Triumph Spitfire*, Baujahr 1976. Den fährt er
allerdings höchst selten. Wir können ihn nachher ansehen,
wenn ihr wollt. Normalerweise fährt er mit dem Taxi. Ist
billiger, als ein Auto zu unterhalten, sagt er."

„Bist du nach dem elften Juni nochmal hier im Haus
gewesen? Das ist doch der Tag, seit dem du ihn vermisst,
nicht wahr?", fragte Edgar

„Ich war noch zweimal hier, aber es hat keine Anzeichen
dafür gegeben, dass er in der Zwischenzeit hier gewesen
sein könnte, wenn es das ist, was du meinst", antwortete
Martina.

„Das meinte ich, ja", bestätigte er. „Dann hat sich in der
Wohnung also nichts verändert. Ich schlage vor, wir
beginnen mit der Suche oben und arbeiten uns nach
unten."

„Ist es was Bestimmtes, nach dem wir suchen?", mischte
sich Melanie ein.

„Irgendwelche Hinweise, die uns seinen Aufenthaltsort
verraten oder erklären, warum und oder mit wem er das
Haus verlassen hat. Kalender, Notizzettel, Handy, Computer", sagte Edgar.

„Normalerweise hat er alle Termine in seinem Handy festgehalten. Sogar den Einkaufszettel hat er ins Handy getippt", verriet Martina und wandte sich an Melanie. „Edgar hat erwähnt, dass du eine wichtige Funktion übernimmst. Was muss ich mir darunter vorstellen?"

Melanie und Edgar verständigten sich mit einem Blick.

„Ja, das stimmt. Ich werde bei einer befreundeten Kriminalkommissarin anfragen, inwieweit ich eine Personensuche veranlassen kann. Hintergrund ist der: Ich habe in *Gengenbach* ein eigenes Geschäft. *Aquarelle und Poesie*. Und Edgar und ich besitzen eine Kunstgalerie in unserem Haus. Das heißt, dass ich über mein Geschäft Ausstellungen veranstalte. Ich werde angeben, dass dein Freund mit seinen Fotografien eine Ausstellung bei mir gebucht hat und nun unauffindbar ist. Vielleicht kann die Kommissarin einige Nachforschungen anstellen. Ich denke da an Passagierlisten von Fluggesellschaften, namenlose Patienten in Krankenhäusern, unidentifizierte verstorbene Personen – also an Institutionen, von denen ich als Privatperson keine Auskunft erhalten würde. Gut wäre, wenn ich ein Foto deines Freundes zum Vorzeigen hätte. Hast du zufällig ...?"

„Natürlich", reagierte Martina rasch und zückte ihr Handy. „Gib mir deine Nummer, dann sende ich´s dir zu. Gott, wenn ich dran denke: Unerkannt in einem Krankenhaus, unbekannte Leiche – da wird mir schlecht."

Die beiden Schlafzimmer gaben nichts her, das man als Spur hätte bezeichnen können. Die vollständig vorhandene Garderobe ließ eher den Schluss zu, dass sich Carsten Kohlfelt nicht auf Reisen begeben hatte.

Interessant wurde es im darunterliegenden Raum, dem Büro und Atelier. Edgar und Melanie bewunderten die Fotografien, die an beiden Längswänden hingen. Jede ein Kunstwerk für sich in Schwarzweiß.

Ein riesiger Tisch mit hinterleuchtbaren Tischplattensegmenten dominierte den Raum. Seitlich, unter einer der Fotoreihen an der Wand, residierte ein Spezial-Computer für Bildbearbeitungen, eine sogenannte Pixelstation, nebst einem Großbildschirm und einem Fotodrucker für Großformate. Auf einem Sideboard lagen verschiedene Kamerakoffer für analoge als auch digitale Geräte sowie der zugehörigen Objektive und weiteres Zubehör, dessen Verwendung und Zweck für Edgar rätselhaft waren.

Auf dem Büroschreibtisch lag ein schwarzer Laptop, der Edgars Interesse weckte. Er streifte sich Gummihandschuhe über, klappte den Deckel auf und schaltete ihn ein.

Wie nicht anders zu erwarten, dachte er und rief Martina zu: „Kennst du das Passwort für den PC?"

Sie trat an seine Seite. „Leider nein."

Er kippte den Laptop hoch und linste darunter in der Hoffnung, Carsten könnte seine Passwörter ähnlich leichtsinnig verwahrt haben wie er selbst in seinem Büro in *Gengenbach*. Fehlanzeige.

„Hilf mir mal in den Schubladen zu suchen", bat er Martina. Nach einigen Minuten gaben sie erfolglos auf. Nach kurzer Überlegung sagte er: „Ich will den Laptop mitnehmen. Vielleicht gelingt es mir irgendwie, ihn zu knacken. Ist das okay für dich?"

„Tu, was immer du willst. Ich weiß ja, wo er ist, sollte Carsten doch wieder auftauchen", erwiderte Martina. „Übrigens fehlt eine Kamera. Seine teure *Leica*. Die, mit der er am liebsten arbeitet."

Edgar horchte auf. „Dann ist er womöglich doch auf Fotosafari?"

„Nein, unmöglich. Wenn er verreist wäre, wüsste ich das."

„Hm, und können wir rauskriegen, um welches Modell es sich bei der *Leica* handelt", fragte er.

Martina machte sich wieder an den Schreibtischschubladen zu schaffen. „Wenn, dann müssten Garantieschein und Bedienungsanleitung hier irgendwo sein."

Während sie herumkramte, fragte Melanie: „Kann dein Mann etwas mit dem Verschwinden Carstens zu tun haben?"

„Curd? Niemals!", behauptete Marina und lieferte die Begründung sofort hinterher. „Er ist genauso ein Feigling wie er ein Großmaul ist."

„Wer ist eigentlich der ältere der beiden?"

„Curd ist der jüngere", erklärte Martina. „Er war immer der Zweite und hat sich auch immer so behandelt gefühlt. Bruderzwist. Ach schau, da ist sie ja, Edgar: die Betriebsanleitung. Es ist eine *Leica S Typ smart*. Willst du dir's aufschreiben?"

Edgar nahm die Anleitung in die Hand. „Nein, ich mach ein Handyfoto von der Titelseite. Das reicht mir vorerst."

Küche und Wohnzimmer bargen keine Geheimnisse. Edgar hatte noch die Hoffnung genährt, dass, wie in etlichen Haushalten üblich, am Kühlschrank Notizzettel hängen könnten, aber das Magnet-Pin-System schien nicht bis hierher vorgedrungen zu sein. Nach einem ebenso erfolglosen Blick in die Garage und den *Triumph Spitfire* verließen sie das Gebäude und begaben sich auf den Rückweg. Immerhin besaß Edgar mit Carsten Kohlfelts Laptop ein handfestes Arbeitsobjekt, und mit dem Hinweis auf die fehlende Kamera einen Ansatzpunkt für Nachforschungen. So gesehen kein verlorener Tag, auch wenn er an direkt greifbaren und akuten Spuren nicht viel zu bieten gehabt hatte.

In *Gengenbach* nahm Edgar den eigenen Laptop aus seinem Büro mit, begrüßte und verabschiedete sich gleichzeitig von *Müller* und *Lydia*, Melanies und seinen Hunden, umarmte und küsste Melanie und fuhr mit Martina zurück zur Klinik nach *Haldensee*, die Verpflegungspakete unangetastet auf dem Rücksitz.

„Aha, da kommt ja unser Vaginator mit seiner neuesten Eroberung", lästerte Glatzkopf Vincent Gilka, als Martina und Edgar am Rauchertreffpunkt vorbeikamen, wo sich insgesamt fünf Personen aufhielten, die anderen vier samt und sonders Claqueure ihres Wortführers. „Polizeispitzel müsste man halt sein, dann bricht man die Herzen der stolzesten Frau'n."

Edgar tat so, als hätte er die Beleidigung überhört. Er fand es müßig, dem Dummkopf noch Senf auf die Wurst zu geben. Anders dagegen Martina. Sie bog eiskalt zu der Gruppe ab und marschierte schnurstracks auf Gilka zu. Dreist und ohne zu zögern griff sie dem Kerl an die Eier.

„Dacht' ich's mir doch, dass du mit so kleinen Kugeln kein richtiger Mann sein kannst." Sprach's, und drückte einmal kräftig zu, dass er jaulte.

Völlig angstfrei drehte sie auf dem Absatz um und stolzierte hocherhobenen Hauptes zu Edgar zurück. „Ist was?", fragte sie spitz mit hochgezogenen Augenbrauen.

Edgar schüttelte bloß den Kopf und grinste, während Vincent Gilka eine unsägliche Schimpftirade hinterherschickte und sich aufführte wie ein Kastenteufel. Aber er gehörte zu der Sorte Hunde, auf die das Sprichwort vom Bellen und Beißen gemünzt war. Und irgendwie musste er seinen Kumpels gegenüber ja das Gesicht wahren.

„Dann bis zum Abendessen?", fragte sie.

„Heute lass´ ich es aus", antwortete er und verwies auf die Verpflegungspakete. „Wenn du willst, kannst du dir etwas aussuchen und mitnehmen. Frau Weingärtner hat sicher auf deine Essgewohnheiten Rücksicht genommen."

Edgar saß bei geöffneter Balkontür am Schreibtisch, die Suchmaschine seines eigenen Laptops angeworfen. Im Suchfeld stand *Leica S Typ smart*. Darunter reihten sich seitenweise Beschreibungen, Testberichte und Händlerangebote für Neugeräte. Kleinanzeigen zu *Leica* existierten massenhaft, doch kein einziges Inserat für eine *Leica S Ty smart*.

Daneben leuchtete das Display von Carsten Kohlfelts Laptop. Der Cursor blinkte im Passwortfeld. Erste Versuche, mit einem zugedachten Passwort, wie **Martina Kohlfelt** oder **Fotograf** oder **Triumph Spitfire**, den Computer zu entsperren, waren natürlich fehlgeschlagen. Ebenso wenig erfolgreich war er mit der Methode, die Buchstaben durch Zahlen des durchnummerierten Alphabets zu ersetzen, also M=13; A=1; R=18 und so weiter. Die unüberschaubare und sich potenzierende Vielzahl an Möglichkeiten zog Edgar recht schnell den Zahn und sein anfänglicher Enthusiasmus sackte in sich zusammen wie Bierschaum in einem schmutzigen Glas, weshalb er erleichtert war, als es an die Zimmertür klopfte.

„Komm´ rein, Martina", rief er über die Schulter, in der Annahme, dass nur sie es sein könne.

Der Kopf, der sich daraufhin ins Zimmer schob, gehörte jedoch nicht Martina, sondern Jens Melzer.

„Ist es erlaubt?", fragte er und drückte die Tür zur Gänze auf. „Oder erwartest du Besuch?"

„Jens, natürlich, nur herein in die gute Stube", erwiderte Edgar. „Und nein, es liegen sonst keine Anmeldungen vor."

Jens Melzer war nicht allein gekommen. In seiner Begleitung befand sich ein *Sixpack* Bier.

„Was treibst du da mit zwei Computern?", deutete er mit dem *Sixpack* auf den Schreibtisch.

„Ach ja, das ist eine merkwürdige Geschichte", seufzte Edgar und umriss in groben Zügen Martina Kohlfelts Sorge um ihren verschwundenen Freund, und warum dessen Computer nun auf Edgars Schreibtisch stand. „Ich versuche, das Ding zu entsperren, aber ich komme damit nicht vorwärts. Und mit meinem Laptop bin ich auf der Suche nach seiner verschwundenen Fotokamera."

„Das ist wie einen Sechser im Lotto vorherzusagen", meinte Jens, riss den *Sixpack* auf und bot Edgar ein Bier an. „Wenn du kein Fachmann bist, hast du eigentlich keine Chance."

Edgars Miene spiegelte Enttäuschung wieder. „Komm´, wir setzen uns auf den Balkon. Hast du Hunger? Ich habe noch Reste von Melanies Verpflegungspaket."

„Da höre ich mich nicht nein sagen", sagte Jens angenehm überrascht. „Interessiert dich Rico Fischers Fall weiter? Ich war vorgestern mit den *Freudenstädter* Kollegen in *Kreuzthal* bei der Hausdurchsuchung dabei. Also Rico Fischers Haus, natürlich."

„Ja, freilich, erzähl´. Wie ist es gelaufen? Ist etwas dabei herausgekommen?" Edgar setzte sich auf den Liegestuhl, für Jens stellte er einen Stuhl vom Schreibtisch parat.

„Gut. Ich beschränke mich auf die markanten Punkte. Dass Rico Fischers Frau vor gut eindreiviertel Jahren Selbstmord verübt haben soll, weißt du ja. Seither wohnte Rico Fischer allein in seinem Haus. Er ist übrigens gebürtiger Sachse und nach der Wende in den Westen gezogen.

Im Keller haben wir jede Menge von diesen Steinkugeln gefunden, wie du sie auch in seinem Auto gesehen hast. Inklusive aller Geräte, um die Steine zu bearbeiten.

Wir stellten fest, dass die Hintertür des Hauses aufgebrochen war. Es war also ein Einbrecher zu Werke gewesen. Größere Unordnung als man bei einem alleinstehenden Alkoholiker normalerweise vermuten würde, herrschte jedoch nicht. Nicht das übliche Chaos, wie man es oft nach einem Besuch von Einbrechern erlebt. Einige Schubläden waren durchsucht worden. Dort wurden auch Fingerabdrücke gesichert, die nicht von Rico Fischer oder seiner verstorbenen Frau stammten. Auffallend war im Wohnzimmer eine leere Glasvitrine. Anhand feiner Sandspuren glauben wir, dass dort Steine ausgestellt waren und dass der Einbrecher sie mitgenommen hat. Jedenfalls hat er dort seine Fingerabdrücke hinterlassen.

Im Schlafzimmer, das erwähnenswert aufgeräumt war, haben wir folgendes Szenario vorgefunden: Ein sauberes Bett; eine umgestürzte Bierflasche mit Bierlache vor einem der Nachttische; die gerahmte Fotografie einer nackten Frau auf dem Nachttisch; daneben eine Stelle auf dem Bett, wo der Einbrecher kurzfristig gesessen haben musste. Fingerabdrücke sowohl auf der Bierflasche als auch am Bilderrahmen, identisch mit den unbekannten

Fingerprints aus den Schubläden im Erdgeschoss. Leider nicht registriert."

Edgar überlegte laut. „Der Einbrecher, der keine Verwüstung anrichtet, spaziert mit einer Flasche Bier durchs Haus. Er guckt da hinein, stochert dort herum, aber er nimmt nichts weg. So kommt er ins Schlafzimmer. Sauberes Bett. Er entdeckt die Fotografie auf dem Nachttisch. Eine nackte Frau. Er setzt sich. Entweder kennt er die Frau und wirft vor Schreck die Bierflasche um, oder die Bierflasche ist aus Versehen umgefallen. Aber warum hinterlässt er seine Fingerabdrücke und gibt sich nicht die Mühe, sie wegzuwischen? Was sagen die Nachbarn? Habt ihr sie befragt?"

Jens Melzer nickte. „Keiner hat etwas gesehen."

„Die Frau auf dem Foto. Habt ihr sie erkannt?", fragte Edgar.

Jens Melzer grunzte. „War nicht so einfach. Das Bild wurde von hinten aufgenommen. Man sieht also nur ihren Rücken und das braune gelockte Kopfhaar. Aber anhand eines Muttermals unter dem linken Schulterblatt konnten wir sie identifizieren. Beziehungsweise Dr. Brenneis vom gerichtsmedizinischen Institut *Offenburg* hat uns dabei unterstützt. Rico Fischers Frau hatte am *Karlsruher Grat* Suizid begangen. Ist von einem Felsen in den Tod gesprungen. Dr. Brenneis hatte damals die Obduktion vorgenommen und die unveränderlichen Körpermerkmale dokumentiert. So auch das Muttermal. Die Frau war übrigens Brustkrebsgeschädigte. Ihr war eine Brust entfernt worden. Vermutlich deswegen auch die Rückenansicht, verstehst du? Bei der Frau auf dem Foto handelt es sich aller Wahrscheinlichkeit nach um Rico Fischers Frau."

„Dass es Suizid gewesen war steht außer Zweifel?"

„Dr. Brenneis hat damals keine entgegenstehenden Hinweise gefunden. Keine Fremdeinwirkung, wenn du das meinst. Die Frau hatte Krebs gehabt, so viel stand fest. Also ...“ Jens Melzer ließ offen, was man daraus schließen konnte.

Es trat eine Pause ein, die beide nutzten um die jeweils erste Bierdose zu leeren und die nächste aufzureißen.

„Was ist mit den SMSen auf Rico Fischers Handy? Seid ihr da weitergekommen?“

„Gut, dass du danach fragst. Ein Kollege aus *Freudenstadt* meint, solchen Daten schon einmal anderswo begegnet zu sein. Und zwar hält er es für Terminbestätigungen einer Prostituierten, die mit einem Kunden regelmäßige Kontakte oder Besuche vereinbart hat. Kann stimmen, aber auch nicht. Ich meine, Rico Fischer lebte seit fast zwei Jahren allein und hat auf diese Weise seine sexuellen Bedürfnisse befriedigt. Das kriegen wir noch raus. Was es mit der Warnung und der Geldforderung auf sich hat, wissen wir noch nicht. Da in Fischers Haus kaum Verwüstungen festgestellt wurden, glauben wir nicht, dass der Verfasser der Droh-SMS der Einbrecher war. Wenn einer explizit nach Geld oder Wertsachen gesucht hätte, hätte es anders ausgesehen. Aber wir bleiben dran.“

Edgar ließ die Gedanken schweifen. „Gibt es einen Bekanntenkreis in Verbindung mit seinem Hobby? Dem Steine sammeln? Hier in *Haldensee* zum Beispiel war vergangenes Wochenende eine Mineralienausstellung. Einer der Händler hatte die gleichen Steine im Sortiment wie Rico Fischer in seinem *Dacia*. Ich hatte ihn noch gefragt, ob er Rico Fischer kennen würde, aber er hatte verneint. Dumm, dass ich seine Visitenkarte nicht eingesteckt habe. Moment, da fällt mir ein: Frau Kohlfelt, die mich zur Ausstellung begleitete, hat eine Visitenkarte genommen. Wenn du willst, schick´ ich dir die Daten."

„Okay, das ist ein interessanter Ansatz. Ja, mach das, Edgar. Sende sie mir aufs Handy. Ich werde die Kollegen aus *Freudenstadt* darüber informieren. Die bearbeiten nämlich den Fall federführend."

Mit diesen Worten erhob sich Jens Melzer. „Todesursache übrigens waren zwei Schläge vermutlich mit einem Stein, wie Dr. Kleinschmidt berichtete. Wobei die Tatwaffe im See gelandet sein dürfte, denn sie konnte nicht gefunden werden. Rico Fischer hätte ohnehin nicht mehr lange zu leben gehabt, wie Kleinschmidt sagte. Leberzirrhose in mittlerem bis fortgeschrittenem Stadium. Halbes bis ein Jahr höchstens. Ach ja, was übrigens bei der Befragung der Patienten hier herausgekommen war: Drei, vier Leute erinnerten sich, dass sie am fraglichen Tag gegen sechzehn Uhr von einem Mann nach Rico Fischer gefragt wurden. Sie hatten angegeben, dass er vermutlich auf dem Rundweg um den See zu finden sei. Der Mann habe jedoch die Gegenrichtung eingeschlagen. Aber die Personenbeschreibung war sehr dürftig. Mann mit Mütze und verspiegelter Sonnenbrille. Mehr hat die Aktion nicht gebracht. Nur, damit du´s weißt. Ich mach´ mich dann wieder auf die Socken, Edgar. Danke für das Vesper, und grüß´ Melanie von mir."

„Okay, Herr Kriminaloberkommissar. Sag´, wie krieg´ ich denn jetzt das verflixte Passwort raus?"

„Versuch´s mal mit Anagrammen von den Namen, die du hast", schlug Melzer vor.

Edgar tippte sich an den Kopf. „Gute Idee. Sie könnte glatt von mir sein."

Jens Melzer grinste: „So gönn´ mir halt auch mal was. Ciao, Edgar."

Dienstag, 01. August 2023
Haldensee

„Guten Morgen, Herr Schaaf. Nehmen Sie doch Platz. Schönes Wochenende gehabt?" Frau Dr. Lazlo strahlte wie ein Hundert-Watt-Birne. „Das war eine rhetorische Frage, auf die Sie nicht antworten müssen. Heute hätte ich gerne, dass wir über Ihre Wut sprechen."

Bevor Edgar die Aufforderung verarbeiten konnte, registrierte er, dass sie heute ein blumiges Sommerkleid im Stile der sechziger Jahre des vorangegangenen Jahrhunderts trug. Sehr leichtes Gewebe mit raffinierter Transparenz.

„Meine Frau war zu Besuch", beantwortete er trotz ihres Hinweises die Frage und stellte ihr die Bewertung frei.

„Dann war es ja schön für Sie, nicht wahr?", womit sie die Antwort vorwegnahm. „Ach, ehe wir beginnen: Es hat heute Morgen eine Beschwerde gegeben. Ein Patient hat bei der Klinikleitung gemeldet, dass er gestern Nachmittag körperlich angegangen worden sei. Er hat Frau Kohlfelts und Ihren Namen genannt. Er hat verlangt, dass Sie die Klinik verlassen müssen. Ist an der Geschichte etwas dran?"

„Vincent Gilka", sagte Edgar. „Allerdings ist da etwas dran und ich kann seine Aussage, dass er unangenehm körperlich angegangen worden ist, nur bestätigen. Er kann bestimmt noch vier weitere Zeugen benennen."

„Aha", guckte Frau Dr. Lazlo verdutzt. „Aber ..."

„Es passt wunderbar zum Thema Wut, das Sie heute mit mir besprechen wollen. Denn der Vorfall zählt zu den Paradebeispielen, mit denen ich meine Grundwut am Leben zu erhalten pflege."

„Grundwut, Herr Schaaf, genau. Darüber müssen wir uns unterhalten. Sind Sie bereit dazu?"
Edgar lächelte freundlich. „Gewiss", antwortete er. „Wollen Sie die allgemeine Version oder die Einzelliste meiner Wutpunkte hören?"

„Reden Sie einfach, Herr Schaaf", forderte sie ihn auf.

„Gut. Kennen Sie den Witz? Treffen sich zwei Planeten. Sagt der eine: Auweija, du siehst aber gar nicht gut aus. Bist du krank? Antwortet der andere: Ich hab´ Homo Sapiens. Da tröstet ihn der erste: Homo Sapiens? Das hatte ich auch schon. Das geht vorbei.

Was ich damit sagen will: Ich bin wütend auf die zunehmende Ich-Bezogenheit und den Egoismus; auf den schwindenden Respekt vor des anderen Werten, Hab und Gut; auf die mangelnde Toleranz und Akzeptanz anderer Ethnien; auf die steigende Tendenz der Verrohung mit einherschreitender Verdummung. Ich bin wütend auf die Verlogenheit der Menschen; auf die Unfähigkeit zur Einsicht; auf die Schwerfälligkeit und Kleindenkerei von Behörden und Institutionen. In einem Satz ausgedrückt: Ich bin wütend auf das System Mensch."

Frau Dr. Lazlo hörte ihm fasziniert zu. Da saß ein siebzig Jahre alter Mann vor ihr, der genau das aussprach, woran sie selbst glaubte, dass die Welt krankte.

„Kommen wir zurück zu Vincent Gilka. Es macht mich wütend, wenn Leute wie er andere Menschen beleidigen und verhöhnen, und im Falle, dass sie persönlich angegriffen werden, sich an höherer Stelle beschweren.

Es macht mich wütend, wenn Leute die Gesetze eines Landes brechen, und im Falle, dass sie zur Rechenschaft gezogen werden sollen, die Rechte, die dieses Land ihnen gewährt, für sich einfordern. Bei gewöhnlichen Kriminellen mag ich das noch nachvollziehen können. Nicht aber, wenn es sich um Leute handelt, die diesen Staat umstürzen oder abschaffen wollen. Sich beim Scheitern des Umsturzes auf Rechte und Gesetze eben dieses Staates zu berufen, ist nicht nur paradox, sondern dreist.

Die Handy-Manie macht mich wütend. Alles wird fotografiert, gefilmt, gepostet. Wie jemand verblutet, wie jemand stirbt, oder, auch ganz profan, wie jemand in der Nase bohrt. Klick, ins Internet gestellt. Da wird diffamiert, denunziert, blamiert, ohne zu überlegen, was man damit anrichtet.

Die Selbstsucht macht mich wütend. Alle für saubere Energie. Alle gegen den Klimawandel. Jaja, aber bitte kein Windrad vor meiner Tür, keine Stromtrasse in meiner Nähe. Keine Einschränkungen meiner Lebensqualität. Ich fahre meinen SUV, ich fliege zweimal jährlich in Urlaub, ich kaufe und esse billig, und meinen Vorgarten schütte ich mit Schotter zu.

Es macht mich wütend, wenn Migranten monate- und jahrelang in überfüllten Lagern unter fürchterlichen Bedingungen auf einer Insel ausharren müssen und die EU tatenlos zusieht.

Es macht mich wütend, wenn kranke Menschen die Medikamente nicht mehr bekommen, die sie brauchen, weil irgendwelche Konzerne sie künstlich verknappen um teurere Produkte verkaufen zu können. Ende der Tirade."

Frau Dr. Lazlo lächelte. „Das ist eine herrliche Grundwut, Herr Schaaf", sagte sie. „Da steckt aber auch eine Menge Enttäuschung drin, finden Sie nicht?"

„Natürlich. Weil ich seit siebzig Jahren feststelle, dass der Mensch das Lernen verlernt hat. Weil er zur Umkehr nicht mehr fähig ist."

Sie beugte sich leicht nach vorne. „Abgesehen davon, dass Sie mir, was meine sehr private Ansicht betrifft, aus dem Herzen gesprochen haben, müssen wir der Wut einen Platz zuweisen. Einen Platz in uns. Zunächst ein Beispiel, Herr Schaaf. Im Rahmen einer MPU, der Medizinisch-Psychologischen-Untersuchung zur Neuerteilung der Fahrerlaubnis, etwa nach Führerscheinentzug wegen Blutalkohols, wird folgende Frage gestellt: Können Sie mit Alkohol umgehen? Eine Fangfrage. Denn wer mit Ja antwortet, besteht den Test nicht. Begründung: Mit Alkohol kann man nicht umgehen. Wer mit Alkohol umgeht, der konsumiert ihn auch. Verstehen Sie?

Nun zu Ihnen. Frage: Können Sie mit Ihrer Wut umgehen?"

Edgar holte Luft. „Äääh ..."

„Stopp!", unterbrach sie ihn. „Nicht jetzt. Beantworten Sie mir die Frage in der morgigen Sitzung. Mein Tipp für heute lautet: Melden Sie sich mit Frau Kohlfelt bei der Klinikleitung. Ich sage ihr nachher Bescheid, dass Sie im Foyer auf sie warten. Sie hat die Therapiestunde bei mir nach Ihnen belegt. Schaffen Sie diesen unseligen Vorwurf aus der Welt." Etwas leiser fügte sie hinzu: „Und schaffen Sie uns diesen Herrn Gilka vom Hals. Ich gehe mit Ihnen in dieser Angelegenheit völlig konform."

Edgar saß in einem Sessel der Sitzgruppe im Foyer der Klinik und wartete auf Martina Kohlfelt. Er war beim Frühstück ziemlich wortkarg gewesen und hatte kaum mit ihr gesprochen. Auch sie war dem Augenschein nach mit sich selbst beschäftigt gewesen, hatte vergeistigt gewirkt und ab und zu leise gesummt.

Am Abend vorher hatte er Jens Melzers Rat befolgt und sich wegen des Computer-Passwortes bis Mitternacht, lediglich unterbrochen von Melanies Anruf um halb elf Uhr, an Anagrammen zu den Namen Carsten Kohlfelt und Martina Kohlfelt versucht. Ein sinnloses Unterfangen, wie er heute wusste. Die reine Zeitverschwendung. Als er Martinas Name in den Anagramm-Generator eingegeben hatte, wurden über tausendzweihundert Wortvorschläge ausgespuckt. Bei Carstens Name sogar über zweitausenddreihundert. Dennoch hatte er es so lange probiert, bis die Buchstaben vor seinen Augen verschwammen und der Schädel brummte. Die Folge war ein miserabler Schlaf gewesen.

Als dann beim Frühstück hämisch grinsend Vincent Gilka aufgekreuzt war und Martina und Edgar mit als Pistole gestrecktem Zeigefinger sozusagen erschossen hatte, war er viel zu träge gewesen, um dem Spinner Wasser auf die Mühle zu kippen. Und auch Martina hatte nur ein gequältes Lächeln für Gilka übrig gehabt.

Aber in Ordnung, Gilka hatte sich beschwert, also wollte er auch die Auseinandersetzung auf einer anderen Ebene fortsetzen. *Kann er haben*, dachte Edgar.

Frau Dr. Dreßen schien auf sie gewartet zu haben, denn das „Herein" ertönte unmittelbar nach dem Anklopfen an die Bürotür.

„Frau Kohlfelt, Herr Schaaf, nehmen Sie doch Platz. Darf ich Ihnen ein Getränk anbieten? Wasser, Tee, Kaffee?"

Martina schüttelte den Kopf, Edgar sagte: „Kaffee, bitte."

Frau Dr. Dreßen bestellte zwei Kaffee per Telefon. Dann schaute sie Marina und Edgar rasch an, formte mit den Fingern die *Merkel-Raute* und sagte: „Tjaaa, es ist eine Beschwerde über Sie eingegangen. Ich vermute, Sie wissen vom wem und um was es sich dreht."

„Nein", sagten Martina und Edgar unisono.

„Ups, dann ... ja dann ... also Herr Gilka, einer unserer Patienten, hat behauptet, dass Sie, Frau Kohlfelt, ihn gestern körperlich angegriffen haben."

„Ach das meinen Sie", gab sich Edgar verwundert. „Ja, dann wissen wir, um was es geht."

„Sie hätten ihm an die ... an die ..."

„Eier!", ergänzte Martina.

„Ja."

„Stimmt. Ich hab´ ihm die Eier gequetscht", gab Martina zu.

„Herr Gilka sagte, dass er nur einen Scherz gemacht habe."

„Vaginator", nickte Edgar.

„Wie bitte?" Frau Dr. Dreßens Stirn schlug Falten.

„Sein Scherz war Vaginator. Er sagte wortwörtlich: Da kommt unser Vaginator mit seiner neuesten Eroberung. Womit er mich in Begleitung von Frau Kohlfelt meinte."

„Er hat Sie also provoziert?"

„Ja. Er ist ein Provokateur. Er macht, seit Frau Kohlfelt meine Tischnachbarin ist, Stimmung gegen mich. Zum Beispiel recherchiert er im Internet über mich und verbreitet unter den Mitpatienten, ich sei ein Polizeispitzel."

„Aha."

„Jaha", machte Edgar. „Ich werde das nicht länger dulden. Auch ich bin hier Patient und will meine Genesung wegen solcher Intrigen und Ränke nicht gefährdet sehen. Wenn Herr Gilka seine Animositäten gegen mich und Frau Kohlfelt nicht unterlässt oder einstellt, werde ich Ihre Anstalt, Frau Dr. Dreßen, so leid es mir tut, verlassen."

„Und ich gleich mit", schickte Martina hinterher.

Die letzte Stunde vor Mittag war mit Gymnastik angesetzt und Edgar froh, durch Konzentration auf den Körper auf andere Gedanken geleitet zu werden. Ihm wurde bewusst, wie ungelenkig er war und welche Mühe es ihn kostete, den Anweisungen Folge zu leisten. So haperte es besonders bei Übungen, die ein gewisses Gleichgewichtsgefühl verlangten und ein übers andere Mal verlor er die Balance.

Ins Schwitzen geraten, strebte er vor dem Mittagessen seinem Zimmer zu, um zu duschen. Als er den Schlüssel ins Schloss steckte, bemerkte er einen feuchten Glanz im unteren Drittel der Tür, und im gleichen Moment stieg ihm der scharfe Geruch von Urin in die Nase.

Verdammt. Das Schwein hat an meine Tür gepisst, dachte er und ihm war klar, wer das Schwein gewesen sein musste. Er stieß die Tür auf. Die Urinlache breitete sich dahinter ins Zimmer aus.

Er stieg darüber hinweg und rief über die Haustelefonanlage die Klinikleitung an. „Kommen Sie her, Frau Dr.

Dreßen. Und bringen Sie bitte gleich jemanden von der Putzkolonne mit."

Normalerweise würde er die Reinigung selber in die Hand nehmen. Ein paar Papierhandtücher, einen Putzeimer mit Putzmittel, und weg wäre der Dreck. So etepetete war Edgar nicht, um das nicht zu können. Doch diesen Fall wollte er festgehalten wissen. Frau Dr. Dreßen schüttelte darob auch nur den Kopf und sagte: „Herrn Gilka ist von mir vor einer halben Stunde nahegelegt worden, die Klinik sofort zu verlassen. Tut er es nicht freiwillig, werde ich ihn durch die Polizei abholen lassen. Dieses unschöne Ereignis findet natürlich Eingang in seine Akte. Sie bekommen sofort ein sauberes Zimmer, Herr Schaaf, das ist ja selbstverständlich."

„Nicht nötig. Wenn die Sauerei weg ist, gefällt es mir hier wieder ganz gut."

So kam er mit leichter Verspätung zum Mittagessen und sah gerade noch, wie Vincent Gilka mit einer Sporttasche das Klinikgebäude verließ und zu seinem Auto ging.

„Komisch", sagte er zu Martina. „Alle, die sich hier mit mir anlegen, verlassen das Haus auf die eine oder andere Weise. Der eine ist tot, der andere gegangen worden. Ich hoffe, dass wenigstens du mir erhalten bleibst."

„Nur wenn du es willst, Edgar", antwortete sie und knabberte an einer rohen Karotte.

Dienstag, 01. August 2023
Gengenbach

„Nur für uns zwei zu kochen macht überhaupt keinen Spaß", moserte Gerti, Melanies Freundin und Mitbewohnerin, und kratzte die Reste des Essens in eine Schüssel. „Seit Edgar in *Haldensee* ist, isst du wie ein Spatz, meine Teure. Und das soll noch die ganze Woche so bleiben?"

„Wenn Edgar verlängert, auch noch zwei Wochen. Aber Gerti, ich nutze die Zeit, um ein paar Pfunde abzunehmen. Du weißt schon: Bauch, Hüfte, Oberschenkel und Hintern. So billig komme ich nie wieder dazu."

„Jaja, und weil ich immer die Reste essen muss, werde ich immer fetter."

Melanie lachte. „Wenn du noch etwas übrig hast, dann bieten wir es heute Abend Rita Böhringer an. Die kommt nämlich auf einen Sprung vorbei."

Gerti guckte skeptisch in die Schüssel. „Naja, wenn ich es etwas aufhübsche, kann es gerade so reichen."

Rita Böhringer, die junge Kriminalkommissarin der Polizeidirektion *Offenburg*, hatte tatsächlich zugesagt zu kommen, als Melanie ihr den Fall des verschwundenen Fotografen vorgetragen hatte. Dass die Geschichte mit der Foto-Ausstellung in Melanies Galerie nicht ganz der Wahrheit entsprach, hatte Melanie freilich unterschlagen. Aber so hatte Melanie jedenfalls den Eindruck erwecken können, dass es sich bei Carsten Kohlfelt um eine Persönlichkeit von öffentlichem Interesse handelte und eine Suche nach ihm, wenn auch diskret, durchaus begründet werden konnte, sofern nicht Zweifel an der Rechtmäßigkeit oder Verhältnismäßigkeit entstehen sollten.

Wenn Zweifel angebracht wären, so dachte Melanie, dann nur, weil sie mit dem Gesuchten weder verwandt war noch in ähnlich enger Beziehung stand.

Über eine Woche war Edgar nun schon weg, und wie sehr Melanie ihn vermisste, konnte sie gar nicht beschreiben. Es war ein anderes Leben ohne ihn.

An sich hatte sich an ihrem Tagesablauf nicht einmal so viel geändert. Sie stand morgens auf, frühstückte, betreute ihr Geschäft *Aquarelle und Poesie*, kam zum Mittagessen nach Hause, um danach erneut im Laden zu stehen. Die Abende verbrachte sie mit Gerti, wozu auch die Tour über die Felder oder auf dem Kinzigdamm mit *Lydia* und *Müller*, den Hunden, zählte.

Dennoch fehlte eine Größe in ihrem Befinden. Das Gegengewicht, um die Gefühlswaage in der Balance zu halten. Sie kam sich vor wie ein Reifen mit einer Unwucht: Sie lief nicht richtig rund. Hatte Sehnsucht nach ihm, ihrem Edgar.

Im Mai dieses Jahres waren sie zwar schon einmal getrennt gewesen, als sie mit Gerti drei Wochen auf dem Jakobsweg in Spanien gepilgert war. Edgar allein zu Haus. Und doch war es mit heute nicht vergleichbar. Damals war es eine Bringschuld gewesen, die sie sich auferlegt und abgeleistet hatte. Jetzt ging es bei ihm um einen Angriff auf seine Seele. Darum, dass seine Selbstsicherheit wieder hergestellt wurde. Dass er den Glauben an sich und die Richtigkeit seines Handelns wiederfand.

Sie zollte ihm großen Respekt, dass er in *Haldensee* professionelle Unterstützung in Anspruch nahm. Dass er das Einsehen gehabt hatte, Hilfe zu brauchen, um das Trauma um seinen ermordeten Freund und jungen Kollegen Kai Schuster zu verarbeiten. Und auch dafür, dass er sie,

Melanie, nicht gezwungen hatte, mit ihm durch seine schwärzeste Hölle zu gehen.

Sie würde durchhalten. Das hatte sie sich geschworen. Und wenn er eine Woche verlängern wollte, dann würde sie ihm beipflichten. *Mach das, mein Edgar*, würde sie ohne zu Wanken sagen.

Sie pflegten täglichen Kontakt, abends am Telefon, und sollte er eine dritte Woche in *Haldensee* bleiben, würde sie ihn am kommenden Wochenende mit Freuden wieder besuchen.

*

„Da sag´ ich nicht nein", frohlockte Rita Böhringer, als Gerti ihr ein Abendessen offerierte. „Ein halber Elefant? Ein Beet Salat? Her damit!"

Sie trug ein übergroßes Jeanshemd und eine weiße Cargohose. „Sommerdienstbekleidung", wie sie schelmisch erwähnte. Das länger gewordene Haar hatte sie mit einem Gummi zu einer Palme auf den Oberkopf gezwungen. Sie machte einen ausgeglichenen, ja, fröhlichen Eindruck. Melanie sagte ihr das.

„Findest du? Danke für die Rosen. Im Augenblick geht es mir auch gut."

„Schön. Das freut mich, Rita", antwortete Melanie, bohrte jedoch nicht tiefer nach den Gründen. Sie ließ die junge Frau in Ruhe essen, was diese mit Heißhunger tat.

„Wenn mein Liebster Ulf mich je vor die Tür setzen sollte, zieh´ ich bei euch ein", mampfte Rita. „Euer Essen ist einfach göttlich. Haltet unbedingt ein Zimmer für mich frei."

Melanie lachte: „Das musst du Gerti sagen. Sie ist die Köchin. Vor zwei Monaten ungefähr, als ich auf der Pilgerwanderung war, hab´ ich Edgar tatsächlich den Vorschlag gemacht, dir ein Zimmer in unserem Haus anzubieten. Aber dann hast du leider Ulf Thommen kennengelernt ...“

„Mist, ja“, ulkte Rita.

„... und Gerti ist eingezogen.“

„Darüber lässt sich zu gegebener Zeit neu verhandeln“, zwinkerte Rita mit einem Auge. „Wie geht´s Edgar eigentlich?“

„Du, ganz gut soweit. Er kriminalisiert schon wieder herum“, gestand Melanie. „Es hat mit dem vermissten Fotografen zu tun, worüber ich mit dir reden will. Gestern war er nämlich hier, und wir haben zusammen das Haus des Vermissten durchsucht.“

Rita ließ die Gabel sinken. „Äääh, wie durchsucht. Das musst du mir näher erklären.“

„Sei beruhigt, Rita. Wir hatten einen Schlüssel und die Geliebte des Fotografen war mit dabei. Es verhält sich nämlich so: ...“ Melanie erzählte die Geschichte des verschwundenen Carsten Kohlfelt.

„Langsam, Melanie“, ergriff Rita das Wort, nachdem Melanie geendet hatte. „Also der Bruder des Fotografen, Name Curd Kohlfelt, ist der Ehemann von Martina Kohlfelt, die momentan bei Edgar in der Klinik in *Haldensee* Patientin ist. Richtig? Curd Kohlfelt wird keine Vermisstenanzeige erstatten, weil er seinen Bruder nicht ausstehen kann. Martina Kohlfelt **kann** keine Vermisstenanzeige machen, weil sonst ihr Verhältnis mit dem Fotografen ans Licht kommt. Und Carsten Kohlfelt ist seit dem elften Juni verschwunden. Edgar ist derzeit in Besitz von Carsten Kohlfelts Laptop, und zudem sucht er eine wertvolle *Leica*-Kamera, die ihr in Carsten Kohlfelts Haus in *Poggenau* nicht gefunden habt."

„Ja, so sieht's aus, Rita."

Rita legte das Besteck zur Seite und zog eine Miene, als würde sie intensiv überlegen. „Und dieser Carsten Kohlfelt hat zufällig eine Fotoausstellung in deiner Galerie geplant? Entschuldige, Melanie, hast du vielleicht ein Glas Wein für mich? So nach dem Essen?"

Melanies Gesicht färbte sich rot. Nicht wegen des Fauxpas um das vergessene Getränk, sondern wegen Ritas Frage nach der Ausstellung. „Oooh, natürlich, pardon, ich hole dir ein ... bin gleich wieder zurück."

Sie eilte ins Haus. *Sie ist ein Biest*, dachte sie. *Sie hat den Braten gerochen. Kluges Kind.*

Melanie kam mit einer Flasche und zwei Gläsern zurück. „Es gibt keine Ausstellung", gab sie kleinlaut zu. „Das hab´ ich erfunden, um ... ach, ich weiß selber nicht. Einfach um ..."

„Um die Sache wichtig zu machen", vollendete Rita den Satz.

„Jemand muss doch nach dem Mann suchen, verdammt noch mal", begehrte Melanie auf und schlug mit der Faust auf den Tisch. „Auch wenn er zehnmal erwachsen ist und tun und lassen und verschwinden und kommen kann wann und wie er will. Er ist weg! Seine Freundin ist sich hundertprozentig sicher."

„Ein Handy? Habt ihr ein Handy gefunden?", fragte Rita.

Melanie schüttelte den Kopf. „Das Handy ist tot, sagt Martina. Entschuldige meinen Gefühlsausbruch, bitte."

Rita hob ihr Glas und grinste burschikos. „Dann schenk doch bitte mal ein."

*

„Aber du hast ihr Carsten Kohlfelts Foto gezeigt?", fragte Edgar abends am Telefon.

„Gezeigt und auf ihr Handy überspielt", antwortete Melanie. „Wie und ob Rita die Suche aufnehmen kann, konnte sie vorhin noch nicht sagen. Schönen Gruß von ihr und erfolgreiche Behandlung. Sie wird sich bestimmt bei dir oder bei Martina melden. Ich hab´ Rita Martinas Nummer gegeben."

„Die Flunkerei mit der Ausstellung hat sie dir nicht abgekauft?", schmunzelte er.

„Pah! Bei Ebbe kann man Rita kein Land verkaufen, so clever wie sie ist. Aber sie war mir nicht böse oder so. Ganz lieb."

„Meine Erziehung eben", protzte Edgar.

„Ja genau, das hättest du gerne. Schlaf gut, mein Erzieher. Ich küsse dich."

„Bis morgen, mein Engel. Ich liebe dich."

Mittwoch, 02. August 2023
Haldensee

Schon am Morgen betrug die Lufttemperatur vierundzwanzig Grad. Die Zeitung, die Edgar im Foyer der Klinik las, kündete neue Hitzerekorde an. Unten in der Oberrheinischen Tiefebene. Im Breisgau. In der Ortenau. Er dachte an Melanie in *Gengenbach* und an die Hunde. An seinen *Müller*, der die Hitze überhaupt nicht mochte. An *Lydia*.

Als gewohnter Frühaufsteher konnte er sich an den Stundenplan des Klinikbetriebs nur schwer gewöhnen. Ihm fehlten die frühmorgendlichen Touren mit den Hunden. Spaziergänge am See entlang, die er ersatzweise unternahm, schläferten ihn eher ein, als dass sie ihn aufmunterten. Die Zeitung, auf deren Lektüre er sehnlichst wartete, wurde erst um halb acht Uhr geliefert. Zu knapp, um sie ausführlich zu studieren, denn die Beingüsse von Physio Norbert Grob begannen pünktlich um viertel vor Acht. Später, nach dem Frühstück, war die Zeitung nicht mehr jungfräulich, wie er es nannte, und bereits gelesene und zerknitterte Zeitungen mochte er nicht. Manche Leute zeigten einer Zeitung gegenüber einfach nicht den Respekt, den sie verdiente.

Als er den Speisesaal betrat, registrierte er eine subtile Veränderung der Atmosphäre. Es herrschte eine regelrecht gelöste heitere Stimmung. Frau Weingärtner schwebte leicht wie eine Feder zwischen Küche und Buffet hin und her und verbreitete zusätzlich gute Laune. Aus den Blicken, die sich mit seinen trafen, meinte er Freundlichkeit und so etwas wie Dankbarkeit zu lesen.

In der Reihe vor der Müslitheke vernahm er plötzlich ein leises Summen hinter sich und wusste blind, dass es Martina war. „Spürst du es auch?", fragte er ohne sich nach ihr umzudrehen. „Die gereinigte Luft?"

„'n Morgen, Edgar. Ja. Irgendwie wirken alle wie befreit", sagte sie. „Bei der Medikamentenausgabe hat man mir vorhin sogar den Vortritt gelassen, obwohl ich als Letzte gekommen bin. Und ich hab´ gut geschlafen."

Martina schmückte ihren Teller mit Rohkost und folgte Edgar zum Fenstertisch.

„Es gibt Neuigkeiten", verkündete Edgar. „Melanie hat gestern Abend Rita Böhringer, das ist die Kriminalkommissarin, die sie erwähnt hatte, mit Carstens Verschwinden vertraut gemacht. Rita Böhringer ist eine ehrgeizige Polizistin, die, wie ich sie kenne, in irgendeiner Form tätig werden wird."

„Das ist die, die auch in *Schaafshunde* beschrieben ist, richtig?"

Edgar lächelte. „Genau die. Übrigens, bevor ich´s vergesse: Wenn du die Visitenkarte nicht mehr brauchst, dann sollte ich sie haben. Die von dem Typ an der Mineralienausstellung."

„Ui, die habe ich leider schon am Freitagabend weggeschmissen", antwortete Martina. „Wofür? Ich meine, wofür …"

„Ach Mist. Wegen der Daten. Ich wollte sie Jens Melzer zukommen lassen. Aber jetzt – naja. Oder weißt du zufällig noch den Namen?"

„Ha, da fragst du was. Bei meinem genialen Namensgedächtnis. Irgendwas mit Sch. Scholz oder Schulz oder Schmidt oder so. Tut mir leid, Edgar."

Frau Dr. Lazlo, der zu erwartenden Hitze angemessen heute in dünner Jeans und ärmelloser weißer Bluse, kam dem verblüfften Edgar mit ausgestreckten Armen entgegen und ergriff seine Hände. „Danke, Herr Schaaf, danke, dass wir den Quertreiber los sind. Seit gestern Nachmittag bombardiert er uns mit Hass-Mails unterster Kategorie. Verkupplungsanstalt und Verrücktenbordell sind noch die harmlosesten Begriffe, mit denen er uns betitelt. Wir erwägen

Anzeige gegen ihn zu erstatten. Das sind wir unserem Ruf schuldig. Wünschen Sie einen Kaffee?"

Edgar wünschte einen Kaffee. Frau Dr. Lazlo bestellte per Telefon und setzte sich ihm gegenüber.

„Zum Thema, Herr Schaaf. Haben Sie sich Gedanken gemacht? Können Sie mit ihrer Wut umgehen?"

„Ist das eine Fangfrage? Falle ich durch die Prüfung, wenn ich mit **ja** antworte? Beziehungsweise behalten Sie mich dann hier?"

Sie lächelte. „Sie haben gut zugehört. Aber keine Sorge, daraus wird Ihnen kein Strick gedreht. Sie sind bis jetzt ja nirgendwo behördlich aufgefallen, dass Sie die Kontrolle verloren haben."

„Was allerdings und allgemein ein zunehmendes Gesellschaftsproblem ist", stellte Edgar fest.

„Ja, stimmt, und das mit alarmierenden Zahlen. Deswegen haben wir den Begriff **Wut** in unser Therapieprogramm aufgenommen. Was Sie nicht wissen: Wir verfügen in unserer Anstalt über einen sogenannten Wutraum. Wir benutzen ihn zu Therapiezwecken. Nein, es ist keine Gummizelle, wie Sie vielleicht denken mögen. Aber er ist schallgedämmt mit gepolsterten Wänden und einem Boxsack in der Mitte. Wir bieten ihn Patienten mit erheblichen Stresssymptomen oder auch mit Anzeichen von Tobsuchtsgefahr an. Den meisten hilft es ungemein, wenn sie eine halbe Stunde lang die Seele aus dem Leib schreien oder bis zur Erschöpfung auf den Boxsack einprügeln können. Unter ärztlicher Aufsicht, freilich. Das nur informativ. Nicht dass Sie befürchten, ich möchte Sie dort hineinschicken.

Dennoch: Was machen Sie, wenn Sie kurz davor sind, zu explodieren? Sagen Sie mir nicht, dass das bei Ihnen nicht vorkommen kann. Die Rezeptur für einen Wutanfall steckt nämlich in Ihnen drin."

Edgar schaute an ihrem linken Ohr vorbei aus dem Fenster. *Sie hat recht*, dachte er. *Es ist die Rezeptur. Wären Melanie nicht und wären die Hunde nicht, würde ich vielleicht Amok laufen.*

Sein Blick kehrte zu ihr zurück. „Sie sind eine bemerkenswert kluge Ärztin. Ob ich selber aktiv und bewusst etwas gegen einen Wutanfall tue – ich kann es nicht sagen. Vermutlich rette ich mich instinktiv in die Arme meiner Frau. Bei ihr spielt das wahre Leben. Bei ihr ist alles gut. Sie liebt mich, wie ich bin, mit all meinen Macken.

So wie Sie, Frau Dr. Lazlo, Einblick in mein Seelenleben nehmen können, so spürt meine Frau wie ein Seismograph die Schwingungen meiner Emotionen. Sie ist es, die mit traumwandlerischer Sicherheit meiner Wut die Spitze nimmt und sie wie eine Meeresbrandung am Strand ins Leere laufen lässt. Wir haben Rituale, auf die wir setzen. Unsere Hunde, zum Beispiel. Das Motorrad, zum Beispiel. Wir haben unsere Galerie, und, last but not least, sehr gute und verlässliche Freunde. Für Ihren Wutraum bin ich, glaube ich, noch kein Kandidat."

„Das sehe ich genauso. Behalten Sie die Wut unter Kontrolle. Wenn ich Ihnen eine Empfehlung geben darf: Hängen Sie zu Hause einen Boxsack auf. Auf dem Speicher, im Keller, wo Sie Platz dafür haben. Allein das Wissen, dass er da ist, kann eine Wut besänftigen. Und natürlich können Sie auch einfach so auf ihn einprügeln, um zum Beispiel ihre Kondition zu fördern oder Adrenalin abzubauen.

Wir sehen uns dann wieder am Freitag gleiche Zeit."

Edgar guckte auf die *Breitling*-Armbanduhr. „Welches Thema?"

„Das bringen Sie mit, Herr Schaaf."

Frau Weingärtner brachte Martina Kohlfelt einen Teller Pasta an den Mittagstisch, und Martina hockte davor wie das Kaninchen vor der Schlange.

„Was ist in dich gefahren? Heute Nudeln mit Soße und Reibekäse?", fragte Edgar, der selber ein Szegediner Gulasch von der Essensausgabe vor sich stehen hatte.

Martinas Gesicht lief rot an. „Ich **muss** das essen", sagte sie mit gequältem Gesichtsausdruck. „Ich wiege zu wenig."

Edgars Besteck verharrte über seinem Menü in der Schwebe.

„Wenn ich bis Montag nicht mindestens ein Kilogramm mehr auf die Waage bringe, muss ich in eine andere Klinik", gestand sie mit weinerlicher Stimme.

„Okay", sagte Edgar gedehnt, dem ihr Problem schlagartig bewusst wurde. „Wie viel wiegst du?" Dass sie die Frage nicht beantworten musste, erwähnte er aus Berechnung nicht.

Sie legte die Stirn kraus. „Sechsundvierzig", flüsterte sie gerade so laut, dass er es hören konnte.

„Bei welcher Größe? Du brauchst nicht zu antworten, das weißt du", sagte er diesmal.

„Eins neunundsechzig."

„Das heißt, du bist nicht zu leicht, sondern für dein Gewicht zu groß", versuchte er es mit einem spontanen Scherz, der aber nicht so gut bei Martina ankam. Sie strafte ihn mit einem finsteren Blick.

„Mir ist absolut nicht zum Lachen zumute", sagte sie bitter.

„Ja, entschuldige, war blöd", knurrte er. „Soll ich aufpassen, dass du diese Nudeln auch wirklich aufisst?"

„Ist nicht nötig", antwortete sie im Verschwörerton. „Frau Weingärtner wacht über mich als wäre ich ein unartiges Kind."

Tatsächlich streifte die Erwähnte in auffälliger Häufigkeit an ihrem Tisch vorbei und schielte auf Martinas Teller.

Edgar überlegte, nicht nur allein wegen Martina, sondern auch aus eigener Perspektive, wie er den Tag nach Ende des Anwendungsprogramms gestalten könnte. Für eine Wanderung wäre es definitiv zu heiß, und für einen Café-Besuch ebenso.

„Hast du heute Nachmittag etwas Bestimmtes vor?" Edgar versuchte, sie verbal aus der erdrückenden Dominanz des Nudelbergs zu befreien. „Ich meine ab drei Uhr?"

Sie schüttelte leicht den Kopf. „Ja, ich bin mit der Langeweile verabredet. Also nein, wieso?"

„Wenn du keine Angst vor kleinen Booten mit weißhaarigen Kapitänen hast, lade ich dich zu einer Kreuzfahrt ein", sagte er unternehmungslustig.

„Wenn keine Eisberge zu erwarten sind, gerne", erwiderte sie mit einem Schuss Erleichterung und schob eine Gabel mit Nudeln in den Mund.

Edgar trat, eine Zigarette zwischen den Lippen, das Feuerzeug in der Hand, aus dem Haupteingang der Klinik und zündete den Glimmstängel auf dem Weg zum Rauchertreffpunkt an. Seine *Breitling* zeigte kurz vor drei Uhr. Bis

Martina zur Verabredung käme, würde er mit Rauchen fertig sein.

Doch Martina war schon da, wie er feststellte, und sie war nicht allein. Ein Mann befand sich bei ihr, und wie es von der Körpersprache und den Gesten her schien, führten sie einen heftigen Disput, stritten sie miteinander. Es sah so aus, als würde der Mann einen Vortrag halten, denn er schlug mit dem rechten Arm und zu einem Ring gebildeten Daumen und Zeigefinger im Takt auf und ab. Zorn stand ihm auf die Stirn geschrieben. Martina stampfte mit dem Fuß auf. Außer den beiden hielt sich niemand dort auf.

Edgar schätzte ihn um die fünfzig Jahre. Kurzes geschniegeltes Haar, braungebranntes Gesicht, gekleidet wie ein Bankangestellter mit sommerlicher Trageerleichterung, Bauchansatz.

Plötzlich packte er Martinas Arm und versuchte sie wegzuzerren. Sie stemmte sich dagegen und schrie: „Lass´ mich los!"

Er hob seinen freien Arm und schlug auf sie ein. „Du kommst jetzt mit!", fauchte er jetzt gepresst, doch es gelang ihr, den Schlag abzuwehren.

Jetzt war Edgar nah genug, um einschreiten zu können.

„Hallo! Kann ich Ihnen vielleicht helfen, die Dame zu verprügeln?", fragte er im Ton übertriebener Höflichkeit.

„Hä? Hau ab, du Langhaaraffe, das geht dich einen Scheißdreck an", fauchte der Mann aggressiv und zerrte erneut an Martinas Arm. „Du kommst jetzt auf der Stelle mit!"

„Edgar ...", ächzte Martina, warf ihm einen flehenden Blick zu und wehrte sich gegen den Mann, aber sie hatte ihm kräftemäßig nichts entgegenzusetzen.

„Ach, ihr kennt euch? Edgar heißt der Typ? Hör´ zu, Edgar. Hau ab, das hier geht dich nichts an! Das Luder ist meine Frau und sie kommt jetzt mit mir nach Hause."

Edgar legte Sonnenbrille, Sonnenhut und Umhängetasche auf die Bank des Rauchertreffs.

„Ohoho! Wird´s jetzt gefährlich?", höhnte der Mann, der behauptete Martinas Ehemann zu sein. Er ließ sie los. Martina huschte hinter Edgars Rücken, und schon walzte der Kerl, drohend die Fäuste erhoben, mit gesenktem Schädel schnaubend auf Edgar zu. „Tut mir leid, Alter. Aber auf dich Arschloch nehme ich keine Rücksicht."

Er holte zum Schlag aus. Seine rechte Faust schoss nach vorne, unterstützt vom Gewicht des Körpers.

Martina schrie. „Edgar!"

Edgar tanzte leichtfüßig einen kleinen Stepp nach hinten und beugte kaltblütig den Kopf zur Seite. Die Faust schrammte an seinem Ohr vorbei und rauschte mit Wucht über die Schulter ins Leere. Ein Amateur, was das Boxen anging.

Vom eigenen Schwung mitgerissen, taumelte der Schläger Edgar in die Arme. Ehe er sich´s versah, befand sich Edgar hinter ihm, spürte er dessen rechten Arm an der Kehle und den eigenen linken Arm schmerzhaft auf dem Rücken zum Schulterblatt gebogen. Ein leichter Druck gegen den Arm, und er jaulte auf. „Willst du mir den Arm brechen, du Schwein?"

„Wenn es sein muss", zischte ihm Edgar mit heißem Atem ins Ohr und erhöhte den Druck.

Martinas Mann wand sich in Edgars Umklammerung, doch der ließ nicht locker. „Na, Curd, noch immer Lust auf ein Tänzchen?"

„Lass´ mich los, du Idiot, ist ja schon gut", gab er stöhnend auf.

„Nur, wenn du schön brav bist", sagte Edgar und stieß ihn von sich.

Curd stolperte zwei, drei Meter weg und massierte seinen Ellbogen. „Aaah, du hast mir schier den Arm gebrochen, du Hundling." Dann fixierte er Martina, die noch immer hinter Edgar Schutz suchte. Er drohte ihr mit dem stechenden Zeigefinger. „Du ... du ... komm´ du bloß nach Hause, du ... du ..."

Martina stellte sich neben Edgar. „Darauf kannst du lange warten, Curd. Jetzt bist du zu weit gegangen. Ich will, dass du mein Haus verlässt. Du hast Zeit bis Samstag, um deine Sachen zu packen. Wenn du ..."

„Das könnte dir so passen, du dürre Schlampe. Du ..." Er gebärdete sich erneut angriffslustig und rückte gegen Martina vor.

Edgar schob sich schützend dazwischen. „Verschwinde von hier, oder ich rufe die Polizei!", herrschte er ihn an.

Martina griff ihren unterbrochenen Satz wieder auf: „Wenn du bis Samstag nicht weg bist, lass´ ich dich von der Polizei hinauswerfen. Hast du das verstanden?"

Curd blieb schwer atmend stehen. Seine Hände ballten sich zu Fäusten, aber er hob die Arme nicht wieder, um sie einzusetzen. Sein Blick sprang wild zwischen Martina und Edgar hin und her. Dann drehte er sich plötzlich um und stapfte wutentbrannt vom Gelände.

Martina und Edgar folgten ihm mit den Augen, bis er in die nächste Seitenstraße abgebogen war. Dann sank sie ermattet auf die Sitzbank nieder und ließ den Kopf hängen. „Wenn ich rauchen würde, müsstest du mir jetzt eine Zigarette geben", seufzte sie.

„Gute Idee", sagte er und schüttelte eine Zigarette aus der Packung. Als er sie anzündete, merkte er, dass seine Hände zitterten.

„Du zitterst ja, Edgar", stellte sie besorgt fest.

„Ich fühle mich auch wie ein Zitteraal", antwortete er und drehte die Hände demonstrativ hin und her.

Martina druckste herum und sagte schließlich verlegen:„Sei mir nicht böse, aber für eine Kreuzfahrt bin ich heute nicht mehr in Stimmung. Ich muss mich nach dieser Eskalation erst mal beruhigen. Verschieben wir sie auf morgen?"

„Überhaupt kein Problem", antwortete er und produzierte einen formvollendeten Rauchring.

Auch Edgar war die Lust auf eine Kahnpartie vergangen. Stattdessen schlug er den Weg um den See ein. Aber schon nach einigen Dutzend Metern brach er die Wanderung ab. Die Hitze und die Nachwirkungen der Auseinandersetzung raubten ihm die Energie. Er kehrte um und trottete zur Klinik zurück.

Er besorgte sich in der Küche eine Kanne Tee, nahm Carstens Laptop mit auf den Balkon und tippte ohne jede Begeisterung wahllos erfundene Buchstabenkombinationen ins Passwortfeld, die er in einem schrulligen Sinne als metiertypisch empfand. Linsenputzer; Fotoknipser, Brennweite, Belichtungszeit und ähnlichen Quatsch. Über den Misserfolg nicht mal enttäuscht, legte er den Computer weg.

Ob er den Laptop nach *Offenburg* zu Allgöwer, dem Leiter der KTU schicken sollte? Hatte er nicht noch etwas gut bei ihm? Er dachte in diesem Zusammenhang an Wilma Solberg, die er mehr oder weniger mit Allgöwer verkuppelt hatte. Er grinste. Der ewige Allgöwer, dienst-ältester Polizist in *Offenburg*, hat im reifen Mannesalter die große Liebe gefunden.

Es traf ihn wie ein Blitzschlag. *Verdammt, wie hieß er nochmal? Der Kommissar aus Kehl am Rhein? Der den Computer des Vierfachmörders Bodo Schneider geknackt hatte? Den er bei Peter Seibelt in dessen Haus getroffen hatte? Wann war das gewesen? Januar 2021? Rüdiger Bertrams hatte der Kommissar aus Konstanz geheißen. Beat Bubendorfer der Inspektor aus Basel. Aber der Dritte?*

Edgar wälzte sich von der Liege, tappte ins Zimmer und rief auf dem Handy die Kontakte auf. Er entdeckte den Namen als vorletzten in der Liste. Johann Wiesner. Er wählte die Nummer und wartete.

„Kriminalkommissariat *Kehl*, Wiesner.“

„Hallo, Johann. Edgar Schaaf hier.“

„Edgar. Der berühmte Kriminalhauptkommissar. Jetzt bin ich aber baff. Lange nicht gehört. Was verschafft mir denn die Ehre? Wie geht´s auch immer?“

„Naja, geht so leidlich“, griff Edgar auf die Allerwelts-antwort zurück.

„Hab´ die Sache mit Kai Schuster natürlich verfolgt, Edgar. Schlimme Sache, das. Bist du darüber hinweg?“

„Um ehrlich zu sein, befinde ich mich gerade im Prozess der Bewältigung. Psychiatrische Akut- und Reha-Klinik *Haldensee*“, erwiderte Edgar wahrheitsgemäß.

„Ja. Sowas wünscht man keinem, nicht wahr?“, sagte Wiesner. „Aber das ist nicht der Grund, weshalb du mich anrufst, oder?“

„Stimmt, das ist nicht der Grund. Du erinnerst dich doch noch an den Fall Bodo Schneider, in den du involviert warst?"

„Wie könnte ich das je vergessen, Edgar. Rüdiger Bertrams, Beat Bubendorfer, Peter Seibelt, Bernadette Wolff, du und deine Frau. Der harte Winter damals."

„Ja. Du hast damals Bodo Schneiders Computer geknackt. Aktuell sitze ich wieder vor einem Laptop, der passwortgeschützt ist. Es wäre wichtig, an die Daten heranzukommen. Es geht um eine verschwundene Person. Ich sage absichtlich verschwunden und nicht vermisst, weil bislang keine Vermisstenanzeige vorliegt. Ich dachte, du könntest mir vielleicht helfen."

„Würde ich gerne, wenn ich könnte, aber ich kann nicht", sagte Wiesner. „Den Computer damals habe nämlich nicht ich, sondern der Sohn eines Kollegen geknackt."

„Hm, im Grunde wär´ mir das egal, wenn mir nur geholfen werden könnte. Weißt du noch, wie der Kollege und dessen Sohn hießen? Hast du ihre Telefonnummer?"

„Der Kollege ist Streifenbeamter. Er heißt Heinz, und sein Sohn Jens oder Sven. Hör´ zu, ich rufe den Heinz gleich an und sage dir dann Bescheid. Gib mir zehn Minuten, okay?"

Es dauerte eine Zigarettenlänge bis Johann Wiesner zurückrief.

„Schlechte Karten, Edgar. Sven, Heinz´ Sohn, hält sich in den USA auf. Kalifornien, *Silicon Valley*, wenn dir das etwas sagt. Er kommt erst in einem halben Jahr wieder zurück. Tut mir leid. Handelt es sich um einen neuen Fall?"

„Nein, ich leiste bloß Hilfestellung für eine Freundin. Sie hat zufällig erfahren, dass ich Polizist war. Trotzdem danke, Johann. Wenn du mal nach *Gengenbach* kommst, dann melde dich bei uns. Tschüss." Edgar beendete das Gespräch. *Mist*, dachte er. *So ein Mist aber auch. Was hat der Kerl in Silicon Valley verloren, wenn hier im Schwarzwald die Menschen verschwinden?*

Donnerstag, 03. August 2023
Haldensee

„Weißt du schon, ob du verlängerst?", hatte Melanie gestern Abend am Telefon gefragt. „Wenn du dir nicht sicher bist, mein Edgar, dann hänge lieber noch eine Woche dran. Schaden kann es auf keinen Fall. Und ich würde dann die Ferienwohnung wieder für uns buchen. Dort hat es uns doch gefallen."

Daran dachte Edgar, als er am frühen Morgen auf dem Bootssteg saß und auf den Sonnenaufgang wartete.

Eigentlich fühlte er sich relativ stabil und ausgeglichen. Die Schuld, die er nach Kai Schusters Tod für alle sichtbar im Nacken und auf den Schultern mit sich trug, die ihn beugte, auslaugte und erschöpfte, hatte sich externe Plätze gesucht. Manchmal noch sprang sie ihn unvermittelt an, wenn er nicht damit rechnete, und er nicht wusste, woher sie gekommen war. Ausgelöst durch ein Wort vielleicht, durch eine Geste, einen Blick oder Duft. Und wenn sie ihn in Ruhe ließ, er konnte nie sagen wie lange, begann er misstrauisch nach ihr Ausschau zu halten. Er vermutete sie hinter Hausecken, in Räumen, hinter Bäumen, in seiner Umhängetasche. Auch wenn die Abstände ihres Erscheinens länger wurden, so wusste er doch: Sie ist noch immer da.

Vielleicht kann ich mit ihr reden, dachte er. *Vielleicht lässt sie sich besänftigen. So, dass ich mit ihr leben kann, sofern mir noch ein Leben vergönnt ist.*

Unter seinen Füßen schwammen winzige Fische. Die Sicht reichte bis auf den Grund. Das Wasser war so klar, dass die Fische wie Mini-Zeppeline in der Luft zu schweben schienen. Eine Bekannte hatte einmal behauptet, dass absolut klares Wasser biologisch tot sei. Edgar hatte nicht so recht daran glauben mögen, und bei der Anzahl der vorhandenen Fische kamen ihm erneut Zweifel an der Richtigkeit der Aussage. Aber vielleicht war das Wasser im *Haldensee* nicht so klar, wie es den Anschein hatte.

Wenn die Sonne hoch genug steigen und das Wasser spiegeln würde, wäre es mit dem kleinen Wunder vorbei.

Alles hat seine Zeit, philosophierte er. *Selbst die Wunder sind vergänglich.*

Er schaute zur Klinik hinüber. In der Küche brannte schon Licht. Hinter den Fenstern des Speisesaals erkannte er Frau Weingärtner, die die Tische deckte.

Dann spickte der oberste Kreisabschnitt der Sonne über die entfernten Berge, und die Seeoberfläche verwandelte sich in eine Ebene aus gehämmertem Silber. Ein anderes Wunder löste das vorhergehende ab.

Ich werde eine Woche verlängern, dachte er. *Melanie wird mich besuchen.* Mit einem Lächeln stand er auf und war bereit für den Tag. Er freute sich schon auf Norbert Grob und die Beingüsse.

Es hatte sich schon zur Gewohnheit entwickelt, dass Edgar beim Betreten des Speisesaals die Augen zuerst zum Fenstertisch richtete, und falls Martina noch nicht dort saß, sie an den Buffets zu suchen. Heute entdeckte er sie an keinem der Orte. Erst als er mit seinem Essenstablett zum Tisch ging, sah er sie bei Frau Weingärtner stehen und reden. Beziehungsweise Frau Weingärtner sprach und Martina nickte dazu.

„Guten Morgen, Edgar. Sie will mir helfen", sagte Martina, als sie sich zu ihm setzte. „Gewicht zu machen."

„Guten Morgen", antwortete Edgar. „Wie kannst du Gewicht machen, wenn du nichts auf dem Tablett hast?"

„Sie bringt es mir. Bereitet es extra für mich zu. Bin gespannt."

„Haben die Nudeln gestern angeschlagen?", fragte er.

„Halbes Kilo", sagte sie mit einem unwilligen Zucken der Mundwinkel.

„Und? Ist das nicht toll?"

Sie stützte die Ellbogen auf den Tisch und beugte sich zu ihm vor. „Ich tue das nur, damit ich hier nicht weg muss. Aber verpetz´ mich nicht."

Frau Weingärtner tauchte auf und brachte ein Tablett mit einer dampfenden Schüssel und einer Banane drauf. „So, meine Liebe. Ihr Frühstücksbrei. Wohl bekomm´s."

Martina schnupperte. „Hm, riecht besser als es aussieht. Danke, Frau Weingärtner."

„Ich denke, dass das kein Spaß ist, Martina. Die Sorge um dein Gewicht scheint mir berechtigt", sagte er unverblümt. „Es bleibt den Ärzten hier kaum etwas anderes übrig, als dich aufzupäppeln."

„Fang´ du nicht auch noch an", wies sie ihn zurecht. „Die Mediziner haben ihre Schablonen, nach denen sie arbeiten. Fällt man durch, ist man zu dünn, bleibt man hängen, ist man zu dick. Ich fühle mich, so wie ich bin, sehr wohl. Punkt."

„Dann trink´ doch, bevor du auf die Waage steigst, einfach einen Liter Wasser. Dann hast du das fehlende Kilogramm", legte er nach, doch schien das Thema für sie erledigt. Jedenfalls löffelte sie die Breischüssel mit Todesverachtung leer.

Gruppentherapie, Gymnastik und Meditation bis zum Mittagessen, Massage und Infrarotbestrahlung bei Norbert Grob am Nachmittag.

Edgar wartete am Bootssteg auf Martina. Ein blöder Spruch fiel ihm ein, als sie durchs Sonnenlicht auf den Steg spaziert kam: *Sie muss zweimal über die Straße gehen, um einen Schatten zu werfen.*

Blöd, ja, und er entschuldigte sich im Geiste umgehend dafür. Dass der Gedanke sich völlig von selbst aufgedrängt hatte, machte ihn betroffen. *Gib mir eine Strafe, lieber Gott, wenn es dich gibt. Lass´ mich ins Wasser fallen oder dergleichen. Muss ja nicht gleich weh tun.*

„Ist was?", fragte sie und musterte sein Gesicht, das im Schatten seines Strohhutes lag. Sie ging barfuß, trug ausgefranste Jeans, ein lockeres weißes Herrenhemd und ebenfalls einen Strohhut mit breiter Krempe.

„Nix", antwortete er rasch. „Bist du bereit? Eingecremt, Getränk dabei?"

Anstatt zu antworten hob sie eine Leinentasche in die Höhe.

Sie ließ sich im Heck des Bootes nieder und Edgar ruderte zur Mitte des Sees.

„Das Essen liegt mir schwer im Magen", sagte sie. „Wenn ich also rülpse, dann verschaffe ich mir nur Erleichterung. Ich hoffe, du hältst es nicht für schlechtes Benehmen." Frau Weingärtner hatte ihr einen Teller Spaghetti Pesto mit gemischtem Salat serviert.

„Ich habe heute um eine Woche verlängert", sagte er, ohne auf ihren Magen einzugehen. Er ruderte über die Seemitte hinaus und näherte sich der Schattenzone. „Ich habe das Gefühl, dass ich die Zeit brauche."

„Und Melanie?"

„Sie kommt am Samstag wieder", erwiderte er.

„Schön", sagte sie und ließ eine Hand durchs Wasser gleiten. „Dann sind wir nächste Woche noch zusammen. Äääh, ich meine nicht zusammen wie Mann und Frau, sondern einfach ... na, du weißt schon wie ich´s meine. So wie jetzt halt."

„Schon klar. Was hältst du davon, wenn wir drüben ans Ufer fahren? Kekse essen, trinken, rauchen?"

„Meinetwegen", sagte sie, rutschte mit dem Gesäß tiefer ins Boot hinein und lehnte sich zurück, schloss die Augen und begann zu summen.

„Was ist das für eine Melodie, die du summst? Ich höre sie schon wiederholt von dir", fragte Edgar und bemerkte, wie ihr Gesicht entspannter wurde.

„Es ist unser Lieblingslied", antwortete sie. „Carstens und meins."

Er wartete auf eine weitere Erklärung, doch die kam nicht. Aber auf einmal spürte er, wie die Intuition auf ihn zuraste, als befände er sich in einem Windkanal und die Windpropeller liefen auf Hochtouren. Er befürchtete, sein Herzschlag würde aus dem Hals hinausspringen. Plötzlich war er hellwach und hakte mit zitternder Stimme nach: „Aha, und wie heißt es und vom wem ist es?"

„Es ist von *Ed Sheeran. Give me Love.*"

„Huch", entfuhr es Martina, als das Boot heftig schwankte, Edgar an den Riemen riss, es umdrehte und mit langen Ruderschlägen auf die Klinik zustrebte. „Hab´ ich was Falsches gesagt?"

Edgar keuchte: „Nein, du hast das total Richtige gesagt. *Give me Love.* Ich wette, es ist das Passwort für Carstens Computer."

Sie stürmten vom Bootssteg ins Gebäude, Treppe hoch, dritter Stock, langer Flur, Edgars Zimmer.

„Halt, Edgar! Wir zu zweit in einem Zimmer? Äääh, ich meine ... hoppla." Sie räusperte sich.

„Pfeif drauf! Sollen die anderen doch denken, was sie wollen", wischte er ihre Bedenken zur Seite. „Wir brauchen das Passwort. Ich glaube, es wird unserem guten Ruf nicht abträglich sein."

Im Nu hing Carstens Laptop am Stromnetz und erschien das Eingabefeld für Passwörter. Edgar tippte ein: GivemeLove. Enter. Passwort ungültig.

„Damit hab´ ich gerechnet. Martina, nimm ein Blatt Papier und notiere die Varianten, die wir verwenden."

Dann begann Edgar zu variieren. Er verwendete Groß- und Kleinschreibung, Sonderzeichen und Zahlen. Zum Beispiel ersetzte er das **i** durch ein **!**; den Buchstaben **v** durch die Vergleichszeichen **<** oder **>**, das **L** durch **1**, und gleiche Vokale wie das **e** durch Zahlen **2** und **3**. Martina schrieb alle Versuche untereinander auf, die er in das Passwortfeld eingab. Einige Beispiele:

```
Give-me-Love
Give+me+Love
G!ve-me-Love
G!ve+me+Love
G!ve-me-1ove
G!ve+me+1ove
G!<e-me-Lo>e
G!>e+me+Lo<e
```

Als nach Ablauf von zwanzig Minuten ihr Blatt auf der ersten Seite nahezu vollgeschrieben war, tippte Edgar den nächsten Code: g!>e+M2+1o<3. Enter. **Bingo!**

Edgar sprang begeistert vom Stuhl auf. „Wir haben ihn! Martina, der Computer ist entsperrt." Er hob die linke Hand und sie klatschte dagegen.

„Was bedeutet das jetzt?", fragte sie.

„Wenn wir Glück haben, und was spricht dagegen, erfahren wir, wo dein Freund zuletzt gewesen ist."

„Aber wie soll das gehen? Seinen Computer hat er doch zu Hause gelassen", war ihre berechtigte Frage.

Edgar steuerte ins Menü und rief die Fotodateien auf. Dort achtete er auf das letzte eingetragene Datum. „Ja, das ist es", murmelte er. „Martina, schau! Elfter Juni. Der Tag, an dem Carsten verschwand."

Doppelklick auf das Datum. Siebenundzwanzig Fotos wurden angezeigt.

„Was ist das denn? Das sieht ja aus wie eine Steinwüste", rief Martina aus. „Wie Schützengräben aus einem Krieg."

Edgar stellte die Dia-Show ein. Die Bilder liefen ab. Gräben. Löcher. Abraumhalden. Freigelegte Baumwurzeln. Eine Fläche von der Größe eines halben Fußballfeldes. Eine Mondlandschaft. Immer wieder Gräben und Löcher und unterhöhlte Bäume.

„Hast du nicht gesagt, dass er an einer Fotoserie über Steinbrüche und Erzgruben und Goldminen gearbeitet hat? Das hier könnte doch in diese Reihe passen. Schau dir das bloß an."

Martina nickte.

Edgar stutzte. Er setzte seine Lesebrille auf. „Sieh mal. Was ist das?"

Martina beugte sich über seine Schulter. „Das sind geografische Positionen, Edgar."

Er drehte sich zu ihr um. „Dann wissen wir, wo die Fotos aufgenommen wurden?"

„Sieht so aus, ja", antwortete sie.

Edgar grübelte. „Jetzt ist mir auch klar, warum auf der Kamera die Bezeichnung *smart* steht. Sie schickt die Fotos, die mit ihr geschossen werden, sofort an den Computer, mit dem sie vernetzt ist."

„Ja", dachte Martina weiter. „Und wenn die Kamera das nächste Mal eingeschaltet wird, sendet sie ein Signal und wir wissen, wo sie sich aktuell befindet."

„Du meinst GPS", sagte Edgar. „Natürlich, so muss es sein. Und alles nur, weil du gesummt hast."

„Und das alles, weil ich gesummt hab'", bestätigte sie.

„Ich will mal etwas probieren." Rasch kritzelte er die Zahlen der geographischen Position auf das gleiche Blatt Papier, auf dem Martina die Passwortvarianten notiert hatte. Dann schloss er die Foto-Dateien, wechselte zu *Google-Earth* und übertrug die Zahlen ins dortige Suchfeld. Er liebte es nach wie vor und immer wieder neu, wenn die Satelliten-Kamera auf die Erde zoomte. Die

Erdkugel flog ihm entgegen, dann Europa, Deutschland, Baden, näher und näher, bis das Bild stehen blieb, exakt dreihundertachtundfünfzig Meter über einem Waldgebiet. „Da ist *Poggenau*", kommentierte er. „Und hier ist das Schlipfbachtal." Durchs Blätterdach der Bäume war der Boden nicht zu erkennen. Doch Edgar sagte: „Hier ist Carsten gewesen."

Er zoomte einige Höhenmeter zurück, um den Straßenverlauf aufs Bild zu bekommen. „Perfekt", sagte er. „Es ist, als wär' man quasi schon dort."

Beim Abendessen verkündete Martina, dass sie übers Wochenende nach Hause fahren würde. Samstags hin und Sonntagabend zurück.

„Will sehen, ob Curd wirklich mein Haus verlassen hat", begründete sie ihr Vorhaben. „Du hast sowieso Melanie zu Gast." Vor ihr standen Pellkartoffeln mit Quark.

„Stimmt", lächelte er. „Ich werde Melanie bitten, dass sie Rita Böhringer mitbringt. Die Kriminalkommissarin aus *Offenburg*, von der ich dir erzählt habe. Sie soll die Stelle im Schlipfbachtal mal unter die Lupe nehmen."

Martina nickte. „Irgendwie fühle ich mich, seit ich die Fotos gesehen habe, Carsten auf einmal ganz nah. Als wäre er noch dort und ich bräuchte bloß hinzugehen, um ihn zu treffen. Verstehst du?"

„Ja, natürlich verstehe ich das. Es ist, als könnte man eine Zeitreise machen. Oder als ob die Zeit eingefroren wäre", antwortete er. „Was ich dich noch fragen wollte: Dein Mann. Curd. Hat er dich früher schon geschlagen? Ist er gewalttätig geworden? Oder war es gestern das erste Mal?"

„Ach so, ich hab' mich noch gar nicht bei dir für die Hilfe bedankt. Nein, gestern war das erste Mal, dass er es versucht hat. Aber ich denke, wenn die Hemmschwelle einmal übertreten wurde, dann ... ich werde die Scheidung einreichen."

Edgar schaute ihr in die Augen. „Pass' auf dich auf, Martina. Lass' dich begleiten, wenn du in dein Haus gehst."

„Danke, Edgar, für deinen Rat. Ich werd's mir überlegen", sagte sie.

Edgar konnte es nicht lassen. Carsten Kohlfelts Computer lockte ihn wie eine verbotene Frucht.

Er hatte kurz mit Melanie telefoniert, ihr die Neuigkeiten geschildert und sie auf Rita Böhringer eingestimmt.

„Stopp! Reicht dir denn nicht, dass du ihr die Fotodateien per Mail schicken kannst? Musst du ihr noch das Wochenende vermiesen?", hatte sie ihn getadelt.

„Oh, daran hatte ich gar nicht gedacht, meine Liebe. Wenn ihr das lieber ist, dann ..."

„Und ob ihr das lieber sein wird. Dafür werde ich schon sorgen. Du weißt doch, wie das ist, wenn man jung verliebt ist."

„Nein, das weiß ich nicht, mein Engel. Erzähl's mir."

„Quatsch mit Soße. Zudem habe ich dich gern ganz allein für mich."

Seither schlich er um den Laptop herum. Raus auf den Balkon, zurück ins Zimmer. Raus auf den Balkon, Zigarette angezündet, zurück ins Zimmer.

Die Neugier obsiegte, und er schaltete den Computer ein. Passwort. Passwort? *Wo, verdammt ist das Passwort?*

Er suchte das Blatt Papier mit Martinas Notizen. Hatte sie es mitgenommen? Blick auf die *Breitling*. Dreiundzwanzig Uhr fünfzehn. Zu spät, um Martina wegen eines Passworts anzurufen.

Die Erinnerung. Die Erinnerung musste greifen. g1>e+M2+1o<3. Enter.

Du bist ein Teufelskerl, alter Knabe. Das macht dir so schnell keiner nach, dachte er. *Wenn ich jetzt einen Schnaps hier hätte, würde ich einen Schnaps trinken.*

Fotodateien. Was sollte man von einem Fotografen anderes erwarten?

Südamerika: Eine Reihe von Aufnahmen irgendwo im Dschungel Brasiliens. Mit armdicken Wasserstrahlen wurden unter hohem Druck ganze Hügel und Berge einfach weggespült. Goldfieber in der rücksichtslosesten und brachialsten Form.

Australien: *Coober Pedy*. Eine Ortschaft nordwestlich von *Adelaide*, deren Bewohner teilweise in Höhlen unter der Erde wohnten. Höhlen, die sie auf der Suche nach Opalen selber in den Boden gefräst hatten.

Südafrika: Diamantenminen, Goldminen, und das größte, tiefste, je von Menschenhand gegrabene Loch in *Kimberley*.

Schweden: Sommer- und Winterimpressionen der Erzgruben von *Kiruna*.

China: Bergwerke zum Abbau sogenannter *Seltener Erden*. Normalerweise streng geheim.

Da. Ein Name. Martina. Edgars Finger schwebten über den Tasten. Er ließ sich verleiten.

Nur gucken. Doppel-klick.

Weit über hundert Bilder. Porträts. Posen.

Und dann: Nacktfotos. Aktaufnahmen.

Ihn traf der Schock. War das Kunst? Oder war es schon Pornografie? Schonungslose, teils obszöne Darstellungen ihres ausgemergelten Körpers. Nahaufnahmen. Details.

Mit hochrotem Kopf klickte er die Datei weg, schaltete den Computer aus.

Verzeih´ mir, Martina. Verzeih´ mir, verzeih´ mir, verzeih´ mir.

Freitag, 04. August 2023
Haldensee

Sie schaute ihm prüfend entgegen, aber Edgar nickte ihr nur kurz zu und bog vor ihrem Tisch zur Müsli-Theke ab. Er ließ sich dort ungewöhnlich viel Zeit, blockierte den Fluss der nachdrängenden Patienten. Hey, mach´ hinne da vorne, rief einer.

„Kann man behaupten, dass du heute Morgen verbiestert aus der Wäsche schaust?", fragte Martina keck, als er sich endlich setzte.

Edgar knurrte. „Schlecht geschlafen. Guten Morgen."

„Darf man wissen wieso? Ist was passiert?"

„Carstens Computer", antwortete er unwirsch. „Ich hab´ das Passwort vergessen. Es ist mir ums Verrecken nicht mehr eingefallen", log er.

„Oh", entfuhr es ihr. „Hab´ ich den Zettel aus Versehen eingesteckt? Hättest du mich doch angerufen."

„Es war halb zwölf Uhr. Da ruf´ ich niemanden mehr an. Nicht mal Melanie."

„Das ... das ... tut mir leid, Edgar. Das ...“

Schweigen senkte sich zwischen sie, sodass sich jeder ums Frühstück kümmern musste.

Nach unendlich scheinenden Minuten durchbrach sie die Stille. „Ich fahre heute direkt nach der Stunde mit Frau Dr. Lazlo", sagte sie. „Hab´ schon Bescheid gegeben."

„Keine Angst, dass dein Mann noch im Haus ist?"

Sie zuckte mit den Schultern. „Heute fahre ich zuerst nach *Poggenau* und übernachte dort. Den Schlüssel hab´ ich ja noch. Es reicht, wenn ich morgen oder übermorgen nach meinem Haus in *Breisach* schaue."

Dann ist es so, dachte Edgar. „Schreib´ mir bitte das Passwort auf, bevor du gehst. Falls doch Rita Böhringer morgen kommen sollte ..."

„Ich dachte, es sei sicher, dass die Polizistin kommt. Mit deiner Frau."

„Hm, Melanie hat gemeint, ich könnte ihr die Fotos auch per Mail schicken. Womit sie natürlich recht hat. Wir werden sehen."

Frau Dr. Lazlos Blick ruhte außergewöhnlich lange auf Edgars Gesicht. *Verflixt, ist meine Firewall brüchig geworden?*, dachte er und fühlte sich durchschaut. *So sag´ halt endlich was.*

„Was beschämt Sie, Herr Schaaf?", lautete ihre erste Frage, und so wie sie sie aussprach, nahm sie die Sache nicht auf die leichte Schulter.

Mit dieser Nummer kann sie im Varieté auftreten. Edgar schluckte. „Ich hab´ etwas Unverzeihliches getan." Er schilderte ihr, wie er aus Neugier Fotos angeschaut hatte, die ihn nichts angingen. Verletzung der Intimsphäre. Privatangelegenheit.

„Aber Sie haben es Frau Kohlfelt nicht gesagt", stellte sie fest. „Wie ich weiß, sitzen Sie am selben Tisch."

Edgar verneinte.

„Soll ich es ihr sagen? Sie ist die nächste Stunde bei mir."

„Lieber nicht", antwortete Edgar. „Sie will im Anschluss mit dem Auto nach Hause fahren, und ..."

„Da halten Sie es für zu gefährlich", unterbrach sie ihn.

„Ja." Er hob die Hände in einer verzweifelten Geste. „Irgendwann werde ich es ihr gestehen."

Wieder hafteten ihre Augen auf seinem Gesicht. „Es ehrt Sie, dass Sie mich ins Vertrauen gezogen haben. Sie hätten auch irgendeine Räubergeschichte erfindend können, aber das haben Sie nicht getan. Wahrscheinlich wäre ich nicht darauf hereingefallen, aber dennoch. Sehen Sie es positiv, Herr Schaaf. Ihre Reaktion auf das unverzeihliche Tun, wie Sie sagten, bringt Sie einen weiten Schritt vorwärts auf dem Weg zum gesunden Grundverhalten. Zu dem, was Sie als empathischer Mensch auszeichnet. Rechtsempfinden. Soziale Verantwortung. Es ist der Beweis, dass Sie Meister über ihren Zorn, über ihren Zynismus und über ihren Sarkasmus sind. Dass Ihre anderen Gefühle und Selbstheilungskräfte nicht verschüttet, sondern quicklebendig sind. Man kann sagen: Sie funktionieren wieder."

Edgar überlegte. „Das war eigentlich das Thema, über das ich heute mit Ihnen reden wollte. Wie ich den alten Spötter in mir besiege. Wie ich vermeide, ein griesgrämiges, bösartiges altes Ekel zu werden. Ich habe meinen Aufenthalt übrigens um eine Woche verlängert."

„Ich weiß", lächelte Frau Dr. Lazlo. „Und ich bin stolz auf Sie und ich freue mich darauf."

Seltsamerweise interessierte sich Frau Dr. Lazlo in der Fortsetzung des Gesprächs für seine Philosophie des Motorradfahrens. Des Bikens.

Edgar setzte seine Erzählung vor zwanzig Jahren an, als er sich zum fünfzigsten Geburtstag eine Motorrad-Tour durch den Westen der USA geschenkt hatte. Auf einer *Harley Davidson*, und wie er dadurch verinnerlicht hatte, dass für ihn das Motorradfahren nur auf eine Art möglich sein konnte. Sie lauschte ihm ohne eine Frage zu stellen, ohne Unterbrechung.

Als Frau Dr. Lazlo auf die Uhr schaute, war es zehn Uhr, und seine Stunde abgelaufen.

„Wunderbar, Herr Schaaf. Dann ein schönes Wochenende. Wir sehen uns wieder am kommenden Montag gleiche Zeit, okay?"

Die nächsten Anwendungen absolvierte Edgar wie in Trance. Die Mürrischkeit, mit der er in den Tag gestartet war, hatte sich wie eine Wolke verzogen.

Welchen Kniff hat sie angewendet?, fragte er sich. *Die kluge Frau Dr. Lazlo. Sie hat mich auf mir vertrautes Terrain geführt. Motorrad fahren. War es das? Sie hat mich aufgebaut. Positives Erleben vor Augen geführt. Herr Schaaf, sehen Sie diesen Mann auf der Harley Davidson? Das sind Sie.*

Das Mittagessen nahm er ohne Gegenüber ein. Martina war unterwegs nach Hause, beziehungsweise dem Haus Carsten Kohlfelts.

Von den anderen Patienten wurde er in Ruhe gelassen, wie überhaupt nach dem Rausschmiss Vincent Gilkas eine viel harmonischere Atmosphäre Einzug gehalten hatte.

Das bevorstehende Wochenende trug ein Übriges für die gute Stimmung bei. Edgar vernahm Wort- und Satzfetzen, die nach Aufbruch und Verabschiedung klangen. Einige der Patienten würden die Klinik als gesund eingestuft verlassen. Neue Patienten würden anreisen, jeder mit seiner eigenen Geschichte.

Er mietete wieder ein Boot und ruderte quer über den See zu der Stelle, die er tags zuvor mit Martina als Rastplatz ausersehen hatte. Ein kleiner schmaler Streifen kiesiger Strand zwischen zwei Felsen.

Er zog das Boot ein Stück aus dem Wasser, damit es nicht davontreiben konnte, und setzte sich in den Kies. In der Umhängetasche befanden sich eine Dose Bier, eine Salzbrezel und Zigaretten.

Die Luft lag schwer und faul wie eine satte Katze über dem Wasser. Die Natur hatte sich der Hitze ergeben, japste wie ein Fisch auf dem Trockenen. Irgendwann war es einfach zu viel. Alles sehnte sich nach dem erlösenden Regen, doch *Marie*, die Sonne, vermochte immer noch eine Schippe zuzulegen.

Es war völlig still. Kein Wind, keine Wanderer auf dem nahen Rundweg, kein fernes Verkehrsrauschen, kaum Wellenschlag. Manchmal knisterte es leise, wenn doch eine Welle im Kies versank; ab und zu hörte er einen Plumps, wenn ein Fisch aus dem Wasser sprang, aber das gehörte zur absoluten Stille dazu.

Meistens, wenn Edgar sich in Versammlung übte, wurde er früher oder später von irritierenden Gedanken gestört. Woran es lag, dass die Welt krankte. Wie sie derart in Schieflage geraten konnte. Wer daran schuld war.

Heute blieb er ganz bei sich, obwohl er den Gedanken Freiraum ließ. Sie schwebten zwar davon, doch sie zerrissen ihn nicht. Er wusste, dass es sichere Pfade gab, die nicht in die Irre führten, und er fand sie. Für sich. Heute.

Schräg gegenüber entdeckte er den Privatstrand, der zur Ferienwohnung gehörte, die Melanie gebucht hatte. Dort würden sie morgen wieder sein. Es war schönes Wetter angekündigt. Was auch sonst.

Edgar blieb länger als drei Stunden an dem kleinen Strand. Dann ruderte er zurück. Die Abendessenszeit war längst verstrichen, doch das machte ihm nichts aus. Als er aber sein Zimmer aufschließen wollte, stand ein Teller mit belegten Broten auf dem Boden davor. Ein Zettel dabei. Guten Appetit. Weingärtner.

Sie sind ein Schatz, Frau Weingärtner. Ehrlich, dachte er gerührt.

Kaum dass er das Gespräch mit Melanie beendet hatte, klingelte das Handy erneut. Zehn Uhr dreiundfünfzig. Martina.

„Martina? Das ist eine ...“ Überraschung wollte er sagen, doch sie kam ihm zuvor.

„Er hat es so gewollt. Die Fotos. Carsten hat es so gewollt.“

Gütiger Himmel, sie weiß es, jagte es durch seinen Kopf.

Sie beschuldigte ihn mit keiner Silbe der Lüge, dass er behauptet hatte, das Passwort vergessen zu haben.

„Du kannst sie dir ruhig anschauen. Es macht mir nichts aus. Es bin ja nur ich“, sagte sie.

Verflixt, was soll ich sagen? „Ich ... ich ... werde es nicht mehr tun“, stotterte er. „Weil ich dich achte. Verzeih´ mir, bitte.“

„Wenn du mich achtest, dann findest du auch nichts Verwerfliches dabei", sagte sie.

Edgar spürte, wie ihm der Schweiß ausbrach und suchte konfus einen Ausgang, durch den er dieses heiße Thema verlassen konnte. „Wo bist du jetzt?"

„In Carstens Haus."

„Hat sich seit Montag etwas verändert?"

„Leider nicht. Das würde ja bedeuten, dass er hier gewesen wäre. Nein, es ist alles so, wie wir es verlassen haben."

„Martina?"

„Ja?"

„Danke. Es tut mir ..."

„Pschscht. Alles ist gut. Nichts ist geschehen. Gute Nacht und bis Montag, Edgar." Sie legte auf.

Ja. Gute Nacht, Martina, dachte er.

Samstag/Sonntag, 05./ 06. August 2023
Haldensee

Mit Bezug der Ferienwohnung schotteten sich Melanie und Edgar von der Außenwelt ab. Sie hatte, wie eine Woche zuvor, für alle Annehmlichkeiten gesorgt, was Lebensmittel und Getränke betraf, sodass es nur noch ihrer beider Willen und Fantasie bedurfte, aus den zwei Tagen das Beste zu machen.

Obschon heller Tag, legten sie sich aufs Bett, einander umarmend, und labten sich gegenseitig an der Gegenwart und Vertrautheit des anderen. Es waren Minuten und

Stunden, die ohne viele Worte und ohne große Gesten auskamen, weil diese Intimität eine andere Sprache verstand: Blicke, Zärtlichkeiten und Lächeln.

Es galt keine Zeit, die gemessen werden konnte. Es gab keinen Raum, der durchschritten werden musste. Naturgesetze verloren ihre Gültigkeit. Und was sie je füreinander empfunden hatten – nie war es wahrer als jetzt. Eine Erneuerung ihres Gelöbnisses. Eine Bestätigung ihrer Liebe.

Sie waren nicht wach, obwohl ihre Augen geöffnet waren. Doch sie schliefen auch nicht, trotzdem ihre Atemzüge tief und regelmäßig gingen und sie sich kaum bewegten. Würde man sie später fragen, wo sie gewesen waren, so würden sie es nicht wissen, bis auf die einzig mögliche Antwort: Bei ihr, würde er sagen. Bei ihm, würde sie sagen. Und beide würden sie glücklich lächeln.

Als es dunkel wurde und die Nacht sich ankündigte, verlegten sie ihr Lager an den See. Der Himmel war sternenklar. Die Milchstraße spannte sich wie ein silbrig schimmernder Schleier magisch über sie hinweg. Edgar rauchte, und Melanie nippte an einem Glas Wein.

„Wir haben den ganzen Tag verpennt, mein Edgar. Weißt du das?" Melanie lachte dazu.

„Ja, aber wir waren zusammen. Somit haben wir einen ganzen Tag gewonnen", antwortete er.

„Hm." Sie lehnte sich an seine Brust. „Wolltest du keinen Sex haben?"

„Aber das hatten wir doch, mein Engel. Den besten Sex, den wir je hatten."

Trotz Dunkelheit sah Edgar an ihrer Miene, dass sie nachdachte und seine Worte einzuordnen versuchte. Nach einer Weile sagte sie: „Du siehst das wirklich so, nicht wahr?"

„Ja natürlich, warum nicht? Heute war unser Sex der, dass wir keinen Sex hatten. Aber ich war dennoch in dir und du in mir. Wir waren vereint. Ich habe das ganz deutlich gespürt, und es hat mir sehr sehr gefallen."

„Das ist wahr, mein Edgar." Versonnen betrachtete sie den Himmel. „Die Milchstraße. Ich habe sie noch nie so nah gesehen."

„Das liegt daran, weil du dich in einem Hochgefühl befindest", raunte er. „Es geht mir genauso, und ich bin schon seit einigen Tagen hier."

„Weißt du was? Wir bleiben heute Nacht am See. Unter den Sternen. Wir unternehmen eine Sternenreise, und schlafen dabei selig ein."

„Du wirst dir den Arsch abfrieren, meine Schöne", warnte er.

„Nicht, wenn du bei mir bist."

Flugs schleppten sie den breiten Liegestuhl, Decken als Unterlage, Kopfkissen und Bettdecken aus der Wohnung an den kleinen Strand und mummelten sich kichernd ein. „Kapp´ die Seile, mein Edgar. Lass´ uns hinauffliegen."

Edgar erwachte, weil eine Dampflokomotive an seinem rechten Ohr vorbeifuhr. Jedenfalls hörte es sich so ähnlich an. Dann spürte er etwas kühles Feuchtes an der Ohrmuschel, und die Dampflok schien mitten durch seinen Gehörgang zu brausen.

Eine männliche Stimme quetschte sich neben der Dampflok durch. „*Skilla*, lass´ das! Pfui, *Skilla*!"

Edgar hob den Kopf und guckte in zwei treue braune Augen und auf eine schwarze, feuchte Nase.

„Entschuldigen Sie vielmals, *Skilla* ist so neugierig. Guten Morgen." Die Stimme kam vom Weg her, wo ein Mann im Trainingsanzug stand.

Jetzt regte sich auch Melanie. „Ist was?" Verschlafen lugte sie unter der Bettdecke hervor.

„Wir gehen hier jeden Morgen spazieren", sagte der Mann. „Aber Sie sind neu. Das musste *Skilla* freilich untersuchen."

Edgar schwang die Beine von der Liege. „Ist schon gut", sagte. „Wir sind das gewohnt. Wir besitzen selber zwei Hunde." Er strich *Skilla*, eine Collie-Dame, über den Kopf.

„Tja, dann nix für ungut. Einen schönen Tag noch. Komm´, *Skilla*, komm´."

Edgar schaute etwas wehmütig hinter dem Gespann her. Unmittelbar überfiel ihn Sehnsucht nach *Müller* und *Lydia*.

„Edgar, ich muss mal auf die Toilette", seufzte Melanie uns schälte sich umständlich aus der Bettdecke.

„Oh, ich auch", sagte er. „Okay! Wer zuerst dort ist, darf zuerst." Schon lief er los und war schon überm Weg, ehe Melanie kapierte, was er meinte.

„Oh nein, das ist fies", rief sie und startete ebenfalls. „Ich muss ganz dringend." Wegen ihres verkürzten linken Fußes hätte sie nie eine Chance, ihn einzuholen.

Edgar wusste das natürlich, weshalb er auf halber Strecke so tat, als stolpere er. „Mist", schrie er und sank theatralisch ins taufeuchte Gras.

Melanie überholte ihn feixend. „Atschibätschi, schneller gewesen. Ätschibätschi."

„Und die, die am Boden liegen, lässt man zurück", stöhnte Edgar und rappelte sich auf. *Ich liebe sie*, dachte er. *Wie sehr ich sie liebe.*

Die Zweisamkeit tat ihnen so gut. Sie frühstückten und konnten die Augen nicht voneinander lassen. Das Wohlgefühl schäumte unter ihrer Haut und prickelte wie Sektperlen in der Kehle. Als Edgar einen Schluckauf bekam, war es der Beginn einer Lachorgie, die minutenlang nicht enden wollte und sich immer wieder aufschaukelte.

„Wollen wir nochmal Sex haben? So wie gestern?"

„Wann musst du ... **hiiiks** ... auf den Zug?"

Melanie kreischte vor Vergnügen. „Vergiss´ den blöden Zug. Was kann wichtiger sein als Sex?"

„Du hast recht. Stell´ dir vor, wir befinden uns mitten im Akt, und beim Höhepunkt mache ich *hicks* ... **hiiiks**."

Melanie kriegte sich nicht mehr ein. „Hör´ auf, ich mach´ mir vor Lachen in die Hose!" Sie verschwand in höchster Eile auf der Toilette, und Edgar hickste vor sich hin.

„Nein, mein Edgar, lass´ uns einfach kuscheln, bitte", sagte sie, als sie wieder zurück war. „Lass´ uns zusammenhalten, als wären wir die einzigen Menschen auf der Welt."

Als Melanie in den Zug eingestiegen und längst um die erste Kurve gefahren und seinen Blicken entschwunden war, stand Edgar noch immer am Bahnsteig und bedauerte, dass er den Klinikaufenthalt verlängert hatte.

Ich tue alles, was du von mir verlangst, wenn du mir noch zwanzig Jahre gibst, schickte er ein Stoßgebet an seine höhere Instanz, den bei der Geburt verstorbenen Zwillingsbruder. *Aber verscheißer' mich nicht, Alter.*

Samstag, 05. August 2023
Poggenau/Schlipfbachtal

Natürlich war Carsten nicht dagewesen. Ihre Hoffnung, die sie immer noch hegte, war nicht erfüllt worden. Ob kleine Hoffnung, große Hoffnung – es machte keinen Unterschied. Sie haderte damit, dass es offensichtlich keine Mächte zu geben schien, göttliche oder mystische, die für Hoffnungen zuständig waren. So viel positive Energie, die einfach so verpuffte, wie das Licht einer Taschenlampe im dunklen Nachthimmel.

Allein kam sich Martina in den Räumen des Hauses so winzig vor. Anders als Carsten, der durch seine Präsenz so viel Volumen verdrängte, dass kaum genug Luft zum Atmen übrig blieb. Und genau so war sie sich in seiner Gegenwart ständig vorgekommen: atemlos. Auch wenn sie sich bei ihm manchmal so nebensächlich gefühlt hatte wie ein Fussel an seiner Jacke, hatte es sie zu ihm hingezogen.

Sie lächelte. Mehr als ein Fussel bin ich ja schon von der Figur her nicht. Carsten konnte mich auf einer Hand tragen.

Frau Dr. Lazlo hatte in ihrer Sitzung am Freitag gesagt: „Edgar. Ein guter und grundanständiger Mann. Er hat aus Neugier ihre Fotos gesehen. Er war deswegen sehr aufgewühlt und beschämt."

Edgar, lächelte Martina erneut. Dieser eigenartige Mann. Ein ganz anderer Typ als Carsten. Und doch konnte sie sich vorstellen, ihn zu mögen. Ehrlich gesagt, verspürte sie ein Kribbeln im Unterleib, wenn sie sich vorstellte, dass er die Bilder von ihr anschaute. Was sie ihm am Telefon freilich nicht erzählt hatte. Aber ja, Edgar hatte Profil. Einerseits reizte es sie, ihn aus seiner Reserviertheit zu locken, andererseits fühlte sie sich bei ihm so aufgehoben. *Wenn er bei mir ist, kann mir nichts passieren*, dachte sie.

Was Edgar nicht bemerkt hatte: Martina hatte die Zahlen der geografischen Position von Carstens letzten Fotografien aus dem Schlipfbachtal notiert. Dort wollte sie heute hinfahren. Sie wollte den Ort aufsuchen, von dem Carstens letzte Lebenszeichen gekommen waren, auch wenn es nicht mehr als eine Steinwüste zu sehen gab. Erst hinterher würde sie den Fokus auf *Breisach* richten, um dort den Auszug ihres Mannes bestätigt zu bekommen, wobei sie offenließ, ob sie das heute oder morgen in Angriff nahm. Das hing ein bisschen davon ab, was sie im Schlipfbachtal finden würde.

Die im Handy gespeicherten geografischen Zahlen zeigten ihr die Lage des Waldstückes. Sie prägte sich Straße und Wege ein. Es gab praktisch nur eine in Frage kommende Abzweigung von der Durchgangsstraße. In deren Bereich wollte sie ihr Auto abstellen und zu Fuß weiter in den Wald hineingehen. Ihre Handtasche ließ sie im Haus zurück.

Das Autofenster geöffnet, setzte sie zur Selbststimulierung an, ihr gemeinsames Lied zu summen, *Give me Love* von *Ed Sheeran*, doch im Hals hatte sich ein Knoten festgesetzt, der ihr die erzwungene Leichtigkeit strangulierte. Auf ihrer Stirn bildete sich eine Unmutsfalte. Jetzt hab´ dich nicht so, du Hasenfuß, dachte sie. Im Grunde ist es nicht mehr als ein Samstagvormittagsspaziergang.

Als sie die Ausbuchtung erreichte, wo sie das Auto abstellen wollte, stand sie bereits unter Stress und schwitzte unter den Achseln. Mit der Unterlippe zwischen den Zähnen orientierte sie sich. Straße, Abzweigung des Waldweges. Es passte zum Lagebild auf dem Handy. Sie gab sich einen Ruck und marschierte los.

Der Weg, den sie ging, wäre nur mit einem Allradfahrzeug befahrbar gewesen. Sie fühlte sich durch die Entscheidung, das Auto an der Straße zurückzulassen, bestärkt. Aufmerksam beobachtete sie das Gelände links und rechts des Weges.

Nach ungefähr einer Viertelstunde deckten sich die Angaben auf dem Handy mit ihrer Position. Sie musste in unmittelbarer Nähe der Stelle der Verwüstung sein. Widerwillig drängte sie durch das Gehölz am linken Wegrand und stieg dann unter hohen Bäumen bergwärts. Nach ein paar Metern stieß sie auf eine Art Trampelpfad, dem sie nun leichter folgen konnte. Dann traf sie auf die ersten Löcher und Gräben, so wie Carsten sie dokumentiert hatte. Der Wahnsinn, dachte sie. Der helle Wahnsinn.

Darauf bedacht, nicht fehlzutreten, umging sie die Gräben und Löcher. Doch es blieb nicht aus, waghalsig über die eine oder andere Kluft zu springen. Manche Bäume hingen in gefährlicher Schieflage. Andere schienen abgestorben zu sein. Von der Szenerie zutiefst bestürzt, kehrte sie um und arbeitete sich zum untersten Graben zurück. Sie nahm das Handy und wählte die Fotofunktion. Diese sinnlose Zerstörung wollte sie selber festhalten. Sie wählte das Motiv.

„Was haben Sie hier zu suchen?", brüllte es hinter ihr.

„**Haaa!!!**" Ihr entfuhr ein Schrei. Vor Schreck fiel ihr das Handy aus der Hand. Sie strauchelte, ruderte mit den Armen, erwischte einen Ast und fand wieder Halt.

Sie hatte niemanden kommen hören, und doch stand, wie aus dem Boden gewachsen, ein ziemlich massiger Mann da, Zornesröte im Gesicht.

„Ich ... ich ... suche ... meinen Freund", antwortete sie überrumpelt, auf eine Begegnung völlig unvorbereitet. Sie sah das Handy im Graben liegen.

„Was für einen Freund?", fauchte der Mann wütend.

Der Mann kam ihr irgendwie bekannt vor. Sie musste ihn schon einmal irgendwo gesehen haben. Aber seine bedrohliche Haltung überrollte ihr rationales Denken wie ein ungebremster Bus. Sie spürte den Herzschlag bis zum Halszäpfchen.

„Mein Freund Carsten. Er ist Fotograf. Er hat Aufnahmen von hier gemacht", keuchte sie.

Teil III

Sonntag, o6. August 2023
Holzrück

Anstelle des Hirns hatte sich über Nacht ein veritabler Kater in seinem Kopf eingenistet. Ein schweres Viech mit verfilztem Fell, lag es fett und plump im Oberstübchen, alle Aufforderungen, sich zu trollen, ignorierend. Sein Pelz dämpfte alle Geräusche wie ein Kilogramm Watte, und wenn es genüsslich die Krallen ausfuhr, bohrten sie sich folternd von hinten in die Augäpfcl.

Er tastete nach dem Puls am Handgelenk, zählte in zehn Sekunden zwanzig Schläge. Ruhepuls hundertzwanzig. **Verdammt, gleich versagt der Motor**, dachte er. **Und das mit einundfünfzig.**

Zwei Liter Rotwein waren es gewesen. Und drei Schnäpse zu Beginn, um möglichst schnell Wirkung zu erzielen. Wie im Express-Fahrstuhl war der Pegel nach oben geschossen. Dann hatte er der durstigen Bestie bloß noch nachschütten müssen. Bewusster, willkommener Rausch, um die Dämonen im Kopf auf Abstand zu halten. Um zu vergessen.

Mittwoch war er im Betrieb gewesen, um die Krankmeldung abzugeben. Seither war er arbeitslos. Fristlose Kündigung. Vom Chef persönlich ausgesprochen und auf Papier überreicht. Seither war er vogelfrei, ausgestoßen, ausgespuckt, ausgeschissen, und als solcher verlorener und einsamer als der letzte Mensch auf der Erde nach dem ultimativen großen Krieg oder der nächsten Pandemie.

Im Grunde war er lebensuntüchtig, um nicht zu sagen lebensunfähig. Zum Eremit nicht geboren. Jetzt erhielt er die Quittung dafür, dass er sich nie für etwas anderes interessiert hatte als für seine Steine. Die längste Zeit hatte er einfach wie die Made im Speck in den Tag hineingelebt. Nun, da der Speck gefressen war, tappte er durchs Haus wie ein auf sich gestelltes Kleinkind. Vor der Waschmaschine im Keller wuchs der Wäscheberg, denn er konnte die Maschine nicht bedienen. Zum Essen benutzte er stets ein und denselben Teller, um Geschirr zu sparen und nicht spülen zu müssen. Aus dem gleichen Grund, und auch weil er null Ahnung davon hatte, kochte er nicht, sondern begnügte sich mit Brot und Wurst. Wann er zuletzt unter der Dusche gestanden hatte, vergaß er im Nebel der Vergangenheit, und so gleichgültig wie ihm das war, so kontinuierlich entwickelte sich sein Körpergeruch.

Eines hatte er gestern Abend, solange er noch einigermaßen klaren Verstandes gewesen war, begriffen. Das Zeitalter der *Goldmine* war vorbei. Was ärgerlich war, denn nach Rico Fischers Tod hätte sie ihm praktisch alleine gehört. Andere Kollegen waren schon früher ausgestiegen, aber Rico und er hatten sie weiterhin zu zweit ausgebeutet. Jetzt ging das nicht mehr.

Er musste davon ausgehen, dass die Existenz und die Lage der *Goldmine* nicht mehr geheim waren. **Zu viel Verkehr**, wie er dachte. **Zu viel Fremdenverkehr**, korrigierte er sich. **Scheiße aber auch.**

Der fette Kater im Kopf drehte, rekelte und streckte sich. Er spürte, wie dessen Krallen an der Schädelinnendecke kratzten. Das Geräusch klang, als würde ein Nagel über eine Autokarosserie gezogen und jagte ihm Schauer in kalten Wellen über den Körper.

Es half alles nichts. Er musste aufs Klo. Es gab Dinge, um die man auch sonntags nicht herumkam.

Sich mit beiden Händen abstützend, taumelte er ins Bad. Normalerweise ein Stehpinkler, fehlte ihm dafür heute die erforderliche Standfestigkeit, weshalb er sich waghalsig um die Längsachse drehte und seinen Hintern umständlich auf die Kloschüssel senkte.

Das hätte Senta gefallen, dachte er grimmig und grinste bösartig. **Der dummen Schlampe.**

Als er nach Verrichtung ins Schlafzimmer zurückbalancierte, störte ihn etwas. Er fühlte sich unangenehm beobachtet. Kontrolliert. Mit blutunterlaufenen Augen stierte er im Zimmer herum. Dann hatte er die Ursache wohl entdeckt. Er grunzte und torkelte um Sentas Betthälfte herum. An der Wand über ihrem Nachttisch hing ein hölzernes Kruzifix mit dem gekreuzigten Jesus.

„Glotz´ nicht so blöd", maulte er und drehte das Kreuz kurzerhand um.

Montag, 07. August 2023
Haldensee/Poggenau/Schlipfbachtal

Martina war nicht da. Das musste nichts heißen, denn Gründe für eine Verspätung oder eine Verhinderung gab es reihenweise, von plötzlicher Krankheit bis Verkehrs-überlastung, aber an so etwas wollte Edgar erst gar nicht denken.

Nicht dass er sich einbildete, für alle unerwartet auftre-tenden Situationen ihr erster Ansprechpartner zu sein. Nein, davon keine Spur. Dennoch hielt er daran fest, dass Martina ihn verständigt hätte, sollte sie aus irgendeinem Anlass den Termin zum Frühstück nicht würde einhalten können. Aber sie hatte nicht angerufen, weder bei ihm noch bei der Klinikleitung, wie er von Frau Weingärtner wusste.

Ein ungutes Gefühl hatte ihn schon gestern Abend be-schlichen, was daran lag, dass er von seiner Art der An-reise ausgegangen war. Bekanntermaßen war er ja schon sonntags in der Klinik eingetroffen, obwohl er erst ab Montag eingeschrieben gewesen war. Von daher hatte er gemeint, auch Martina würde sich spätestens gestern Abend zurückmelden. Ein kurzes „bin wieder da" hätte ihn beruhigt.

Gleich nach dem Frühstück hatte er ihre Nummer ge-wählt. Dass der gewünschte Mobilfunkteilnehmer momen-tan nicht erreichbar war, hatte er widerstrebend zur Kennt-nis genommen.

„Herr Schaaf, Sie machen auf mich heute Morgen einen etwas nervösen Eindruck. Wollen Sie mit mir darüber sprechen, oder ...?" Frau Dr. Lazlo ließ im Raum stehen, was sie unter „oder" meinte, doch imponierte sie einmal mehr durch ihre hellseherischen Fähigkeiten. Sie trug heu-te wieder, ungeachtet der zu erwartenden hochsommerli-chen Temperaturen, ihren grauen Hosenanzug.

„Ich sorge mich um Frau Kohlfelt", antwortete Edgar. „Sie ist heute nicht zum Frühstück erschienen. An und für sich kein Beinbruch, wenn sie nicht vorgehabt hätte, übers Wochenende den Auszug ihres Mannes aus ihrem Haus in *Breisach* zu ... zu ..."

„Zu überprüfen? Zu überwachen? Ja, sie hat mir noch am Freitag davon erzählt. Auch dass Sie sie gegen ihren Mann verteidigt haben."

„Ja, eben. Er war übergriffig geworden, und was sollte ihn daran hindern, es ein zweites Mal zu tun? Als ehemaligem Polizist klingeln bei mir natürlich die Alarmglocken, und sie werden von Stunde zu Stunde, in denen Frau Kohlfelt nicht auftaucht, lauter, zumal sie auch nicht ans Telefon geht. Verstehen Sie?"

„Das ist nicht schwer zu verstehen, Herr Schaaf. Wann hatten Sie denn zuletzt Kontakt mit ihr? Entschuldigen Sie, wenn ich mich da einmische, aber Frau Kohlfelt ist schließlich meine Patientin."

„Am Freitagabend. Sie hat mich aus dcm Haus ihres Freundes in *Poggenau* angerufen."

„Des Freundes, der aus unbekannten Gründen verschwunden ist", stellte Frau Dr. Lazlo fest.

Edgar nickte bestätigend.

„Was würden Sie als Polizist in dieser Situation als nächstes tun?"

„Nun, normalerweise reagiert die Polizei bei der Suche nach verschwundenen Personen, sofern es sich um gesunde Erwachsene handelt, nicht hektisch. Vor allen Dingen nicht, wenn es sich, wie bei Frau Kohlfelt, gerade mal um", Edgar konsultierte seine *Breitling*, „eineinhalb Stunden handelt. Die Berücksichtigung der freien Willensäußerung einer Person durch Wort oder Tat genießt einen hohen Stellenwert. Allerdings sehe ich bei Frau Kohlfelt Gefahr im Verzuge. Ich würde Polizeidienststellen anrufen und sie dort, wo Martina zuletzt gesehen wurde oder vermutlich sein könnte, suchen lassen. Soll heißen, die Polizei besucht die Adressen."

Ohne Worte schob Frau Dr. Lazlo ihr Bürotelefon zu Edgar hin. „Hier, Herr Schaaf", sagte sie. „Telefonieren Sie. Da Frau Kohlfelts Sitzung heute sehr wahrscheinlich leider ausfällt, haben wir Zeit bis elf Uhr. Handeln sie als Polizist. Haben Sie die notwendigen Nummern parat? Ja? Dann los. Ich bestelle uns nur noch rasch eine Kanne Kaffee."

Der Kaffee wurde gebracht, als Edgar Rita Böhringer am Apparat hatte. Er hatte die Mithör-Taste gedrückt, damit Frau Dr. Lazlo das Gespräch verfolgen konnte.

„Wir suchen jetzt also nicht nur nach Carsten Kohlfelt, sondern auch nach dessen Freundin? Hast du ein Foto von ihr? Wenn ja, sende es mir aufs Handy." Rita schaltete schnell, jedoch mit hörbar gebremster Euphorie.

Edgars Genick versteifte sich. Die Frage nach Martinas Foto erinnerte ihn peinlich an seinen eigenmächtigen Zugriff auf Carsten Kohlfelts Computerdatei. Und genau von dort sah er sich genötigt, Rita ein Porträtfoto zu übermitteln. Frau Dr. Lazlo sah ihm die Verlegenheit sogleich an, hüllte sich jedoch in zurückhaltendes Schweigen.

„Kriegst du, Rita. Äääh, dauert bloß einen Moment. Wenn du einfach mal bei Carsten Kohlfelts Haus in *Poggenau* vorbeischauen könntest. Von dort hat sie mich zuletzt angerufen. Sie fährt übrigens einen dunkelblauen *Toyota* Kleinwagen, *Freiburger* Zulassung. Den Typ weiß ich nicht, aber das wird für dich kein Problem sein. Ja?

Meinerseits werde ich die Freiburger Kollegen bitten, sich an Martina Kohlfelts Adresse in *Breisach* umzuhören.

Sie wollte sich aktuell von ihrem Mann trennen, beziehungsweise ihn aus ihrem Haus werfen. Okay?"

„Ist das jetzt eigentlich ein offizieller Fall, oder was?", fragte sie und klang dabei nicht sehr inspiriert.

„Noch nicht, Rita, kann aber schnell einer werden."

„Weil du's bist, Edgar. Ich melde mich." Sie beendete das Gespräch.

„Klingt ziemlich jung, die Frau Böhringer. Oder täusche ich mich?" Frau Dr. Lazlo goss Kaffee in zwei Tassen.

„Ja, das ist sie. Jung, überaus kompetent und ausgesprochen nett. Vor zwei Monaten noch wäre sie um ein Haar bei uns eingezogen. Aber dann kam ein gutaussehender junger Polizist dazwischen", sagte Edgar und trank Kaffee. „Ein Prachtsmädel."

Edgar nahm sich Jens Melzers Nummer vor. Schon nach dem zweiten Signal nahm er das Gespräch an. „Jens Melzer. Edgar, Sekunde, ich rufe dich gleich unter der angezeigten Nummer zurück. Ich habe gerade die *Freudenstädter* Kollegen in der Leitung. Bis gleich."

Edgar legte den Hörer auf die Gabel.

„Klingt ebenfalls ziemlich jung. Es ist auffallend, dass die jungen Kollegen ein recht gutes Verhältnis zu Ihnen zu pflegen scheinen, Herr Schaaf. Das freut mich. Das freut mich vor allem für Sie."

„Ja, doch, das ist für mich in der Tat ein Quell der Freude. Es birgt aber auch gewisse Vorteile, wenn Sie verstehen, was ich meine, Frau Dr. Lazlo. Ganz besonders, wenn man solche Gespräche wie heute führen kann und ihre Unterstützung braucht. Jens Melzer war der Kommissar, der wegen Rico Fischer hier im Haus ermittelt hat."

Das Telefon klingelte. Frau Dr. Lazlo gab Edgar Zeichen, das Gespräch anzunehmen.

„Ja, Edgar, um was geht's?" Jens Melzer fragte.

„Jens. Eine unserer Patienten wird vermisst. Hör' bitte zu, ich morse dir die Kurzform." Edgar erklärte in ungefähr drei Minuten die nicht zu unterschätzende Brisanz des Falls.

„Jens, wenn es möglich wäre, dass du nach *Breisach* fährst und nachprüfst, ob Martina Kohlfeld in ihrem Haus ist. Leider habe ich keine Adresse. Sie besitzt außerdem ein Goldschmiedeatelier dort. Und vielleicht kannst du herausfinden, wo sich ihr Ehemann aufhält.

Willy Henckel vom Polizeipräsidium *Freiburg* ist ein alter Kollege von mir. Vielleicht könnte er dich begleiten. Wenn du dich mit ihm kurzschließen könntest?"

„Ich kenne Willy Henckel. Er befindet sich, so viel ich weiß, in Urlaub. Wie wär's, wenn **du** mitkommst, Edgar? Ich hole dich ab und wir fahren zusammen hin? Dann kann ich dir auch berichten, was die *Freudenstädter* herausgefunden haben."

„Ich ... äääh." Edgars Blick wanderte unsicher zu Frau Dr. Lazlo. Genauer gesagt, zu deren Augen. Zu seinem Erstaunen sah er diese Augen sich langsam schließen und wieder öffnen. „Ich ... ich ..." Er bemerkte, dass ihre Lippen sich bewegten. Sie formulierten: Gehen Sie.

„Okay, Jens, dann hol' mich ab. Ich warte auf dich. Bis gleich." Edgar legte auf.

Frau Dr. Lazlo nickte wohlwollend. „Ich stelle Sie für heute frei, Herr Schaaf. Mit der Geschäftsleitung regle ich das, machen Sie sich deswegen keine Sorgen. Aber passen Sie auf sich und den jungen Kollegen auf. Versprechen Sie mir das."

„Danke", erwiderte Edgar angenehm berührt. „Danke."

„Dafür möchte ich Sie morgen um die gleiche Zeit wieder bei mir sehen, ist das klar?"

„Klar."

Die Zeit bis zu Melzers Ankunft nutzte Edgar, um Rita Böhringer ein Foto Martina Kohlfelts zu schicken und wartete dann beim Rauchertreff auf ihn.

Jens Melzer fuhr vor wie ein Sommerfrischler im Elektro-*Mercedes*. Cabrio, versteht sich.

„Kann ich meinen Strohhut aufbehalten, oder weht er mir davon?", begrüßte Edgar ihn und plumpste auf den Beifahrersitz.

„Du wirst keinen Lufthauch spüren, Edgar. Können wir?"

„Nur zu", sagte Edgar. „Wie gedenkt der Herr Kriminaloberkommissar zu fahren?"

„*Hohenterzen*, Höllental, *Freiburg*", antwortete Jens Melzer knapp. „Du bist also mit der Frau, die wir suchen, bekannt? Nicht verwandt oder verschwägert? Wie ist ihr Name gleich nochmal?"

„Martina Kohlfelt. Hast du ihre Adresse?"

Jens Melzer tippte sich an die Stirn. „Gespeichert."

„Dann erzähl´ mal, was die *Freudenstädter* Kollegen zustande gebracht haben. Leider kann ich dir nicht mit der Visitenkarte dienen, die ich angekündigt hatte. Martina hatte sie bereits entsorgt."

„Schade ja. Aber okay. Also die *Freudenstädter*: Ein aufmerksamer Nachbar hatte die Polizei verständigt, dass ein Mann in Rico Fischers Anwesen in *Kreuzthal* eingedrungen sei. Ob ins Haus oder nur in den Garten konnte er nicht sagen. Die Kollegen von der Streife waren zufällig in der Nähe gewesen und hatten dann im Haus eine männliche Person gewissermaßen auf frischer Tat ertappt, wie er das Haus systematisch auf den Kopf stellte.

Bei dem Einbrecher handelte es sich um einen bekannten Zuhälter aus *Freudenstadt*. Auf seinem Handy wurde die Droh-SMS an Rico Fischer entdeckt. Er gab zu, Rico Fischer Geld geliehen zu haben, damit der die Prostituierte bezahlen konnte, die ihn regelmäßig aufgesucht hatte. Um Fischers Finanzen war es ja nicht bestens bestellt gewesen."

„Sag´ jetzt aber nicht, dass die Prostituierte eine von des Zuhälters Damen gewesen war."

Jens Melzer lachte. „Doch, genau so war´s. Ein lukratives Geschäftsmodell. Er verleiht Geld an die Freier seiner Prostituierten, selbstredend zu exorbitanten Zinsen, kassiert dann den Dirnenlohn ein plus den zurückzuzahlenden Kredit."

„Tja, da muss man erst mal drauf kommen. Aber die Fingerabdrücke des Zuhälters und der Prostituierten sind nicht identisch mit denen auf der Bierflasche und dem Bilderrahmen aus Fischers Schlafzimmer?", fragte Edgar.

„Leider nicht. Es muss noch eine andere Person in Fischers Haus gewesen sein."

„Ist er der Täter?" Edgar glaubte nicht daran, doch die Frage musste gestellt werden.

„Nachweislich war er am fraglichen Tag mit einigen seiner Berufskollegen in Hamburg. Reeperbahn, du verstehst? Bildungsreise, wenn man so will. Steuerlich absetzbar." Jens Melzer fletschte die Zähne. „Es gibt ausreichend Zeugen und ein Bahn-Ticket Erster Klasse. Man gönnt sich ja sonst nichts."

Während der Fahrt durchs Höllental schwiegen sie. Edgar ließ die Gedanken strömen. Er war erst einmal in *Breisach* gewesen. Stippvisite auf der Suche nach einem Restaurant für eine Bande von zehn Polizisten im Rahmen eines Polizei-Seminars in *Freiburg*. Da sie nicht auf Anhieb fündig geworden waren, hatten sie die Exkursion ins nahe Elsass ausgedehnt und in einem Dorf bei *Colmar* Schnecken *à discrétion* vertilgt. Er erinnerte sich mit Schaudern daran, denn es war ihm in Kombination mit etwas zu viel Muskateller Wein überhaupt nicht gut bekommen.

Jens Melzer parkte in der Quirin-Gessler-Gasse unterhalb des *Breisacher* Münsters. Martina Kohlfelts Wohn- und Atelieradresse befanden sich unter einem Dach mit einem zentralen Eingang. Die Fensterläden links der Tür waren geschlossen. Eine Messingtafel an der Hauswand gab zu erkennen, dass es sich um das Goldschmiedeatelier handelte. Dann musste hinter den Sprossenfenstern auf der rechten Seite die Wohnung sein. Jens Melzer betätigte den Klingelknopf.

„Du warst dabei, als dieser Curd Kohlfelt seine Frau schlagen wollte?", fragte Jens mit gedrosselter Lautstärke.

Edgar nickte. „Bin gespannt, ob er die Wohnung geräumt hat, wie sie es verlangte."

Offensichtlich nicht, denn nach geraumer Zeit wurde die Tür vorsichtig geöffnet und ein verschlafen ausschauender Curd Kohlfelt im blauen Frottee-Bademantel stand vor ihnen.

Jens Melzer hielt ihm den Dienstausweis direkt vor die Augen. „Jens Melzer, Kriminalpolizei *Freiburg*. Sind Sie Curd Kohlfelt?"

Es dauerte einige Sekunden, bis bei ihm der Groschen fiel. „Hat das Luder euch geschickt? Mich aus dem Haus zu treiben?" Er machte Anstalten, ihnen die Tür vor der Nase zuzuschlagen, doch Jens Melzer stellte den Fuß dazwischen.

Nun fiel Curd Kohlfelts Blick auf Edgar. „Und Martinas neuer Stecher ist Zeuge? Das habt ihr euch ja toll ausgedacht. Mich kriegen hier keine zehn Pferde raus."

„Herr Kohlfelt, deswegen sind wir nicht hier", sprach Jens Melzer mit ruhiger Stimme. „Wir **suchen** Ihre Frau. Ist sie eventuell bei Ihnen?"

„Bei mir? Das wird ja immer lustiger. Wieso sollte sie bei mir sein? Sollten Sie nicht eher oben in dieser Verrücktenklinik nach ihr suchen?"

„Nein, denn es verhält sich so, dass Ihre Frau übers Wochenende nach Hause fahren wollte, um zu überprüfen, ob Sie das Haus verlassen haben. Was Sie, wie wir feststellen können, nicht getan haben. Also wo ist sie? Können wir im Haus nachsehen? Oder benötigen wir einen Hausdurchsuchungsbeschluss?"

„Hier bei mir ist sie nicht. Sie", er deutete auf Jens Melzer, „können reinkommen und gucken. Der alte Sack bleibt draußen." Er ließ Jens Melzer passieren, blieb aber breit im Eingang stehen und versperrte so den Zutritt.

„Wie lange geht das schon mit euch?", fragte er Edgar anzüglich. „Ein Jahr? Länger? Was findet sie an einem so alten Kerl wie dir? Hm?"

Edgar zuckte unschuldig mit den Schultern und sagte leichthin: „Genau sagen kann ich es auch nicht, aber ich hab´ halt ungeheuer viel Geld und ich bin unheimlich gut im Bett."

Curd Kohlfelt verschlug es die Sprache. „Das ... das ... das ... ist ... so ... widerlich! So ... billig! Du bist doch bloß ein armseliges Dreckschwein."

Edgar beeindruckte das nicht. „Immerhin schlage ich sie nicht, wie Sie das tun. Wissen Sie übrigens, dass wir auch nach Ihrem Bruder Carsten suchen? Er ist seit einem Monat verschwunden."

„Pffft, mein Bruder. Der ist andauernd verschwunden. Er wird wieder einmal auf einer seiner Fotoreisen sein. Was kümmert's mich?"

Jens Melzer, mit der Durchsuchung fertig, drückte sich an Kohlfelt vorbei und signalisierte durch Kopfschütteln, dass sich niemand sonst in der Wohnung aufhielt. „Herr Kohlfelt, haben Sie Zugang zu den Räumen des benachbarten Goldschmiedeateliers?"

„Nein, hab' ich nicht", blaffte er. „War's das jetzt?"

„Nein, das war's noch nicht, denn dann werden wir doch einen telefonischen Durchsuchungsbeschluss beantragen müssen und ..."

Curd Kohlfelt fluchte: „Was ist bloß aus diesem Land geworden? Ein verdammter Polizeistaat!" Er drehte sich zähneknirschend um und stapfte in die Wohnung. Eine Minute später kam er mit einem Spezialschlüssel zurück und warf ihn Jens Melzer an die Brust. „Tun Sie, was Sie nicht lassen können."

Melzer betrat erneut das Haus, fand aber die Räume des Ateliers menschenleer vor und händigte den Schlüssel wieder aus. „Wollen Sie wegen Ihrer Frau eine Vermisstenanzeige erstatten? Dann ..."

„Was? Wer? Ich? Ha, das ist der Witz des Tages. Hören Sie mal, Sie Nachtwächter. Die Frau will mich aus der Wohnung werfen, und da soll ich sie suchen lassen? Hallo? Piept's?" Sprach's, und knallte die Tür zu.

„Komm´ Edgar. Putzen wir die Klinken der Nachbar-schaft. Vielleicht hat ja jemand von den Anwohnern gesehen, dass Martina Kohlfelt doch hier gewesen ist."

Edgars *Breitling* zeigte zwölf Uhr fünfzig.

Ungefähr eindreiviertel Stunden später, die Befragung der Nachbarn hatte außer einigen missfälligen Kommentaren zu Curd Kohlfelts Arbeitslosigkeit nichts ergeben, befanden sie sich mittlerweile auf der Rückfahrt zwischen *Hohenterzen* und *Haldensee*, als Edgars Handy vibrierte. Rita Böhringer.

„Rita, was gibt´s?"

„Hör´ zu, Edgar. Ich stehe vor Carsten Kohlfelts Haus. Es ist abgeschlossen. Aber Martina Kohlfelts Auto parkt in der Einfahrt. Auf mein Klingeln öffnet niemand."

„Ist das Auto abgeschlossen oder ..."

„Es ist abgeschlossen, Edgar."

Edgar ließ die Nachricht sacken. „Moment, Rita. Bleib´ in der Leitung." In wenigen Worten klärte er Jens Melzer über den Sachverhalt auf.

„Musst du wieder in die Klinik zurück?", fragte Melzer, der bereits den Fuß vom Gaspedal genommen hatte.

Edgar verneinte.

„Dann sag´ ihr, dass sie vor dem Haus auf uns warten soll. Wir sind unterwegs. Sie soll nichts auf eigene Faust unternehmen." Jens Melzer bremste den Wagen ab und wendete. Dann tippte er das Ziel *Poggenau* in den Bordcomputer und beschleunigte den Elektro-*Mercedes*. Geschätzte Fahrzeit laut GPS eineinhalb Stunden. „Sag ihr das."

Edgar drückte die Schnellwahltaste. „Rita, wir brauchen circa eineinhalb Stunden. Sag´ mal, ich hab´ dir doch die geografischen Daten von Kohlfelts Fotos geschickt. Bist du schon dort gewesen?"

„Gestern, mit meinem Freund. Sonntagsausflug. Aber außer dem Chaos dort war nix", antwortete sie.

Jens Melzer fuhr rasant, aber sicher. Ab *Hohenterzen* wählte er die B 500 über *Breitnau* bis *Hausach* im Kinzigtal, und von dort über den Pass nach *Poggenau*. Als er den Elektromotor in der Einfahrt vor Carsten Kohlfelts Haus ausschaltete, war er zwanzig Minuten schneller als die vorgegebene Zeit.

Rita lag bei offenen Türen quer über die Rücksitze ihres Dienstwagens, die Beine nach außen gestreckt. Sie guckte kritisch auf ihre Armbanduhr. „Nicht mal ausschlafen kann man bei euch. Seid ihr geflogen?"

Edgar stellte die jungen Kommissare einander vor. „Jens Melzer, Rita Böhringer. So, wie kommen wir jetzt ins Haus?"

Jens öffnete die Heckklappe des *Mercedes* und förderte ein Brecheisen zutage. „Damit?"

„Gut", beäugte Edgar das Werkzeug. „Aber bevor wir uns an der teuren Haustür austoben – von der Garage aus führt eine Verbindungstür ins Treppenhaus. Ich schlage vor, dass wir es zuerst am Garagentor probieren." Er spielte auf die Schlupftür des Garagentors an.

Nach zwei Versuchen am Garagentor und einem an der Verbindungstür befanden sie sich im Haus. „Die Wohnräume sind oben", sagte Edgar und eilte voraus.

„Martina!", rief er. In Windeseile durchmaß er die drei Wohnquader, ohne Martina zu entdecken. Enttäuscht, in gewissem Sinne auch erleichtert, kehrte er in den unteren Raum zurück. Jens Melzers fragende Augenbrauen erwarteten eine Antwort. „Nicht lebend, aber gottseidank auch nicht tot", sagte Edgar.

„Schaut", rief Rita die beiden Männer in den Küchenbereich. Dort zeigte sie auf eine Damenhandtasche, deren Inhalt auf die Arbeitsplatte gekippt war. Zwischen Ritas Fingern baumelte ein Schlüsselbund. „Der Autoschlüssel ist dabei", sagte sie. „Ich geh´ mal runter und guck mir das Auto an."

„Probier, ob der Haustürschlüssel darunter ist", rief ihr Edgar hinterher. Und zu Jens Melzer sagte er: „Sie wird doch nicht zu Fuß und ohne Schlüssel das Haus verlassen haben?"

Jens Melzer drehte eine Runde durchs Wohnzimmer. „Entschuldige, wenn ich das sage, aber es sieht hier aus, als hätte jemand nur oberflächlich gesucht. Einige Schubläden stehen offen, doch keine Verwüstungen, wenn man von der umgekippten Handtasche absieht. Als hätte der- oder diejenige in großer Eile gehandelt. Unter Zeitdruck vielleicht."

„Ja, und wenn Martina tatsächlich zu Fuß weggegangen ist, dann hat sie ihr Handy mitgenommen. Aber warum schaltet sie es dann nicht ein? Und warum lässt sie ihre Geldbörse mit der EC-Karte da?"

„Ist Geld drin?", fragte Jens Melzer.

„Nein", sagte Edgar, der behände die Börse untersuchte, „kein Geld."

Rita hastete die Treppe herauf. „Das Auto ist sauber", rief sie auf halber Strecke. „Und einer der Schlüssel am Bund ist der Haustürschlüssel."

„Merkwürdig", konstatierte Edgar. „Sehr merkwürdig. Was denkt ihr?" Er schaute die beiden an.

„Ich glaub's ja nicht. Aber mein erster Gedanke ist: Entführung", sagte Jens Melzer ernst.

Rita nickte mehrfach nacheinander. „Allgöwer", sagte sie. „Allgöwer muss her. Wir brauchen Spuren."

„Curd Kohlfelt?", fragte Jens Melzer.

„Unbedingt", erwiderte Edgar. „Wir müssen ihm auf die Finger klopfen. Er hat ein starkes Motiv."

„Okay!", nahm Jens das Ruder in die Hand. „Werfen wir den Riemen auf die Scheibe. Rita, du bleibst hier und wartest auf – wie heißt er?"

„Allgöwer!"

„Auf Allgöwer. Ich kümmere mich um Curd Kohlfelt. Edgar ..."

„Ich möchte zu dieser ominösen Stelle im Schlipfbachtal fahren", unterbrach Edgar. „Ich will das mit eigenen Augen sehen. Jens, das ist mir wichtig. Der ganze Scheiß hat irgendetwas mit der Zerstörung dort zu tun. Ich spür's im Urin."

Jens guckte auf die Uhr. „Sechzehn Uhr zwanzig. Also los, Edgar, verlieren wir keine Zeit. Ich kann vom Auto aus telefonieren und alles Nötige veranlassen."

Edgar war die Schlipfbachtalstrecke mit dem Motorrad schon öfter gefahren. Eine gut ausgebaute Straße mit etlichen Kurven. Schaltintensiv, wenn man es genau nahm, doch er fuhr gerne untertourig und schaltete deswegen nicht so oft, wie es eigentlich erforderlich wäre.

Sobald sie die Ortschaft *Poggenau* hinter sich gelassen hatten, begann er zu grübeln, und da Jens Melzer mit seinen Kollegen in *Freiburg* sprach, verheddert Edgar sich in einem Knäuel seiner Gedanken. Er wurde das Gefühl nicht los, dass er etwas übersehen hatte – aber er fand den Drops im Gewirre nicht. So blieb es, bis Jens Melzer den *Mercedes* in eine Straßenausbuchtung lenkte und anhielt.

„Das ist die Stelle, die Rita gemeint hat. Von hier aus müssen wir zu Fuß gehen."

Edgar studierte die Karte mit den geografischen Daten auf seinem Handy. „Ja, es geht bergauf", sagte er und wies den Weg hinauf. „Ziemlich steil."

Bald stand den beiden der Schweiß auf der Stirn. Trotz, oder vielleicht gerade wegen des grünen Blätterdachs über ihren Köpfen, war die Waldesluft feucht und schwer. Doch näherten sie sich beständig ihrem Ziel, das sie nach einer Viertelstunde endlich erreichten.

„Da drüben muss es sein. Die Böschung hinauf."

Jens Melzer zeigte auf den Weg. „Hier müssen gelegentlich doch Autos fahren. Man sieht Reifenspuren, aber ohne Profil. Der Boden ist zu trocken."

„Mist", fluchte Edgar, der das Gehölz am Wegrand durchbrach.

„Mein schöner Sommeranzug", jammerte Jens Melzer, der ihm folgte.

Sie stiegen aufwärts, nach dem durchquerten Gebüsch nun unter hohen Bäumen. Nach einigen Metern fanden sie den Pfad, den auch Rita beschrieben hatte. Und dann waren sie da. Ihr Standort stimmte mit den GPS-Daten überein.

„Wow, sieh dir diese Sauerei an, Edgar. Das ist Waldfrevel allerschlimmster Sorte.

Edgar, der nach Atem rang, stöhnte. „Ja. Schlimmer, viel schlimmer noch als auf den Fotos. Wir müssen achtgeben, wo wir hintreten."

Jens schätzte die Fläche auf ungefähr dreißig mal vierzig Meter.

„Man muss erfahren, wem dieser Wald gehört", schnaufte Edgar. „Ob der Besitzer von diesem Schlachtfeld weiß. Und dann Anzeige erstatten."

„Gegen wen?", fragte Jens Melzer. „Dieser Steinbruch ist nicht in einem Jahr entstanden. Nach was wird hier überhaupt gesucht, das solch einen Wahnsinn rechtfertigt?"

„Gute Frage." Edgar kletterte in einen der Gräben hinunter und wühlte mit bloßen Händen in der Erde und dem Geröll. Da war nichts, das ihm auffällig vorkam. Er schickte sich an, den mehr als mannshohen Rand des Grabens wieder zu erklimmen, was ihm nur auf allen Vieren gelingen würde. Er stemmte die Füße in den lockeren Untergrund und griff nach einer Wurzel über Kopf, als er abrutschte und bäuchlings an der Grabenwand landete.

„Verdammt", zischte er. Dann guckte er, warum er abgerutscht war. Auf der Grabensohle lag eine faustgroße Kugel, auf die er getreten sein und so aus der Erde gebrochen haben musste. Er bückte sich danach, hob die Kugel auf und wischte anhaftende Erde mit der Hand weg. Eine Steinknolle, nicht ganz rund.

Plötzlich wusste er, wo er ähnliche Knollen schon einmal gesehen hatte. Und auf einmal fiel ihm ein, wonach er auf der Fahrt hierher vergeblich gegrübelt hatte.

„Hilf mir, hinaufzukommen, Jens. Reich´ mir die Hand oder einen Stecken herunter."

Als er nach der Anstrengung schweratmend neben Jens stand, wog er die Steinknolle in der Hand. „Ich weiß, wonach hier gesucht wird", keuchte er. „Schlipfbachtal-Achate. Halbedelsteine. Carsten Kohlfelt hat diesen

Steinbruch im Rahmen seines neuen Projekts fotografiert. Er wollte die Bilder veröffentlichen. Vielleicht ist ihm das zum Verhängnis geworden."

„Die gleichen Steine, wie sie Rico Fischer in seinem Auto und in seinem Haus hatte." Jens Melzer rieb sich das Kinn.

„Die gleichen Steine, wie sie der Typ an der Mineralienausstellung in *Haldensee* besaß. So ein Mist, dass Martina die Visitenkarte nicht mehr hat." Edgar zog das Handy aus der Tasche, wählte Ritas Nummer. *Die Erinnerung*, dachte er, *ist zuweilen eine launische Diva. Vielleicht ...*

„Edgar?"

„Rita, bist du noch in Kohlfelts Haus? Ja? Schau´ doch bitte mal in Martina Kohlfelts Handtasche und Geldbörse nach, ob du eine Visitenkarte findest. Ja? Ich warte." Zu Jens sagte er: „Martina konnte sich nur schwammig an den Namen erinnern. Scholz, Schulz, Schmidt, oder so ungefähr. Ja, Rita, ich höre. Aha, keine Visitenkarte? Bist du ganz sicher? Jaja, ist ja schon gut, entschuldige, aber es ist enorm wichtig. Danke, Rita, danke." Er legte auf und fluchte: „Verdammt, verdammt, verdammt. Wieso bin ich meiner Intuition nicht weiter nachgegangen, als ich die Achatscheibe bei dem Kerl gekauft habe?"

„Willst du ein Phantombild erstellen?", fragte Jens Melzer.

Edgar winkte ab. „Braune Haare, Seitenscheitel, badischer Mostkopf, mehr krieg ich nicht zusammen. Scheiße."

Vorsichtig tasteten sie sich den Weg um die Gräben und Löcher zurück. Jens, der vorausging, hatte den unteren

Rand des zerstörten Areals erreicht. Edgar balancierte eben über den schmalen Grat zwischen den letzten zwei Löchern, als sein Blick zufällig nach unten auf den Boden des Trichters fiel. Er erfasste einen kleinen Gegenstand, der sich auf keinen Fall hier befinden sollte. Als er realisierte, was es war, zwang ihn ein Schwindel im Kopf in die Knie. „Jens", stöhnte er, „Jens."

Jens drehte sich um, sah den alten Hauptkommissar in der Hocke sich am Boden abstützen. „Um Himmels Willen, Edgar, ist dir nicht gut? Was ist los?" Im Nu war er bei ihm.

„Da unten, Jens." Edgar zeigte mit einem Arm in die Grube. „Siehst du, dort? Das ist ... das ist ..."

Jens sprang in die Grube, hob den kleinen Gegenstand auf. Er glitzerte golden und grün. „Was ist das, Edgar? Was ist das?"

„Sie war hier, Jens. Martina war hier an dieser Stelle. Das ist einer von Martinas Ohrhängern."

Noch während Edgar benommen auf dem Boden kauerte, fühlte er, wie eine bedrohlich schwarze Wolke ihren kalten Schatten auf ihn warf, und sein Herz zu erstarren drohte.

Allgöwer, dienstältester Polizist der Polizeidirektion *Offenburg*, entglitten die Gesichtszüge, als er hörte, dass er in einem schier unzugänglichen Waldstück einen Tatort untersuchen sollte. „Das hätte ich mir ja denken können, dass, wenn du die Finger mit im Spiel hast, Edgar, aus einem pünktlichen Feierabend nichts werden würde."

Jens Melzer und Edgar waren nach *Poggenau* zu Carsten Kohlfelts Haus zurückgekehrt. Allgöwer und seine Mannschaft befanden sich noch mitten in der Untersuchung der Örtlichkeit.

„Sieh´s doch mal positiv. Du wirst an der frischen Luft sein, Vögel zwitschern, ein Rehlein ...“

„Ja, du mich auch“, griente Allgöwer und klopfte Edgar an den Arm. „Gib mir die vermaledeiten geografischen Daten.“

„Seid ihr hier schon fündig geworden?“

„Fingerabdrücke“, antwortete Allgöwer. „Der Menge nach war hier kein Profi am Werk. Morgen wissen wir mehr.“

Edgar brummte Zustimmung. *Guter Allgöwer. Fingerabdrücke sind besser als nichts*, dachte er und widmete sich dem Inhalt aus Martinas Handtasche und Geldbörse, die noch nicht für den Abtransport verpackt waren. Eine Visitenkarte indes fand auch er nicht. *Dann hat Martina sie tatsächlich weggeworfen.*

„Du traust mir wohl nicht“, motzte Rita in seinem Rücken.

„Oh, Rita, nein, das ist es nicht. Alte Gewohnheit von mir. Entschuldige. Natürlich traue ich dir.“

„Sieht nur nicht danach aus“, konterte sie selbstbewusst. Von wegen Respekt vor einem Kriminalhauptkommissar a. D..

„Ich halte noch immer viel vom Vier-Augen-Prinzip“, erklärte er wenig überzeugend. „Darf ich dir ein Geheimnis verraten, und du behältst es für dich? Manchmal traue ich mir selbst nicht mehr. Das Gedächtnis spielt mir gelegentlich Streiche, sodass ich zum Beispiel heute nicht mehr weiß, was ich gestern gehört oder behauptet habe. Oder ich verlasse einen Raum, und bin mir nicht sicher, ob ich das Licht ausgeschaltet habe. Dann gehe ich zurück, um zu kontrollieren ..."

„... und stellst fest, dass du es doch ausgeschaltet hast. Kenn' ich. Irgendwie macht das den *Mister Perfect* ein bisschen mehr sympathisch", sagte sie schnippisch ohne böse Hintergedanken. „Wie geht's jetzt weiter?"

Edgar sammelte sich. „Ich habe Jens Melzer schon gesagt, dass wir den Besitzer des Waldes im Schlipfbachtal ermitteln sollten. Ob der Abbau von Achaten dort erlaubt wurde oder ob es sich um eine schwarze Grabungsstelle handelt. Das würde in deine Zuständigkeit fallen, Rita.

Ferner wäre interessant zu wissen, wo und wie im Schlipfbachtal es Vorkommen von Achaten gibt. Ob sie auch oberirdisch zutage treten oder ob man sie grundsätzlich ausbuddeln muss. Da ist für Baden-Württemberg, glaub' ich, das Geologische Landesamt in *Freiburg* zuständig. Vielleicht kennen sie dort sogar einige Namen von Leuten, die nach Achaten suchen. Könntest du das ebenfalls übernehmen?"

Rita blies die Backen auf. „Die ganze Aktion hier mit Allgöwers Einsatz und so weiter zwingt mich ohnehin dazu, den Staatsanwalt einzuschalten. Das ist keine Privatangelegenheit mehr von klein Rita und ihren Freunden. Mit ihm werde ich die Sache absprechen. Sobald ich nämlich andere Behörden einschalte, muss ich die offizielle Erlaubnis haben, das weißt du selber, Edgar. Aber ja, der Ansatz ist gut. Danke für den Hinweis. Wenn wir Namen erhalten, können wir auch entsprechend ermitteln."

„Ja, das ist gut. Bewegen wir uns auf abgesegnetem Boden", stimmte Edgar zu. „Da ist noch etwas, Rita. Wenn du dann absolut nichts mehr zu tun hast, dann zerbrich dir bitte mal Kopf darüber, welchen Sinn es haben soll, dass Martina Kohlfelt von hier zur Achatfundstelle im Wald fährt, dort ihren Ohrhänger verliert, wieder nach Hause zurückkommt, ihre Handtasche ausleert und ohne Geldbörse und Hausschlüssel das Haus wieder verlässt? Ich kann mir nämlich nur einen Reim darauf machen: Dass nicht Martina es war, die zuletzt in diesem Haus gewesen ist."

Jens Melzer lud Edgar vor der Klinik in *Haldensee* ab. Von der Uhrzeit her wusste Edgar, dass, wenn er sich nicht beeilte, das Abendbuffet geschlossen sein würde. Er konnte nicht immer auf Frau Weingärtners Umsicht und einen Teller belegter Brote vor der Zimmertür hoffen.

„Eine Minute noch, Jens", sagte Edgar. „Ich will dir etwas mitgeben. Kommst du rasch mit hoch auf mein Zimmer?"

Melzer, selber einen langen Tag in den Knochen, atmete angestrengt.

„Dauert wirklich nur einen Augenblick, dann bist du erlöst", lockte Edgar den jungen Oberkommissar.

Auf dem Zimmer übergab er ihm die in Zeitungspapier eingewickelte Achatscheibe, die er an der Mineralienausstellung gekauft hatte. „Von dem Mann erworben, dessen Visitenkarte Martina eingesteckt hatte", erklärte Edgar. „Seine Fingerabdrücke müssen sich drauf befinden. Lass´ sie bitte mal abgleichen. Ich hab´ da so ein komisches Gefühl."

„Kopf oder Bauch?", fragte Jens Melzer müde.

„Verschwinde jetzt, sonst krieg´ ich nichts mehr zu essen. Und Jens – danke für alles heute. Danke."

Als er den Speisesaal betrat, war das Abendessenbuffet zum größten Teil geplündert. Außerdem verstummten schlagartig die Gespräche an den Tischen oder wurden nur noch im Flüsterton geführt. Edgar fühlte sich unangenehm belauert, was er der Tatsache zuschrieb, dass man Martinas Fehlen mit seiner Person in Verbindung brachte. Wie er aus Erfahrung wusste, entwickelten solche Hiobsbotschaften beim unbeteiligten Publikum gerne ein Eigenleben mit ungewissem Ausgang. Daher war er froh, dass unter den Mitpatienten ein potenzieller Wortführer im Stile Vincent Gilkas nicht mehr anzutreffen war.

Dennoch ging Edgar der latenten Sensationslust aus dem Weg. Er knallte vier Brotscheiben, Wurst und Käse auf einen Teller und begab sich auf sein Zimmer.

Aber abschalten und die heutigen Ereignisse hinter sich lassen konnte er nicht. Die Umstände zu Martinas Verschwinden wiesen eine zu negative Kurve auf, als dass er eine stille Hoffnung aufrecht erhalten konnte. Er glaubte nicht daran, dass sich alles zum Guten wenden würde. Zu viel sprach dagegen, und es schmerzte ihn, das akzeptieren zu müssen.

Der Versuch, durch eine gemütliche Lage auf dem Balkon der Tretmühle im Kopf entgegenzuwirken, schlug fehl. Er fühlte sich in einer Endlosschleife gefangen, weil ihm eine systematische Anlyse nicht möglich war. Dort, wo er den Ausgang aus dem Hamsterrad wähnte, wurde er stets an den Anfang aller Grübeleien zurückgeworfen. So war es ihm nicht vergönnt, aus der erzwungenen trügerischen Ruhe einen spürbaren Erholungseffekt zu ziehen.

Erst die späte Unterhaltung mit Melanie entpuppte sich als die mentale Hängematte, die Edgar brauchte. Nach stürmischer Fahrt auf dem Ozean der Unwägbarkeiten war es die Rückkehr in den sicheren Hafen. Die Segel abgetakelt, die Leinen geordnet, das Deck geschrubbt und das Boot vertäut.

„Komisch", erzählte Edgar. „Erst vor ein paar Tagen noch habe ich Martina gesagt, dass jeder, der sich in der Klinik mit mir anlegt, das Haus auf die eine oder andere Weise verlassen würde. Entweder tot oder unehrenhaft hinausgeworfen."

„Aha, und da Letzteres nicht zutrifft, glaubst du, dass sie tot ist."

„Dem Gesetz der Serie nach befürchte ich das Schlimmste?", erwiderte er, ohne per Definition das Gesetz zu erläutern.

„Aber nicht dass du dich schuldig fühlst, mein Edgar. Und das Gesetz der Serie ist etwas für Roulette-Spieler, und nichts für Kriminalhauptkommissare a. D., mein Lieber."

Allein für diese Antwort liebte er sie bis zum Mond und zurück.

„Wenn du mit Jens Melzer bei uns in der Gegend warst, warum hast du ihn nicht mit nach Hause gebracht? Ich habe ihn schon ewig nicht mehr gesehen."

„Es war ein langer Tag für ihn, mein Engel. Ein anderes Mal. Aber dann mit Linda Germann."

„Na gut. Und was machst du morgen? Etwa wieder ermitteln?"

„Nein", sagte er. „Morgen muss ich Frau Dr. Lazlo Rede und Antwort stehen. Alles normal."

Dienstag, 08. August 2023
Haldensee

„Ich habe es wieder getan", gestand Edgar zerknirscht. „Es ist wieder passiert, dass ich einen Menschen durch eine zynische Antwort brüskiert habe." Er spielte auf den Wortwechsel mit Curd Kohlfelt an.

Ursprünglich hatte er vorgehabt, mit Frau Dr. Lazlo über die Existenz oder Nichtexistenz seines Zwillingsbruders zu sprechen. Des Bruders, der bei seiner Geburt gestorben war, während er selber überlebte. Ob er eventuell identisch war mit seiner inneren Stimme, dem Besserwisser und Klugscheißer, dem kleinen Mann im Ohr, oder ob er denen gegenüber eine übergeordnete Stellung einnahm. Oder eben nicht.

Zu solch einer Diskussion jedoch besaß Edgar heute keinen Nerv. Schon seit dem Aufwachen wurde er von einem leisen Trommelwirbel begleitet, der ihm wie ein Tinnitus in den Ohren lag.

Rrrrammmtatatatamm, rrrrammmtatatatamm.

„Ich nehme an, es war eine Ausnahmesituation?" Frau Dr. Lazlo betonte das letzte Wort wie eine Frage, indem sie mit der Stimme nach oben ging.

„Ja, schon, aber nicht anders als zu meiner aktiven Dienstzeit auch. Damals wurde ich ständig durch irgendwen gereizt, ohne dass ich demjenigen gleich ans Bein gepinkelt habe. Und heute ..."

„Heute sind Sie in einer anderen Position", unterbrach sie ihn. „Sie dürfen die Jetztzeit nicht mit der Vergangenheit vergleichen. Damals waren Sie vermutlich schon deswegen vorsichtiger, um keine dienstlichen Restriktionen zu provozieren. Heute fällt für Sie diese Gefahr flach."

„Dann ist es also als Wesensart in mir verankert?", fragte er entgeistert.

„Es ist Ihre Art, sich zur Wehr zu setzen. Und es geschieht bei Ihnen ja nicht unbegründet. Wahrscheinlich muss man schon mit Kanonen auf Sie schießen, ehe Sie verbal zurückschlagen. Sie sind kein Zyniker. Sie haben weder die Haltung, noch das Gesicht, noch den Blick dazu. Zudem würde ein echter Zyniker sich nie hinterfragen, wie **Sie** das tun. Glauben Sie mir, Herr Schaaf, ich kenne mich damit ein bisschen aus. Kaffee wie immer?"

Edgar wartete, bis sie den Kaffee bestellt hatte. Dann ruckelte er sich im Sessel zurecht und sagte: „Ich habe einen Anschlag auf Sie vor. Sie können mir vielleicht helfen."

Frau Dr. Lazlo richtete sich erstaunt gerade auf. „Ich? Ihnen?"

Edgar nickte verlegen.

„Martina Kohlfelt?", fragte sie, eher sich versichernd als unwissend.

„Ja, Martina Kohlfelt", bestätigte er. „Was ich brauche, ist eine unverstellte Sicht auf die Dinge. Und eine ebensolche Theorie, wie die Dinge vonstattengegangen sein könnten. Denn ich muss zu meiner Schande gestehen, dass ich mit meiner Weisheit am Ende bin. Auf dem Schlauch stehe, sozusagen. Wären Sie dazu bereit?"

Der Kaffee wurde gebracht. Frau Dr. Lazlo wartete, bis die Dame vom Service ihr Büro wieder verlassen hatte.

„Wo wollen Sie beginnen?", fragte sie mit einem undurchschaubaren Lächeln.

„In *Poggenau*", sagte er. „In der Nacht von Freitag auf Samstag vergangene Woche."

Edgar schilderte die Fakten, angefangen von seinem nächtlichen Telefonat mit Martina, über den Besuch bei Curd Kohlfelt in *Breisach*, den Zuständen in Carsten Kohlfelts Haus, bis Martinas gefundenen Ohrhänger.

„Wenn Sie eine Ihrer visionären Eingebungen bemühen würden, hätte ich nichts dagegen", schloss er ab.

„Und an welcher Stelle hapert es bei Ihnen? Denn dass Sie völlig ratlos dastehen, nehme ich Ihnen nicht ab", sagte sie.

„Hm, in meinem Kopf bekriegen sich zwei Szenarien. Erste Möglichkeit: Gehen wir davon aus, dass Martina lebt. Dann frage ich mich, warum ihr Ohrhänger an dem Ort liegt, wo ihr Freund nachweislich zuletzt gewesen ist? Antwort: Sie muss dort gewesen sein. Einen Ohrhänger verliert man jedoch nicht so leicht. Ist sie gestürzt?

Dann fährt sie zurück zu Carstens Haus, kippt ihre Handtasche aus, öffnet ein paar Schubläden, und verlässt das Haus wieder. Warum zu Fuß? Warum ohne Handtasche? Ohne Geldbörse? Ohne Hausschlüssel? Warum meldet sie sich nicht, wenn sie das Handy dabei hat? Das passt nicht zu ihr.

Zweite Möglichkeit. Sie ist tot. Entweder wurde sie am Fundort des Ohrhängers getötet – wie kommt dann ihr Auto nach *Poggenau*, denn dass sie zu Fuß ins Schlipfbachtal gewandert ist, glaube ich nicht.

Oder sie ist in Carsten Kohlfelts Haus getötet worden. Wie kommt dann der Ohrhänger in das Loch im Wald, und wo ist ihr Körper?"

„Wenn Sie von Frau Kohlfelts Tod ausgehen, dann kommt für Sie nur ein Verbrechen infrage, sehe ich das richtig?" Frau Dr. Lazlo klang sehr besonnen.

Edgar nickte mit dem ganzen Oberkörper. „Mein Gefühl sagt, dass es so ist."

„Gut, Herr Schaaf, dann vertrauen wir doch Ihrem Gefühl. Haben Sie vorhin nicht eine Visitenkarte erwähnt?"

„Ja, die Visitenkarte des Mannes von der Mineralienausstellung, die Martina leider nicht mehr besaß."

„Schön", fuhr Frau Dr. Lazlo fort. „Eine Visitenkarte ist was sie ist. Sie verrät Name, Wohnort, Adresse, Telefonnummer eines bestimmten Menschen oder einer Firma. Bleiben wir bei dem Wörtchen *verrät*. Eine Visitenkartei ist so gesehen nämlich eine Verräterin.

Der Mann war mit seinen Schlipfbachtal-Achaten Teilnehmer bei der Mineralienausstellung in *Haldensee*. Frau Kohlfelt hat dort von ihm die Visitenkarte erhalten. Es hat also ein Kontakt stattgefunden.

Woher bezieht der Mann die Achate? Vielleicht aus der ominösen Stelle im Schlipfbachtal?

Frau Kohlfelt entschließt sich, genau dorthin zu fahren. Warum? Weil ihr Freund dort gewesen ist.

Unser Visitenkartenmann überrascht sie dabei. Es kommt zum Wortwechsel. Zum Streit. Zum Verbrechen. Der Mann erinnert sich, ihr eine Visitenkarte gegeben zu haben. Um einen möglichen Hinweis auf sich aus der Welt zu schaffen, benutzt er Frau Kohlfelts Auto, fährt damit nach *Poggenau*, dringt ins Haus ein, kippt die Handtasche aus, und sucht nach der verräterischen Visitenkarte. Er kann ja nicht wissen, dass Frau Kohlfelt die Karte längst vernichtet hat.

Bei der Gelegenheit hofft er, auf Bargeld oder andere Wertsachen zu stoßen und durchsucht oberflächlich einige Schubläden. Viel Zeit dafür nimmt er sich aber nicht.

Jetzt befindet sich sein eigenes Auto noch im Schlipf-bachtal. Frau Kohlfelts Auto will er nicht zur Fahrt dorthin benutzen, vielleicht um bewusst Verwirrung zu stiften. Er nimmt also das öffentliche Verkehrsmittel, den Bus. Es existiert doch eine Buslinie? Wegen der Wasserfälle?

Mit dem Bus also zu seinem eigenen Auto, in das er Frau Kohlfelts Leiche gepackt hat. Nun sucht er einen Ort, wo er sich der Leiche entledigen kann. Danach fährt er mit seinem Auto nach Hause.

Sie, Herr Schaaf, haben den Mann auf der Ausstellung ebenfalls gesehen. In einigen Bahnen und Bussen sind aus Sicherheitsgründen heutzutage Videokameras installiert. Vielleicht erkennen Sie Ihren Mann wieder, falls die Schlipfbachtal-Linie mit dieser Technik ausgerüstet ist."

Frau Dr. Lazlo atmete auf. Sie hatte die ganze Zeit mit gesenktem Blick und monotoner Stimme gesprochen und hob ihn nun wieder, um Edgar ins Gesicht zu schauen. Auf ihrer Oberlippe schimmerte ein Schweißfilm.

Rrrrrammmtatatatamm, rrrrrammmtatatatamm.

Es verstrichen einige Sekunden, bis Edgar reagierte. Zeitgleich mit Frau Dr. Lazlos Auslassungen waren in seinem Kopf Bilder des Geschehens abgelaufen, wonach die bedrohlich schwarze Wolke von gestern sich tiefer auf ihn herabsenkte. Mit ihr die bittere Erkenntnis, dass, falls sich Martinas Verschwinden tatsächlich so abgespielt ha-ben sollte wie Frau Dr. Lazlo es schilderte, die Endgül-tigkeit ein Stück näher gerückt und Martina tot sein musste.

Noch aber glomm der kleine Funke Hoffnung, dass es nicht so gewesen war. Dass Martina noch lebte, und es für die mysteriösen Umstände eine einfache plausible Erklä-rung gab.

Edgar war sich bewusst, dass Frau Dr. Lazlo ihn in dieser Sekunde beobachtete. Dass sie seine Mimik, sein Schweigen, sein Erschrecken zu deuten wusste. Die Diskrepanz zwischen ihrer Vision und dem bisschen Hoffnung, das er hegte, stand in keinem Verhältnis und spiegelte sich in seinem Gesicht wieder. Die Wahrscheinlichkeit, wenn sie sich als wahr herausstellen sollte, war zu monströs, und der Strohhalm, an den er sich zu klammern schien, zu gering.

Er versuchte, ohne Weichenstellung mit einem fahrenden Zug das Gleis zu wechseln. „Der Bus", sagte er nachdenklich. „Reichlich umständlich zwar das ganze Gefüge, aber nicht undenkbar. Wir wissen nicht, ob der Mann ein gerissener Stratege ist oder nicht. Der Bus schließt die Lücke zwischen Carsten Kohlfelts Haus und dem Schlipfbachtal."

„Sie klingen nicht gerade überzeugt, Herr Schaaf", sagte sie.

„Nein nein, das ist es nicht", antwortete er. „Nur, falls unser Mann tatsächlich den Bus benutzt haben sollte und ich ihn erkennen würde, wüsste ich noch immer nicht, wo er wohnt."

„Aber Sie hätten ein Gesicht und könnten nach ihm fahnden."

Womit Frau Dr. Lazlo absolut recht hatte, wie Edgar eingestehen musste. Er sah die leere Kaffeetasse als Metapher vor sich. *Bist du mein Kelch der Bitterkeit?*

„Ja", sagte er. „Da können Sie mal sehen, wie sehr ich auf dem Schlauch stehe."

Eine Stunde später allerdings erfuhr Edgar nach Kontaktaufnahme mit Rita Böhringer, dass es in den Bussen der

Schlipfbachtal-Linie keine Videoüberwachung gab. Dafür schlug eine andere Nachricht wie ein Bombe bei ihm ein: Einige der in Martinas *Toyota* und in Carsten Kohlfelts Haus gesicherten Fingerabdrücke stimmten mit den in Rico Fischers Haus entdeckten Fingerabdrücken überein. Und es kam noch besser. Jens Melzer verkündete am späten Nachmittag, dass auf Edgars Achatscheibe neben dessen eigenen auch weitere Fingerabdrücke absorbiert werden konnten, die sich mit denen aus *Poggenau* und *Kreuzthal* deckten.

Rrrrrammmtatatatamm, rrrrrammmtatatatamm.

Edgar ersuchte darum die Klinikleitung, Martinas Zimmer betreten zu dürfen, was man ihm im Beisein einer Zeugin gewährte. Doch außer dem Blatt Papier mit Martinas notierten Passwort-Variationen und den geografischen Daten von Carsten Kohlfelts Fotografien fand er nichts von Interesse. Und – obwohl alles dagegen sprach, kehrte er den Papierkorb um – schon gar nicht die Visitenkarte.

Edgar fühlte sich ein bisschen wie ein Boxer, der zwischen der elften und zwölften Runde angeschlagen in seiner Boxringecke hockte und keine Ahnung hatte, wie er den Gegner in der gegenüberliegenden Ecke, der nach Punkten führte, jemals besiegen sollte.

Etwa eine Stunde vor Melanies täglichem Anruf schaltete er beide Computer ein. Auf Carsten Kohlfelts Laptop manövrierte er sich zu den Fotodateien, auf dem eigenen tippte er *Schlipfbachtal* bei Google ein. Zu seinem Erstaunen bot ihm der Suchdienst an erster Stelle einen Mineralien- und Fossilienatlas an.

In der Folge wurden sämtliche Fundstellen, über zwanzig, des Schlipfbachtales aufgelistet. Edgar trug sie einzeln in die angehängte Übersichtskarte ein und verglich sie mit der geografischen Position des Ortes, den Carsten Kohlfelt fotografiert hatte. Es gab keine Übereinstimmung, und so viel er feststellen konnte, war Kohlfelts Grabungsfeld nirgendwo genannt. Bedeutete das, dass es dem Geologischen Landesinstitut nicht bekannt war?

Ferner entdeckte er unter Aufschlussbeschreibung den Begriff *Lesesteine*. *Wikipedia* schrieb unter *Lesesteine*: *Lesesteine sind, allgemeinsprachlich und in der Geomorphologie, auf Wiesen, Weiden und Äckern liegende Steine, die keine Verbindung zum anstehenden Gestein haben.* Weiter stand zu lesen: *Lesesteine ... werden durch Erosion, Bodenbearbeitung oder bodenmechanische Vorgänge an die Erdoberfläche gebracht.*

An die Oberfläche, las Edgar. Man sammelte die Knollen also vom Boden auf. Normalerweise. Was er und Jens und Carsten Kohlfelt im Wald gesehen hatten, ähnelte eher einem rigorosen Tagebergbau, und das war sicher nicht im Sinne des Erfinders. Handelte es sich ergo um eine illegale Grube?

Er fand noch weitere Angaben.

Fundstellentyp: *Natürlicher Aufschluss.*

Zugangsbeschränkungen: *Privatbesitz bzw. Landschaftsschutzgebiet.*

Hinweis: *Vor dem Betreten dieser wie auch anderer Fundstellen sollte eine Genehmigung des Betreibers bzw. des Besitzers eingeholt werden. Ebenso ist darauf zu achten, dass während des Besuchs die erforderlichen Sicherheitsvorkehrungen getroffen und eingehalten werden.*

Dann ertönte von Carsten Kohlfelts Laptop ein Geräusch. Neugierig schaute Edgar auf das Display. Ein Fenster hatte sich aufgetan: *Kamera Leica S Typ smart. Gerät wird eingerichtet. Wählen Sie eine Aktion für dieses Gerät aus. smart-Funktion ein/aus. Standort anzeigen.*

Edgar war elektrisiert. Mit zitternden Fingern schob er den Cursor auf die Zeile *smart-Funktion ein/aus.*

Er zögerte und dachte nach. Augenblicklich war die *smart-Funktion* aktiviert. Wenn er sie ausschaltete, verlor er eventuell das Gerät in den Tiefen des Netzes.

Stattdessen wählte er: *Standort anzeigen.*

Gespannt wartete er, was geschehen würde.

Automatisch schaltete sich *Google Earth* zu. Wie von Geisterhand zoomte der Satellit im All die Erde heran. Gutes, altes *Google Earth.* Das Bild blieb über einem Gehöft stehen, umgeben von Wiesen und Feldern. Ein größeres, zwei kleinere Gebäude, von denen er bloß die Dächer aus der Vogelperspektive zu sehen bekam. Er probierte die *Streetview*-Ansicht, doch bis in diesen Winkel war *Google Earth* nicht vorgedrungen. Die Gebäude versanken unkenntlich im Erdboden. In Windeseile hielt Edgar die geografischen Daten schriftlich fest. Ungläubig schüttelte er den Kopf. Um zu sehen, wo sich dieses Gehöft befand, vergrößerte er die Höhe der Ansicht um einige hundert Meter, bis am Rande eine Siedlung auftauchte: *Birkhäusern.*

Edgar las die Uhrzeit am Computer ab. Zweiundzwanzig Uhr zehn. *Egal*, dachte er. *Sie wird es verschmerzen.*

Dann drückte er die Kurzwahltaste für Rita Böhringers Handy.

Rrrrrammmtatatatamm, rrrrrammmtatatatamm.

Mittwoch, 09. August 2023
Schlipfbachtal

Der Schlipfbach entsprang in achthundertsiebzig Metern Höhe am Südhang des Grindkopfs und mündete nach vierzehn Kilometern und einem beachtlichen Höhenunterschied von fünfhundertsechzig Metern bei *Poggenau* in das Flüsschen Reuse. An seinem Oberlauf durchschnitt er das Gebirge in einer engen und tiefen Schlucht und bildete die Schlipfbach-Wasserfälle, eine bei Touristen sehr beliebten und frequentierte Sehenswürdigkeit.

Sandro Wurlitz konnte nichts dafür. Nichts für den Klimawandel und somit nichts für den niedrigen Wasserstand des Schlipfbachs. Aber Roswita, seine Geschäftspartnerin, tat gerade so, als trüge er an Letzterem im Besonderen, und an der Weltmisere im Allgemeinen die alleinige Schuld.

Seit siebenundzwanzigstem Juli waren Sommerferien, und heute sollte die erste geführte Tour entlang des Schlipfbachs, beziehungsweise **im** Schlipfbach erfolgen. *Von der Quelle bis zur Mündung* hieß das Motto; *Canyoning* der Begriff für diese Sportart.

Insgesamt hatten sich sieben Personen angemeldet, vier Frauen und drei Männer, die nun beim Quellbereich um Roswita herumstanden und ihrer Einweisung mehr oder weniger aufmerksam lauschten. Sandro hielt sich etwas abseits. Das Reden war nicht so seine Sache. Das konnte Roswita besser.

Sie referierte über Naturschutz, Teamgeist und Sicherheitsbestimmungen und klatschte in die Hände, als sie fertig war. Sie stieg als erste in das Bachbett; spielte den

Leitwolf. Dann folgten die Gäste, und Sandro übernahm die Nachhut. Was blieb ihm anderes übrig?

Es war eigentlich ein Witz, sich bei dieser Witterung und diesem Wasserstand in einen Neoprenanzug zu zwängen, doch erstens suggerierte solch ein Anzug einen *Touch* von Professionalität, und zweitens hatten sie diese Anzüge für enorm viel Geld erworben und sie gehörten schon deswegen zu ihrer Standardausrüstung, ob nun sinnvoll oder nicht.

Vor drei Monaten war Sandro den Schlipfbach abgegangen und hatte die montierten Fixseile an den exponierten Stellen kontrolliert. Acht insgesamt. Eine notwendige Sicherheitsmaßnahme, denn mithilfe dieser Seile überwanden die Tourenteilnehmer die steilen Passagen, die nicht durch einen gewagten Sprung zu bewältigen waren. *Oder für die, denen der Mut zum Springen fehlte. Dieses Jahr*, dachte Sandro, *war an Springen überhaupt nicht zu denken.*

Wie immer machte Roswita im Neoprenanzug die beste Figur. Sie trug ihn wie eine zweite Haut und war sich der Wirkung sowohl auf die weiblichen als auch auf die männlichen Teilnehmer bewusst. Den einen war der Neid anzusehen, den anderen die Lüsternheit, und beide Parteien versuchten ihre Emotionen durch aufgesetztes Verhalten zu überspielen.

Es läuft doch für sie. Warum ist Roswita heute dann so grantig?, fragte sich Sandro.

Sie waren kein Paar. Roswita und er. Oder besser gesagt: Er hätte nichts dagegen, aber sie schon. Wieso er bei ihr nicht landen konnte, blieb ihm ein Rätsel. Sie sprang auf seine Art der Werbung einfach nicht an. Vielleicht machte er auch irgendetwas falsch. So begnügte er sich damit, mit ihr immerhin ein Projekt aufgezogen zu haben und in ihrer Nähe sein zu können, auch wenn sich das eine wie das andere auf die Sommerferien beschränkte.

Für die vierzehn Kilometer waren sechs Stunden angesetzt, inklusive eines Picknicks nach Durchquerung der Schlucht und der Wasserfälle.

Am spektakulärsten waren natürlich die Schlucht und die Wasserfälle. Der Vorlauf bis dorthin glich mehr einem Wassertreten für Kleinkinder, einem Kneippschen Wasserwaten im Ganzkörperanzug, und bei dem niedrigen Wasserstand wurden dabei kaum die Knöchel nass. Die Schlucht und die Wasserfälle aber hatten es in sich. Sprünge aus drei, vier, fünf Metern Höhe, von der Fallkante nach unten in die Prallzone des Wasserfalls, in den sogenannten Gumpen, waren möglich. Die *Highlights* der Tour. Normalerweise.

Heute ging das nicht. Die Wasserfälle waren algenschmierige Rinnsale. Prallzone und Gumpen flache Tümpel. Die Teilnehmer mussten einer nach dem anderen mit den Fixseilen abgeseilt werden. Man konnte sich unten auf den Grund des Baches setzen, und der Oberkörper guckte immer noch über die Wasseroberfläche. Roswita sandte ihm finstere Blicke zu. Ihre schlechte Stimmung übertrug sich auf die Gäste.

Beim Picknick, das Sandro im Vorfeld der Tour in seinem Kombi über landwirtschaftliche Wege in die unmittelbare Nähe des Baches gekarrt hatte und die Teilnehmer sich aus der offenen Heckklappe bedienten, war dann das erste Mal von Abbruch der Tour die Rede. Und von Erstattung der Kosten. Zumindest der Hälfte der Kosten.

Scheiße, dachte Sandro, *außer Spesen nix gewesen.*

Er schnupperte in die Luft. Irgendwie roch es hier streng. Aber da die anderen nicht meckerten, achtete er nicht länger darauf. Dann prüfte er den Himmel. Es sah gewittrig aus, und er rechnete minütlich mit den ersten Tropfen. Vielleicht erwies sich die Diskussion um einen Abbruch der Tour sowieso als überflüssig, denn falls ein Unwetter über sie hereinbrach, wäre eine Fortsetzung zu gefährlich. Nicht unbedingt wegen der Blitzschläge, sondern wegen der Sturzbachgefahr. Innert Sekunden konnte solch ein Gebirgsbach um einige Meter ansteigen und alles mit sich reißen.

Für gewöhnlich merkte er sich die Vornamen der Teilnehmer. Man duzte sich der Einfachheit halber. Es förderte angeblich den Teamgeist, von dem Roswita so viel hielt. Aber den Namen der Frau, die sich jetzt zur Erleichterung seitwärts in die Büsche schlug, hatte er vergessen. Carmen oder Corinna oder so. Sobald sich die Büsche blickdickt hinter ihr geschlossen hatten, schaute er nicht mehr hin. In der Regel dauerte es fünf bis zehn Minuten, bis die Leute von diesen Gängen wieder zurückkamen. Neoprenanzüge zählten in dieser Hinsicht zu den denkbar unpraktischsten Kleidungsstücken. Aber der von Entsetzen geprägte Schrei der Frau ließ Sandro schon nach wenigen Sekunden das Blut gefrieren.

Es war klar wie Kloßbrühe. Ausnahmslos alle hatten einen Blick riskiert. Hinter die Büsche. Keiner hatte sich von Roswitas und Sandros Bedenken und Warnungen zurückhalten lassen. Nicht bei einer solchen Sensation. Und Mist, keiner hatte sein Handy dabei. Dafür verschwendete auch keiner mehr einen Gedanken an die Erstattung der Kosten.

Sandros Handy lag im Kombi. Es war dreizehn Uhr fünfzehn, als er die 110 wählte.

„Polizeinotruf. Bitte nennen Sie ihren Namen und Ihren Aufenthalts ...“

„Mein Name ist Sandro Wurlitz. Ich befinde mich mit einer Gruppe Touristen unterhalb der Schlipfbach-Wasserfälle. Wir haben zwei menschliche Leichen entdeckt.“

Mittwoch, 09. August 2023
Offenburg/Schlipfbachtal/Haldensee

Bis jetzt war es, nüchtern betrachtet, kein richtiger Fall gewesen. Mutmaßungen nur. Vermisste Personen? Da lachten ja die Hühner. Außer ein paar Ungereimtheiten nichts Handfestes. Inoffizielles Stochern im Nebel. Rita Böhringer war mit einem mulmigen Gefühl bei Oberstaatsanwalt Bernd Landquart vorstellig geworden. Landquart, dem man Abwanderungsgelüste nachsagte, der aber noch immer der zuständige Oberstaatsanwalt für den Gerichtsbezirk *Offenburg* war.

Entsprechend ärgerlich hatte er zuerst auf Ritas Berichterstattung über das mysteriöse Verschwinden zweier Personen reagiert.

„Hören Sie die Flöhe husten, Frau Böhringer? Verschwenden Sie doch keine wertvolle Energie auf ungelegte Eier.“

Hellhörig wurde er erst, als Rita auf die Übereinstimmung der Fingerabdrücke zu sprechen kam. „Dieselben Fingerabdrücke wie im Fall Rico Fischer. Es gibt demnach eine Verbindung. Sogar Edgar Schaaf ...“

„Wie bitte? Edgar Schaaf? Sagen Sie: Steckt **der** hinter all der Vermisstenhysterie?"

„Äääh, ich wollte nur sagen, dass auch bei ihm dieselben Fingerabdrücke gesichert wurden. Auf einem Stein, den er gekauft hatte." Rita setzte den Oberstaatsanwalt über Edgar Schaafs gegenwärtigen Aufenthalt ins Bilde. „Er war es doch, der Rico Fischers Leiche in *Haldensee* gefunden hat."

Bernd Landquart stöhnte ergeben: „Wer sonst?" Dann wurde er wieder sachlich. „Ist gut, Frau Böhringer. Und was noch?"

Rita hüstelte. „Edgar Schaaf hat gestern Abend auf Carsten Kohlfelts Laptop das GPS-Signal von dessen verschwundener Kamera empfangen. Daraufhin habe ich heute Morgen die Streifenbeamten Lutz und Kremers nach *Birkhäusern* geschickt, um die Kamera zu beschlagnahmen. Sie ist sozusagen Diebesgut. Ich bräuchte nachträglich eine Beschlagnahmeanordnung."

Bernd Landquart blieb die Spucke weg. „Das wird ja immer bunter. Edgar Schaaf hockt gemütlich in einer psychiatrischen Anstalt, ist in Besitz von Beweismitteln, arbeitet seelenruhig damit, und dazu verfügt er noch über **meine** Leute? Ich sage nur: Allgöwer in *Poggenau*."

„Bis heute war es ja auch kein Fall für Sie, Herr Landquart. Sie sprachen doch selber von Vermisstenhysterie. Seien wir doch ehrlich: Welcher Polizist lupft schon gleich seinen Arsch, wenn ein gesunder Erwachsener ... Sie wissen schon ... nicht auffindbar ist. Aber jetzt, durch Frau Kohlfelts Verschwinden, durch die Verbindung der Fingerabdrücke und durch Kohlfelts Kamera sieht die Sache ganz anders aus. Ich will offiziell ermitteln, und dazu brauche ich Ihren Segen."

Bernd Landquart atmete tief ein und aus. Er schätzte die engagierte Kriminalkommissarin. Sie war nicht eine, die man mit der Nase auf Arbeit stoßen musste, sondern die selbstständig dachte und handelte. Dass sie ein bisschen arg mit dem alten Haudegen Edgar Schaaf in Verbindung stand – naja, solange es nicht zu ihrem Nachteil geriet.

„Haben Sie sonst nichts zu tun?", fragte er mehr aus väterlicher Sorge als aus Notwendigkeit.

Aber da klingelte Ritas Handy, und sie erhielt vom Streifenbeamten Polizeiobermeister Lutz, den sie zur Beschlagnahme der Kohlfelt-Kamera losgeschickt hatte, die Nachricht, dass der aktuelle Besitzer der Kamera diese nicht ohne schriftliche Beschlagnahmeanordnung herausgeben würde. Schließlich habe er elftausend Euro dafür bezahlt.

Soll er doch froh sein, dass ich ihn nicht gleich festnehmen lasse, dachte sie, und das war auch Lutz' erste Frage gewesen: Festnahme? Aber Rita hatte sich dagegen entschieden, denn noch lag, was Carsten und Martina Kohlfelt betraf, kein Verbrechen vor.

„Ich bin gerade beim Oberstaatsanwalt, Lutz", antwortete sie. „Hör' zu. Ich besorge mir die Anordnung, und dann treffen wir uns an der Tanke in *Lahr*. Die an der B 3. Warte auf jeden Fall dort auf mich."

Landquart, der mitgehört hatte, sagte: „Also gut, Frau Böhringer. Ermitteln Sie." Er stellte ihr das gewünschte Dokument für die Beschlagnahme aus. „Hier haben Sie den Wisch. Hauen Sie schon ab. Es ist Gefahr im Verzuge."

Wenn Rita in *Birkhäusern* zur Beschlagnahme antrat, wollte sie das in Begleitung der Streifenpolizisten tun, allein schon wegen der uniformierten Präsenz.

Sie traf die Polizisten, neben Lutz saß Polizeimeister Kremers im Streifenwagen, an der B 3-Tankstelle bei *Lahr (Schw.)* und fuhr dann dem Streifenwagen hinterher.

Das außerhalb *Birkhäuserns* gelegene Gehöft, früher ein landwirtschaftliches Anwesen, war zu einem Wohnhaus mit Büro umgebaut, mit zur Garage umfunktionierter Scheune. Was sich unter dem Dach des dritten Gebäudes verbarg, war von außen nicht einzusehen. Nach Ritas Recherchen gehörte das Ensemble einem Architekten namens Joe Kyburz, der mit seiner Familie darin wohnte.

„Das ging aber schnell", begrüßte der graumelierte Mann in zerrissenen Jeans und Baumfällerhemd die uniformierten Polizisten, ehe sein Blick auf Rita fiel. „Und Verstärkung haben Sie auch mitgebracht."

„Ja, Herr Kyburz, tut mir leid, aber ich muss die Kamera beschlagnahmen" sagte Rita. „Sie ist ein Beweismittel in einem Mordfall und aller Wahrscheinlichkeit nach unrechtmäßig in den Besitz des Verkäufers gelangt." Sie zeigte ihm die Anordnung des Oberstaatsanwalts. „Eine richterliche Anordnung folgt."

„Ich muss sagen, das ist schon ein dicker Hund. Ich habe die Kamera rechtmäßig erworben", protestierte Herr Kyburz, der im Hauseingang stehen blieb.

„Haben Sie nicht", blieb Rita freundlich. „An Diebesgut oder Hehlerware können Sie kein rechtmäßiges Eigentum erwerben, auch wenn sie guten Glaubens gehandelt haben. Ist leider so, Herr Kyburz."

„Und die elftausend Euro? Kann ich die jetzt in den Kamin schreiben, oder was?"

„Da bleibt Ihnen selbstverständlich der Weg der Zivilklage gegen den Verkäufer der Kamera offen. Ich hoffe, Sie wissen noch, wer das ist? Wenn ja, bräuchte ich dessen Name und Adresse."

„Weiß ich. Wie sind Sie überhaupt auf mich gekommen?", fragte Kyburz.

„Nun, es ist eine *Leica S Typ smart*. Sie ist mit dem Computer des Erstbesitzers vernetzt. Sobald Sie die Kamera einschalten, wird das auf dessen Computer angezeigt, und über GPS kann man den Standort abrufen. Sie erhalten von mir natürlich eine Empfangsbestätigung."

„Und ich verlange, dass Sie und die Polizisten mit mir zu dem Typen fahren, der mir dieses Mistding angedreht hat."

„Und das wäre wo?", fragte Rita.

„In *Rust*."

Rita im zivilen Dienstwagen mit Joe Kyburz als Wegweiser fuhr voraus, der Streifenwagen folgte.

„Was mich interessierten würde, Herr Kyburz. Wozu braucht man eine so teure Kamera?", fragte Rita. „Ich meine, was kann diese Kamera besser als eine, die zehntausend Euro weniger kostet?"

Herr Kyburz schnalzte mit der Zunge. „Richtig teuer ist diese Kamera, wenn man sie neu kauft. Für elftausend Euro ist sie sozusagen ein Schnäppchen. Was sie besser macht? Kann ich Ihnen gar nicht sagen. Wenn ich Ihnen sage, dass ich ein vielleicht exklusives Hobby habe, halten Sie mich für verrückt. Ich sammle Kameras. Wertvolle Kameras. Nicht zuletzt als Wertanlage, verstehen Sie?"

„Dann haben Sie mit dieser *Leica* noch gar nicht fotografiert?", fragte Rita ungläubig.

„Ich sagte ja: Sie halten mich für verrückt. Nein, kein einziges Foto. Nur gestern Abend. Da hab´ ich sie eingeschaltet."

Und ausgerechnet dann hat Edgar es bemerkt, dachte Rita. „Tja, man kann nicht unbedingt behaupten, dass Sie vom Glück verfolgt sind. Wie sind Sie eigentlich zu ihr gekommen? Zu der Kamera, meine ich?"

Kyburz grinste: „Ganz einfach. Ich inseriere regelmäßig in der *Zypresse*. Das ist so ein Anzeigenblatt. *Kaufe Qualitätskameras. Bitte alles anbieten. Zahle bar. Telefonnummer.* Das ist alles."

„Mhm, kenne ich. Und dann?"

„Dann hat mich dieser Kerl aus *Rust* angerufen, ich bin hingefahren, habe bezahlt, das war´s."

„Dass es sich bei solchen Angeboten vielleicht um Diebesgut handeln könnte ..." Rita überließ Kyburz die Interpretation.

„Hören Sie ... ach Scheiße, ja. Dann darf ich keine Diamanten, kein Gold, keine Waffen, keine Haustiere und nichts kaufen. Überall hängt doch Blut dran. Ich will mich jetzt nicht rausreden, aber letztlich war die Verlockung zu groß, die Kamera zu diesem Preis in meine Sammlung aufnehmen zu können."

Joe Kyburz lotste Rita am neuen Wassererlebnispark des Europa-Parks *Rulantica* vorbei und über die Ritterstraße in den Ort hinein. In der Grafenhauser Straße hieß er Rita anhalten. „Besser, wir gehen ein paar Meter zu Fuß", sagte er. „Es ist da vorne um die Ecke."

Da vorne um die Ecke war ein Mehrfamilienhaus. Kyburz steuerte auf den ersten von zwei Eingängen zu. Kurz vor Erreichen der Tür verließ eine grauhaarige Frau das Haus. Die Tür fiel ins Schloss zurück. Kyburz drückte den Klingelknopf zum Hochparterre.

„L. Raimund", las Rita.

„Raimund?", raunte Lutz. „Wenn es der Raimund ist, den ich meine, dann ist er wegen Hehlerei vorbestraft."

Der Türöffner summte, und zu dritt, Rita, Herr Kyburz und Lutz, betraten sie den Hausflur. Kremers war wegen des Funks im Streifenwagen geblieben.

Die erste Tür links wurde geöffnet. Ein ungekämmter und unrasierter Kopf auf einem Bodybuilder-Oberkörper schaute heraus. „Mensch Mutter, was hast du denn jetzt wieder vergessen?", nörgelte der Kopf, bis er bemerkte, dass die junge Frau im Flur nicht seine Mutter sein konnte, und der uniformierte Polizist nichts Gutes verhieß.

„Herr Raimund? Kriminalpolizei *Offenburg*. Mein Name ist Rita Böhringer. Ich hätte da einige Fragen an Sie. Dürfen wir hereinkommen?"

„Er ist es", flüsterte Lutz.

Ungefähr eine Dreiviertelstunde später saß Mick Raimund aus *Rust* in einem Büro der Polizeidirektion *Offenburg* und versuchte sich unter Anleitung an der Erstellung eines Phantombildes des Mannes, von dem er vor drei oder vier Wochen für sechstausendsechshundert Euro eine Kamera *Leica S Typ smart* gekauft hatte. Ein braunhaariger Mann mit rundem Gesicht, Alter ungefähr zwischen vierzig und sechzig Jahre. Wie der Mann heiße, wisse er nicht, und wo er wohne, ebenfalls nicht. Der *Deal*, wie Mick Raimund den Kauf nannte, habe nach Vereinbarung in *Kehl am Rhein* auf dem Gelände der Landesgartenschau 2004 stattgefunden. Er sei von dem Verkäufer auf dem Handy angerufen worden. Als Zwischenhändler, der er sei, informiere er sich grundsätzlich nicht über die Herkunft einer Ware.

„Sie wissen schon, dass Herr Kyburz, dem Sie die Kamera weiterverkauft haben, Sie auf Rückzahlung des Kaufpreises verklagen wird", hatte Rita ihm bei der Anhörung in Aussicht gestellt. „Und wenn es sich tatsächlich um unrechtmäßig erworbene Ware handelt, bekommen Sie außerdem vom Staatsanwalt eine Anzeige wegen Hehlerei. Nicht die erste, wie man hört."

„Geschäftsrisiko", antwortete Raimund gelangweilt und blähte seine enormen Muskelpakete auf.

Dann platzte um dreizehn Uhr zwanzig die Nachricht von der Entdeckung zweier menschlicher Leichen im Schlipfbachtal in Ritas Büro.

*

Rita musste ihren Dienstwagen an der Straße abstellen und zu Fuß zum Fundort der Leichen gehen, der in etwa dreihundert Meter Entfernung über Feldwege erreichbar war. Neben Allgöwers Einsatzwagen, Dr. Brenneis' Auto, zwei Streifenwagen, Landquarts Dienstfahrzeug und einem privaten Kombi war schlichtweg kein Platz mehr vorhanden.

Sie betrachtete prüfend den Himmel. Seit dem Vormittag türmten sich bedrohliche Wolkenungetüme über den Schwarzwaldbergen, bis jetzt ohne sich zu entladen. Dennoch war es nach wie vor unerträglich heiß.

Um den privaten Kombi scharte sich eine Gruppe von neun Personen in seltsamer Bekleidung. Beim Näherkommen erkannte Rita, dass es sich um Neoprenanzüge handelte. Wegen der schwülen Hitze hatten die meisten die

Reißverschlüsse aufgezogen und die Anzüge bis zu den Hüften abgestreift.

„Jetzt haben Sie Ihren Fall, Frau Böhringer", kam ihr der Oberstaatsanwalt sichtlich beeindruckt entgegen. „Kein schöner Anblick. Machen Sie sich auf etwas gefasst." Landquart deutete mit einer Kopfbewegung zu einer Gebüschreihe.

„Wer sind die Marsmenschen dort drüben?", fragte Rita.

„Sie haben die Leichen entdeckt. Wollten hier einen Imbiss einnehmen, bevor sie dem Bachlauf weiter bis zur Mündung folgen wollten. *Canyoning*", sagte er. „Sie haben die Schlucht und die Wasserfälle durchquert. Die Streifenbeamten haben die Personalien schon aufgenommen."

„Die Toten? Weiß man schon, wer sie sind?"

Landquart schüttelte den Kopf. „Dr. Brenneis meint, dass eine der Leichen mindestens seit einem Monat hier liegt, wenn nicht länger. Die andere erst wenige Tage. Es handelt sich übrigens um einen Mann und eine Frau."

„Gut. Beziehungsweise nicht gut", erwiderte Rita und machte sich zu den Büschen auf.

Je näher sie kam, desto durchdringender wurde der Geruch, der sich, sobald sie das Gebüsch durchbrach, zu einem bestialischen Gestank steigerte. Sie befand sich am oberen Rand einer zum Bach hin offenen Mulde. Zwei Meter weiter unter sich sah sie Dr. Brenneis mit Mundschutz an einem Körper hantieren. *Wenn der Bach normalen Pegel hätte*, dachte sie, *stünde die Mulde unter Wasser.*

Allgöwer wartete in respektvollem Abstand in der Nähe des Baches.

„Kann ich runter, Allgöwer?", sprach sie ihn an.

Er gab ihr ein Handzeichen, dass es okay sei. Also rutschte sie vorsichtig hinunter und kam neben Dr. Brenneis zu stehen, der sich über den Körper beugte. Der Gestank war kaum zu ertragen. Sie atmete mit hoher Frequenz.

„Genickbruch", sagte Dr. Brenneis, ohne den Blick zu heben. „Drei, vier Tage her. Die Frau litt eindeutig an Unterernährung. Ob gewollt oder nicht, weiß ich natürlich nicht. Eine Verletzung durch einen Schlag an der linken Schläfe. Todesursache ist aber definitiv Genickbruch."

Er richtete sich auf, sodass Rita das Gesicht der Frau zu sehen bekam. Obwohl sie mit einer Vorahnung hierhergekommen war, versetzte ihr die Gewissheit einen Stich in die Brust. „Ich kenne die Frau. Das ist Martina Kohlfelt", stöhnte sie gequält.

Der zweite Körper war bereits mit einer Folie abgedeckt. „Den willst du dir nicht anschauen, Mädchen", sagte Dr. Brenneis fürsorglich. „Tu dir das nicht an. Ich sage dir Bescheid, wenn ich mit den Untersuchungen fertig bin."

„Danke", antwortete Rita leise und ging vorsichtig zu Allgöwer hinüber. „Hast du was bei ihnen gefunden? Geldbörsen, Handys, Armbanduhren, Schmuck?"

„Außer den Kleidern sind sie beide so sauber wie sie auf die Welt gekommen sind", sagte er.

„Und sonst? Spuren? Fußabdrücke? Autoreifen und dergleichen?"

Allgöwer schnaubte durch die Nase. „Guck dir doch die Hammelherde dort drüben an. Wenn es Spuren gegeben hätte, haben sie aus lauter Sensationslust alles zertrampelt. Und Reifenprofile zu finden ist auf den Feldwegen unmöglich. Die Fahrspuren sind von Steinen nur so übersät. Wie du weißt, hat es seit Wochen nicht mehr geregnet. Alles furztrocken. Eine Scheiße ist das."

Rita wandte sich zum Gehen, doch Allgöwer hielt sie zurück.

„Meinst du, das könnte der Mann sein, in dessen Haus wir vorgestern waren?", fragte er.

„Warten wir's ab, Allgöwer. Wenn er's nicht ist, dann hatte eine andere arme Seele das Pech, hier menschenunwürdig zu verrotten. Da gibt's nichts zu hoffen", sagte sie ernst und kletterte zu den Büschen hinauf.

Allgöwer spuckte auf den Boden. *Mein Gott, das ist doch ein Scheißjob für eine junge Frau*, dachte er.

Dann begann es wie aus Kübeln zu schütten.

*

Frau Weingärtner fragte, ob sie Edgar einen neuen Tischnachbarn zuweisen dürfe, weiblich oder männlich, er könne wählen. Dabei stellte sie sich nicht ausgesprochen glücklich an, wog ihren Oberkörper hin und her und verrenkte die Arme, als würde sie ein Bettlaken auswringen.

„Wenn es die Wirtschaftlichkeit des Hauses nicht untergräbt", erwiderte Edgar, „würde ich den Platz gerne für Frau Kohlfelt freihalten. Ich bin ein unverbesserlicher Optimist und denke, dass sie bald wieder hier sein wird."

„Natürlich", sagte Frau Weingärtner. „Ich dachte nur, damit Sie nicht so einsam sind."

Edgar bedachte sie mit einem treuherzigen Blick. „Das ist lieb von Ihnen, danke, aber wie gesagt ..."

Am frühen Morgen hatte Edgar auf dem Bootssteg am Haldensee das Aufziehen erster dunkler Wolken seit Wochen, wenn nicht seit Monaten beobachtet. *Hoffentlich muss ich die nicht sprichwörtlich nehmen,* dachte er skeptisch, und brachte sie mit seiner unruhigen Nacht in Verbindung. Dass Carsten Kohlfelts Kamera ein digitales Lebenszeichen von sich gegeben hatte, war seinem Schlaf nicht besonders zuträglich gewesen. Und als er nach dem Duschen kritisch in den Spiegel geschaut hatte, ließ er sich zu einer Deutung hinreißen: *Es liegt was in der Luft.*

So befand er sich nicht in allerbester Laune, als er Frau Dr. Lazlos Sprechzimmer betrat. Sie trug eine weinrote Bluse zu einer schwarzen Hose, und nachdem ein kurzes Lächeln über ihr Gesicht geflogen war, verfolgte sie mit schräger Kopfhaltung und lauerndem Blick, wie er sich im Sessel niederließ. Sie hatte elektrisches Licht eingeschaltet, denn draußen verdunkelte sich der Himmel.

„Guten Morgen, Herr Schaaf", war alles, was sie sagte, um dann weiter seine Mimik zu studieren.

„Ich fürchte, dass ich heute kein eloquenter Gesprächspartner sein werde", begann Edgar. „Ich kann einfach nicht loslassen. Der Fall Martina Kohlfelt treibt mich ständig um. Und obwohl ich weiß, dass sich junge und hervorragende Leute darum kümmern, kann ich den Kopf nicht freischalten. Meine Gedanken beschäftigen sich fast rund um die Uhr damit."

Er holte weiter aus. „Es ist ja nicht nur dieser eine Fall. Seit meiner Pensionierung vor fünf Jahren renne ich wie ein Getriebener den Fällen hinterher, mische mich in Ermittlungen der Kollegen ein, handle auf eigene Faust, ohne dass ich dazu eine Legitimation besäße, in der irrigen Annahme, dass es ohne mich nicht geht."

„So schlimm?", fragte Frau Dr. Lazlo mitfühlend, ohne die Augen von ihm zu wenden.

„Ich komme mir vor wie ein Junkie, der immer wieder neuen Stoff braucht. Hab´ ich nichts zu kriminalisieren, empfinde ich eine Art Entzug. Es ist wie eine Sucht, verstehen Sie? Und aktuell fühle ich mich wie der Mann im Mond, während die erwähnten jungen Kollegen den Spuren eines Verbrechens nachgehen.“

„Von dem wir noch nicht wissen, ob es ein Verbrechen ist“, gab sie zu bedenken.

Edgar ließ das nicht gelten und schlug sich auf die Brust. „Es ist hier drin“, beharrte er. „Das Wissen ist hier drin. Das Gespür. Die Intuition. Es ist ... es ist ... und ich kann nichts tun. Nichts. Aber ich kann auch nicht aufhören. Nicht loslassen.“

Frau Dr. Lazlo lehnte sich zurück und kaute auf ihrer Unterlippe. Sie fixierte ihn eine geraume Weile, um dann die Augen zu schließen. Ihr Atem ging schwer, der Brustkorb hob und senkte sich heftig. Endlich sagte sie:

„Welchen Namen haben Sie ihm gegeben, Edgar?“ Sie sagte nicht „Herr Schaaf“, sondern nannte ihn zum ersten Mal beim Vornamen. „Verraten Sie mir seinen Namen?“

„Wie? Ich verstehe nicht ganz ...“

„Ihren Zwillingsbruder, Edgar. Wie nennen Sie ihn?“

Bis jetzt waren nur zwei Menschen in das Geheimnis eines Zwillingsbruders eingeweiht gewesen. Edgar selber natürlich, und Melanie. Ihr hatte er vor nun fast drei Jahren von seinem Zwillingsbruder als einer *sehr hohen Instanz* erzählt. Und nun kam Frau Dr. Lazlo daher und bat ihn darum, ihr den Namen seines Zwillingsbruders zu nennen.

Sie kann es nicht wissen. Es ist unmöglich, dass sie es wissen kann. Woher auch? Ein Zwillingsbruder ist nie Thema einer Sitzung gewesen. Meine innere Stimme, der kleine Mann im Ohr, mein Besserwisser und Klugscheißer, ja, aber nie mein Zwillingsbruder. Edgar fühlte sich wie ein Boxer nach einem Wirkungstreffer.

„Ich wusste es nicht, Edgar", sagte sie, als könnte sie seine Gedanken lesen. „Vorher wusste ich es nicht. Aber heute weiß ich es. Hab´ ich recht?"

Edgar nickte. „Ja. Ich hatte einen Zwillingsbruder. Er ist bei meiner Geburt gestorben."

Ihre Augen richteten sich voller Wärme auf ihn. „Nicht für Sie. Für Sie ist er nicht gestorben. Ja, sein Körper mag gegangen sein. Ich will nicht von einem Geist reden, aber seine Energie ist in Ihnen. Er ist Ihr Spiegelbild, ist Ihr Gegenpol. Er hält Sie im Gleichgewicht. Ohne ihn, Edgar, würde es Sie zerreißen."

Sie wartete, ob er eine Reaktion zeigen würde, aber er hockte wie betäubt im Sessel.

„Als Sie heute in mein Büro gekommen sind, dachte ich zuerst, ich sehe einen zerbrechenden Mann. So wie Sie redeten? Doch dann habe ich Ihren Bruder neben Ihnen gesehen. Nicht visuell, ich bin ja nicht verrückt, hahaha, sondern virtuell. Wie ein Hologramm. Eine Simulation, verstehen Sie?

Seien Sie sich seiner bewusst, Edgar. Lassen Sie sich auf ihn ein. Gewähren Sie ihm Platz an Ihrer Seite. Und geben Sie ihm einen Namen, damit Sie und er wissen, dass beide Verantwortung füreinander haben.

Zum Abschluss gebe ich Ihnen einen Rat. Ja, zum Abschluss, denn das wird Ihre letzte Sitzung bei mir sein. Fahren Sie nach Hause. Handeln Sie. Mischen Sie sich ein. Lösen Sie diesen Fall. Und wenn er aufgeklärt ist, dann rufen Sie mich an."

„Aber ..."

„Kein aber!", sagte sie streng. „Gehen Sie, Edgar. Gehen Sie."

Im gleichen Augenblick zerriss ein Donnerschlag die Luft, und eine stürmische Bö warf den ersten Regen an die Fenster.

Edgar erhob sich steif und verließ schweigend das Sprechzimmer. Dass Frau Dr. Lazlo die Hände vor das Gesicht schlug, bekam er nicht mehr mit.

Edgar benötigte keine Viertelstunde, um seinen Rollkoffer zu packen. Die zwei Laptops, Carsten Kohlfelts und den eigenen, wickelte er in eine Plastiktüte und verstaute sie in einem Leinenbeutel. Mit flauem Gefühl beobachtete er, wie der Sturm den Regen auf den Balkon peitschte.

Zu Fuß komm' ich so nicht zum Bahnhof, dachte er, und ließ sich von der Rezeption ein Taxi zum Klinikeingang rufen.

Am Bahnhof erfuhr er nach einer fast halbstündigen Wartezeit, dass aufgrund umgestürzter Bäume wegen des Sturmes sowohl die Linie der Schwarzwaldbahn als auch die der Höllentalbahn gesperrt waren und bis auf Weiteres kein Bahnverkehr durchgeführt werden konnte. An der Einrichtung eines Schienenersatzverkehrs wurde gearbeitet. Man bat die Reisenden um Verständnis und um Geduld.

Das kommt noch gut raus, das, dachte Edgar unter Verwendung eines Ausspruchs des Schweizer Kabarettisten und Schauspielers *Emil Steinberger*.

Auf überfüllten Bus hatte Edgar nun überhaupt keine Lust. Er bestieg eines der vor dem Bahnhof wartenden Taxis und ließ sich zur Klinik zurückfahren, wo er sich im

Foyer vor der Rezeption in der Sitzgruppe niederließ und telefonierte.

„Pit Ferman. Hallo Edgar. Lange nicht gehört und nicht gesehen", meldete sich sein bester Freund.

„Grüße dich, Pit. Aber du bist schon im Bilde, nach wohin ich mich abgeseilt habe?"

„Einem sensiblen Menschen wie mir bleibt nicht verborgen, wenn sich die Gewichtung der Welt verschiebt und der magnetische Pol plötzlich im Südschwarzwald liegt. Klar, weiß ich, was Sache ist. Über welchen Auftrag darf ich mich freuen?"

Ist der Kerl mittags schon besoffen oder was?, dachte Edgar. „Ja, Pit, ich sitze sozusagen an meinem magnetischen Pol fest. Streckensperrungen der Bahn. Wie ist bei dir die Wetterlage? Beziehungsweise weißt du, ob die Straßen befahrbar sind? Ich hab´ meinen Computer leider schon eingepackt."

„Sag´ doch gleich, dass ich dich abholen soll. Das ist es doch, was du willst, oder?"

„Ich wollte bloß nicht mit der Tür ins Haus fallen", erwiderte Edgar. „So bin ich halt erzogen worden. Also, wie sieht´s aus?"

„Wie ich gerade vor ein paar Minuten im Radio vernommen habe, ist der Zugverkehr auf der Rheintalstrecke *Basel – Karlsruhe* ebenfalls blockiert. Ein Schienenersatzverkehr mit Bussen nutzt dir folglich nichts. Die Autobahn hingegen ist befahrbar. Aber wie es im Höllental und weiter Richtung *Haldensee* ausschaut, muss ich erst rausfinden. Machen wir es so: Ich fahre los, und Eliza soll mich unterwegs über den Straßenzustand informieren. Wie du weißt, hab´ ich in meinem Auto kein Radio." Pit Ferman und sein Kult-Auto *Citroën Typ H*, Baujahr 1981, die rollende Wellblechkiste. „Wenn ich nicht durchkomme und umkehren muss, sagt sie dir Bescheid. Eliza, meine ich. Okay?"

„Okay, Pit, danke. Du bist ein echter ..."

„Geschenkt, Edgar. Also bis später. Sollen wir Melanie noch anrufen?"

„Nein, das mach´ ich schon selber."

Pit Fermans taubenblaues Kult-Auto tauchte geschlagene drei Stunden später wie ein U-Boot aus den Wassermassen auf, die der Himmel auf die Erde fallen ließ. Bis Edgar das Gepäck verstaut und eingestiegen war, tropfte er wie ein undichter Wasserhahn. Er reichte Pit eine nasse Hand.

„Ahoi, Herr Kapitän, immer eine Handbreit Wasser unter dem Kiel gehabt?" Edgar strich Regentropfen aus dem Bart.

„Ja, Sturm bei Nordwest. Enorme Dünung, beim Klabautermann. Aber mein Kahn hat Wind und Wellen getrotzt. Hallo Edgar, hat man dich rausgeschmissen?" Pit legte den ersten Gang ein und rollte vom Klinikgelände.

„Gewissermaßen", antwortete Edgar. „Meine Psychologin hielt es für gesünder, wenn ich in mein altes Fahrwasser zurückkehre, um in der Seemannssprache zu bleiben. *Lösen Sie diesen Fall*, hat sie gesagt und hält es für die beste Therapie."

Pit zeigte sich uninformiert. „Einen Fall? Was für einen Fall, wenn man als Krimi-Autor bescheiden fragen darf? Ich dachte, du wolltest in der Klinik Abstand vom Kriminalisieren nehmen?"

„Hm, leichter gesagt als getan. Um ehrlich zu sein, ging es im Grunde gar nicht ums Kriminalisieren, sondern mehr um den persönlichen Umgang mit den Dingen, die passieren können. Schon auch um Distanz, klar, aber …"

„Verstehe, was du meinst", unterbrach Pit. „Du sollst es dir nicht so zu Herzen nehmen, wenn du die Welt **nicht** retten kannst."

„Ungefähr, Pit. Willst du die Kurz- oder die Langfassung hören?"

„Gerne die Langfassung. Wir brauchen drei Stunden bis nach Hause, wenn wir Glück haben", grinste Pit. „Mehr als achtzig Sachen fährt der *Citroën* nun mal nicht." Er nahm telefonische Verbindung mit Eliza auf und sprach mit ihr die Route für die Rückfahrt ab.

Es hatte aufgehört zu regnen, als Pit in der Straße vor dem Türmchenhaus in *Gengenbach* anhielt. Edgars *Breitling* zeigte siebzehn Uhr vierzig an. Wie Pit gesagt hatte: Drei Stunden Fahrzeit.

Melanie empfing ihn am Gartentor. Sie hatte ihr Geschäft *Aquarelle und Poesie* extra früher geschlossen. Um ihre Beine wuselten *Müller* und *Lydia*, außer sich vor Begeisterung, dass der Chef wieder zu Hause war.

„Komm noch rasch mit rein", bot Edgar dem Freund an.

„Danke, ist gut gemeint, Edgar, ein anderes Mal gerne. Eliza wartet bestimmt schon", sagte Pit, verabschiedete sich und fuhr davon.

Dann gehörte Edgar voll und ganz seiner Melanie, und natürlich den Hunden, die sich wie toll gebärdeten und mit den Vorderpfoten an ihm hochstiegen.

„Siehst du, wie du vermisst wurdest?", lachte Melanie. „Du kannst gleich mit ihnen zur Tour über den Kinzigdamm aufbrechen."

„Mach´ ich, mein Engel. Aber nur, wenn du mitkommst.“

Während Edgar Arm in Arm mit Melanie über den Kinzigdamm den voraustobenden Hunden hinterherbummelten, fühlte er sich Schritt für Schritt wieder daheim ankommen. *Haldensee* war wie ein anderer Planet gewesen, mit anderen Rhythmen und anderen Menschen, mit einem anderen Leben. Pits *Citroën* war das Raumschiff gewesen, das ihn auf den Heimatplaneten zurückgebracht hatte. Zu den Menschen und Tieren, die er liebte.

Sie gaben *Müller* und *Lydia* eine volle Stunde Zeit sich auszupowern, bevor sie zum Rückzug bliesen. Schon als sie aus der Passerelle auf ihre Straße zum Haus einbogen, entdeckte Edgar ein ihm bekanntes Auto vor ihrem Grundstück stehen. Rita Böhringers Dienstwagen. Edgar spürte ein Kribbeln über die Kopfhaut wandern. Er seufzte.

„Rita? Unangekündigt? Hat das was zu bedeuten?“, fragte Melanie skeptisch und drückte Edgars Hand.

Edgar antwortete nicht, aber seine Miene drückte mehr aus als der Duden je beschreiben könnte.

„Geh´ du schon mal hinein, mein Edgar. Gerti wird ihr aufgemacht haben. Ich spritze derweil die Hunde mit dem Gartenschlauch ab“, beschied Melanie ihm und lockte die Vierbeiner hinters Haus.

Als Edgar das Haus betrat, saßen Rita und Gerti am Esstisch. Letztere stand, so wie sie Edgar gewahr wurde, sofort auf, eilte auf Edgar zu und umarmte ihn voller Herzlichkeit. „Ach, ist das schön, dass du wieder da bist, Edgar“, schniefte sie mit feuchten Augen. „So lange Zeit.“

Edgar war gerührt, richtete seine Aufmerksamkeit jedoch auf Rita, die seltsam verlegen am Tisch sitzen blieb.

Vor ihr stand ein Käsebrot, das sie allerdings noch nicht angerührt zu haben schien. Nachdem Gerti ihn freigegeben hatte, begrüßte er Rita, und erneut beschlich ihn ob ihres Hierseins eine dunkle Ahnung.

„Rita, hallo, keinen Hunger?" Er nickte zum Käsebrot hin.

Sie schüttelte den Kopf und schob demonstrativ den Teller ein paar Zentimeter von sich. „Gerti hat es gut gemeint, aber „, nein, ich hab´ keinen Appetit", sagte sie mit müder Stimme. „Ich … ich hab´ leider schlechte Nachrichten, Edgar."

Edgars Blut kristallisierte. In Zeitlupe ließ er sich auf die Kante eines Stuhls nieder. „Martina!", sagte er und meinte es nicht als Frage, sondern als Hiobsbotschaft. Er wusste, dass es so war.

„Martina und Carsten Kohlfelt", bestätigte sie. „Heute Mittag. Früher Nachmittag."

Ritas Worte sanken wie Schneeflocken in sein Bewusstsein. „Wo?"

„Im Schlipfbachtal. In Nähe des Baches", antwortete sie mühsam beherrscht.

Die Haustür wurde geöffnet und Melanie kam mit den Hunden herein. Sie erfasste die bedrückende Atmosphäre mit dem ersten Atemzug. Messerscharf sezierten ihre Blicke Ritas und Edgars Körpersprache. Überdies war Rita aufgesprungen und stürmte nun in ihre Arme, barg das Gesicht an Melanies Schulter und zitterte am ganzen Leib.

„Rita, Kind", hauchte Melanie nur, dann brach bei Rita die Staumauer.

Es war neunzehn Uhr dreißig. Die drei Frauen und Edgar hockten um den Tisch. Ritas Tagesbericht war beendet, und die Bilder, die sie beschrieben hatte, lasteten wie Steine in den Köpfen. Sie hatte, nun, da sie die Gewichte nicht mehr allein auf ihren schmalen Schultern tragen musste, doch das Käsebrot vertilgt und sich von Gerti sogar noch ein zweites zubereiten lassen.

„Kann ich heute bei euch übernachten?", fragte sie zögerlich und ergriff Melanies Hand.

„Ist dein Freund nicht zu Hause?", antwortete Edgar ziemlich unsensibel mit einer Gegenfrage.

„Edgar!", tadelte Melanie ihn prompt. „Natürlich kannst du bei uns schlafen, Rita. Unser Haus ist dein Haus."

„Danke", sagte sie. Und an Edgar gerichtet. „Mein Freund, Ulf, ist in der Tat nicht daheim. Er leitet einen SEK-Einsatz in *Heidelberg*. Irgendwelche rechten Spinner haben dort das Rathaus gestürmt und Geiseln genommen. Könnt ihr nachher in den Nachrichten sehen."

Melanie drückte Ritas Hand. „Keine Frage, Rita, du brauchst dich nicht zu rechtfertigen. Edgar ist ein Trampel, das weißt du doch. Du kannst in meinem Bett schlafen oder …"

„Die Couch genügt mir", erwiderte sie rasch. „Die ist mich schon gewohnt. Keine Umstände. Es ist nur, weil ich heute Nacht nicht allein sein will."

Edgar räusperte sich verlegen. „Dann hab´ ich eine Bitte an dich. Ich möchte Martina noch mal sehen. Wenn du mich morgen früh mit nach *Offenburg* nehmen könntest? Und Carsten Kohlfelts Laptop befindet sich ebenfalls noch in meinem Besitz. Bevor du ihn als Beweismittel mitnimmst, möchte ich dir allerdings etwas zeigen."

„Und das wäre?"

Edgar überlegte kurz, ob er die gespeicherten Fotos von Martina vor Melanies und Gertis Augen öffnen sollte.

Dann aber stellte er den Laptop auf den Tisch, schaltete ihn ein und rief die entsprechenden Dateien aufs Display.

„Ich will nach Rücksprache mit euch die freizügigen und teilweise kompromittierenden Fotodateien löschen. Was nicht zuletzt hinsichtlich des Verbleibs des Computers geschehen soll, denn schließlich existiert in Curd Kohlfelt ein biologischer und rechtlicher Erbe, und man muss ihn, ob er sich nun blöd benommen hatte oder nicht, über den Verlust von Ehefrau und Bruder hinaus nicht zusätzlich brüskieren. Und wenn ich mich recht erinnere, hatte Martina auch mal von einer Tochter gesprochen. Was meinst du, Rita? Ich finde, diese Bilder sind ermittlungstechnisch absolut nicht relevant, und ich will nicht, dass sie, wie auch immer, plötzlich irgendwann in obskuren Internetforen auftauchen."

Rita schloss die Augen. „Tu´, was du tun musst, Edgar. Ich hab´ nichts gesehen und nichts gehört."

Daraufhin markierte Edgar die Dateien und löschte sie, ohne dabei zu vergessen, dass die Dateien von einem Fachmann ohne Weiteres wieder hergestellt werden konnten, sofern man den Computer intensiver untersuchen sollte. Aber davon ging er nicht aus.

Teil IV

Sonntag, 13. August 2023
St. Paulsberg

Im Gegensatz zur Mineralienausstellung in *Haldensee*, wo die Standplätze für die Aussteller nach der Reihenfolge des Eintreffens vergeben worden waren, war für *St. Paulsberg* eine Voranmeldung erforderlich gewesen. Üblicherweise übermittelte man die Anmeldung per Internet auf die *Website* der Gemeindeverwaltung, die jedoch keiner auf Richtigkeit der Angaben überprüfte.

Einerseits aufgrund der Ereignisse der vergangenen Tage und Wochen vorsichtig geworden, andererseits von der Chance und dem Ehrgeiz beseelt, seine Steine einem Publikum präsentieren zu können, hatte er seine Anmeldung auf einer stinknormalen Postkarte geschickt und außerdem einen falschen Namen und eine falsche Adresse angegeben.

Man merkte schon beim Betreten der Turn- und Sporthalle, dass *St. Paulsberg* die Ausstellung wichtig nahm. Der Eingang war blumengeschmückt, und von der Decke hingen liebevoll arrangierte Blumenampeln. Es gab einen bewirtschafteten Bereich, in dem Besucher wie Aussteller sich verköstigen konnten, sowie eine Literaturecke mit allerlei Büchern und Bildbänden über Mineralien, Fossilien und Edelsteine.

Wenn der heutige Tag so glänzend verlief wie der gestrige Samstag, würde es geschäftsmäßig das beste jemals getätigte Wochenende werden. Die Leute waren teilweise in Doppelreihe vor seinem Tisch gestanden. Sie plünderten regelrecht den Tisch und die Vitrinen, und zum Abschluss des Tages hatte er die Steinkugel mit dem beleuchteten Innenleben verkauft. Zwar nicht für tausendvierhundert Euro, aber tausenddreihundert waren auch nicht zu verachten.

Einziger Wermutstropfen: Der Idiot mit seinen Sandsteinskulpturen, den Schnecken, Eulen, Schildkröten und Weintrauben, war ebenfalls wieder vertreten. Auch an dessen Stand drängten sich regelmäßig die Leute. Was ihn sonst wie ein Splitter im Auge ärgerte, vermochte er diesmal allerdings generös zu übersehen, zumindest solange die eigenen Geschäfte gut liefen, und das taten sie.

Die Nacht von Samstag auf Sonntag hatte er zu Hause verbracht. *St. Paulsberg* lag nur einen Steinwurf von *Holzrück* entfernt. Vielleicht schon etwas mehr, aber länger als eine halbe Stunde dauerte die Fahrt nicht. Bei der Gelegenheit hatte er eine Fuhre neuer Steine mitgebracht, darunter auch solche, die aus Rico Fischers Besitz stammten.

Außer mir weiß das keiner, und Steine können bekanntlich nicht reden, hatte er gedacht.

Als Blickfangersatz für die verkaufte beleuchtete Steinkugel, die auf einem kleinen Podest in der Mitte des Tisches platziert gewesen war, hatte er ein anderes Objekt ausgewählt, das er erst seit wenigen Tagen besaß und das vor allem Frauen ansprechen sollte: Ein goldener Armreif mit eingefassten Türkisen. Das Schmuckstück war mit einer feinen Kette gegen Diebstahl gesichert. Achthundertfünfzig Euro seine Preisvorstellung.

Am Sonntagvormittag begann die Ausstellung traditionell erst um elf Uhr. Gegen eine frühere Öffnungszeit hatte die Katholische Kirche ihr Veto eingelegt, weil sie um die Besucherzahl des Gottesdienstes bangte. Dann jedoch füllte sich die Halle rasch, um für die Dauer der Mittagszeit wieder abzuflauen.

Gegen vierzehn Uhr schwoll der Besucherstrom erneut an, was nicht zuletzt dem Temperaturwechsel zu verdanken war, der seit dem Unwetter am vergangenen Mittwoch vorherrschte. Vor seinem Tisch standen drei Leute, deren Miene unschwer anzusehen war, dass sie nichts kaufen würden. **Banausen,** dachte er und schielte missgünstig zum Stand des Betrügers mit den Sandsteinen hinüber, wo der selbsternannte Künstler gerade einer Gruppe von Interessenten seine bildhauerischen Fähigkeiten demonstrierte. **Auch Banausen.**

Er wandte den Blick verächtlich ab und ließ ihn über die Köpfe der Neuankömmlinge schweifen. Manchmal spielte er eine Art Lotterie, indem er vorherzusagen versuchte, welches Gesicht aus der Menge wie ein potenzieller Kunde aussah. Dieses Spiel wollte er gerade wieder betreiben, als er erstarrte. Aus dem stetigen Fluss an Besuchern ragte ein Kopf in die Höhe, den er, um im Spielemodus zu bleiben, als Memory-Kopf wiedererkannte und ihn in Blitzesschnelle Ort und Zeit zuordnen konnte. Ihm fielen sogar seine Worte von damals ein: **Ach, was ich Sie noch fragen wollte: Kennen Sie zufällig einen Herrn Rico Fischer?**

*

Melanie und Gerti saßen einträchtig nebeneinander. Edgar hatte indes eine Sitzreihe dahinter Platz genommen. Der Bus wand sich gerade die kurvenreiche Passstraße empor, die das Kinzigtal mit dem Rothbachtal verband.

Es war Edgars Idee gewesen, Gerti einzuladen und ihr somit Anerkennung dafür zu zollen, dass sie während seiner zweieinhalbwöchigen Abwesenheit Melanie den Kopf freigehalten und sich unter anderem um die Hunde gekümmert hatte.

Es war in der Samstagszeitung gestanden. Zu Edgars Leidwesen hatte er den Anzeigenteil erst abends gelesen. Mineralienausstellung in *St. Paulsberg*. Und so, wie er einst tagelang den Kammerton A seines Gitarre spielenden Freundes Peter Seibelt im Ohr mit sich herumgetragen hatte, der Erinnerung nach musste das vor ungefähr eineinhalb Jahren gewesen sein, setzte von Stund an erneut jener leise Trommelwirbel ein, der ihm kürzlich erst in *Haldensee* wie aus dem Nichts zugeflogen war:

Rrrrrammmtatatatamm, rrrrrammmtatatatamm.

Er schaute aus dem Fenster. Nicht, dass er die Landschaft wirklich wahrnahm. Der Busfahrer hätte an der nächsten Abbiegung einen Kurs in die Pampa einschlagen können, oder vorbei an den Pyramiden – vermutlich würde Edgar es nicht bemerkt haben. Was die Frauen vor ihm miteinander sprachen, ging ungefiltert durch ihn hindurch.

Was ihn beschäftigte, war, dass sie an Martina Kohlfelts und Carsten Kohlfelts Mörder nicht herankamen. Außer Fingerabdrücken, die nicht registriert waren, und einem ungenügenden Phantombild hatten sie nichts. Berichtigung: hatten die Ermittlungsbehörden nichts. Er selber zählte ja offiziell nicht dazu. Rita Böhringer hatte ihm das Phantombild gezeigt, das nach den Angaben Mick Raimunds erstellt worden war, und er musste zugeben, dass er es selber nicht hätte besser machen können. Nach seinem vagen Hinweis auf ein paar Pockennarben im Gesicht, war das Bild nachträglich etwas überarbeitet worden, doch am Gesamteindruck hatte sich nichts geändert.

Die Mineralienausstellung in *St. Paulsberg* kam ihm deswegen wie gerufen. Er baute auf einen Denkansatz, nach dem gewisse Menschen es selbst unter besonderen Umständen nicht unterlassen konnten, liebgewonnenen Gewohnheiten nachzugehen. Wenn demnach ein Sammler von Steinen, in Edgars engerem Fokus ein Sammler von Achaten, in *Haldensee* seine Stücke präsentierte, dann bestand theoretisch die Möglichkeit, dass er es auch in *St. Paulsberg* tun würde. Auf diese Karte setzte Edgar sein Augenmerk.

*

Es lag nun vier Tage zurück, dass er vom Leichenfund im Schlipfbachtal und somit von Martinas und Carsten Kohlfelts Tod erfahren hatte. Am Mittwochabend war Rita nach *Gengenbach* gekommen und hatte die Nachricht überbracht. Nicht, dass sie tot waren hatte ihn hart getroffen, irgendwie war er darauf gefasst gewesen, sondern Ritas Schilderung der Auffindesituation. Weggeworfen. Entsorgt.

Der Gedanke, dass die Liebenden zuletzt im Tod zueinandergefunden hatten, konnte ihn indes nicht trösten, denn für ihn war das falsche Todesromantik und in diesem Zusammenhang total unpassend, sofern es so etwas wie eine Romantik des Todes überhaupt gab.

Dr. Brenneis, wie Rita weiter berichtet hatte, legte den Todeszeitpunkt bei Martina unter Berücksichtigung der äußeren Bedingungen auf frühestens Samstag, spätestens Sonntag vergangener Woche fest. Bei Cartsten Kohlfelt räumte er ein, dass der elfte Juni, der Tag, an dem die letzten Fotos mit Carstens Kamera gemacht worden waren, gleichzeitig sein Todestag sein könnte. Beim starken Verwesungszustand der Leiche war eine genauere Datierung unmöglich. Es waren fast nur noch Haut und Knochen übrig, und da Dr. Brenneis von forensischer Anthropologie lediglich rudimentäre Kenntnisse besaß, hielt er den elften Juni als nachgewiesenes letztes Lebenszeichen für vertretbar.

Todesursächlich waren bei Carsten Kohlfelt wahrscheinlich der Schlag mit einem stumpfen Gegenstand auf den Hinterkopf, beziehungsweise ein Sturz auf denselben, sowie der Hieb mit einem spitzen Gegenstand, der das Brustbein durchtrennt und in den Brustinnenraum vorgedrungen sein musste. Ob jede einzelne Verletzung zum Tod geführt hätte, ließ sich im Nachhinein nicht feststellen, aber beide Verletzungen zusammen unbedingt.

Martina. Genick gebrochen.

Wenigstens nicht vergewaltigt worden. Die Leibwäsche war in Ordnung, dachte Edgar unter Berufung auf Dr. Brenneis´ Worte.

Edgar sah die zerbrechliche Frau vor sich. Es gehörte schon eine gehörige Portion Verachtung dazu, die körperlichen Defizite eines Menschen derart effektiv zu missbrauchen. Solche Täter verfügen über eine ungeheuer kaltherzige Ader. Sie sehen ein Stück Holz und brechen es mit den Händen. Ist es zu dick, brechen sie es übers Knie. Solche Leute brauchen nicht zu überlegen. Die Praktiken stecken ihnen als Erbsubstanz im Blut.

Curd Kohlfelt. Edgar war ihm vergangenen Donnerstagmorgen im Keller der Polizeidirektion *Offenburg*, in Dr. Brenneis´ Pathologie zum dritten und bislang letzten Mal begegnet. Edgars Wunsch, Martina noch einmal sehen zu können, war stattgegeben worden. Zufällig war Curd Kohlfelt anwesend gewesen, um Martinas Leiche als seine Ehefrau zu identifizieren. Bei Carsten Kohlfelts Leichnam war eine Identifizierung per Augenscheinnahme nicht mehr zumutbar und nicht mehr möglich, wie Dr. Brenneis ausgeführt hatte. Dass es sich definitiv um Carsten Kohlfelt handelte, war Dr. Brenneis jedoch per DNA-Abgleich gelungen.

Curd Kohlfelt hatte sich erschüttert gezeigt, und Edgar hatte ihm schweigend Abbitte geleistet. Ein Blick in seine Augen hatte genügt, um darin echten Schmerz zu erkennen. So verzieh ihm Edgar auch dessen im Vorfeld gezeigtes ungehobeltes Auftreten, offenbar durch Arbeitslosigkeit, Existenzängste und Krise in der Ehe bedingt. Edgar hatte ihm stumm die Hand gereicht, die Curd Kohlfelt ihm nicht ausgeschlagen hatte.

Bei den Toten waren außer der Kleidung keinerlei persönliche Gegenstände gefunden worden, wie Rita auf Edgars Nachfrage bekannt gab. Auch kein Schmuck, weder von der Art, wie Edgar ihn bei Martina gesehen hatte, noch anderer, woraufhin er eine Beschreibung des Armreifes und der Ohrhänger zu Fahndungszwecken erstellte.

Curd Kohlfelt hatte, der Polizeiroutine nach, zuerst als Tatverdächtiger Nummer eins gegolten und war nach vorläufiger Festnahme über Nacht in Polizeiarrest gekommen. Eifersucht als Motiv und kein Alibi für die Tatzeit waren gewichtige Argumente, die er insofern zu entkräften versuchte, indem er behauptete, von der Liaison zwischen Bruder und Ehefrau nichts gewusst zu haben. Oberstaatsanwalt Bernd Landquart hatte schließlich zu Curd Kohlfelts Gunsten entschieden und vorläufig auf einen Haftbefehl verzichtet. Was nicht bedeutete, dass er als vollständig unschuldig betrachtet wurde. Vorsorglich hatte Landquart Kohlfelts Reisepass und Identitätskarte einbehalten.

Am Freitag war Edgar mit der *Harley* ins Schlipfbachtal gefahren, um den Fundort der Toten zu begutachten. Die Maschine hatte er am Straßenrand abgestellt und war zu Fuß den Feldweg zum Bach hinunter gegangen, wo er endete. Das Unwetter von vor zwei Tagen hatte den Weg in eine schlammige Piste verwandelt, die er der chromblitzenden *Harley* nicht antun wollte.

Der Täter, hatte er gedacht, *muss leichtes Spiel gehabt haben. Die Stelle ist nicht zufällig ausgewählt worden, was bedeutet, dass er über Ortskenntnisse verfügt.*

Er hatte sich durchs Gebüsch gezwängt und in die dahinterliegende Mulde hinabgeschaut. Spuren einer Überflutung waren nicht zu übersehen gewesen. Aber zwei Tage später stand nur noch ein schlammiger Tümpel am Grund der Mulde. *Es muss Glück gewesen sein, dass die Leichen vor der Überschwemmung entdeckt worden waren. Vielleicht hätte die Flut sie auf Nimmerwiedersehen fortgespült*, hatte er gedacht.

Etwa zehn Minuten war er dort gestanden und hatte auf eine Empfindung gewartet, doch außer der simplen Wahrnehmung, dass hier Unfassbares geschehen war, hatte er nichts gespürt.

Die Empfindung war eingetreten, als er wieder zu Hause gewesen war und er sich mit der Hilflosigkeit konfrontiert gesehen hatte. Mit der Machtlosigkeit. Er fühlte sich betäubt wie nach der Einnahme eines starken Schmerzmittels. Der Kopf, das Gehirn, dumpf und träge, die Sicht auf vielleicht wesentliche Dinge verbaut.

Die Nächte von Donnerstag auf Freitag sowie von Freitag auf Samstag hatte Rita abermals bei ihnen auf der Couch verbracht. Ulf Thommen, ihr Freund, war noch immer wegen der Geiselnahme in *Heidelberg* im Einsatz. So oft Edgar mit ihr auch die Fakten zu den Morden im Schlipfbachtal diskutiert und gewälzt hatte – am Ende rauchten nur ihre Köpfe, und sobald Rita wieder im Dienst und er alleine war, kehrten die Lähmung und das taube Gefühl zurück. Wie einfach wäre es gewesen, wenn Martina die Visitenkarte ein paar Tage länger behalten hätte. Nur mit den Namen Scholz, Schulz oder Schmidt war nichts anzufangen.

Dann, Samstagabend, die Anzeige in der Zeitung. Mineralienausstellung in *St. Paulsberg*.

Zuerst hatte Edgar überlegt, ob er Rita verständigen und ihr den freien Sonntag versauen sollte. Wie sie Samstag früh angekündigt hatte, wollte sie den Tag mit ihrem Freund verbringen, so er denn vom Einsatz in *Heidelberg* zurück wäre. Aber dann hatte Edgar Gerti eingeladen und Rita im Geiste ein schönes Wochenende gewünscht.

*

Edgar wurde aus seinem Gedankenflow gerissen, als Melanie und Gerti sich von ihren Plätzen erhoben, die Stopp-Taste im Bus drückten und zur Ausgangstür balancierten. Der Bus verringerte die Geschwindigkeit und kam schließlich zum Stehen. Die Türen öffneten sich zischend.

Bis zur Ausstellungshalle waren es nur wenige Schritte, und Edgar bemerkte an der Schlange vor der Kasse, dass der Besucherzuspruch erheblich höher war als zwei Wochen zuvor in *Haldensee*.

Vielleicht weil kein Schwimmbadwetter ist, dachte er.

Edgar entrichtete den Eintritt für drei Personen, und dann schlossen sie sich dem Mahlstrom der Besucher an.

Melanie und Gerti hielten sich länger an den einzelnen Ständen auf als er, weshalb er bald einen Vorsprung von einigen Metern zwischen sich und die Frauen gelegt hatte. Im Grunde interessierten ihn die Steine gar nicht, denn er richtete sich nach dem Bild, das er im Geiste vor Augen sah, und wenn ein Stand dieser Vorgabe nicht auf Anhieb entsprach, wandte er sich dem nächsten zu.

Auf der rechten Seite entdeckte er endlich einen Aussteller, der ihm aus *Haldensee* bekannt vorkam. Eine Traube von Leuten hatte sich um ihn geschart, und bald hörte er dessen Stimme, die von Sandsteinen verschiedener Herkunftsländer erzählte, über unterschiedliche Färbungen und ob sie sich besser für Gartenaußenbereiche oder wettergeschützte Plätze eigneten. „Sandstein ist nämlich nicht gleich Sandstein", lautete das Credo, und dann griff der Meister zu den Handwerkzeugen und bearbeitete einen Klotz, aus dem, wie zu ahnen war, eine Schnecke werden sollte. Die Menschentraube löste sich auf, die Karawane zog weiter. Edgar blieb eine Weile stehen und schaute dem Mann bei der Arbeit zu.

„Oh, das ist aber schön", vernahm er plötzlich Gerti neben sich. „Sowas hätte ich gerne für unseren Garten", schwärmte sie. „Eine Schnecke." Sie drehte sich um. „Melanie, kommst du bitte mal? Schau dir diese wunderbaren …"

Edgar verlor ihre Stimme aus der Ohrmuschel, als hätte jemand den Lautsprecher abgedreht. Seine wandernden Augen hatten über die Köpfe hinweg in ungefähr fünfundzwanzig Metern Entfernung zwei Glasvitrinen auf einem dunkelblau drapierten Tisch entdeckt. Sekundenlang spähte er dorthin.

„Edgar, wo guckst du hin?", flüsterte Melanie, die jetzt hinzugekommen war.

Edgars Anspannung löste sich ein wenig. „Der Stand dort vorne links", raunte er zurück. „Der mit dem blauen Tisch. Er scheint mir der gleiche zu sein, wie ich ihn in *Haldensee* gesehen habe. Der Stand, von dem ich die Achatscheibe mit den Fingerabdrücken gekauft habe."

„Du hast's gut, mit deiner Größe kannst über die Köpfe gucken. Ich seh' nur Rücken. Aber bist du sicher? Und was willst du tun?", fragte sie.

„Ich werde unauffällig hingehen und mir den Burschen anschauen", antwortete er.

„Und zur Brust nehmen, oder was? Mensch, Edgar, pass' bloß auf. Wenn der Martina und ihren Freund umgebracht hat, hat er nichts zu verlieren. Weißt du, was ich meine?"

„Ja, klar. Bleib' du bitte bei Gerti. Kauf' ihr meinetwegen auf meine Kosten einen Sandstein für den Garten. Ich geh' jetzt."

Edgar mischte sich unter die Menschenmenge, die im Schneckentempo vorwärts rückte. Nur langsam näherte er sich dem blauen Tisch. Doch dann hatte er ihn erreicht. Drei andere Besucher standen davor. Einer hatte genug gesehen und reihte sich in den Lindwurm vorbeiziehender Menschen ein. Edgar übernahm dessen Platz direkt am Tisch. Mit einem Blick versicherte er sich, dass es genau die gleiche Art von Steinen wie in *Haldensee* … dann wurden seine Knie weich, gaben buchstäblich unter ihm nach. Mit einem Reflex klammerte er sich an der Tischkante fest. Edgar ächzte vor Anstrengung, aufrecht stehen zu bleiben. Die Augen wollten aus den Höhlen springen.

„Melanie!", presste er hervor. Dann lauter: „Melanie!!!"

„Edgar!", gellte ihr Schrei durch die Halle. Dann gab es einen großen Tumult, als sich Melanie durch die träge Masse aus Körpern boxte.

„Edgar!", schrie sie wieder, und drängte sich vehement durch die Menschenschlange. Dann war sie bei ihm. „Edgar, was ist los? Bist du okay?"

Edgar legte einen Arm um sie und deutete mit der Hand auf den Tisch. Auf einem Podest prangte ein Armreif, den er nur allzu gut kannte. Ein goldener Armreif mit eingefassten Türkisen, wie Martina ihn besessen hatte. Martinas Armreif.

„Es ist Martinas Armreif, Melanie", stöhnte er. „Ich habe ihn selber bei ihr gesehen. Er ist es."

„Moment", ereiferte Melanie sich. „Das werden wir gleich haben", sagte sie und rief: „Hallo? Hallo? Ist hier jemand zuständig für diesen Stand hier?"

Etliche Leute blieben stehen und gafften dumm.

Keine Reaktion. An Melanies Schläfe schwoll eine Ader.

„Lass´ mich mal", sagte Edgar. Dann brüllte er: **„Hallo? Verdammt noch mal, hallo! Wer ist zuständig für diesen Stand?!"**

Die meisten Gaffer wichen zurück, einige stahlen sich durchaus beeindruckt davon. Der Mann mit dem weißen Vollbart und dem Pferdeschwanz sah gefährlich aus.

Von der Rückseite des Standes meldete sich jemand. Eine Frau mit langen grauen Locken, im Landhaus-Stil gekleidet, ebenfalls eine Standbetreiberin. „Der ist vor einer oder zwei Minuten in großer Eile bei uns hier durch und Richtung Ausgang gerannt." Sie wies mit dem Arm den parallelen Flur entlang. „Wieso? Was ist denn hier los?"

„Wissen Sie, wie der Mann heißt?", fragte Melanie, jetzt in reduzierter Lautstärke.

Die Frau schüttelte den Kopf. „Wenn Sie den Namen wissen wollen, müssen Sie beim Veranstalter nachfragen. Ich glaube, es ist die Gemeinde. Wir mussten uns alle bei der Gemeinde anmelden."

„Und er ist definitiv Richtung Ausgang gelaufen?", fragte Edgar

„Ja, er hatte Jacke und Tasche dabei. Vor höchstens zwei Minuten", bestätigte die Frau.

„Komm´! Lass´ uns nachschauen", forderte Edgar Melanie auf und streckte die Hand nach ihr aus.

„Geh´ du alleine, wenn du kannst, Edgar. Ich bleibe hier und bewache den Armreif."

Also kämpfte sich Edgar so schnell wie möglich zum Ausgang und blieb dort stehen, gerade noch rechtzeitig, um einen weißen SUV mit quietschenden Reifen und heulendem Motor vom Parkplatz rasen zu sehen.

Verdammt, fluchte er. *Verdammt*.

Eine Dreiviertelstunde später war Rita zur Stelle, zusammen mit ihrem Freund Ulf Thommen und Allgöwer mit einer Rumpfmannschaft der KTU. Der Stand Nummer vierundzwanzig wurde beschlagnahmt.

„Du hast nur gesehen, dass es ein weißer SUV war", fragte Rita. „Weder Marke noch Kennzeichen?"

„Ja, Mist", antwortete Edgar zerknirscht. „Es ging zu schnell."

„Und einen Namen hast du auch keinen?"

Edgar verneinte. „Ich hab´ die benachbarten Stände schon abgefragt."

„Aber wenn die Aussteller sich angemeldet haben mussten, sind irgendwo auch die Adressen hinterlegt", sagte Rita. „Es sollte doch eine Hallenaufsicht hier sein. Vielleicht wissen das die Leute im Foyer, die die Eintrittskarten ausgeben."

Nach ungefähr zehn Minuten war Rita anhand der Standnummer im Besitz eines Namens inklusive Adresse. Anmeldung per Postkarte, Standgebühr von dreißig Euro bar bei Zuweisung des Standplatzes entrichtet. Herr Ignaz Müller, Kapuzinerstraße 69 in *Freiburg (Brsg.)*.

Rita veranlasste, umgehend eine Streife der *Freiburger* Polizei zu der Adresse zu schicken. „Jetzt haben wir ihn", frohlockte sie und wartete mit Melanie, Edgar und ihrem Freund vor der Halle auf Rückmeldung. Allgöwer war noch mit der Sicherung von Spuren und Beweismitteln beschäftigt, und auch Gerti hielt sich nach wie vor in der Halle auf.

Schon nach wenigen Minuten wussten sie, dass es den Straßennamen in *Freiburg (Brsg.)* nicht gab und unter dem Namen Ignaz Müller niemand gemeldet war. Die Anmeldung war ein *Fake*.

„So eine Scheiße aber auch", schimpfte Edgar und nestelte eine Zigarette aus der Packung.

In diesem Moment gesellte sich Gerti zu den Wartenden, übers ganze Gesicht strahlend. Sie wedelte Melanie mit einem postkartengroßen Papier zu. „Ich hab´ eine Sandsteinschnecke bestellt", rief sie. „Buntsandstein." Sie hielt Melanie das Papier unter die Nase. „Albiez heißt er, aus Rothweiler. In zwei Wochen ist sie fertig, die Schnecke."

„Zeig mal her", sagte Edgar und griff nach dem Papier. Ein Zettel mit handgeschriebener Adresse und Telefonnummer. Er klatschte sich mit der Hand an die Stirn. *Ich Idiot*, dachte er und wandte sich an Rita.

„Hast du zufällig das Phantombild auf deinem Handy?"

„Ja, warum?", fragte sie.

„Dann komm´ mit", sagte er und ging in die Halle zurück, Rita im Gefolge. Vor dem Stand mit den Sandsteinskulpturen blieb er stehen. Eine Ansammlung von Leuten lauschte den Ausführungen des Bildhauers. Edgar und Rita drängten sich vor.

„Hallo, so geht das aber nicht, die Herrschaften", hörte Edgar aus der Gruppe, ignorierte aber den Einwurf.

„Herr Albiez?"

„Ja, was ..."

„Kriminalpolizei *Offenburg*. Kennen Sie diesen Mann?" Rita zeigte ihm das Bild.

„Warum wollen Sie das wissen?", schluckte Albiez.

„Ermittlungen", sagte Rita.

„Wegen des Tumults vorhin?"

„Genau", sagte sie. „Also kennen Sie diesen Mann?" Sie hielt ihm das Bild direkt vor die Augen.

„Kennen ist zu viel gesagt. Er hat Ähnlichkeit mit dem Spinner von dem Stand da vorne." Er zeigte mit dem Holzklöppel tiefer in die Halle hinein.

„Spinner? Wieso Spinner?", fragte Rita.

„Ich kann auch Idiot sagen, wenn Ihnen das lieber ist. Er hat was gegen mich und mein Handwerk. Behauptet ständig, dass ich ein Betrüger sei, weil ich Skulpturen anstatt natürliche Steine anbiete. Ein Spinner, wie gesagt."

„Sie waren auch in ..." Rita stockte. „Edgar, wie heißt der Ort im Schwarzwald?"

„Sie waren auch in *Haldensee*, richtig?", fragte Edgar anstelle Ritas.

„Richtig, und der Kerl", seine Nase zeigte auf Ritas Handy, „war ebenfalls dort. Wollte die anderen Aussteller gegen mich aufbringen. Aber sie haben ihm eine Abfuhr erteilt", grinste Albiez zufrieden.

„Okay, und wie heißt er nun und wo kommt er her?", wollte Rita endlich wissen.

„Wo er wohnt, weiß ich nicht. Er hat eine *Offenburger* Autonummer. Weißer SUV. Er heißt Schmidt. Oder Schmitt, oder Schmied."

„Und der Vorname?"

„Weiß ich nicht. Schmitt oder Schmied oder ..."

„Oder Schmidt, ist gut, Herr Albiez. Danke, Sie haben uns sehr geholfen. Einen erfolgreichen Sonntag noch." An die wartenden Leute gerichtet sagte sie: „Entschuldigung, und danke für Ihr Verständnis."

Edgar und Rita verließen die Halle. Allgöwer hielt sich wartend bei Melanie, Gerti und Ulf Thommen auf. Er knöpfte sich sogleich Rita vor.

„Was ich dir sagen wollte, Rita. Schnellvergleiche von Fingerabdrücken ergaben Übereinstimmungen mit den Abdrücken aus Rico Fischers und Carsten Kohlfelts Haus."

„Hast du auch Fingerabdrücke vom Armreif?", fragte Edgar gespannt.

Allgöwer nickte bestätigend. „Er ist euer Mann. Jetzt braucht ihr ihn bloß noch zu fangen." Er wandte sich zum Gehen.

„Halt", rief Edgar. „Danke für euren heutigen Einsatz. Ich weiß, dass ihr normalerweise frei gehabt hättet. Deswegen möchte ich euch zu uns nach Hause einladen. Was haltet ihr von einem spontanen Grillfest?"

„Wird auch höchste Zeit", ätzte Rita schelmisch und himmelte ihren Ulf an. „Oder?"

Montag, 14. August 2023
Gengenbach

Gestern Abend. Spontanes Grillfest. Nicht unbedingt Edgars bevorzugte Disziplin, doch Ulf Thommen und Rita hatten sich erboten, die Grillmeister zu spielen. Es war herrlich, den beiden zuzusehen, wie jeder eine Hand in der Gesäßtasche des anderen stecken hatte und die eine links-, der andere rechtshändig die Würste drehte.

Melanies Befürchtung, es könnte zu wenig Grillgut im Hause sein, wurde von Gerti rasch zerstreut. Es mangelte zwar an Schweinesteaks, doch Grillwürste brachte sie reichlich an den Grill. Außerdem zauberte sie in Windeseile Tomatensalat auf den Tisch, Tomaten aus eigenem Anbau, wie sie stolz erzählte, und tiefgefrorene Baguettes taute sie kurzerhand auf.

Als Allgöwer etwas schüchtern anfragte, ob er kurzfristig seine Freundin Wilma Solberg einladen dürfe, wurde auch das Fleischproblem gelöst, denn sie brachte vier Schweinesteaks mit und zudem eine Flasche Wein. Wer nicht fehlen durfte, war Wilmas Hündin *Bella*, und somit waren sogar *Müller* und *Lydia* mit einer Spielgefährtin bedacht.

Insgesamt hockten neun Personen um den Gartentisch: Rita, Ulf, Gerti, Melanie, Edgar, Wilma, Allgöwer und zwei Männer aus seinem Rumpfteam. Edgar fühlte sich wohl wie lange nicht mehr. Es gefiel ihm, dass er einer unter vielen war. Dass über den Tisch hin und her geredet und gelacht wurde, völlig frei von Umständen und steifer Etikette. Allgöwers Leute beteiligten sich ebenso ungeniert wie Ulf, Gerti oder Wilma. Gerade Ulf Thommen erwies sich als höchst patenter Kerl, und Edgar beobachtete im Stillen, wie selbstverständlich Rita und Ulf miteinander umgingen. Wie weit gediehen ihre Liebe schon war und wie spielerisch leicht sie sich verstanden.

Irgendwann, es war wohl nicht komplett zu vermeiden, wurde doch das Thema Mord angesprochen.

„Ich glaube nicht, dass Curd Kohlfelt der Mörder ist. Auch wenn er ein Motiv und kein Alibi hat", sagte Rita. „Und Oberstaatsanwalt Bernd Landquart sieht das ähnlich. Seit heute Martina Kohlfelts Armreif sichergestellt wurde, rückt für mich Curd Kohlfelt als Täter in weite Ferne. Ich denke, es ist Edgars Mann. Der vom Phantombild. Nicht wahr Edgar?"

„Immerhin, muss ich sagen, ist das Phantombild doch so gut gelungen, dass Herr Albiez darin einen bestimmten Mann wiedererkennen konnte. Einen Herrn namens Schmitt, der einen weißen SUV fährt. Du solltest …"

„Genau, Edgar. Ich sollte das Phantombild so bald wie möglich veröffentlichen. Text: *Im Zusammenhang mit zwei Morden sucht die Polizei folgenden Mann als Zeugen.* So bald wie möglich ist für mich morgen. An alle Zeitungen."

„Ja, macht Sinn. Und Fahndung", sagte Edgar. „Denn wenn sich Herr Schmitt oder Schmidt heute von der Ausstellung verkrümelt hat, dann besteht wahrscheinlich Fluchtgefahr."

Rita wischte sich über die Augen und schaute dann auf die Uhr. „Viertel neun Uhr. Meinst du, ich sollte heute Abend noch das Fahndungsfoto an die Presse schicken?"

Edgar nickte. „Dann stünde es morgen in den Zeitungen. Einen Tag früher, verstehst du? Aber frag´ vorher den Oberstaatsanwalt."

Rita stöhnte. „Okay, Ulf, kommst du mit die Welt retten?"

Ulf schlang einen Arm um ihre schlanke Hüfte. „Das ist doch mein Job, meine Liebe."

*

Montag, 14. August 2023

Edgars erste Handlung an diesem Morgen war gewesen, noch ehe er mit *Müller* und *Lydia* zur Tour über die Felder aufbrach, die Zeitung aus dem Briefkasten zu holen, aufzuschlagen und nach dem Fahndungsfoto zu sehen. Auf der fünften Seite war es ihm entgegengesprungen.

Die Jagd ist eröffnet, hatte er gedacht.

Nun, um neun Uhr, war er konsterniert. Er wusste von *dasoertliche.de*, dass es in *Offenburg* zweiundachtzig Telefonbucheinträge auf den Namen Schmidt gab. Elf Einträge auf den Namen Schmitt; vierundzwanzig auf Schmid und zwei auf den Namen Schmied. Allein für *Offenburg*. Die anderen Orte im Ortenaukreis nicht berücksichtigt, und ebenfalls nicht berücksichtigt all diejenigen, die nicht im Telefonbuch standen, weil sie entweder den Eintrag verweigert hatten oder über gar keinen Festnetzanschluss mehr verfügten, weil sie ausschließlich Handys benutzten. Er vermutete, dass Letztere in der großen Überzahl waren.

Das ist eine verdammte – ja gewiss doch – eine verdammte Hurenscheiße, fluchte er innerlich und knallte den Deckel seines Laptops zu.

Wie viele von den Schmitts, Schmidts, Schmids oder Schmieds einen weißen SUV fuhren, wusste er natürlich ebenso nicht. *So ein verdammter Seich.*

Wie immer vermisste er bei solchen Gelegenheiten, dass er keinen Zugriff auf das Netzwerk der Polizei mehr hatte. Er wählte Ritas Nummer.

Zumindest existiert nur eine Rita Böhringer, dachte er und drehte den Tacho zurück auf Durchschnittstempo. Während das Freizeichen ertönte, dachte er an das Phantombild, das er in der Früh in der Zeitung gefunden hatte.

Auf Rita ist Verlass. Brave, gute Rita.

„Rita Böhringer. Edgar, was gibt´s?"

„Wo bist du gerade dran?", fragte er in der Annahme, dass sie wie er auf der Spur aller Schmitts, Schmidts, Schmids und Schmieds war.

„Ich bin an den SUVs dran", sagte sie. „Hast du eine Ahnung, wie viele SUVs im Ortenaukreis zugelassen sind? Wie hoch der Anteil an weißen SUVs ist? Das willst du nicht wissen. Deswegen switche ich jetzt um und schalte die Kfz-Zulassungsstelle ein. Die sollen mir eine Liste aller SUVs mailen, die auf die Namen Schmidt in allen Schreibweisen zugelassen sind. Wenn ich die habe, dann melde ich mich wieder bei dir, okay?"

„Super, Rita. Das ist gut. Du weißt schon, dass ich die Polizei gerne unterstütze, oder? Besonders bei Aufgaben, bei denen man die Nadel im Heuhaufen sucht. Und so eine Schmidt-SUV-Kombination schreit geradezu nach Heuhaufen."

Sie lachte. „Ich werde an dich denken, Edgar. Danke übrigens für gestern Abend. Ulf war sehr angetan von eurer Gastfreundschaft. Bis später."

„Was absolut auf Gegenseitigkeit beruht", antwortete er. „Ja, bis später."

*

Die Allerweltsfloskel *bis später* war für Edgar kein weicher Begriff mit *open end*. Er verortete ihn nach eigenem Größenverständnis in die gleiche Kategorie wie *bald* oder *zeitnah*, und wenn Rita morgens um neun Uhr *bis später* sagte, dann ging er davon aus, dass er bis Mittag erneut von ihr hören würde. Spätestens noch am selben Tag.

Wörtliche Zeitangaben waren schon immer von subjektivem Empfinden geprägt gewesen, und deshalb oft auch ein Zankapfel über deren Auslegung. Die Meinungen über *sofort, gleich, nachher* und so weiter gingen meist auseinander, weil nur der Zeitgeber eine gewisse Vorstellung von der wirklichen Dauer hatte, der Wartende diese jedoch nicht kannte.

Dennoch versuchte man Zeiten, die nicht nach der Uhr gemessen wurden, teils durch Studien, eine einigermaßen begrenzte Dimension zu geben. Zum Beispiel dauerte nach einer alten englischen Zeiteinheit ein *Moment* eineinhalb Minuten. Und auch die Dauer eines *Augenblicks* war per Definition festgelegt. Für die geistige Leistungsfähigkeit, ein Objekt optisch zu erfassen und zu erkennen, dauerte ein *Augenblick* zwischen zweihundert Millisekunden bis eine Sekunde. Rein mechanisch, zwischen zwei Lidschlägen, dauerte ein *Augenblick* vier bis sechs Sekunden.

Für den Zeitbegriff *bis später* existierten solche Studien nicht, und darum litt Edgar unter Entzugserscheinungen, weil sich Rita bis zwölf Uhr nicht bei ihm gemeldet hatte.

„Was guckst du denn andauernd auf deine *Breitling*?", fragte Melanie in der Mittagspause. „Erwartest du etwa jemanden?"

„Ritas Anruf", antwortete er knapp.

„Hat sie denn gesagt, dass sie anruft?"

„Später", sagte er und ahnte bereits, dass das Gespräch nicht zu seiner Zufriedenheit verlaufen würde.

„Und wann hat sie gesagt, dass sie später anruft?"

„Um neun Uhr."

„Aber hallo, Edgar. Es ist gerade mal Mittag. Später bedeutet für mich später. Jetzt lass´ dem Kind halt mal Zeit", tadelte sie ihn.

Ich hab´s gewusst. Nicht zu meiner Zufriedenheit, dachte er und brummte in seinen Bart.

„Was hast du gemeint, mein Edgar?"

„Nichts. Später ist später. Genau wie du sagtest." Womit Edgar noch immer im Wartezustand verharrte.

Am frühen Nachmittag hielt er die Warterei nicht länger aus. Stoisch vor dem Computer zu sitzen und die Namen von hunderten von Schmitts, Schmidts, Schmids und Schmieds anzustarren, das Telefon neben sich, befriedigte den Kriminalhauptkommissar a. D. nicht. Er zog die Motorradkluft an, schob die neue *Harley* aus der Remise und bollerte auf ihr über den Pass nach *St. Paulsberg*, und von dort über Gehlheim nach Grünweiler zu Pit Fermans Adresse *Im Hahnenfuß 1*.

Als er nach der Abzweigung aus dem Wald auf die Lichtung fuhr, schaute er wie gewohnt zuerst auf die Idylle des Sees mit der kleinen Insel in der Mitte. Gelegentlich hatte er Eliza Wohlbrecht und Pit Ferman dort beim Mittagsschlaf überrascht, und so geschah es auch heute, obwohl die Mittagszeit längst vorbei war. Das Paar lag einander zugewandt unter dem Blätterdach der Erle, die auf der Insel stand.

Edgar drehte einmal kurz am Gasgriff des Motorrads um sicherzugehen, dass die Ruhenden sein Kommen auch nicht überhörten, und richtig, Eliza reckte ihren Oberkörper in die Höhe und winkte ihm zu.

Edgar fuhr die Maschine vor das Holzhaus, bockte sie dort auf den Seitenständer und setzte sich auf die Bank neben der Haustür. Von dort beobachtete er, wie Eliza und Pit mit ihrem kleinen Ruderboot über den See gefahren kamen.

„Deine *Harley* ist eine Ruhestörerin", motzte Pit, als er über die Wiese zum Freisitz vor dem Haus gestapft kam. „Kannst du nicht anrufen, bevor du kommst?"

Eliza war weniger schlecht gelaunt als ihr Ehemann und umarmte Edgar herzlich. „Sei doch nicht so garstig zu deinem Freund", wandte sie sich an Pit. „Es ist sowieso Kaffeezeit. Grüß´ dich, Edgar."

„Hallo, Eliza. Hat der Herr Krimi-Autor an einem Montagnachmittag eigentlich nichts zu tun?"

Pit ließ sich neben Edgar auf die Bank plumpsen und angelte eine Zigarettenpackung aus der Brusttasche.

„Wenn du willst, kannst du das Manuskript über deinen letzten Fall lesen. Bin heute Morgen damit fertig geworden. Titel: *Schaafsfrauen*." Er zündete eine Zigarette an.

„Hm, hoffentlich komm´ ich darin besser weg als tatsächlich geschehen", brummte Edgar verdrießlich. „Kann ich mit dir reden?" Auch Edgar schnippte eine Zigarette aus der Packung.

„Bleib´ zum Kaffee, dann haben wir Zeit. Eliza hat Kuchen gebacken."

Edgar grinste. „Hatte ich doch den richtigen Riecher, wie´s scheint. Eliza, wenn du den Schriftsteller je verlassen solltest, dann ziehst du zu uns nach *Gengenbach*. Für deinen Kuchen schlafe ich in der Hundehütte."

„Die du erst noch bauen müsstest", konterte Pit. „Und nenn´ mich nicht Schriftsteller, verflixt nochmal."

Wie früher schon, umrundeten Pit und Edgar zu Fuß die Lichtung, indem sie am Waldesrand entlang gingen. Pit mit einer Dose Bier, Edgar mit einer Dose Apfelschorle. Sie waren am oberen Rand der Lichtung angekommen und das Haus und der See lagen zu ihren Füßen.

„Genau hier würde ich eine Sitzbank aufstellen", sagte Edgar. Er hatte Pit geschildert, was dieser nicht bereits aus den Medien kannte, inklusive des Besuchs der Mineralienausstellung in *St. Paulsberg*. „Jeden einzelnen Tag würde ich hierherkommen und mir zu Gemüte führen, wie schön es hier ist."

Pit ging auf Edgars Enthusiasmus nicht ein. Stattdessen stellte er fest: „Ihr wisst also, wer der Mörder ist, wie er ungefähr aussieht, dass er einen weißen SUV fährt, aber ihr wisst nicht, wie er heißt und wo er wohnt. Außer dass er Schmitt, Schmidt, Schmid oder Schmied heißen soll."

Edgar schüttelte seine Begeisterung für das Panorama ab. „Ja, das trifft den Nagel auf den Kopf."

„Das ärgert dich verständlicherweise."

„Ach, weißt du", antwortete Edgar, „als ich noch im Dienst war, sind wir ja auch wochenlang einem Täter hinterhergerannt, bis wir ihn letztlich überführen konnten. Aber Martina habe ich gekannt. Sie war in der Klinik meine Tischnachbarin. Wir sind zusammen spazieren gegangen, haben uns unterhalten. Sie hat mich gebeten, nach ihrem Geliebten zu suchen. Irgendwie bin ich ihr das schuldig, ihren Mörder zu finden."

„Und dabei soll ich dir helfen? Oder warum bist du heute zu mir gekommen?", fragte Pit.

„So hatte ich mir das gedacht. Wenn Rita sich bloß endlich melden würde. Verstehst du, wenn ich ein paar Namen und Adressen hätte, könnten wir beide …"

„… die Adressen abklappern. Und falls wir ein Gesicht entdecken, das zu dem Phantombild passt, dessen Besitzer vielleicht Schmitt, Schmidt, Schmid oder Schmied heißt und der einen weißen SUV fährt …"

„Genau, dann nehmen wir ihn fest. Alleine auf die Suche zu gehen, wäre mir zu gefährlich. Melanie würde das nie zulassen. Aber zu zweit …"

„… wäre das eine andere Sache", ergänzte Pit.

„So ist es. Hast du vorhin überhaupt zugehört? Hier würde ich eine Sitzbank aufstellen", sagte Edgar.

Pit trank die Dose Bier leer und legte sie ins Gras.

„Was machst du denn jetzt? Willst du den Müll nicht mitnehmen?", fragte Edgar irritiert.

„Die Dose bleibt hier als Markierung liegen, bis der Herr Kriminalhauptkommissar a. D. an diesem Fleck die Sitzbank aufgestellt hat", sagte Pit und grinste Edgar herausfordernd an.

Es war kurz nach fünf Uhr, als Edgar wieder in *Gengenbach* eintraf und das Motorrad in die Remise schob. Gerti kam gerade mit einer Seniorengruppe Frauen und Männer aus der Kellergalerie, von *Müller* und *Lydia* im Garten begeistert empfangen, spielerisch aufgemischt, und bis zur Gartenpforte begleitet.

„Ich glaube, manche Besucher kommen bloß wegen der Hunde", sagte Gerti, nachdem die Leute weg waren. „Rita hat angerufen. Sie sagte, dass sie dich nicht erreichen konnte und später hier vorbeikommen wird."

Schon wieder dieses verflixte Später, dachte Edgar und grapschte das Handy aus der Jackentasche. Tatsächlich zählte er drei entgangene Anrufe. *Just als ich auf der Rückfahrt war.* „Hat sie gesagt, wann später?", fragte er dennoch.

„Nach Feierabend", antwortete Gerti. „Ich soll was Feines kochen, hat sie gemeint. Süß, gell?"

„*Nach Feierabend? Dann kann es lange* dauern. „Ah ja. An was denkst du denn Feines?"

„Nun, ich hab´ Pilze, also Pfifferlinge und Maronen-Röhrlinge, und ich backe Pfannkuchen dazu. Salat aus unserem Garten, natürlich", antwortete sie genießerisch.

„Lecker. Dazu einen leichten Wein?"

„Wenn du ihn spendierst, Edgar?"

Er guckte an seiner Gestalt bis zu den Füßen hinunter. *Sitzbank? Wein? Ja hab´ ich heute die Spendierhosen an?* „Nichts leichter als das, Gerti. Ich freu´ mich drauf. Dann zieh´ ich mich rasch um und geh´ mit den Hunden."

Müller und *Lydia* sprinteten über den Kinzigdamm, dann runter zum Flussbett und wieder zurück. Der Wasserstand der *Kinzig* war nach dem Unwetter von Mitte vergangener Woche wieder stark gesunken. Dass der Bach wirklich floss, war nur noch an vereinzelten Stellen, wo Flussbauer künstliche Wehre eingezogen hatten, zu erkennen. Ansonsten lagen zwischen runden Bachkieseln flache stehende Tümpel, über die Wasserläufer flitzten, wenn die Hunde in die Nähe kamen.

Von der Dammkrone aus beobachtete Edgar den Verkehr auf der gegenüberliegenden Bundesstraße. Ihn deuchte, dass jedes zweite bis dritte Auto ein SUV, und davon etwa jeder dritte weiß war.

Wie viele von denen heißen wohl Schmidt?, fragte er sich. *Oder Schmitt oder Schmidt oder Schmied? Das ist echt ein Heuhaufen.*

Seine Gedanken trugen ihn weiter: *Was würde ich tun, wenn ich der Mörder wäre? Wie muss ich ihn mir vorstellen? In welchen Verhältnissen lebt er? Was ist er von Beruf? Ist er verheiratet? Kinder vorhanden?*

Er erinnerte sich, wie er ihn gesehen hatte. In *Haldensee. Meine Güte, bin ich wahrhaftig dort gewesen? Mir scheint, es liegt Lichtjahre zurück.*

Da war diese Frisur. Seitenscheitel, wie mit dem Lineal gezogen. Rasierte Schläfen, über den Ohren und im Nacken hochgeschoren. Fettiges Haar. Breites Gesicht. Die Narben. Alter? Um die fünfzig Jahre? Wird er untertauchen? Verfügt er über die erforderlichen Mittel, um sich erfolgreich abzusetzen? Und wenn er Familie hat? Wie wurde er zum Mörder? Was war der Auslöser? Was hatte er mit Rico Fischer zu tun? Gemeinsamkeiten: Die Steine? Die Achate? Gab es Streit? Hat er Rico Fischer umgebracht?

Wie ist Carsten Kohlfelt zu den Fotos im Schlipfbachtal gekommen? Durch Zufall? Oder durch eine Einladung? Wenn durch Einladung, wie kam Carsten Kohlfelt dazu? Wie hat er denjenigen kennengelernt? Und wo?

Zu viele Fragen auf einmal. Sie fuhren mit ihm Karussell. Edgar verlor den Überblick.

Moment, Edgar, das ist jetzt wichtig! Er mahnte sich zur Ruhe.

Carsten Kohlfelt hat in Poggenau gewohnt. Wenn er nicht eben mal auf Fotosafari unterwegs war – was hat er dann zum Beispiel gemacht, wenn nicht gerade Martina bei ihm gewesen ist? Blieb er zu Hause? Ging er aus? In eine Kneipe? In Poggenau?

In Poggenau. Edgar lutschte den Gedanken wie ein Bonbon auf der Zunge.

Er blieb stehen. „In *Poggenau*", sagte er laut. *Müller* glotzte ihn an. „Der Kontakt hat in *Poggenau* stattgefunden", sagte Edgar zu *Müller.* „Verstehst du, du langhaariger Affe?" *Müller* schüttelte sich.

Edgar sah ein, dass es müßig war zu überlegen, wie er sich als Täter verhalten würde. Insgesamt wusste er zu wenig über den Mann, um ihm ein spezifisches Muster auf den Leib schneidern zu können, und ein sogenannter *Profiler* war Edgar nicht. Zu seinen Ausbildungszeiten hatte diese Methode noch nicht existiert, und die in späteren Dienstjahren erworbenen Kenntnisse waren marginal. Aber jetzt formte sich aus seinen Fragen ein Ansatz heraus, dem nachzugehen er für erfolgversprechend hielt. Je länger er darüber nachdachte, desto logischer kam ihm die Schlussfolgerung vor.

„In Poggenau", murmelte er erneut. Dann pfiff er den Hunden und machte sich auf den Rückweg.

Zwei Generationen standen am Herd, als Edgar mit den Hunden das Haus betrat. Gerti rührte in einem dampfenden Topf, in dem sie Pilze dünstete, und Rita übte sich in der Kunst des Pfannkuchenbackens. Beide Frauen schienen in sich selbst zu ruhen. Ihre Haltung signalisierte vollkommene Gelassenheit. Auf Ritas Gesicht leuchtete ein Lächeln auf, als sie Edgar bemerkte.

„Man müsste euch fotografieren", sagte Edgar zur Begrüßung. „Ein wahres Bild des Friedens. Ist Melanie schon da?"

Gerti deutete mit dem Finger zur Decke. „Oben. Macht sich frisch."

Edgar lächelte. Aus unerfindlichem Grund fühlte er sich aus heiterem Himmel wie ein Hahn im Korb. *Meine drei Frauen*, kam ihm in den Sinn, doch rasch rief er sich zur Räson. *Stopp, alter Junge. Es gibt für Frauen kein besitzanzeigendes Pronomen.* „Kann ich irgendwie helfen?"

„Du kannst den Tisch decken, wenn du willst", sagte Rita.

„Und die Weinflasche entkorken", legte Gerti nach. „In zehn Minuten können wir essen. Oder, Rita?"

„In zehn Minuten ist perfekt", antwortete sie.

Melanie legte Messer und Gabel auf den Teller, lehnte sich zurück und tupfte mit der Serviette die Lippen ab. „Herrlich, ihr Mädels. Ein Festmahl. Nicht wahr, Edgar?"

„Absolut", schwärmte auch er. „Ritas Pfannkuchen – eine Wolke. Gertis Pilze – ein Traum. Ihr seid beide engagiert."

„Wenn du bereit bist, täglich Pfannkuchen zu essen, gerne. Was anderes kann ich nämlich nicht", erwiderte Rita spitzbübisch. „Ulf scheint der einzige zu sein, der das ohne Schaden zu nehmen überlebt."

„Du und Ulf", fragte Melanie, „ein Pfannkuchenverhältnis?"

Rita kicherte glücklich. „Ich weiß nicht, was er lieber mag: Die Pfannkuchen oder mich."

Melanie und Gerti räumten den Tisch ab und begannen das Geschirr zu spülen. Rita und Edgar verzogen sich nach draußen zum Gartensitzplatz. Edgar zündete eine Zigarette an. „Ich war unterwegs, als du angerufen hast", entschuldigte er sich.

„Mhm, Gerti hat es anklingen lassen. Wir haben jetzt eine Liste von Fahrzeughaltern, die im Ortenaukreis unter den Namen Schmitt, Schmidt, Schmid oder Schmied einen weißen SUV angemeldet haben. Wir haben die Liste an die jeweiligen Polizeireviere geschickt. Für den *Offenburger* Bereich sind zwei Streifenwagenbesatzungen seit heute Nachmittag dabei, die Halter abzuklappern."

„Von was für einer Zahl reden wir?", fragte Edgar.

Rita guckte zum Rhododendron, vor dem sich *Müller* und *Lydia* ausgestreckt hatten. „Dreihundertsiebzehn", sagte sie. „Das ist zwar nicht übermäßig viel, aber man muss bedenken, dass die meisten Leute tagsüber bei der Arbeit sind, oder jetzt im August in Urlaub. Früher oder später kriegen wir ihn."

Edgar nickte. Die Suche lief also bereits ohne ihn. *Was hast du anderes erwartet?*, fragte er sich, doch vermochte er seine Enttäuschung geschickt zu verbergen.

„Äääh, trinkst du noch einen Schluck Wein?", lenkte er ab.

„Ein Bier wäre mir lieber", antwortete Rita. „Aber nur, wenn ich hier pennen kann."

„Klaro", antwortete er und stand auf, um ein Bier zu holen. Als er mit der Dose zurückkam, sagte er: „Ich hab´ heute ein paar Überlegungen angestellt. Ausgehend von Carsten Kohlfelt." In wenigen Sätzen umriss er seine Theorie, dass Carsten Kohlfelt und sein Mörder sich irgendwann vor der Tat begegnet sein mussten. „Ich will mit Pit Ferman zusammen morgen die Kneipen und Gaststätten *Poggenaus* besuchen und den Wirten, Bedienungen und Stammtischen das Phantombild zeigen. Ich verspreche mir einiges davon. Natürlich nur mit deinem Einverständnis."

Rita öffnete die Bierdose und trank. „Und dann? Wenn ihr auf eine Spur stößt?"

„Dann rufen wir dich selbstverständlich an. Sag´, was hältst du von der Sache?"

Rita schloss die Augen. In Sekundenschnelle wog sie ab, inwieweit sie Gefahr lief, durch Edgars Alleingang wieder einmal mit Oberstaatsanwalt Landquart in Konflikt zu geraten. Sie spürte, wie Kohlensäure ihren Hals herauf-stieg und rülpste verhalten. „Guter Ansatz. So fahren wir zweigleisig. Aber versprich mir, dass du mich verstän-digst, wenn ihr etwas habt."

„Logisch", sagte Edgar. „Jetzt nehm´ ich, glaub´ ich, auch ein Bier."

Teil V

Dienstag, 15. August 2023
Holzrück

Er ärgerte sich, dass er die Zeitung abbestellt hatte. Auf die paar Euro wär´ es jetzt auch nicht mehr angekommen. Alles nur wegen des Zwangs, Geld sparen zu müssen.

Im Sender *Sound 4 U* hatte es geheißen, dass die Polizei im Zusammenhang mit dem Zweifachmord im Schlipfbachtal per Phantombild nach einem Mann suchte, jedoch aus ermittlungstaktischen Gründen zurzeit keine weiteren Details bekannt gegeben wurden. So war er auf die Idee gekommen, die Tageszeitung *online* zu lesen.

Dort hatte er es entdeckt. Das Fahndungsbild. Montagmorgen. Seither schwitzte er Blut und Wasser, obwohl er der Ansicht war, dass das Bild ihm überhaupt nicht ähnlich sah. Stümper am Werk. Trotzdem.

Den weißen *BMW* hatte er am Sonntag schon in der Scheune versteckt. Reingefahren, Plane drüber.

Abends hatte er einen Koffer gepackt. Unterwäsche, Jeans, T-Shirts, Jacke, Necessaire, Reisepass, Fahrzeugpapiere, Bargeld. Notfallkoffer. Fluchtkoffer.

Aber er war nicht weggefahren. War noch immer da. Wusste nicht wohin.

Das Ausland war sowieso tabu, denn er beherrschte keine Fremdsprachen. Dumm geboren und nichts dazugelernt. Selber schuld. Und Österreich? Unmöglich. Er hasste den Schmäh. In die Schweiz? Pah, zu teuer. Nach Deutschland? Auf einen Campingplatz? Schlafen im Auto? Oder in den Wald? Eine Hütte bauen? Von Pilzen und Beeren leben? Allmächtiger, geht's noch?

Er lebte jetzt im Dunkeln. Tagsüber ging das ja. Aber abends. Wenn er Licht einschalten würde, sähe man, dass er zu Hause war. Auch Fernsehen ging nicht. War das ein Leben? Doch was war die Alternative? Flucht. Er hasste Flucht. Alles kostete Geld. Und wenn er einen Kredit aufnahm? Er brauchte ihn ja nicht zurückzuzahlen, hähähä, aber die Leute von der Bank verlangten Sicherheiten. Ein geregeltes Einkommen beispielsweise. Schon daran haperte es, verflucht.

Welch ein Glück, dass er sich mit einer Postkarte zur Ausstellung angemeldet hatte. Falscher Name. An der Nuss werden sie eine Weile zu knabbern haben. Bedeutete das, dass er relativ sicher war, solange er sich unauffällig verhielt? Keine *Goldmine*, kein Stammtisch, keine Ausstellungen? Ach, wie gut, dass niemand weiß, dass ich Rumpelstilzchen heiß˝. Er gratulierte sich zu dem Schachzug.

Zwischendurch gelang es ihm, die bedrohliche Wolke über dem Kopf zu übersehen. Dann spürte er eine Art Triumph und genoss wie herrlich es war, auf niemand mehr Rücksicht nehmen zu müssen. Keiner mehr da, der maulte, wenn er im Bett oder im Wohnzimmer furzte oder wenn er ins Handwaschbecken rotzte. Keiner, der ihn schräg anschaute, wenn er mit dreckigen Schuhen ins Haus latschte oder die Füße auf den Tisch legte. Hätte er das nicht schon viel früher haben können? Warum war er nicht eher misstrauisch geworden?

Weiß der Teufel, wie lang die es schon miteinander getrieben haben. Von wegen nach Offenburg fahren. Nach Kreuzthal ist sie gefahren, die Nutte. Jetzt hat sich´s ausgehurt.

Der Montag war in gespannter Erwartung verstrichen. Nichts hatte sich geregt. Keine Zeitung, kein Briefträger, kein Anruf. Nichts. Er war stundenlang am Küchentisch gehockt und hatte den Weg hinuntergestiert. Hatte förmlich darauf gewartet, dass sie kamen. Aber alles war ruhig geblieben. Fast schon gespenstisch ruhig.

Es hatte einfach einen Knacks gegeben. Das Geräusch des brechenden Genicks jagte ihm heute noch Schauer über den Rücken. Knack. Trocken, wie wenn man einen Hähnchenknochen brach. Es war so leicht gewesen, obgleich er keine Ahnung davon gehabt hatte, wie man es macht. Knack. Plötzlich war sie tot und in sich zusammengefallen, wie eine Marionette, der man die Fäden abschnitt.

Eigentlich kann man das nicht als Mord bezeichnen. Das ging ja ruck zuck. Ohne Anstrengung. Und ja, ganz bestimmt ohne Absicht. Ich meine, zu einem Mord braucht es doch erheblich mehr als bloß einen Handgriff, nicht wahr? Und man muss doch auch vom Charakter her ein Mörder sein, oder nicht? Also bittschön. Da haben wir´s ja schon. Ich bin kein Mörder. Die Tussi hat selber schuld. Was lungert sie auch bei meiner Goldmine herum?

Als es Nacht geworden war, hatte er einen Absacker getrunken. Erst einen, dann zwei, dann drei, also insgesamt sechs Gläser, wenn man seiner Zählweise folgen wollte.

Dienstagvormittag. Schädelbrummen. Mit kleinen Augen riskierte er einen vorsichtigen Blick nach draußen. Er schüttelte ungläubig den Kopf.

Das gibt's nicht. Ich bin immer noch hier. Was soll ich davon halten? Dass meine Angst unbegründet ist? Dass meine Taktik die richtige ist?

Frühstück. Ein Kaffee mit Schnaps. Das reichte. Schlagartig fühlte er sich fit. Nicht nur fit. Auch sicher. Seiner Sache sicher. Er bewegte sich jetzt wieder ungezwungen, geradezu tänzelnd. Bei seiner Figur keine Selbstverständlichkeit. Er sah Licht am Ende des Tunnels.

Senta hatte es ihm verboten. Das Gewehr im Haus. Die Flinte kommt mir nicht über die Schwelle, hatte sie gezetert. Blöde Kuh. Halt' mich doch davon ab, wenn du kannst.

Er holte das Gewehr aus der Werkstatt in die Küche. Eine Schrotflinte. Er klappte den Doppellauf nach unten. Zwei Patronen drin. Ob sie noch gut sind?

Er klappte die Läufe nach oben, ließ sie einrasten, drückte den Kolben an Schulter und Wange, zielte zum Fenster hinaus. Zielwasser hab' ich ja getrunken, hahaha. Zog den Hahn durch.

Pardautz! Durch die Scheibe. Der Rückstoß warf ihn vom Stuhl. Hohoho, Jesses, oh verreck!, rief er.

Schwerfällig rappelte er sich hoch. Das Zimmer voller Pulverdampf. Hustend wedelte er mit den Händen, begutachtete die Scheibe. Eine Million Splitter draußen im Hof.

Was soll's?

Mit dem Test äußerst zufrieden legte er sich aufs Ohr. Bald war er eingeschlafen und träumte von einem neuen Leben mit einer tollen Frau an der Seite.

Er wurde aus dem Schlaf gerissen, weil das Telefon klingelte. Das Festnetztelefon. Ächzend stand er auf und schlich, als könnte der Anrufer sonst seine Schritte hören, zum Apparat. Die angezeigte Nummer war ihm fremd.

Wer, verdammt, konnte das sein? Ich bin nicht zu Hause.

Die Uhr auf dem Telefondisplay zeigte vierzehn Uhr fünfzehn, als die Angst zurückkam.

*

Gengenbach/Poggenau/Holzrück

„Du brauchst nicht so früh zu kommen, Pit. Die meisten Kneipen öffnen erst gegen Mittag", sagte Edgar am Telefon.

„Haben wir Ritas Segen?"

Edgar bejahte die Frage. „Bedingung ist, dass wir sie verständigen, falls wir fündig werden."

„Gut. Ich hab' im Telefonbuch nachgeschaut. Es gibt vierzehn Gaststätten in *Poggenau*. Ganz schön viel, findest du nicht?"

„Das relativiert sich, wenn wir Pizzerien und Cafés und Shisha Bars und ähnliche Lokale ausscheiden. Irgendwie sagt mir mein Gefühl, dass unser Mann nicht dort verkehrt", antwortete Edgar. „Aber bring das Telefonbuch mit, dann haben wir die Adressen."

Rita hatte Edgar am Morgen bevor sie zum Dienst fuhr nochmal ins Gebet genommen. „Mach´ mir keine Schande, Edgar", hatte sie eindringlich auf ihn eingeredet. „Das ist keine Hobby-Ermittlung. Wir haben es mit einem Doppel-, wenn nicht sogar mit einem Dreifachmörder zu tun. Ich kann es dir nicht verbieten. Das Besuchen von Restaurants und Gasthäusern ist nun mal jedem erlaubt. Dagegen kann nicht einmal der Oberstaatsanwalt Landquart etwas einwenden. Aber sobald du …"
„Ja, das haben wir doch ausreichend besprochen."
„Besprochen ist versprochen, Edgar. Sonst bin ich die längste Zeit Kriminalkommissarin gewesen. Landquart fackelt da nicht lange, und du bist sowieso eine Reizfigur für ihn."

Melanie, auf dem Sprung zu ihrem Geschäft *Aquarelle und Poesie*, hatte zum Abschied ihren Kopf an seine Brust gedrückt. „Mach´s gut, mein Edgar. Ich bin nicht unglücklich darüber, dass du das tust. Aber ich bin auch nicht gerade glücklich. Manchmal wünsche ich mir, du würdest eine Modelleisenbahn kaufen und eine Anlage konstruieren. Aber nur manchmal. Mehr sag´ ich nicht."
„Melanie?"
„Du weißt, dass ich auf dich warte."
„Ja."

Pit kam um halb zwölf Uhr mit seinem taubenblauen *Citroën Typ H*. Edgar wartete bereits mit *Müller* im Garten.

„Du nimmst *Müller* mit?", fragte Pit kritisch.

„Ja. Guck nicht so empört."

„Warum *Müller* allein und nicht *Müller* **und** *Lydia*?"

Edgar zuckte mit den Schultern. „Ich weiß es nicht, Pit. Vielleicht, weil *Lydia Müller* ablenken würde. Aber *Müller* kommt mit. Ist eine Gefühlssache."

Pit hob beide Hände, Handflächen abwehrend nach vorne. „Na, ich mein´ ja bloß. Ist dein Hund."

Während der Fahrt von *Gengenbach* nach *Poggenau* studierte Edgar Pits Liste. Der hatte sich die Mühe gemacht, infrage kommende Gaststätten und Restaurants in einen Stadtplan einzutragen, sodass sie nach einer Reihe vorgehen konnten. Er las: *Zum Kuckuck, Bierseidel, Goldener Adler, Jägerstuben, Linde, Ratskeller, Zum Lamm, Bahnhofsstüble, Restaurant Stauwehr* und *Sportheim*. Was quasi einer Route quer durch das Städtchen gleichkam.

„Wie, meint der Herr Kriminalhauptkommissar a. D., gehen wir vor?" Sie näherten sich *Poggenau* von Süden her. Pit hatte die schmale Straße über den Bergrücken genommen. In engen Windungen ging es bergab.

„Sag´ du´s mir."

„Ich denke, wir stellen den *Citroën* in Nähe der ersten Kneipe ab und arbeiten zu Fuß die Liste ab."

„Klingt vernünftig", sagte Edgar. „Dann musst du bei der Ortseinfahrt rechts abbiegen. Was hast du für ein Gefühl?"

„Anspannung. Nervosität. Und du?"

„Ja, irgendwie auch. Ein Gefühl, wie wenn ein Weg zu Ende geht. Hoffentlich ist es keine Sackgasse."

Pit parkte auf einem öffentlichen Parkplatz. Edgar öffnete die Tür zum Laderaum und ließ *Müller* heraus. Das Restaurant mit dem ungewöhnlichen Namen *Zum Kuckuck* lag auf der anderen Straßenseite.

Sie betraten den Gastraum. Es herrschte mäßiger Betrieb. Obwohl Mittagszeit, waren nur wenige Tische besetzt. Hinter der Theke stand ein Mann und zapfte Bier. Als er Pit und Edgar gewahr wurde, grinste er und rief lauter als nötig: „Hoppla, *ZZ Top* bei mir zu Gast?" Er spielte auf Pits und Edgars Ähnlichkeit an.

Alle anwesenden Köpfe ruckten herum und glotzten zur Theke.

„*ZZ Top* haben längere Bärte", sagte Pit. „Aber berühmt sind wir schon."

„Genau", übernahm Edgar, „und zwar dafür, dass wir Fragen stellen. Sind Sie der Wirt?"

Der Mann schluckte. „Ich bin der Wirt, ja. Warum fragen Sie?"

Edgar hielt bereits das Handy hoch. „Haben Sie diesen Mann schon mal gesehen? Kennen Sie ihn vielleicht? War oder ist er Gast bei Ihnen?"

Der Wirt schielte über den Bierhahn hinweg auf das Handydisplay. „Das ist der aus der Zeitung, oder?"

Edgar ging auf die Gegenfrage nicht ein. „Kennen Sie ihn?"

Der Wirt schüttelte den Kopf. „Nie gesehen. Was trinken?"

„Danke, nein, heute nicht", antwortete Pit und wandte sich dem Ausgang zu.

Das nächste Gasthaus lag nur fünf Gehminuten entfernt. *Bierseidel*. Wie der Namen schon ankündigte, handelte es sich um eine reine Schankstube ohne Restaurant, und zwischen zwölf und ein Uhr verkehrte hier vermutlich Tag für Tag die gleiche Kundschaft, die sich bis in die Nachtstunden hinein nur geringfügig ändern würde.

Man kannte den Mann von Edgars Handy nicht. Pit blieb nach dem Besuch unschlüssig vor dem Eingang stehen.

„Ich glaube, wir holen das Auto und fahren bis zur nächsten Beiz. Sonst müssen wir zum Schluss zu weit zurückgehen."

Die nächste *Beiz*, der *Goldene Adler*, war eine Adresse für Gäste mit gehobeneren Ansprüchen. Der Begrüßungston war entsprechend hochnäsig. Kaum hatten Pit und Edgar das Haus betreten, kam ein hagerer Bediensteter in Livree und mit Gelfrisur auf sie zugeeilt. „Hallo, Sie! Hunde sind hier nicht erlaubt!"

„Guten Tag. Dann haben wir aber Glück, dass wir nur **einen** Hund haben", sagte Edgar und ging unbeeindruckt weiter. „Komm´ *Müller*."

„Nein!", sagte der Bedienstete energischer und fasste Edgar am Arm. „Zutritt nur ohne Hunde!"

Edgar blieb gelassen stehen. „Ich hab´ Sie schon verstanden, junger Mann. Sie sprechen ständig von Hund**en**. Plural. Wie Sie leicht erkennen können, sind wir nur in Begleitung eines einzelnen Hundes."

„Aber Sie dürfen nicht …"

„Doch, wir dürfen!", fiel Edgar ihm ins Wort. „Das ist nämlich nicht irgendein Hund, sondern ein Polizeihund. Und in dieser Funktion ist ihm der Zutritt hier erlaubt. Wenn Sie jetzt bitte die Güte besäßen, wegen unaufschiebbarer polizeilicher Ermittlungen Ihren Chef zu rufen? Danke."

Die Adresse *Goldener Adler* hatte jedoch nichts gebracht. Ähnlich ergebnislos verliefen auch die beiden nächsten Stationen *Jägerstuben* und *Linde*.

Da die folgenden zwei Gaststätten nebeneinander lagen, holte Pit den *Citroën* nach und parkte in deren Nähe.

Im *Ratskeller* erhielten sie eine überraschende Antwort. Die Wirtin, eine umgängliche junge Frau mit blonden Korkenzieherlocken, begab sich mit ihnen in den seitlich gelegenen Biergarten, einem wunderschönen Platz unter dem Blätterdach mächtiger Ahornbäume.

„Ich habe den Mann schon einige Male gesehen", sagte sie. „Drüben, beim *Lamm*-Wirt. Also im Biergarten dort." Sie zeigte mit langem Arm über die Gartentische hinweg, hinüber zum benachbarten Biergarten des Restaurants *Lamm*. Auf die Frage nach Name und Wohnort schüttelte sie bedauernd den Kopf, dass die Locken nur so flogen. „Aber drüben ist er Stammgast. Das weiß ich."

Pit und Edgar schauten sich an und nickten sich zu. „In dem Fall, würd´ ich sagen, bedanken wir uns bei Ihnen und trinken ein Bier, wenn´s recht ist."

Edgar schaute auf seine *Breitling*. Dreizehn Uhr fünfundzwanzig. Er zog das Handy hervor und wählte Ritas Nummer. Sie nahm das Gespräch nach dem vierten Freizeichen an.

„Edgar?"

„Rita. Es kann sein, dass wir in einigen Minuten Vollzug melden können. Wir befinden uns gerade vor einem Gasthaus, in dem der Gesuchte Stammgast sein soll, und gehen gleich hinein. Kannst du mir ein Foto Carsten Kohlfelts schicken? Dann können wir unter Umständen sogar die Verbindung zwischen ihm und dem Gesuchten herstellen."

„Ja, kann ich. Und Edgar! Du rufst mich sofort an. Ich will es so schnell wie möglich wissen, hörst du?"

„Mach´ ich", sagte er und beendete das Gespräch. Dann wartete er, bis sein Handy das Posteingangssignal von sich gab. Carsten Kohlfelts Foto. Er leerte das Bierglas, knallte es demonstrativ auf den Tisch, nickte Pit zu und erhob sich. „Geh´n wir, Pit."

Er sah sie auf den ersten Blick. Die Vitrine mit den Steinen. Mit den Achaten. Drei Regalfächer aus Glas, dezent beleuchtet. Sie stand in der Gaststube gegenüber des Stammtisches an der Wand. Edgar spürte, wie sich ein Knoten in der Brust löste, und dann vernahm er, wie von ferne der Trommelwirbel einsetzte:

Rrrrrammmtatatatamm, rrrrrammmtatatatamm ...

„Wir sind hier richtig, Pit", raunte er dem Freund leise zu. „Die Vitrine." Er ging um die Wirtshaustische herum zur Vitrine hin und besah die Achatscheiben. Etwa fünfundzwanzig Stück, alle irgendwie gleichartig, aber keine gleich. Vor jeder Scheibe stand ein kleines, handgeschriebenes Preisschild. Fünfundzwanzig bis vierzig Euro die Spanne, je nach Größe der Scheiben und Originalität der Quarzdrusen und -mandeln.

Am Stammtisch hockten vier Männer, deren Unterhaltung mit Pits und Edgars Eintreten abrupt ins Stocken geraten war. Allmählich setzte unterdrücktes Gemurmel wieder ein. Edgar war sicher, dass jede seiner Bewegungen argwöhnisch verfolgt und kommentiert würde. Ihm war das typische Stammtischverhalten von vielen ähnlichen Situationen aus seiner aktiven Zeit nicht unbekannt.

Der Wirt hinter dem Tresen gehörte wie ein ewiger Trabant automatisch zu den Stammtischbesatzungen.

Manchmal fungierte er als Stichwortgeber, meistens jedoch als Mediator zwischen den hochkochenden Meinungen. Auch er beobachtete Pit, Edgar und *Müller* aus den Augenwinkeln.

Edgar beendete die im Raum lastende Ungewissheit und steuerte direkt auf den Tresen zu. Der Wirt, ein Geschirrtuch als Schurz umgebunden, trocknete in althergebrachter Weise mit einem anderen Geschirrtuch Biergläser ab. Er war von kräftiger Statur und trug das graue Haar streng nach hinten gekämmt. Er hatte kleine, zusammengekniffene Augen und die Nase eines Boxers. Aus dem Kragen seines gestreiften Hemdes lugte gekräuseltes Brusthaar.

„Tag, die Herren. Sie interessieren sich für die Achate?"

„Ja, auch", sagte Edgar. „Aber am meisten interessiert uns, ob Sie diesen Mann hier kennen." Er hielt dem Wirt das Phantombild hin. „Entschuldigen Sie. Mein Name ist Edgar Schaaf. Ich frage im Auftrag der Kriminalpolizei. Mein Partner heißt Pit Ferman. Wir haben gehört, dass er Stammgast bei Ihnen sei."

Der Wirt warf einen Blick auf Edgars Handy. Dann huschten seine Augen zwischen Pit und Edgar hin und her. „Von der Kriminalpolizei?"

„Richtig. Kriminalkommissarin Rita Böhringer leitet die Ermittlungen. Kennen Sie ihn? Sein Bild war gestern in der Zeitung", antwortete Edgar.

Sein Blick wanderte zu den Stammtischbrüdern. Edgar wettete zehn Euro von der rechten in die linke Hosentasche, dass das Fahndungsfoto Gesprächsthema bei den Stammgästen war. „Soll ich besser am Stammtisch nachfragen?"

„Nein, nein", sagte der Wirt eilig und seine Aufmerksamkeit kehrte zu Edgar zurück. „Ich bin zwar nicht hundertprozentig sicher – das Bild ist … wie soll ich sagen … ungenau – aber es könnte Theo sein. Ja, Theo ist Stammgast hier. Er war zwar schon länger nicht mehr da, aber hören Sie …"

„Theo? Theo wie? Wie heißt er mit Nachname?"

Der Wirt druckste herum. „Hören Sie, Theo ist ein anständiger Kerl und … Wenn er erfährt, dass ich ihn sozusagen …"

Pit schaltete sich ein. „Niemand hört von irgendwas. Wir brauchen den Nachnamen. Die Achate in der Vitrine – das sind doch seine Achate, oder nicht? Also …"

„Schmied", sagte der Wirt, drehte sich halb zum Stammtisch hin, von wo acht Augenpaare gespannt zum Tresen glotzten, und hob entschuldigend die Arme. „Er heißt Theo Schmied."

„Schmied mit ie und weichem d?"

Der Wirt nickte.

„Und wo wohnt dieser Theo Schmied? Haben Sie seine Adresse?", fragte Edgar geduldig.

„In *Holzrück*. Aber die Straße weiß ich nicht. Ich hab´ bloß seine Telefonnummer. Also Festnetz. Wegen der Achate, verstehen Sie?"

„Sehr gut. Wenn Sie mir die Nummer bitte aufschreiben würden. Dann hab´ ich noch eine Frage, Herr ...?"

„Eicher. Wieland Eicher." Wieland Eicher schwitzte.

Edgar wischte über das Handydisplay. „Haben Sie diesen Herrn schon mal hier gesehen?" Er zeigte Carsten Kohlfelts Foto.

„Ja, der war früher gelegentlich hier. Bis vor einem Vierteljahr oder so. Plusminus. Genau kann ich das nicht sagen. Wird der auch gesucht?"

Edgar lächelte. „Laufende Ermittlungen. Tut mir leid, Herr Eicher. Die Telefonnummer bitte. Sie haben der Polizei sehr geholfen. Danke."

Pit lehnte sich mit einer Hand gegen den *Citroën*, während Edgar Ritas Nummer wählte. „Du hattest den richtigen Riecher, Edgar", sagte er. „Das Opfer Carsten Kohlfelt und Theo Schmied hatten sich gekannt. Hier in dieser Kneipe ist die Verbindung. Das ist ein echter Durchbruch. Rita wird staunen."

Rita war sofort am Telefon. „Ich will nur positive Nachrichten hören. Sag´, dass du ihn hast, Edgar. Sag´ schon."

„Wir haben ihn. Und wir haben die Verbindung zu Carsten Kohlfelt. Unser Mann heißt Theo Schmied. Schmied mit ie und weichem d. Wohnhaft in *Holzrück*. Telefonnummer. Keine Adresse. Stell´ fest, ob ein weißer SUV auf ihn zugelassen ist. Und dann gib´ uns Bescheid. Mach´ dich auf die Socken. Wir warten an der Ortseinfahrt auf dich." Edgar beendete das Gespräch. Zu Pit sagte er: „Rita wird bestimmt zwanzig Minuten brauchen. Ich denke, wir fahren schon mal los."

Holzrück lag auf der anderen Talseite und war von *Poggenau* durch das Flüsschen Reuse und die Durchgangsstraße getrennt. Neben der Kreuzung, über die man nach *Holzrück* gelangte, befand sich die Großsägerei Dobler, die täglich von mehreren Langholztransportern mit Holznachschub angefahren und versorgt wurde. Zudem mündete der Schlipfbach auf dem Gelände der Sägerei in die Reuse.

Pit fuhr aus *Poggenau* hinaus, über die Durchgangsstraße, und stellte das Auto nach circa einem weiteren Kilometer vor der Ortseinfahrt zwischen zwei Birnbäumen am Straßenrand ab. Edgar ließ *Müller* aus dem Laderaum des *Citroën* ins Freie. Der Hund trottete nur einige Dutzend Meter ins Gelände hinein, blieb aber in Sichtweite und kam nach wenigen Minuten unaufgefordert wieder zurück.

„Braver Hund", zauselte Edgar sein Fell und belohnte ihn mit einem Leckerli. „Guter *Müller*."

Holzrück war ein kleines Nest. Verwaltungstechnisch an *Poggenau* angegliedert. Geschäfte suchte man vergeblich in dem Ort, und aus dem ehemals einzigen traditionellen Wirtshaus war eine Pizzeria geworden, die kaum besucht und von den Einheimischen der Geldwäsche für die Mafia bezichtigt wurde.

Die Straße, an der Pit parkte, war die einzige Verbindung nach *Holzrück* hinein und selbstredend wieder hinaus. Es lag in einem zu den Bergen hin abgeschlossenen kleinen Tal, und die Wege, die in und über die Berge führten, waren durch Schranken für den Durchgangsverkehr gesperrt.

Edgar schaute auf die Armbanduhr. Vierzehn Uhr zehn. Rita musste bereits unterwegs sein, was sie im gleichen Augenblick durch ihren Anruf bestätigte. „Edgar: Hainbuchenweg elf. Er ist Jahrgang 1972, fährt einen weißen *BMW X-Drive*, ist verheiratet. Seine Frau heißt Senta. In zehn Minuten müsste ich bei euch sein. Wartet auf mich."

Edgar tippte *Holzrück*, Hainbuchenweg elf bei *Google Earth* ein. Vogelperspektive. Er zoomte die Adresse bis auf wenige Meter heran. Zu dem Anwesen, zeigte er Pit, gehörten zwei Gebäude. Leider bekam er nur die Dachaufsicht angeboten. *Google Earth Streetview* war nicht eingerichtet.

In alleiniger Entscheidung wählte er die Telefonnummer, die der *Lamm*-Wirt ihm aufgeschrieben hatte. *Will nur prüfen, ob Theo Schmied zu Hause ist. Sollte er sich melden, lege ich sofort wieder auf,* dachte Edgar. Er lauschte dem Freizeichen, doch auch nach mehrmaligem Tuten nahm niemand ab.

„Es scheint niemand daheim zu sein, Pit. Was machen wir? Sollen wir vorausfahren?"

Pit verzog das Gesicht, als hätte er Essig getrunken. „Nicht gut, Edgar, wenn du mich fragst. Rita hat gesagt, wir sollen auf sie warten."

Edgar schwieg, aber seine Wangenmuskeln arbeiteten, und seine Augenlider verengten sich zu Schlitzen, aus denen die Ungeduld und die Unzufriedenheit gekrochen kamen. Er knurrte irgendetwas und kickte einen Stein zur Seite. Pit belauerte ihn argwöhnisch.

Das Handy klingelte. „Rita?"

„Ja, Edgar, Scheiße ist. Ein Verkehrsstau, verdammt. Ein Langholztransporter ist umgestürzt und versperrt die Straße. Kein Durchkommen. Das kann dauern."

„Wo bist du?", fragte Edgar.

„Vier-, fünfhundert Meter vor der Abfahrt zur Sägerei Dolder. Wahrscheinlich war der Idiot zu schnell und hat die Einfahrt verfehlt. Oder er hat gepennt oder telefoniert. Egal. Was machen wir jetzt?"

Edgar überlegte fieberhaft. „Pass´ auf, Rita. Du hast doch Blaulicht. Fahr´ an dem Stau vorbei bis zur Unfallstelle und stell´ dein Auto irgendwo ab. Pit kommt dir mit seinem *Citroën* von der anderen Seite entgegen und übernimmt dich dort."

„Okay, und was hast **du** vor?" Rita hörte die Alarmglocken bimmeln.

Edgar räusperte sich: „Hrrrmmmh, ich gehe mit *Müller* zu Fuß ins Dorf hinein. Ihr kommt dann hinterher."

„Edgar, mach bloß keinen Mist, hörst du? Warum kannst du nicht einfach warten?", fragte sie aufgebracht.

„Beruhige dich. Ich hab´ dort angerufen. Es ist niemand zu Hause, Rita."

„Edgar, das geht …" *so nicht*, wollte Rita erwidern, doch sie bekam nur noch das Rauschen des Weltalls zu hören. Edgar hatte aufgelegt.

*

Die Angst war zurück. Sie füllte ihn aus bis unter die Schädeldecke und fühlte sich an wie hohes Fieber. Als steckte der Kopf in einem Bienenstock. Die Auswirkungen glichen denen eines Vollrausches. Die Ohren funktionierten nicht mehr, und die Augäpfel schienen zu kochen. Der Schließmuskel drohte den Dienst einzustellen. Mit Ach und Krach schaffte er es gerade noch auf die Toilette.

Hätte er doch sein Glück in der Weite suchen sollen? War es jetzt zu spät?

Das Telefon klingelte erneut. Mit hohem Puls schaute er auf das Display. **Die Nummer kenn´ ich.** Er hob ab ohne sich zu melden.

„Theo? Bist du dran? Wieland am Apparat."

Wieland? Der Wirt? Was will der denn? „Wieland, was gibt´s?", fragte er mit angehaltenem Atem.

„Theo, hör´ zu. Die Polizei war bei mir. Mit deinem Phantombild. Hat nach dir gefragt. Ich musste Auskunft geben, Theo. Tut mir leid."

„Auskunft? Was für Auskunft? Und was für Polizei?"

„Deinen Namen und wo du wohnst. Zwei ältere Männer mit Pferdeschwanz und Bart. Ich wollte dich nur warnen, Theo, ich …"

„Du Idiot!", zischte er in den Hörer und warf den Hörer auf die Gabel. Zwei ältere Männer mit Pferdeschwanz und Bart? Wieso zwei? Hat der Idiot von einem Wirt etwa doppelt gesehen? Wenn sie meine Adresse haben, werden sie auch hierherkommen. Es kann sich nur noch um Minuten handeln. Ich … ich muss hier weg.

Den Entschluss gefasst, entwickelte er eine hektische Betriebsamkeit. Er eilte ins Schlafzimmer, wo noch immer der gepackte Koffer auf Sentas Bett lag. Er schleppte ihn in den Flur und stellte ihn dort ab, um Geldbörse und Autoschlüssel einzustecken und das Geld vom Verkauf der Kamera aus dem Schreibtisch zu …

Verdammt, wo ist das Geld? Er wurde panisch, bis ihm endlich einfiel, dass er das Geld schon längst im Koffer verstaut hatte. Zum Schluss packte er die Schrotflinte und hastete mit allem über den Hof, als er eine Person die Straße heraufkommen sah. Einen Mann, ganz in dunkelgrau gekleidet, mit leuchtend silbrigem Haar und Bart, in Begleitung eines Hundes.

*

Während Pit den *Citroën* wendete, um zurück zur Durchgangsstraße zu fahren, schlug Edgar mit *Müller* die Richtung ins Dorf ein. Ein Gehweg existierte nur auf der rechten Seite. Die linke Straßenseite wurde von einem Bach begrenzt, in dem allerdings kaum Wasser floss. Nach etwa dreihundert Metern sah er das Hinweisschild *Hain-buchenweg*. Er musste nach rechts abbiegen.

Wie er in *Google Earth* gesehen hatte, lag von der Abzweigung bis zur Hausnummer elf ein beträchtliches Stück Weg. Zwischen den ohnehin großzügig bemessenen Anwesen kam er an einigen landwirtschaftlich genutzten Flächen wie Streuobstwiesen und Maisfeldern vorbei. *Müller* trottete ohne Leine am seitlichen Rain entlang, sichtlich ohne besondere Motivation. *Es stinkt ihm, dass Lydia nicht mit von der Partie ist*, dachte Edgar.

Vor Hausnummer elf machte die Straße eine leichte Linkskurve. Edgar sah zwei Gebäude. Das erste, rechter Hand, war ein einstöckiger Backsteinbau, unverputzt, mit einem Giebel aus grauem Holz. Das Gebäude links musste das Wohnhaus sein. Fachwerk, mit abblätterndem Verputz, der früher vielleicht einmal gelb gewesen, heute jedoch von Ruß und Dreck fast schwarz war. Die beiden Gebäude standen parallel zueinander. Dazwischen lag ein freier Platz von ungefähr zwölf Metern Breite. Beton, wie Edgar sah, als er näher kam.

Er stieß einen leisen Pfiff aus, den *Müller* aus einigen Jahren Erfahrung richtig interpretierte: Obacht, Ohren und Augen auf.

Edgar blieb einige Sekunden vor der Kurve stehen. *Das Haus hat schon bessere Zeiten gesehen. Das Dach vermoost, das Fachwerk altersgrau und grobrissig, die Fensterrahmen schreien nach Farbe, die Fensterläden hängen schief in den Angeln, der Vorgarten verwildert. Entweder legt der Mann keinen Wert auf Erhalt des Hauses, oder die Frau, oder alle beide.*

Er schaute sich um. Spätestens jetzt wäre der Zeitpunkt gekommen, um auf Rita und Pit zu warten. Unschlüssig wankte Edgar mit dem Oberkörper hin und her. Als er sich wieder dem Haus zuwandte, hatte *Müller* ihm die Entscheidung abgenommen, denn in seiner unnachahmlichen Art schnürte er im schmalspurigen Wolfstrab mitten über den Platz zwischen den Häusern dahin. Edgar setzte zu einem Pfiff an, doch hielt er damit inne, denn vor dem Haus erregte plötzlich etwas seine Aufmerksamkeit. Ein Glitzern am Boden.

Neugierig geworden, tappte er, mit geschärften Sinnen aufmerksam um sich schauend, dorthin. Glassplitter. Tausende kleiner Glassplitter. Flachglas. Sie lagen in einer ziemlich weiten Streuung auf dem Betonboden des Hofes. Dann entdeckte er das Fenster neben sich, in dem ein enormes Loch in der Scheibe klaffte.

Was ist hier passiert? Solch winzige Splitter rühren nicht von einem Fußball oder Stein her. Zudem liegen sie alle außerhalb, dachte er.

Zwei Schritte bis zum Fenster. Auf dem Fensterbrett lagen Achatscheiben und –halbkugeln mit den bekannten Drusen und Mandeln. Im Fensterrahmen steckten scharfe Glaszacken, ragten ins Profil des Loches. Edgar schob vorsichtig den Kopf hindurch. *Aha, die Küche. Doch was ist das? Nach was riecht es hier? Pulver? Das ist Schießpulvergestank. Oh, verdammt.*

Rasch zog er den Kopf zurück. Dann gab *Müller* Laut. Einmal. Zweimal. *Müller* hörte nicht auf zu bellen.

*

Er hoffte, dass er von dem Kerl nicht gesehen worden war. Hastig zog er das Scheunentor hinter sich zu, riss die Plane vom *BMW* herunter und warf den Koffer auf den

Rücksitz. Dann schlich er mit dem Gewehr durch eine Verbindungstür in die Werkstatt. Dort gab es ein Fenster, durch das er den Hof überblicken konnte.

Der Hund kam als erster. Er lief schnurstracks am Fenster vorbei, weiter in den hinteren Teil des Grundstückes. Schließlich geriet auch der Mann ins Blickfeld.

Das ist der Typ aus *Haldensee*. Der mich nach Rico gefragt hatte. Und in *St. Paulsberg* ist er auch gewesen.

Offensichtlich war er auf die Glassplitter aufmerksam geworden. Er bemerkte das zerstörte Fenster, ging darauf zu und streckte den Kopf durch das Loch.

Wenn er zählen kann, dann wird er jetzt eins und eins zusammenzählen, dachte er. Was mach˘ ich jetzt bloß? Verhalte ich mich still und warte, bis der Kerl wieder verschwindet? Oder soll ich ins Auto hocken und davonrasen? Stopp! Hatte der Lamm-Wirt nicht was von zwei Männern gefaselt? Für den Moment seh˘ ich nur einen. Wo mag der andere sein?

Da! Der Hund bellt. Wo ist der Köter eigentlich? Verdammt, er wird doch nicht ... Der Kerl ruft und pfeift nach ihm. Und jetzt läuft er ihm auch noch hinterher. Was mach˘ ich jetzt, was mach˘ ich jetzt, was mach˘ ich jetzt?

*

„*Müller*?", rief Edgar. Und nochmal: „*Müller*?" Aber *Müller* bellte weiter. Edgar legte zwei Finger auf die Unterlippe und pfiff.

Müller kam um die Scheunenecke, blieb aber unwillig stehen. Körpersprache: *Was schreist und pfeifst du, Alter? Komm' her, wenn ich dich rufe.*

„*Müller*? Hierher!", rief Edgar.

Aber der Hund drehte um, verschwand wieder hinter der Ecke und begann erneut zu bellen. *Seltsam. Was hat er nur?*, dachte Edgar und setzte sich in Bewegung. *Grundlos bellt er nicht.*

Er war vielleicht zehn Schritte in Richtung der Ecke gegangen, hinter der *Müller* verschwunden war, als seitlich an der Scheune eine Tür gegen die Wand krachte und eine aufgebrachte Stimme brüllte:

„Halt! Was hast du hier zu suchen? Das ist Privatbesitz. Da wird nicht rumgeschnüffelt."

Edgar fuhr herum. In der Tür stand breit und massig der Mann mit der Nazi-Frisur und den narbigen Wangen. Der Mann, der vermutlich Theo Schmied hieß. Was nicht weiter schlimm gewesen wäre, wenn dieser Mann nicht ein Gewehr auf ihn gerichtet hätte.

Die Visitenkarte, dachte Edgar. *Das ist der Mann aus Haldensee. Ich erkenne ihn wieder.* Seine schlimmsten Befürchtungen bewahrheiteten sich. Vor seinem inneren Auge entstand das Bild der leeren Kaffeetasse in Frau Dr. Lazlos Büro. Edgars *Kelch der Bitterkeit*. In Zeitlupe stürzte sie um, und die Leere ergoss ich in sein Gehirn, um unmittelbar zu gefrieren und die Systeme für vernünftiges Handeln außer Betrieb zu setzen.

„Ruf' deinen Hund zu dir! Los! Mach' schon!", rief der Mann im Befehlston.

„Herr Schmied? Herr Theo Schmied?", fragte Edgar und achtete auf das Gewehr.

„Du sollst deinen Hund rufen! Oder muss ich ihn selber holen? Das dürfte er dann nicht überleben! Also!"

„Ich hab´s versucht, Herr Schmied, aber er ist wohl durch irgendwas verhindert", sagte Edgar herausfordernd.

Theo Schmied hob den Gewehrlauf an und schoss in die Luft. Es gab einen gewaltigen Knall. „Eine Patrone ist noch im Lauf!", brüllte er mit hochrotem Gesicht. „Mehr braucht dein Hund nicht!"

Müller, durch den Lärm aufgeschreckt, war um die Ecke gekommen, wo er wieder stehen blieb. Theo Schmied fauchte Edgar an: „Ich habe dich gewarnt." Dann stapfte er auf *Müller* zu.

*

Pit war den Kilometer vom Ortseingang *Holzrück* bis zur Kreuzung der Durchgangsstraße zurückgefahren. Schräg links gegenüber lag das Firmengelände der Sägerei Dobler. Die Einfahrt zum Firmengelände befand sich ungefähr zweihundert Meter talabwärts von der Kreuzung entfernt. Der Verkehr staute sich bereits über die Kreuzung hinaus und bis nach *Poggenau* hinein. Er setzte links den Blinker und zog an der Autoschlange vorbei, was ihm erhebliche Unmutsbekundungen der wartenden Verkehrsteilnehmer einbrachte. *Leckt mich am Arsch, ihr Idioten*, dachte er.

Etwa zwanzig Meter vor dem umgestürzten Langholztransporter machte er langsam und hielt den *Citroën* schließlich an. Wie immer und überall hatte sich eine Gruppe Gaffer zusammengerottet. Quer über beide Fahrstreifen hinweg lagen mindestens zwanzig Meter lange Baumstämme. *Schöne Bescherung.*

Hinter den Stämmen erkannte Pit Ritas dunkelbraunen Haarschopf und drückte mehrfach auf die Hupe. Er sah sie ihren Kopf recken, winken, und dann einen Weg um die Unfallstelle suchen, was nicht so einfach war, denn auf der einen Seite verhinderte das Flüsschen Reuse das Durchkommen, wenn man nicht bis zu den Hüften nass werden wollte. Auf der anderen Seite blieb nur die Möglichkeit, über die Ladung des Transportes zu klettern, die dort an eine steile Felswand stieß.

Nach kurzer Zeit entdeckte er Rita wieder, wie sie mit Unterstützung und Absicherung eines Feuerwehrmannes auf Pits zugewandte Seite abgeseilt wurde. Sekunden später warf sie sich neben ihm auf den Beifahrersitz.

„Huch, was für eine Aufregung", schnaufte sie. „Also, Pit, umdrehen und zurück nach *Holzrück*. Edgar ist wohl schon in der Höhle des Löwen."

Pit schüttelte den Kopf. „Du weißt doch, wie er ist. Zuerst nimmt er sich noch die Zeit, um ein gemütliches Bier zu trinken, und dann kann´s ihm nicht schnell genug gehen. Naja, immerhin hat er *Müller* dabei."

Rita seufzte und guckte zum Seitenfenster hinaus, wie die Landschaft gemächlich vorbeizog. „Sag´ mal", fragte sie nach einer Weile, „kann deine Knallrakete auch schneller?"

Pit grinste schief. „Beleidige meinen *Citroën* nicht. Wir sind ja gleich da."

„Hm, hoffentlich kommen wir nicht zu spät. Ich glaube nämlich nicht, dass dieser Schmied nicht zu Hause sein soll."

Pit bog in den *Hainbuchenweg* ab.

„Schon mal was von quietschenden Reifen gehört?", fragte Rita anzüglich.

„Jaja, ist ja schon gut, ich hab's kapiert", reagierte Pit darauf. „Da vorne in der Kurve muss es sein. Hausnummer elf."

„Okay", sagte Rita und überprüfte den Sitz ihrer Pistole. „Am besten ist, du fährst mit Karacho hinein, und dann nix wie raus aus der Karre."

In der Tat rauschte Pit mit fünfzig Sachen in den Hof zwischen den zwei Gebäuden und brachte den Wagen abrupt zum Stehen. Mitten im Hof stand wie angenagelt Edgar. Rechts von ihm stapfte ein Mann mit einem Gewehr im Hüftanschlag auf *Müller* zu, der an der Gebäudeecke stand. Sobald der *Citroën* stand, sprang Rita hinaus, riss die Pistole in den beidhändigen Anschlag, zielte auf den Gewehrmann und schrie: „Halt! Stehen bleiben! Waffe weg! Polizei!"

*

Theo Schmied erstarrte mitten in der Bewegung. **Jetzt reicht's mir aber bald!**, dachte er aus einem ersten Impuls heraus, und im gleichen Augenblick wurde das restliche verbliebene Gramm Vernunft unter einem Tsunami aus Jähzorn erstickt. **Was erlauben die sich eigentlich?**

Unendlich langsam drehte er sich um und hob gleichzeitig die Schrotflinte an die Wange. Er nahm Edgar aufs Korn.

„Waffe weg!!", schrie Rita, plötzlich im Diskant, und nahm ihrerseits Theo Schmied ins Visier.

„Nein", antwortete Theo Schmied kaltblütig. „**Sie** legen die Pistole auf den Boden und kicken sie zur Seite, sonst erschieße ich den langhaarigen Silberaffen." Und zu Edgar sagte er: „Du kommst her. Los, dalli, dalli, mach´ schon!"

„Bleib stehen, Edgar", rief Rita, nun wieder in ihrer normalen Stimmlage.

Aber Edgar hob beide Hände und ging langsam auf Schmied zu. „Ist gut, Rita. Tu´, was er sagt", antwortete er mit merkwürdig monotoner Stimme.

Rita schien mit sich zu ringen. Dann bückte sie sich, legte ihre Dienstwaffe auf den Boden und kickte sie weit in den Hof hinein.

Theo Schmied fühlte sich bestätigt: „So, **Edgar**", sagte er genüsslich und betonte den Namen besonders. „Wir beide unternehmen jetzt eine kleine Spritztour. Da, mein Autoschlüssel! Vorwärts! In die Scheune! Der *BMW*! Du fährst!" Er drückte ihm zuerst den Autoschlüssel in die Hand, dann den Gewehrlauf in die Seite und dirigierte ihn durch das Scheunentor. „Lass´ das Tor offen!"

Edgar setzte sich auf den Fahrersitz, Theo Schmied hockte sich auf die Rückbank.

„Was ist? Motor starten, und ab durch die Mitte. Worauf wartest du noch, **Edgar**?"

Edgar ließ den Motor an, legte den ersten Gang ein und rollte langsam aus der Scheune auf den Hof. Rita, ihr Handy bereits am Ohr, bückte sich gerade nach ihrer Pistole, als Edgar an ihr und an Pit vorbeifuhr.

„Gut gemacht", lobte Theo Schmied ihn schleimig. „Und jetzt drück´ mal auf die Tube, damit wir Land gewinnen, hähähä."

*

Rita löste sofort die Fahndung aus. „Weißer *BMW X-Drive*, Autonummer OG-PI 1203. Achtung Geiselnahme.

Vorsicht, der Täter ist bewaffnet. Fahrtrichtung entweder über *Poggenau* Richtung Schwarzwaldhochstraße, oder über *Gengenbach* ins Kinzigtal."

Ihre zweite Handlung galt ihrem Kollegen Paul in der Funkleitstelle der Polizeidirektion *Offenburg*. „Pass´ auf, Paul, Handyortung." Sie diktierte ihm Edgars Nummer. „Ich will wissen, wo er hinfährt. Jetzt. Sofort. Jede Minute. Ich bleib´ in der Leitung."

Dann stellte sie sich vor Pits *Citroën* und haderte: „Mensch Pit, warum musst du unbedingt eine so lahme Ente fahren? Komm´ steig´ ein. Nehmen wir die Verfolgung auf."

„Halt", sagte Pit. „*Müller*. Wir müssen *Müller* mitnehmen. Edgar guckt uns mit dem Arsch nicht mehr an, wenn wir ihn zurücklassen."

Rita atmete tief durch. „Auch das noch."

*

„An der Kreuzung fährst du links ab", befahl Theo Schmied vom Rücksitz aus, den Lauf des Gewehrs auf Edgar gerichtet. „Aus dem Tal hinaus."

„Da ist ein Stau", sagte Edgar. „Unfall an der Sägerei."

„Lüg´ doch nicht!", brüllte Schmied plötzlich und stieß Edgar den Lauf in die Rippen. Mit der Contenance schien es vorbei zu sein.

„Wie immer Sie meinen, Herr Schmied. Bekanntlich machen Sie sich ja ihr eigenes Glück."

„Halt´s Maul, Klugscheißer. Guck´ auf die Straße."

Der *BMW* erreichte die Kreuzung. Der Verkehr staute sich in alle Richtungen. Edgar blieb stehen.

„Ja was ist? Willst du hier Wurzeln schlagen, oder was?", schrie Schmied von hinten.

„Ich warte auf Ihre Instruktionen", antwortete Edgar betont deutlich.

„Idiot! Geradeaus! Durch *Poggenau*, das Schlipfbachtal hoch! Dann sehen wir weiter."

„Wie immer Sie befehlen, Herr Schmied."

„Hör´ mit dem gestelzten Geschwätz auf. Wer bist du eigentlich, dass du mir ständig über den Weg läufst? Das dritte Mal schon."

Edgar schaute im Rückspiegel in Schmieds Gesicht. Der Mann war hochgradig neben der Spur. Auch wenn er für den Moment am längeren Hebel zu sitzen schien, so hatte er doch die Kontrolle über sein gewohntes Leben verloren. Das konnte für Edgar ein Vorteil sein, oder aber eine fatale Entwicklung nehmen.

Er überlegte fieberhaft, wie er sich verhalten sollte. *Soll ich ihn provozieren, bis Schmied in seiner Wut letzten Endes Fehler macht, oder soll ich Verständnis heucheln und ihn einwickeln, bis er seine Taten bereut?*

„Was ist passiert, Herr Schmied? Wie konnte es so weit kommen, dass Sie jetzt mit einem Gewehr eine Geisel nehmen und auf der Flucht sind? Sie hatten doch ein anständiges Leben geführt, und plötzlich ist nichts mehr, wie es einmal war?" Wieder ein Blick in den Rückspiegel.

Theo Schmieds Mimik verriet, dass er nicht gewillt war, auf Edgars Fragen zu antworten. Gleichwohl arbeitete es hinter seiner Stirn. „Schau auf die Straße! Ich hab´ dich gefragt, wer du bist. Etwa ein Pfaffe?"

„Sehe ich so aus?" *Ja, mach ein bisschen Small Talk mit mir*, dachte Edgar.

„Du schwätzt so wie einer", antwortete Schmied abfällig und stellte fest, dass sie die letzten Häuser *Poggenaus* passierten. „Fahr´ doch schneller, Mann."

Edgar drückte aufs Gaspedal und schaltete in den vierten Gang. Zwar war die Geschwindigkeitsbegrenzung sechzig km/h, doch darum scherte er sich heute nicht. Er beschleunigte auf siebzig, dann auf achtzig Sachen. Viel zu schnell für die kurvenreiche Strecke.

„Bist du des Wahnsinns? Willst du uns umbringen? Mach´ langsamer, sonst ..."

Edgar unterbrach ihn. „Sie wollten doch wissen, wer ich bin. Ich bin Edgar Schaaf. Diesen Namen sollten Sie sich merken. Wenn wir beide diesen Tag überleben, und ich habe fest vor, das zu tun, dann erkundigen Sie sich nach mir. Edgar Schaaf. Schaaf mit zwei aa."

Die nächste Kurve war eine scharfe Rechtskurve. Edgar schaltete in den dritten Gang zurück, trat jedoch weiterhin aufs Gaspedal. Der Motor heulte. Edgar zog in die Kurve. Das Auto neigte sich bedenklich nach links. Die Reifen quietschten. Schlingernd schoss der *BMW* aus der Kurve heraus.

Schmied klammerte sich zeternd an die Rückenlehne des Beifahrersitzes. „Du sollst langsamer fahren, du Hund!", brüllte er in Angst.

Edgar tat nichts dergleichen, beschleunigte im Gegenteil wieder. „Ich bin der letzte anständige Mensch, der bei Ihnen ist, bevor Sie in die Hölle kommen. Sie sollten sich dieser Tatsache bewusst werden, Herr Schmied, denn das, was auf Sie zukommt, ist die Hölle. Das Gefängnis. Oder glauben Sie etwa, dass Sie mit den Morden davonkommen?"

Schmied kreischte: „Hören Sie endlich mit dem Sermon auf! Sie sind ja noch schlimmer als ein verdammter Pfaffe!"

Aha, er ist schon dabei, das Lager zu wechseln. Er hat mich mit **Sie** *angesprochen,* dachte Edgar angesichts der nächsten Kurve, die er im Stile eines Rallye-Fahrers ansteuerte. *Danach,* dachte er, *muss ich mich entscheiden.*

Theo Schmied auf dem Rücksitz schwitzte und biss auf die Unterlippe, doch nahm er Edgars Kurvenfahrt diesmal klaglos hin.

Etwa hundert Meter voraus befand sich die Stelle, wo im stumpfen Winkel links der Waldweg zum Achatsteinbruch abzweigte, wo Edgar Martinas Ohrhänger gefunden hatte.

Jetzt oder nie, dachte er und trat das Gaspedal durch. Jetzt fuhr der *BMW* neunzig km/h.

Im Nu flog die Abzweigung heran. Edgar riss das Lenkrad herum, und in eine Staubwolke gehüllt donnerte er in den Waldweg hinein, der erst langsam, dann stetig steiler wurde. Der Allrandantrieb war in seinem Element. Er schleuderte die Steine in den Wagenspuren nur so hinter sich.

„Wo willst du hin?", schrie Schmied entsetzt, wieder in der Du-Anrede.

„Dorthin, wo alles begonnen hat", sagte Edgar in erzwungener Ruhe. „Dort werden wir es auch beenden."

*

Pit wartete mit laufendem Motor vor der Kreuzung. Wie immer in solchen Fällen hatten einige Egoisten die Kreuzung mit ihren Autos zugestellt. Manche lernten es halt nie.

Rita hockte zappelig neben ihm und starrte ihr Handy an, als könne sie es Kraft ihres Augenlichts zum Reden zwingen. Sie hatte noch keinen Hinweis über Edgars Fahrtroute erhalten. „Mach´ schon, Paul. Mach´ schon", drängelte sie. „Wie lange dauert … Ja, Paul, ich höre. Wie? *Poggenau*. Schlipfbachtal. Richtung Schwarzwald-hochstraße. Wie weit voraus? Grundgütiger, vier Kilometer? Okay. Wir fahren jetzt los. Paul, bleib bitte einfach am Apparat. Ich höre ständig mit. Sind andere Streifen schon unterwegs? Ja, klar, müssen sie wegen des Staus einen Umweg fahren, aber dann können sie ja von der Schwarzwaldhochstraße entgegenkommen oder wenigstens eine Straßensperre … ja, genau. Sehe ich auch so. Er sitzt in der Falle. Nur dass er eine Geisel dabei hat. Ja, Scheiße."

Pit hupte sich durch das Verkehrsgewühl über die Kreuzung nach *Poggenau* hinein, wofür er als Lohn so manchen Stinkefinger gezeigt bekam. *Idioten*, dachte er.

Paul meldete sich bei Rita. „Er fährt ziemlich schnell, immer noch auf der Schlipfbachtalstraße."

Warum rast er so, wenn er doch denken muss, dass wir ihm folgen. Was hat er bloß vor?, fragte sie sich.

„Ist gut, Paul. Wenn er auf der Straße bleibt, dann …"

Paul würgte ihren Satz ab. Seine Stimme wurde eindringlicher. „Eben hat er sie verlassen, fährt links ab. Das muss ein Waldweg sein. Bleibt aber nicht stehen, fährt weiter."

Scheiße, entweder will er uns abhängen, oder …

„Paul, ich glaub´ zu wissen, wo er hinwill. Er wird bestimmt gleich anhalten und stehen bleiben. Wenn das so ist, sag´ mir gleich Bescheid."

„Moment, Rita, soeben wird er langsamer. Und ja, jetzt bewegt er sich nicht mehr. Steht. Was machst du?"

„Wir fahren hinterher. Du siehst uns ja auf deinem Bildschirm. Sag´ uns zur Sicherheit, wann wir abbiegen müssen, okay? Und schick uns für alle Fälle Verstärkung dorthin und am besten auch gleich einen Krankenwagen."

Auf der kurvigen Straße erreichte Pit mit dem *Citroën* knapp über fünfzig km/h. Rita kauerte nervös auf der Kante des Beifahrersitzes und stemmte den Fuß gegen das Bodenblech, als könnte sie so ein zusätzliches kW aus dem Auto pressen. Sie hielt sich mit Kommentaren zu Pits Kultfahrzeug aber zurück. In der Fahrerkabine herrschte konzentriertes Schweigen.

Erst als voraus die Abzweigung ins Blickfeld geriet, wurde Rita wieder lebendig. „Paul, wir biegen jetzt gleich nach links ab. Ist das richtig? Paul? Bist du noch dran? Verdammt …"

Paul antwortete mit Verzögerung. „Ja, Rita, ist richtig. Das Fluchtfahrzeug steht noch an der gleichen Stelle. Verstärkung ist unterwegs."

„Danke, Paul. Hör´ zu. Alarmiere auch die Bergwacht. Unzugängliches Gelände. Ich melde mich dann ab." Zu Pit sagte sie. „Drück aufs Gas, Pit, und versuche so weit wie möglich den Weg hochzufahren. Was wir fahren können, brauchen wir nicht zu laufen."

Pit prügelte den *Citroën* auf die Einfahrt des Waldweges zu. Die Fahrspuren bestanden aus losem Kies und Geröll. Das Fahrzeug rumpelte und ächzte, als es auf den Weg kam. Pit behielt den Fuß auf dem Gaspedal, während er die Gänge nach unten schaltete. Nach circa hundertfünfzig Metern jedoch wurde der Weg zu steil. Nichts ging mehr mit dem *Citroën*. Pit riss die Handbremse.

Rita stand schon auf dem Weg und war abmarschbereit, als Pit um den Wagen herumkam. „Den Rest müssen wir laufen", sagte sie. „Fertig?"

„*Müller*", schnaufte Pit. „Wir nehmen Edgars *Müller* mit."

*

„Was willst du damit sagen? Alles beenden?", fragte Theo Schmied argwöhnisch.

„Sagen Sie´s mir", antwortete Edgar. „Sie haben doch das Gewehr."

Durch Edgars Hinweis auf seine Machtposition, fühlte sich Theo Schmied plötzlich überfordert, aber auch einsam. Dieser Edgar Schaaf verlangte von ihm, dass er das Heft des Handelns in die Hände nehmen sollte. Dass er Verantwortung übernahm. Dass er die nächsten Schritte plante. Dass er einen Entschluss fasste. Eine Entscheidung traf. Einen Vorsatz … vorsätzlich … einen Mord beging?

Was will der Kerl von mir. Dass ich ihn erschieße? Vorsätzlich? Ist der noch bei Trost?

Edgar hielt den *BMW* an. „Hier sind wir. Sind Sie bereit, Herr Schmied?"

„Was wollen Sie von mir? Dass ich Sie erschieße?", schrie Theo Schmied.

„Probleme damit?", fragte Edgar scheinbar leichthin und stieg aus.

Theo Schmied verließ ebenfalls das Auto und richtete den Gewehrlauf auf Edgar. Der war schon halb die Böschung hoch und schickte sich an, das Dickicht zu durchbrechen. Schmied linste ins Auto hinein, ob Edgar eventuell den Schlüssel hatte stecken lassen. Dann hätte er die

Gelegenheit nutzen und abhauen können. Aber der Schlüssel war nicht da.

„Kommen Sie. Es ist nicht mehr weit. Nur ein Stück den Berg hoch", rief Edgar überflüssigerweise.

Theo Schmied, mental überfordert, folgte ihm. Bald stießen sie auf den Trampelpfad zum Grabungsfeld. Und dann standen sie vor dem ersten Loch. Nicht **zufällig** jenem Loch, in dem Edgar Martinas Ohrhänger gefunden hatte.

„So!", atmete Edgar tief durch und drehte sich zu Theo Schmied um. „Hier sind wir. Hier beenden wir es."

Theo Schmied glotzte ihn an, als sei Edgar von Sinnen.

„Hier kommen Sie nur weg, wenn Sie mich erschießen." *Wann gibt er endlich auf und wirft das Gewehr weg? Theo Schmied ist zwar ein Mörder, aber kein Killer*, dachte Edgar. *Oder pokere ich mit zu hohem Einsatz?*

Theo Schmied schüttelte den Kopf.

„Wenn Sie Glück haben", redete Edgar weiter, „schaffen Sie es. Aber Sie müssen sich beeilen. Sehen Sie. Ich breite die Arme aus. Zeige Ihnen mein Gesicht. Meine Brust. Ganz nah. Sie können nicht danebenschießen." Edgar setzte alles auf die eine Karte. *Komm', gib auf*, schickte er ein Stoßgebet zum Himmel.

Theo Schmied pumpte schwer.

„Was ist? Haben Sie Hemmungen? Wieso denn? Bei Carsten Kohlfelt und Martina Kohlfelt hat es doch auch geklappt?" Edgar spürte, wie ihm der Angstschweiß über den Rücken lief. *Meine freche Schnauze wird mich noch das Leben kosten*, dachte er.

„Das war etwas ganz anderes!", brüllte Schmied. **„Das waren Unfälle! Unfälle, verstehst du?"**

„Unfälle?" Fatalerweise weckten Schmieds Ausflüchte Edgars Rechtsempfinden. **„Unfälle? Seit – wann – ist –**

ein – durchbohrtes – Brustbein – ein – Unfall? Seit – wann – ist – ein – gebrochenes – Genick – ein - Unfall? Reden Sie doch keinen Stuss! Das können Sie vielleicht vor Gericht probieren, aber nicht mit mir, Edgar Schaaf!" *Oh, hoffentlich bin ich nicht übers Ziel hinausgeschossen*, erschrak Edgar selber, aber die durchgegangenen Gäule holte er nicht mehr ein. Und wie aus dem Nichts ertönte zur unpassendsten aller Zeiten der bekannte Trommelwirbel:

Rrrrammmtatatatamm, rrrrammmtatatatamm.

Das ist der Trommelwirbel, der die Delinquenten auf dem Gang zum Schafott begleitet, dachte er bitter.

Denn jetzt flammte Jähzorn in Theo Schmieds Gesicht auf. Außer sich vor Wut riss er das Gewehr an die Schulter und zielte auf Edgar. **„Es wird kein Gericht geben, du Dummkopf Edgar Schaaf"**, brüllte er.

Edgars Taktik kollabierte wie eine Hütte aus Pappe im Sturm. *Mist, ich hab´ mich verzockt*, dachte er.

Dann drückte Theo Schmied ab.

*

Pit hielt *Müller* an der Leine. *Müller* zog mit der Kraft und Energie eines Schlittenhundes. Rita hatte Mühe, ihnen auf den Fersen zu bleiben. Aber das war gut so. Wofür andere eine Viertelstunde benötigten, schafften sie in der Hälfte der Zeit, denn mit deren Ablauf tauchte der weiße *BMW* auf dem Weg vor ihnen auf. Jetzt war *Müller* kaum noch zu bändigen.

„Lass´ ihn laufen", keuchte Rita. „Lass den Hund laufen."

Pit löste die Leine von *Müllers* Halsband, und der preschte im Vollsprint seitlich links ins Gebüsch und entschwand ihren Blicken. Pit und Rita hinterher, bergwärts.

Nach einer Weile, sie waren vielleicht achtzig Meter vom Weg entfernt, hörten sie den Hund winseln und fiepen, sahen ihn aber nicht. Doch nun war ihnen die Richtung bekannt, die sie einzuschlagen hatten.

Das Winseln wurde lauter, und schließlich erreichten sie einen ersten Krater im Waldboden. Sie sahen auf *Müllers* Rücken hinunter, der über einer auf dem Rücken liegenden Gestalt stand und diese wie verrückt zu lecken schien. Und dann hörten sie Edgars Stimme.

„Ist ja gut, *Müller*, du langhaariger Affe. Ist ja gut. Ich freue mich ja auch, dich zu sehen. Ist ja gut, mein guter *Müller*."

Neben Edgar lag ein anderer Mann reglos auf dem Bauch, das Gesicht zur Seite gewandt. Noch ein Stück weiter lag ein Gewehr. Der Mann blutete über der Nasenwurzel. Theo Schmied.

*

Rita, Edgar und *Müller* standen neben der Schlipfbachtalstraße bei der Abzweigung. Edgar zog an einer Zigarette. Pit rangierte gerade den *Citroën* rückwärts den Waldweg herunter. Die Bergwacht sorgte aktuell für die Bergung und den Transport Theo Schmieds bis zur Straße, wo der Krankenwagen wartete und ihn übernehmen würde.

Theo Schmied war wieder bei Bewusstsein, litt allerdings unter einem schweren Schwindeltrauma.

„Erzähl´ mir, was passiert ist", forderte Rita Edgar auf, der gierig an einer Zigarette zog. „Oder willst du damit warten, bis ich dich offiziell zu Protokoll bitte?"

Edgar blies den Rauch in die Luft. Er wusste, dass das, was er Rita privat erzählen, auch privat bleiben würde. Dennoch tat er sich schwer, ihr seine Fehleinschätzung bezüglich Theo Schmieds Berechenbarkeit zu gestehen. Letztlich verdankte er es einem Zufall und Schmieds Vergesslichkeit, dass er noch unter den Lebenden weilte.

„Ich wollte ihn hierherbringen, wo er zwei Menschen ermordet hat. Mit diesem Ort verbindet er starke Emotionen. Ich habe damit gerechnet, dass er angesichts seiner Taten die Waffe streckt und habe ihn entsprechend bearbeitet. Meine Überlegung war, dass er Carsten Kohlfelt und Martina im Affekt getötet hatte. Dass er auf Geheiß oder unter Vorsatz eigentlich nicht fähig sei zu töten. Mein Plan hätte auch geklappt, …"

„Aber? Du hast ihn provoziert." Rita sagte es als Feststellung.

Edgar nickte. „Ja. Ich habe wohl zu viel Kohle ins Feuer geworfen. Dadurch ist er jähzornig geworden und hat auf mich geschossen."

„Geschossen? Pit und ich haben aber keinen Schuss gehört, Edgar."

„Zum Glück. Er hatte sein Pulver, sprich: seine Patronen, schon verschossen gehabt. Bevor Pit und du kamen, hatte Schmied einen Warnschuss abgegeben. In *Holzrück* meine ich. Nicht hier."

Rita nickte.

„Er hat gedroht, dass noch eine Patrone im Lauf sei. Kurz vorher muss er aber aus einem Zimmer seines Hauses durchs Fenster geschossen haben. Frag´ mich nicht, warum. Vielleicht um das Gewehr zu testen. Ich hab´ selber den Pulverdampf dort gerochen Auf dem Hof vor dem Haus jedenfalls liegen weit verstreut Glassplitter des Fensters. Und vermutlich hat Theo Schmied einfach vergessen, die abgefeuerte Patrone zu ersetzen. Sonst wäre ich jetzt tot, Rita."

„Okay, und dann? Wie hast du ihn überwältigt?", fragte Rita.

„Ich hab´ den Gewehrlauf gepackt und ihm das Gewehr aus den Händen gerissen. Es gab eine kurze Rangelei, bis ich ihm den Kolben zwischen die Augen rammen konnte und wir beide in das Loch gestürzt sind."

Rita musterte Edgars Gesicht. Dann sagte sie: „Mann, Edgar. Lass´ bloß Melanie nichts davon wissen."

Mittwoch, 16. August 2023
Gengenbach/Holzrück

Melanie war mit ihrem geschärften Sinn nicht verborgen geblieben, dass Edgars Kleidung am Rücken völlig verdreckt gewesen war. *Aha, hat er sich in Ausübung seines Hobbys mal wieder im Dreck gewälzt*, hatte sie gedacht, aber zunächst dazu geschwiegen. Früher oder später, wusste sie, würde er ihr den Grund dafür beichten. Geschah es früher, handelte es sich in aller Regel um eine harmlose Angelegenheit. Wurde es später, lag wahrscheinlich Brisanz in der Sache. Gestern Abend war es sehr spät geworden.

„Heute wäre ich um ein Haar nicht mehr nach Hause gekommen", hatte Edgar gestanden und dann herzergreifend in ihren Armen geweint.

Melanie hatte gewartet, bis sein Beben zu Ende gewesen war. „Aber du bist nach Hause gekommen, mein Edgar. Mit verschmutzter Kleidung, aber nach Hause. Nur das zählt. Was gewesen ist, können wir nicht mehr ändern, und die Kleider werden gewaschen."

„Willst du gar nicht wissen, was passiert ist?", fragte er.

Sie antwortete mit einer Gegenfrage: „Ist es vorüber? Habt ihr den Kerl?"

„Ja, wir haben ihn", sagte Edgar.

„Dann ist es gut. Heute will ich es nicht wissen. Vielleicht ein anderes Mal. Schlaf´ jetzt, mein Edgar. Ich bin bei dir."

Müller und *Lydia* waren wieder vereint. Edgar spazierte mit ihnen über die Felder, und *Müller* zeigte sich an *Lydias* Seite sichtlich motivierter als gestern.

Es war halb sieben Uhr morgens, als Edgars Handy klingelte.

„Schaaf."

„Guten Morgen, Edgar. Allgöwer am Apparat. Entschuldige, dass ich dich so früh störe, aber ich denke, ich brauche deine Hilfe. Beziehungsweise die Hilfe deines Hundes. Rita hat mir erzählt, dass dein Hund gestern in *Holzrück* angeschlagen hat. Stimmt das?"

„Ja, das stimmt. Irgendwo hinter der Scheune. Du rufst doch aus einem bestimmten Grund an."

„Hm, wir haben gestern in Schmieds Werkstatt Blut auf dem Fußboden entdeckt. Die Lache war zwar weggewischt, aber mit *Luminol* konnten wir es sichtbar machen.

Tja, und der Hintergrund ist: Schmied ist zwar verheiratet, aber seine Frau ist unauffindbar, verstehst du?"

„Verstehe, Allgöwer. Ist Schmied denn schon vernehmungsfähig?"

„Soviel ich weiß, nicht. Er liegt noch in der Klinik. Also was ist? Kannst du mit deinem Hund nach *Holzrück* kommen?"

Edgar lag die Frage auf der Zunge, weshalb Allgöwer nicht einen Hund aus der Hundestaffel des Polizeireviers anforderte, schluckte sie aber hinunter. Allgöwer würde seine Gründe dafür haben, und zudem verschaffte es Edgar die Möglichkeit, am Fall dranzubleiben. „Um wie viel Uhr?", fragte er stattdessen.

„Um zehn Uhr, wenn's recht ist. Rita kann dich abholen", schlug Allgöwer vor.

„Ne, lass' Rita außen vor. Die mosert immer, wenn sie einen Hund in ihrem Dienstwagen transportieren muss. Erst recht, wenn ich mit zwei Exemplaren antanze. Pit Ferman soll mich fahren."

„Wie du willst, Edgar. Dann bis um zehn."

*

Pit kam nicht alleine. Seine Frau Eliza nutzte die Gelegenheit, um Melanie ihre neu gestalteten Grafiken zu präsentieren, die sie zur Ausstellung in der Kellergalerie geschaffen hatte. Sie trug eine ansehnliche Mappe unter dem Arm.

„Du musst sie aber ins *Aquarelle und Poesie* bringen", sagte Edgar nach der Begrüßung.

„Kein Problem, ich weiß ja, wo das ist", antwortete Eliza gut gelaunt. „Wie lange werdet ihr ungefähr fortbleiben?"

Pit schielte zu Edgar, und der schwaderte mit den Händen in der Luft herum. „Rechne nicht vor zwei bis drei Stunden mit uns. Aber Gerti ist ja zu Hause. Da wird es dir nicht langweilig werden."

Edgar sperrte *Müller* und *Lydia* in den Laderaum des *Citroën* und setzte sich zu Pit in die Fahrerkabine.

„Gleiche Strecke wie gestern, Pit", sagte er und schnallte sich an.

„Heute ohne Geiselnahme?", fragte Pit in Anspielung auf das gestrige Geschehen.

Unwillkürlich zog Edgar den Kopf ein. „Sag´ mir nichts. Ich will mich gar nicht daran erinnern, wenn du verstehst, was ich meine."

Pit fuhr aus Gengenbach hinaus und nahm die Bergstrecke ins Reusetal in Angriff. „Irgendwann musst du es mir schildern. Sonst kann ich keinen neuen Roman schreiben."

„Irgendwann, Pit. Wenn ich den Mist verarbeitet habe. Du kennst mich ja."

Pit brachte eine Punktlandung zustande und traf Schlag zehn Uhr auf Theo Schmieds Hof ein. Anhand der Fahrzeuge, die im Hof standen, sah Edgar, dass sowohl Allgöwer mit seiner Mannschaft als auch Rita schon anwesend waren.

„Sehr nett, dass du einen anderen Chauffeur für deine Hunde gefunden hast, Edgar", empfing Rita die beiden Männer. „Wenn ihr wollt, können wir zuerst eine Objektbegehung machen."

Edgar schaute kritisch in die Runde. „Eigentlich wäre es mir lieber, *Müller* von der Leine zu lassen und zu sehen, wo er gestern angeschlagen hat."

„Ja, ist gut, Edgar. Hier läuft uns nichts davon."

Pit öffnete den Laderaum und ließ Edgars Hunde heraus. Für *Lydia* waren der Hof und das Anwesen Neuland. Entsprechend verhielt sie sich, indem sie bei Edgar stehen blieb. *Müller* hingegen genügte ein kurzer Orientierungsblick, und schon wand er sich aufgeregt wie ein Lindwurm.

„Na los, *Müller*. Lauf und such´", gab ihm Edgar einen leichten Klaps auf die Schulter. „Such´!"

Müller wusste sofort, was Sache war und spurtete zielstrebig auf die Ecke der Scheune zu. *Lydia* fiepte unruhig, doch Edgar hielt sie so lange zurück, bis er *Müller* bellen hörte. Dann stiefelte er mit *Lydia* hinterher. In kurzem Abstand folgten Rita und Pit.

Vom Hof aus nicht einsehbar, befand sich hinter der Scheune ein Holzstapel, mit einer Plane zum Schutz vor Regen abgedeckt. Der Stapel maß ungefähr vier Meter in der Länge, ein Meter in der Breite und ein Meter fünfzig in der Höhe. *Müller* stand davor und kläffte den Stapel an.

Nun ließ Edgar *Lydia* frei, die sich gleich solidarisch bellend zu *Müller* gesellte.

„Ist gut, *Müller*", rief Edgar. „Fein gemacht. Ist gut *Lydia*." Beide Hunde bellten noch eine Weile bekräftigend weiter, doch als Edgar „Schluss, aus", sagte, gaben sie Ruhe. „Prima, *Müller*. Prima, *Lydia*."

Das Gebell hatte Allgöwer aus dem Haus hinter die Scheune gelockt.

„Der Holzstapel ist´s", sagte Edgar. „Etwas an ihm scheint *Müller* nicht zu gefallen."

Allgöwer trat näher und begutachtete den Stapel und die örtliche Gegebenheit von der einen und von der anderen Seite. Dann sagte er: „Der Stapel saß vorher direkt an der Wand der Scheune. Seht ihr hier die alten Abdrücke des Holzes am Boden? Da, Reste von Baumrinden. Holzspäne und –splitter. An der Scheunenwand so etwas wie ein Negativabdruck des Stapels. Seht ihr?"

Edgar nickte. „Was schließt du daraus?"

„Dass der Stapel erst vor kurzem umgesetzt wurde", sagte Allgöwer. „Und ich hab´ kein gutes Gefühl, wenn ich mir den Grund dafür vorstelle."

Rita schluckte. „Du meinst Frau Schmied?" Sie hielt den Atem an.

Allgöwer stemmte die Fäuste in die Hüfte. „Kein gutes Gefühl."

„Was heißt das jetzt?", fragte Rita.

Allgöwer klatschte in die Hände. „Arbeiten. Anpacken."

Innerhalb einer Viertelstunde hatten vier Männer den Holzstapel abgetragen und an den ursprünglichen Platz gesetzt. Edgar, Allgöwer selbst und zwei seiner Männer aus dem KTU-Team.

Unter der letzten Holzschicht wurde eine vor nicht allzu langer Zeit bearbeitete Bodenfläche sichtbar, die von den Ausmaßen her nichts Gutes verhieß. Allgöwer schickte Edgar zur Seite. „Das ist jetzt nicht mehr deine Baustelle", sagte er und begann mit einer Schaufel vorsichtig die Erde zu entfernen.

„Hilf mir einer", befahl er seinen Männern, und nachdem sie zu zweit arbeiteten, stießen sie in etwa vierzig Zentimetern Tiefe auf ein Gewebe. Bald war es notdürftig freigelegt und von Erdkrumen befreit.

„Rita!", rief Allgöwer. „Ich glaube, du kannst jetzt Dr. Brenneis und den Oberstaatsanwalt herbestellen."

Mit vereinten Kräften wuchteten sie das Gewebe aus der Grube und legten es auf die Erde. Rasch wurde klar, dass es sich um einen zusammengerollten Teppich handelte. Über den Inhalt, denn leer war die Rolle nicht, so viel war ersichtlich, gab es keine Zweifel. Für den Moment jedoch war Allgöwers Tätigkeit beendet. Er hieß einen seiner Mitarbeiter, die Grube nach weiteren Spuren und Gegenständen, wie zum Beispiel Handy, Autoschlüssel, Ausweise oder Schmuck zu durchsuchen. Bis auf eine etwas mehr als faustgroße Steinkugel, die Allgöwer als Beweismittel in eine Folientüte packte, erwies sie sich jedoch als sauber.

„Vielleicht ist der Stein das Tatwerkzeug, wenn meine Befürchtungen hinsichtlich des Teppichinhalts zutreffen. Der Teppich stammt vermutlich aus der Küche drüben im Haus. Dort muss jedenfalls einer gelegen haben, denn wir haben eine helle Fußbodenfläche entdeckt", erklärte Allgöwer. „Edgar, dort wurde die Schrotflinte abgefeuert, wie du gesagt hattest. Wir haben Pulverreste und Schmauchspuren gesichert."

Edgar nickte. „Wie sieht es sonst in der Wohnung aus?"

„Kommt´, ich zeige es euch", übernahm Rita die Führung. „Bis Dr. Brenneis und Oberstaatsanwalt Landquart hier sind, dauert es noch. Du bist doch fertig mit der Spurensicherung, Allgöwer?"

Allgöwer sagte ja.

Rita begleitete Pit und Edgar als erstes in die sogenannte Werkstatt, die im Scheunengebäude eingerichtet war. Sie machte auf eine Fläche am betonierten Fußboden aufmerksam. „Hier war die Blutlache. Ihr seht noch den leicht dunkleren Fleck. Nach Allgöwers DNA-Schnelltest, zum Vergleich hat er eine Haarbürste aus dem Haus genommen, stammt es zu über neunzig Prozent von Senta Schmied."

Pit und Edgar staunten über die Einrichtung und die Regale mit hunderten von Achatkugeln.

„Dort in der Wanne stand ein Pickel. Eine Spitzhacke, wem dieser Ausdruck geläufiger ist", fuhr Rita fort. „An ihm konnten kleinste Spritzer von Carsten Kohlfelts Blut nachgewiesen werden. Vermutlich hat ihm Schmied damit die tödliche Brustwunde zugefügt."

„Aber warum das alles?", fragte Pit kopfschüttelnd.

„Steine", sagte Edgar. „Steine. Du siehst sie ja überall hier."

„Der Mann muss besessen gewesen sein", erwiderte Pit. „Ja, besessen."

„Drüben im Haus gibt's noch mehr davon. Es muss ein Albtraum für die Hausfrau gewesen sein", sagte Rita und drehte sich zur Tür. „Kommt ihr?"

Sie gingen über den Hof ins benachbarte Haus, besichtigten Zimmer für Zimmer. Rita hatte nicht übertrieben. Auf beinahe jeder waagerechten Fläche lagen entweder aufgesägte Achatkugeln oder Achatscheiben, die interessantesten davon aufwendig geschliffen und poliert.

Melanie würde mich zum Teufel jagen, wenn ich mich derart ausbreiten würde, dachte Edgar.

„Eliza würde mir den Marsch blasen, wenn ich ihr sowas zumuten würde", sagte Pit.

Bei ihrem Rundgang war unschwer zu erkennen, dass hier ein des Haushalts unkundiger Mann gelebt hatte. Nicht nur unkundiger, sondern auch gleichgültiger Mann, und das bestimmt schon seit einigen Wochen. Meistens begann es mit einer kleinen Nachlässigkeit. Man kehrte nicht sofort den Dreck weg; wischte nicht umgehend sauber – und schon wuchs einem der Haushalt exponentiell über den Kopf und man verlor den Überblick. Ebenso typisch: Die Ein-Teller-Bequemlichkeit.

Im Schlafzimmer des Hauses fiel Edgar das umgedrehte Kruzifix an der Wand auf. Da es auf der Seite des unbenutzten Bettes hing, interpretierte er die Tatsache als vollendetes Fanal. *Hier hat einer durch einen simplen Handgriff den endgültigen Abschluss demonstriert. Deutlicher geht's kaum*, dachte er. *Wie konnte es so weit kommen?*

Es passte zum übrigen Bild. Im ganzen Haus fand sich kein einziges Foto, auf dem die Bewohner abgelichtet gewesen wären. An keiner der Wände und auch nicht in einem der Regale. Dafür Steine, Steine, Steine. Edgar hätte gern ein Bild von Frau Schmied gesehen, um sich wenigstens eine Vorstellung von ihrem Aussehen machen zu können. Um vielleicht Theo Schmied verstehen zu können. Möglicherweise hatte Theo Schmied alles, was an seine Frau erinnerte, vernichtet oder entsorgt. Es würde zu dem Eindruck, dass er einen radikalen Schnitt vollzogen hatte, passen.

Von draußen waren Motorengeräusche zu hören. Rita guckte zu einem der Fenster hinaus.

„Der Doc und Landquart sind eingetroffen", sagte sie. „Ich muss dann mal raus. Vielleicht haltet ihr euch ein bisschen im Hintergrund." Rita eilte hinaus.

Pit und Edgar verließen das Haus gleichfalls und schlenderten zum *Citroën*, wo Edgar eine Zigarette anzündete. *Wo sind eigentlich Müller und Lydia?*, fragte er sich.

Müller und *Lydia* schwänzelten um Bernd Landquart herum. *Na bestens. Dann kann ich den Herrn Oberstaats-*

anwalt auch gleich persönlich begrüßen, dachte Edgar und winkte Pit mit sich. „Komm´ Pit, sagen wir den Herrschaften hallo."

Oberstaatsanwalt Bernd Landquart reagierte heute verhältnismäßig sachlich und verkniff sich jegliche Kritik an Edgars und Pits Anwesenheit. Was früher sonst eher die Regel gewesen war. Die Aussicht auf einen gelösten Fall mit mehreren Toten bedeutete weitere Pluspunkte in seiner Erfolgsbilanz aufgeklärter Verbrechen, und der Gedanke daran stimmte ihn heute vielleicht gnädig. Der Täter war gefasst, wenn auch noch nicht vernehmungsfähig. Und da künftig keine weiteren Wendungen oder Komplikationen mehr zu erwarten waren, war es egal, ob der Hund, der die letzte Leiche entdeckt hatte, ausgerechnet Edgars Hund war.

Dr. Brenneis schätzte den Todeszeitpunkt der Toten auf Ende Juli. Dank des Teppichs, der den Körper der Frau umschloss, und durch die relativ kühle Lagerung unter dem Holzstapel, war der Verwesungsprozess noch nicht weit fortgeschritten. Todesursache konnte eine Wunde am Kopf sein, hervorgerufen durch einen Schlag mit einem harten, stumpfen Gegenstand.

„Das könnte durchaus auch ein Stein gewesen sein. Weiteres nach der Obduktion. Aber nicht mehr heute. Ich empfehle mich", sagte Dr. Brenneis zu Rita und Landquart und bestieg sein Auto.

Unterdessen räumten Allgöwer und sein Team ihre Utensilien in das Einsatzfahrzeug. Ihre Arbeit war abgeschlossen. Allgöwer klebte zum Schluss die üblichen Polizeisiegel an die Türen. Bei dieser Gelegenheit sprach Edgar ihn an.

„Hast du von Frau Schmied irgendein Foto sicherge-stellt? In einer Kiste oder einer Schublade?"

„Hab´ ich", antwortete er. „Zwei Stück. Sind gestern aus der Mülltonne gefischt worden. Mit Bilderrahmen, aber wahrscheinlich mutwillig zerbrochen. Wie übrigens auch ein zerstörtes weißes Handy. Wobei wir noch nicht wis-sen, wem es gehörte. Ob Frau Schmied oder Martina Kohlfelt. Ach ja, in Schmieds Schreibtisch lag ein Ohr-hänger. Der gleiche wie der, den du im Wald gefunden hattest."

„Ja, die Beweislage ist eindeutig", sagte Edgar. „Kann ich die Fotos eventuell mal sehen? Nur damit mein per-sönliches Interesse bedient ist."

„Du brauchst mir nichts zu erzählen, Edgar. Ich kann dir die Fotos als Mail-Anhang schicken. Bleibt aber unter uns."

Früher als erwartet traten Pit und Edgar mit den Hunden die Rückfahrt nach *Gengenbach* an. Edgars *Breitling* zeigte zwölf Uhr fünfunddreißig, als sie in die Straße mit dem Türmchenhaus einbogen.

Im Garten vor der Kellergalerie saßen Melanie, Gerti und Eliza bei einem leichten Mittagessen. Poulet-Schnitzel mit Kräuterbutter, Weißbrot und Tomatensalat. Melanies Überraschung: Sie hatte sich für den Nachmittag freige-nommen, um Zeit für Elizas Grafiken zu haben.

„Da kannst du uns helfen, mein Edgar", jubelte sie und umarmte ihn ungewohnt heftig.

Edgar war gerührt. „Aber nur, wenn ich vorher zu Kräf-ten gekommen bin. Ist von eurem Schlemmermahl noch etwas übrig? Oder Pit, was meinst du?"

„Zum Essen lass´ ich mich nicht zweimal bitten. Aber das mit den Grafiken müsst ihr alleine machen. Ihr habt doch bestimmt einen Liegestuhl. Den Schattenplatz finde ich dann von alleine."

Seit ziemlich genau einer Woche war Edgar nun wieder zu Hause. Der Aufenthalt in der Psychiatrischen Akut- und Reha-Klinik *Haldensee* lag gefühltermaßen weit zurück. Nichts weiter als eine Episode im steten Fluss des Lebens. Das Empfinden jedoch, dass ihm Hilfe geleistet worden war, war nach wie vor präsent. Wie ein Ruf, auf dessen fernes Echo er lauschte.

In Pit Fermans Haus hatte er einen Spruch gelesen, den ihm dessen Tochter Geraldine im Rahmen einer Collage einst geschenkt hatte. Edgar wusste nicht, wer der Urheber des Spruches war, doch er erinnerte sich Wort für Wort daran.

Manchmal fühle ich mich wie ein Baum, von dem fast alle Blätter gefallen sind. Doch jetzt macht es mir keine Angst mehr, weiß ich doch um meine Kraft, neue Blätter zu treiben.

Mit den Gedanken daran und an die intensiven Gespräche mit Frau Dr. Lazlo suchte er am späteren Nachmittag die Adresse Gudrun Torwalls auf. Jener Frau, die Opfer eines Anschlags geworden war und sich nach einer Lähmung wieder ins Leben zurückkämpfte. Sie war Psychologin, und Edgar hatte in *Haldensee* versprochen, die mit Frau Dr. Lazlo erarbeiteten Erkenntnisse auf privater Ebene zu festigen.

Eigentlich war Edgar auf die Mutter Torwall eingestellt gewesen, die den gleichen Beruf wie ihre Tochter ausübte, wähnte er Gudrun doch in irgendeiner Reha. Umso überraschter war er, als ihm Gudrun die Haustür öffnete. Im Rollstuhl zwar, doch ansonsten putzmunter. „Kurzzeitig kann ich den Rollstuhl verlassen", sagte sie. „Zwei, drei Schritte, wenn ich mich mit den Händen festhalten kann. Aber es werden mehr. Und ich praktiziere wieder, wie Sie sehen."

Edgar stellte mit ihr einen Fahrplan auf, nicht zu eng getaktet, um zwischenzeitlich und ohne Stress Schwankungen oder Fortschritte der Gefühlslage in Eigenanalyse beobachten und dokumentieren zu können. „Sie müssen nur ehrlich zu sich sein", sagte Gudrun.

Schon als Edgar das Haus der Psychologin verließ, verspürte er, wie das durch die sommerlichen Ereignisse getrübte Wasser seines Gemüts sich aufklarte. Wie aufgewirbelte störende Schwebstoffe sich auf dem Grund seines Befindens absetzten. Er wusste, dass er den richtigen Weg beschritt.

Melanies Kellergalerie war wieder vollzählig mit Elizas Grafiken bestückt. Sommerferienzeit bedeutete Touristenzeit, und seit Gerti im Türmchenhaus wohnte, konnte die Galerie täglich, außer sonntags, geöffnet bleiben.

Es dauerte bis zum Abend, dass Allgöwer die zugesagten Fotos von Theo Schmieds Frau Senta übermittelte. Zwei Fotos, davon eines als Porträt. Edgar zeigte sie Melanie.

„Das ist Senta, Theo Schmieds Frau. Deren Leiche wir heute gefunden haben. Was siehst du an und in ihr?"

Melanie betrachtete zuerst das Ganzkörperfoto, dann das Porträtbild. Sie zögerte. „Auf den ersten Blick wirkt sie sehr passiv. Unangenehm berührt. Reserviert. Dabei besitzt und macht sie eine gute Figur. Die Kleidung allerdings ist altbacken und spießig." Sie konzentrierte sich auf das Kopfbild. „Leerer Blick. Die Augen erreichen die Kamera, also den Betrachter nicht. Sie stürzen vorher ab. Oder kehren sogar um. Ja, sie ist in sich gekehrt. Sie birgt ein Geheimnis oder eine Sehnsucht. Sie ist müde. Traurig. Desillusioniert. Perspektivlos."

Edgar war ihren Worten gefolgt wie der Beschreibung einer Landschaft. „Ist sie ein typisches Opfer?", fragte er.

„Hm, in gewissem Sinne ja. Ihre Träume sind geplatzt. Sehr früh in ihrer Ehe schon. Vielleicht hat sie einmal aufbegehrt. Einmal. Dann nie wieder. Ihr Aufstand, und somit sie, wurde gebrochen. Deswegen das verborgene Geheimnis. Schließlich muss irgendetwas sie am Leben erhalten haben. Es tut mir weh, wenn ich solche Frauen sehe."

„Ja, das tut es", sagte Edgar. „Danke, mein Engel. Deine Schilderungen runden das Bild ab, das ich von Theo Schmied gewonnen habe."

„Du, Edgar?"

„Ja, mein Engel?"

„Ich finde es toll, dass du bei Gudrun Torwall warst. Dass du es ernst meinst mit der Therapie. Das wollte ich dir noch sagen."

Donnerstag, 17. August 2023
Gengenbach/Offenburg

Das Leben im Türmchenhaus begann einen neuen Zyklus mit gewohntem Ablauf. Edgar stand früh auf, unternahm mit den Hunden die Tour über die Felder, duschte ausgiebig, studierte intensiv die Zeitung und bereitete dann das Frühstück zu.

„Was hast du heute für Pläne?", fragte Melanie, bevor sie das Haus verließ um ihr Geschäft *Aquarelle und Poesie* zu öffnen.

„Ich denke, dass meine *Harley* eine Grundpflege nötig hat. Und danach steht einer Spritztour eigentlich nichts im Wege."

„Ja, tu´ das, mein Edgar", sagte Melanie glücklich. „Und schlag´ einen Bogen um Männer, die Steine sammeln."

Beschwingt ging sie davon. Sie konnte nicht wissen, dass das Schicksal einen Nachschlag verlangte.

Es war Gerti, die Edgar von der Pflege des Motorrads ans Telefon im Haus rief. „Ein Herr Landquart. Ist das nicht der Staatsanwalt?"

„Der Oberstaatsanwalt, Gerti. Geben wir dem Kaiser, was des Kaisers ist. Was will er denn?"

„Das musst du ihn selber fragen, Edgar. Glaubst du, der bindet mir das auf die Nase?"

Edgar beeilte sich, ins Haus zu kommen.

„Schaaf."

„Landquart. Guten Morgen, Herr Schaaf. Ich hoffe, ich störe Sie nicht?"

„Nicht jede Unterbrechung einer Tätigkeit ist eine Störung, Herr Oberstaatsanwalt. Ich höre."

„Äääh, ja. Folgendes: Herr Schmied ist heute Morgen aus dem Krankenhaus entlassen worden. Er ist vernehmungsfähig und befindet sich bei uns in Gewahrsam. Allerdings gibt es da leider ein kleines Problem."

Edgar wartete und lauschte ins Telefon, ob da noch etwas käme. Er hörte Landquarts Atem.

„Er redet nicht mit uns", fuhr Landquart nach der Pause fort.

„Aha", sagte Edgar und lauschte weiter.

„Ja, wie gesagt, er redet nicht mit uns", wiederholte der Oberstaatsanwalt. „Schmied will, dass Sie dabei sind. Er will nur mit Ihnen reden, Herr Schaaf. Darum rufe ich an, um Sie zu fragen ... Herrgott, das ist ja schon beinahe peinlich ... um Sie zu fragen, ob Sie nicht nach *Offenburg* kommen und Schmieds Vernehmung leiten können? Ja, Scheiße, so sieht's aus."

Was will der böse Mann von mir? Ist es nicht genug, dass er mich um ein Haar getötet hätte?

Er hörte Melanies Seufzer noch, während er längst bei Rita im Auto saß und nach *Offenburg* auf die Polizeidirektion gebracht wurde.

„Ach Edgar", hatte sie gesagt, als er ihr seine Absicht kundgetan hatte, und mit diesen zwei gehauchten Worten hatte sie mehr ausgedrückt als sie es in einem mehrstündigen Monolog hätte tun können. *Ach Edgar.*

„Weiß er, dass wir seine Frau gefunden haben?", fragte er die junge Kriminalkommissarin, um von den Gedanken an Melanie wegzukommen.

„Ich glaube nicht", antwortete sie so einsilbig, wie sie, seit Edgar in ihr Auto stieg, schon gewesen war.

„Mach´ dir nichts draus, Rita", versuchte er zu trösten. „Das hat nichts mit deiner Qualität als Vernehmerin zu tun, sondern mit dir als Frau. Manche Männer kann man in dieser Hinsicht nicht bekehren. Hinter dem lauten Macho-Gehabe steckt viel Scham. Aber ich werde durchsetzen, dass du dabei sein kannst."

„Ja, ich möchte ihm gegenübersitzen und in sein Gesicht schauen. Vier Menschen, Edgar. Vier Leben innerhalb von zwei Monaten. Ich möchte sehen, wie so einer tickt. Nein. Eigentlich möchte ich ihm das Hirn herausreißen, sezieren und untersuchen, was bei ihm schiefgelaufen ist."

„Ich versteh´ dich", sagte Edgar. „Geht mir genauso. Und weil wir das nicht können, muss er es uns erzählen. Dafür sind wir da."

Oberstaatsanwalt Landquart empfing ihn mit einem bedauernden Lächeln. „Tut mir leid, dass ich Sie von ihrem Hobby losgeeist habe, Herr Schaaf. Um ehrlich zu sein, hat mir Frau Krause gesagt, bei welcher Tätigkeit ich Sie störe. Umso ehrenwerter ist es, dass Sie sich für uns zur Verfügung stellen. Ich danke Ihnen.

Herr Schmied befindet sich bereits im Verhörraum. Er ist mit Getränken versorgt, und auf der Toilette war er ebenfalls. Wenn Sie den Verhörraum betreten, werden ihm die Handschellen abgenommen. Haben Sie einen Wunsch, den wir erfüllen können? Kaffee vielleicht?"

Edgar nickte. „Kaffee wäre gut. Und obwohl das Rauchen normalerweise nicht gestattet ist, möchte ich einen Aschenbecher. Ja, und ich will Rita Böhringer neben mir haben. Sie soll die Belehrungsformel sprechen und auf den Beistand eines Anwaltes hinweisen."

Landquart legte die Stirn in Falten. „Okay", sagte er. „Wir sind Schmied entgegengekommen, also muss er mit Frau Böhringer als Beisitzerin ebenfalls eine Kröte schlucken. Dann sind wir *quid pro quo*. Wobei ich Frau Böhringer nicht als Kröte bezeichnen möchte, damit Sie mich richtig verstehen. Fangen wir an."

Zusammen mit Oberstaatsanwalt Landquart betrat Edgar das Vorzimmer zum Vernehmungsraum. Rita wartete bereits, die Arme vor der Brust verschränkt, und beobachtete mit gesenktem Kopf den Mann jenseits des Einwegspiegels. Theo Schmied.

Schmied saß brütend, mit hängenden Schultern, da. Die gefesselten Hände lagen auf dem Tisch.

Er ist in den zwei Tagen um zwanzig Jahre gealtert, dachte Edgar. Was unter anderem daran liegen mochte, dass Theo Schmied nicht rasiert war und graue Bartstoppeln die vernarbten Wangen wie ein Schimmelpilz bedeckten. Zudem verunzierten dunkelrote bis violette Ringe die Augenpartien, ein Heftpflaster klebte mitten auf der Stirn, und die Haare waren seit Tagen mit keinem Kamm mehr in Berührung gekommen.

Edgar horchte in sich hinein, ob er dort irgendeine Emotion beheimatete, die für Theo Schmied sprach. Aber dann sah er Martinas zerbrechlichen Körper vor sich, ihre großen Augen, und er hörte ein letztes Mal den Trommelwirbel und das metallische Klicken, als der Schlagbolzen von Schmieds Gewehr auf eine leere Patrone traf, und stellte fest, dass überhaupt kein Gefühlsfaden vorhanden war.

Gut, dachte er, *dann ist das so. Ich muss ihn nicht mögen, um ihn verstehen zu können.*

Ob es ihm gelingen würde, weitestgehend neutral zu bleiben, wusste Edgar noch nicht.

Als er mit Rita das Vernehmungszimmer betrat, straffte sich Theo Schmieds Haltung geringfügig. Wieselflink huschten seine Augen zwischen Rita und Edgar hin und her.

„Ich habe gesagt, nicht mit der da", protestierte er und nickte mit dem Kopf in Ritas Richtung.

Rita und Edgar nahmen ihm vis-à-vis Platz. Edgar warf eine Mappe auf den Tisch, die Landquart ihm in die Hand gedrückt hatte. Edgar hatte sich mit einem Blick hinein versichert, dass es sich nicht nur um eine Requisite handelte. Zum Beispiel befanden sich Fotos der vier Leichen darin, deren Ermordung Schmied zur Last gelegt wurde. Aber auch andere Dokumente, die auf ihn als Täter hinwiesen.

„Guten Morgen, Herr Schmied. Wie geht es Ihnen?", begann Edgar das Gespräch.

„Hmpfff!", antwortete Schmied und griff sich mit den Händen an die Stirn.

„Dann ist ja alles klar", sagte Edgar. „Rita, würdest du bitte Herrn Schmied seine Rechte vorlesen?" Dem uniformierten Beamten, der zur Bewachung an der Tür stand, gab er Zeichen, Schmieds Handschellen zu entfernen.

Als Rita geendet hatte, fragte Edgar: „Haben Sie das verstanden? Wollen Sie einen Anwalt hinzuziehen? Wenn nicht, dann beginnen wir jetzt."

„Nicht mit der da!", wiederholte Theo Schmied seinen Standardsatz.

„Doch, **mit** Frau Böhringer! Wenn Sie mit **mir** sprechen wollen, muss von Gesetzes wegen mindestens ein Hilfsbeamter der Staatsanwaltschaft anwesend sein. Deswegen hat auch Frau Böhringer Ihnen Ihre Rechte vorgelesen, und nicht ich. Außerdem wird sich Frau Böhringer nicht an unserem Gespräch beteiligen. Sie ist lediglich Beisitzerin."

Theo Schmied stierte Edgar mit funkelnden Augen an. Edgar stierte zurück, bis Schmieds Blick flackerte.

„Was ist passiert, Herr Schmied? Ich habe Ihnen diese Frage schon einmal gestellt. Erinnern Sie sich? Vor zwei Tagen, als Sie mich als Geisel genommen hatten. Was ist passiert, dass Sie heute hier sitzen? Als des Mordes Beschuldigter? Welchen Fehler hat Carsten Kohlfelt an jenem elften Juni begangen, dass er sterben musste?"

In Schmieds Kopf arbeitete es. Man sah es ihm an. „Elfter Juni?"

„Ja. Ein Sonntag. Der Tag, an dem er die Verwüstungen des Waldes im Schlipfbachtal fotografiert hat. Wir wissen das, weil die Fotos direkt an seinen Computer nach Hause gesandt wurden. Was Sie vielleicht nicht gewusst haben."

„Diese Scheiß Kamera", murmelte Schmied und schüttelte den Kopf. „Die ist an allem schuld."

„Schuld an was?", hakte Edgar nach. „Durfte er dort nicht fotografieren."

„Davon war nie die Rede gewesen", floss es aus ihm heraus. „Er hatte sich für die Steine interessiert. Die Achate. Bringt der Kerl seine blöde Kamera mit und fängt an ungefragt zu fotografieren. Ich hab´ ihm das verboten, aber er hat nicht auf mich gehört."

„War wohl taub auf den Ohren, was? Und was ist dann passiert?"

Theo Schmied wand sich. „Es hat ein Handgemenge gegeben, weil ich ihm die Kamera wegnehmen wollte. Da ist er in die Grube gestürzt und hat sich den Kopf angeschlagen. Ein dummer Unfall."

„Ein Unfall also. Und wieso haben Sie nicht den Notarzt gerufen? Er war ja nur am Kopf verletzt. Er war ja nicht tot."

„Das hätte ich auch gemacht, ehrlich. Aber er hat mich ausgelacht und gesagt, dass ich das schwer bereuen würde. Verstehen Sie? Ich lade ihn ein, und er will mich anzeigen?"

Edgar nickte. „Und da …"

Theo Schmied nickte ebenfalls. „Und da …"

„Mit der Spitzhacke", sagte Edgar.

Theo Schmied schniefte. „Es war ein Reflex. Im Affekt. Eigentlich kann ich mich gar nicht dran erinnern. Ich hatte es fast vergessen. Bis diese Tussi aufgetaucht ist."

Edgar zündete eine Zigarette an.

Theo Schmied guckte alarmiert. „Dürfen Sie das?", fragte er skeptisch. „Darf er das?", richtete er sich an Rita.

„Er ist Edgar Schaaf", antwortete sie so neutral wie möglich. „Er darf das."

Edgar blies den Rauch hoch in den Raum. „Diese Tussi, wie Sie sie nennen. Erzählen Sie von ihr."

Theo Schmied schaute missbilligend den Rauchkringeln nach. „Ich kannte die Frau nur vom Sehen. Von *Haldensee*. Sie hatte meine Visitenkarte mitgenommen. Hab´ sie zufällig an meiner *Goldmine* getroffen. Hat dort rumgeschnüffelt."

„Ihre *Goldmine*. Damit meinen Sie das Grabungsfeld", stellte Edgar fest.

„Ja, wir nennen … nannten es so", bestätigte Schmied.

„Wir? Wer ist wir?"

„Oh, Mann, das führt jetzt aber doch zu weit, finden Sie nicht?", maulte Schmied. „Hören Sie, ich will da keine anderen Leute mit hineinziehen. Die anderen Kollegen von früher … als wir mit den Achaten angefangen haben … mit der Zeit sind alle abgesprungen. Zum Schluss war ich alleine. Wir nannten es unsere *Goldmine*."

„Okay, lassen wir das vorerst. Darum kümmern sich dann die Forstbehörden, wer für die Verwüstungen verantwortlich zu machen ist. Zurück zum Thema: Die Tussi hat dort rumgeschnüffelt."

Theo Schmied war aus dem Konzept gebracht. *Das ist doch alles Scheiße hier. Das Frage-Antwort-Spiel. Wo sie doch sowieso schon alles wissen. Und was will die Forstbehörde denn noch von mir? Wollen die mich linken? Ist das ein Ablenkungsmanöver?* „Was haben Sie gesagt?"

„Die Tussi. Martina Kohlfelt."

Ja, verdammter Mist. Diese dürre Geiß.

„Hören Sie, Herr Schaaf, es tut mir leid. Ja, es tut mir ehrlich leid. Aber diese … diese … Frau … sofern man da von einer Frau sprechen kann, wenn Sie verstehen, was ich meine … also echt … Sie hätte mich verraten. Das hätte sie getan. Sie besaß doch meine Visitenkarte."

Edgar sträubten sich die Nackenhaare. *Wenn ich jetzt nicht unter Beobachtung stünde, würde ich ihn erwürgen*, dachte er.

„Die Visitenkarte, die Sie, nachdem Sie die Frau getötet hatten, aus dem Haus in *Poggenau* geholt hatten."

„Getötet? Ich hab´ sie ja kaum angefasst, schon war sie hin! Da kann man doch nicht von Töten sprechen!"

„Aber vorher haben Sie sie geschlagen", sagte Edgar.

„Möglich. Meinetwegen. Sie wollte verduften." Plötzlich schwoll Theo Schmieds Hals an und es brach aus ihm heraus. „Ihr wisst doch schon alles!", schrie er. „Warum quält ihr mich dann noch! Meint ihr, das macht Spaß?"

Aus seinen Augen zuckten Flammen, die aber rasch wieder erloschen. Mit überraschend ruhiger Stimme fuhr er fort. „Ich bin mit ihrem Auto nach *Poggenau* gefahren und hab' es dann vor dem Haus stehen lassen, damit man keine Verbindung zur *Goldmine* herstellen konnte. Glücklicherweise hat mich niemand gesehen. Aber die Visitenkarte hab' ich nicht finden können. Dann bin ich mit dem Bus zu meinem Auto zurückgefahren."

„Und haben ihr den Schmuck abgenommen und ihre Leiche entsorgt, wo Sie bereits Carsten Kohlfelt abgelegt hatten."

Theo Schmied atmete auf. Es schien, als sei er erleichtert. „Ja. So war's. Ich nehme an, wir sind dann fertig. Wo soll ich unterschreiben?"

Edgar war aufgestanden, hatte Rita ein Zeichen gegeben und mit ihr das Vernehmungszimmer verlassen. Oberstaatsanwalt Landquart stand im Vorzimmer und rieb sich nachdenklich das Kinn. Edgar trat zu ihm.

Gemeinsam schauten sie durch den Einwegspiegel. Theo Schmied trug wieder die Handschellen und guckte wie ein verirrtes Kind im Raum umher.

„Ich glaube nicht, dass Theo Schmied voll zurechnungsfähig ist", sagte Edgar. „Man müsste ihn auf seinen Geisteszustand untersuchen."

„Darf ich das bitte machen? Ich würde meinen Urlaub dafür geben", kommentierte Rita sardonisch.

„Dabei haben wir ihn noch nicht einmal mit den Morden an Rico Fischer und an seiner Frau konfrontiert", meinte Landquart. „Vielleicht erinnert er sich schon gar nicht mehr daran."

„Doch, doch, das tut er schon noch", erwiderte Edgar. „Fraglich ist, ob er sich der Schwere seiner Taten bewusst ist. Mir scheint, ihm fehlt das eine oder andere Prozent."

„Immerhin hat er die Leichen versteckt", gab Rita zu bedenken. „Ergo muss er sich auch vor Entdeckung gefürchtet haben. Aber ein anderer Gedanke: Ist es möglich, dass er ein ganz gerissener Hund ist und uns ein perfektes Theater vorspielt? Ist ihm das zuzutrauen?"

Der Oberstaatsanwalt sog zischend Luft zwischen die Zähne. „Machen wir Schluss für heute. Herr Schaaf, wenn Sie morgen um zehn Uhr wieder hier sein könnten? Morgen Nachmittag möchte ich Herrn Schmied dem Haftrichter vorführen. Der soll dann wegen eines psychiatrischen Gutachtens entscheiden."

*

Melanie war über Edgars Engagement überhaupt nicht erbaut, auch wenn er versicherte, dass die Idee nicht auf seinem Mist gewachsen war.

„Das ist ein Rattenschwanz, Edgar. Wie willst du dabei denn je zur Ruhe kommen? Kannst du eigentlich auch einmal **nein** sagen? Ich meine, du opferst deine Gesundheit und, ich will gar nicht daran denken, beinahe dein Leben."

Er wusste, dass sie recht hatte und sich Sorgen um ihn machte. Deshalb sagte er kleinlaut: „Morgen ist es vorbei, mein Engel." Er sah ihrer Miene an, dass es nicht unbedingt das war, was sie hören wollte.

„Und morgen gibt es dann wieder ein morgen, und übermorgen wartet schon ein neuer Fall, in dem du Kopf und Kragen riskierst. Herrgott, ich seh´ dich noch in *Karlsruhe* wie ein Affe außen an dem *Pick-up* hängen und gegen die Straßenbahn schleudern. Weißt du, wie lange das her ist? Zwei Monate, Edgar. Oder vorgestern das! Nur weil ein Idiot vergessen hat, eine Patrone auszutauschen, bist du noch am Leben. Stell´ dir das mal vor! Du wirst nicht immer solch ein Glück haben, mein Lieber. Oder denk´ an Kai Schuster, Nicole und die kleine Freja. Ich weiß, das ist jetzt nicht ganz fair. Aber willst du, dass eines Tages ein Polizist vor **meiner** Haustür steht und mir sagt, wie leid es ihm tut sagen zu müssen, dass du tot bist? Ich … ich … das könnte ich nicht ertragen, und das will ich auch nicht ertragen müssen. Bis jetzt habe ich stets versucht, Verständnis aufzubringen. Dir den Rücken zu stärken. Aber heute spüre ich, dass dabei **mein** Rücken zerbricht. Ich weiß nicht, was heute für ein Tag ist, und vielleicht ist morgen alles wieder ganz anders, aber heute bin ich einfach fertig mit den Nerven. Tut mir leid, Edgar, aber es ist so."

Edgar sah das Wasser in ihren Augen stehen. So hatte er seine Melanie noch nie erlebt. Und er sah, wie sie am ganzen Körper zitterte.

Als er sie umarmen wollte, bebte sie wie ein ängstlicher kleiner Vogel, der seinen Händen zu entkommen versuchte. Und als er ihren Arm berührte, meinte er zu empfinden, dass sie sich versteifte und auf Abstand bedacht war.

War es nur Einbildung, weil er sein Ego angekratzt fühlte? Oder hatte er einfach einmal zu viel den Bogen überspannt und war rücksichtslos über ihre Befindlichkeiten getrampelt wie ein Rhinozeros? Oder war es gar nicht wegen des einen letzten Mals, sondern wegen der Summe der vielen Male? Dass er mit seiner gesamten Lebensauffassung danebenlag? Lebensuntüchtig war? *Setzen, Edgar Schaaf! Note sechs! Ungenügend!?*

Edgars Mund wurde trocken, sodass er kein Wort zustande brachte. Die Lippen verengten sich, als würde er pfeifen wollen. Obwohl es Hochsommer war, begann er zu frösteln; und obwohl es früher Abend war, wurde er schlagartig sehr müde. Mehr als müde. Erschöpft.

„Was soll ich tun?", fragte er schließlich so ungeschickt wie ratlos.

Melanie schüttelte langsam den Kopf. „Frag´ nicht **mich**, was **du** tun sollst. Verlange nicht von **mir**, dass **ich** für **dich** entscheide. Die Antwort muss aus **dir** kommen, Edgar. Alles was **ich** will, ist, dass du dein Leben nicht aufs Spiel setzt. Dass du lebst. Und ja, ich bin egoistisch und vermessen genug zu sagen, dass du auch für mich leben sollst. Für uns."

Melanie hat recht, dachte er. *Ich bin nicht mehr der einsame Wolf, den nichts anfechten kann. Ich habe vierzig Dienstjahre ohne Schaden überstanden. Manches Mal durch Glück. Ich darf es nicht länger strapazieren, wenn der Krug nicht zerbrechen soll. Und ich trage Verantwortung. Für mich selbst, aber mehr noch für Melanie und die Gefühle, die sie in unser gemeinsames Leben investiert.*

Zudem spüre ich, dass ich leistungsmäßig abbaue. Dass ich Fehler begehe. Wäre ich mein bester Freund, würde ich ihm dringend raten, kürzer zu treten.

„Edgar? Edgar? Wo bist du? Hallo? Rede mit mir, mein Edgar. Zieh´ dich nicht in dein Schneckenhaus zurück", rüttelte Melanie ihn auf.

„Du hast recht, Melanie. Ich darf so nicht weitermachen. Aber das, was ich heute angefangen habe, muss ich morgen zu Ende bringen, Melanie. Ich verspreche dir, dass wir uns dann zusammensetzen und miteinander darüber reden, wie ich mit dem Kriminalisieren aufhören kann."

„Ich will nicht, dass du damit aufhörst. Du sollst nur gefährliche Situationen vermeiden", sagte sie weise und streckte ihre Hand nach ihm aus.

Freitag, 18. August 2023
Offenburg/Gengenbach

„Sie sind verheiratet, Herr Schmied?", fragte Edgar und meinte es als Feststellung. „Mit Senta."

Wenn er noch einen Tag länger hier ist, sieht er morgen aus wie hundert, dachte er.

Theo Schmieds Bartstoppeln waren noch länger als gestern und die Augenringe fast schwarz. Er verströmte einen säuerlichen Geruch. Rita rümpfte die Nase.

„Ich dachte, wir sind fertig? Ich hab´ die Toten doch zugegeben. Was wollen Sie also noch?", nölte Schmied und wischte mit dem Ärmel über die Tischplatte. „Ich hab´ noch Essen daheim im Kühlschrank stehen. Das wird schlecht, wenn Sie mich hierbehalten. Dürfen Sie das überhaupt?"

„Ihre Frau, Herr Schmied. Senta. Wo ist sie?"

Theo Schmied guckte in die Luft. „Weiß nicht. Sie ist abgehauen. Hat mich verlassen."

Edgar öffnete die Mappe, die er am Morgen wieder von Oberstaatsanwalt Landquart erhalten hatte. Darin befand sich auch Dr. Brenneis′ pathologischer Abschlussbericht zu Schmieds Frau. Bei dessen Studium war Edgar ein Detail ins Auge gesprungen, über das er schon einmal gestolpert war. Vielmehr hatte er es von Jens Melzer gehört. Er nahm eine Fotografie heraus und legte sie Theo Schmied vor.

„Ist das Ihre Frau, Herr Schmied?"

Theo Schmied schaute nur flüchtig hin. Dann begannen seine Kiefer zu mahlen und an der Schläfe pulsierte eine Ader.

„Schauen Sie sich das Bild nochmal an, Herr Schmied. Ist das ihre Frau Senta?"

Schmied sprang urplötzlich auf, dass der Stuhl umfiel und brüllte: **„Diese Schlange! Sie hat mich mit dem Ossi betrogen! Nacktfotos gemacht!** Von wegen nach *Offenburg* gefahren, wie sie ständig behauptet hatte! Zu ihm ist sie gefahren! Und mir hat sie die Ohren vollgejammert, dass **er** seine Frau umgebracht hätte, der Ossi! Alles Lüge! Alles …"

„Ruhig, Herr Schmied. Setzen Sie sich. Die Frau auf dem Foto ist nicht Ihre Frau, Herr Schmied."

„Lüge! Betrug! Was? Was?"

„Die Frau auf dem Foto ist nicht Ihre Frau", wiederholte Edgar ruhig.

„Was … was … faselst du denn für einen Bockmist? Ich werde doch meine eigene Frau noch erkennen? Natürlich ist das die Schlampe! Ich seh′ doch das Muttermal! Das

Muttermal! Da, das Muttermal! Bist du blind?" Wütend stieß er seinen Finger auf das Bild.

„Es ist Rico Fischers Frau, Herr Schmied. Das Foto stammt aus Rico Fischers Schlafzimmer, wo Sie es gesehen haben. Sie hatte ein Muttermal an der linken Schulter. Genau wie ihre Cousine. Genau wie Ihre Frau ein Muttermal hatte." Edgar nahm zwei weitere Fotos aus der Mappe. „Hier. Das sind Aufnahmen Ihrer Frau Senta, die der Gerichtsmediziner gemacht hat. Schauen Sie hier, einmal das Muttermal Ihrer Frau an der gleichen Stelle. Und hier eine Aufnahme Ihrer toten Frau, wie wir sie unter Ihrem Holzstapel hinter Ihrer Scheune in *Holzrück* gefunden haben. Wo Sie sie verscharrt haben."

Theo Schmied starrte mit weit aufgerissenen Augen auf die Fotos. Allmählich wandelte sich seine Empörung in Entsetzen, und gleichzeitig verlor sein Gesicht in gleichem Maße an Farbe, wie er begann zu verstehen. „Dann... dann … dann …", stammelte er.

„Ja, Herr Schmied", sagte Edgar. „So ist es. Sie haben Rico Fischer und Ihre Frau völlig umsonst umgebracht."

Danach hatte Edgar den Raum verlassen und den Rest der Vernehmung Rita Böhringer und dem Oberstaatsanwalt überlassen. Noch im Gebäude der Polizeidirektion wählte er die Nummer der Klinik in *Haldensee* und ließ sich mit Frau Dr. Lazlo verbinden.

„Lazlo?"

Edgars Herz bummerte, als er sich meldete. „Edgar Schaaf hier. Guten Tag, Frau Doktor."

„Herr Schaaf. Das ist aber eine Freude. Ich habe in der Tat des Öfteren an sie gedacht. Wie geht es Ihnen?"

„Danke der Nachfrage. Ich befinde mich im Moment in einem Raum mit zwei Türen. Bildlich gesprochen. Und ich muss mich entscheiden, durch welche Tür ich den Raum verlassen soll."

„Aha, das klingt interessant. Und worin liegt die Schwierigkeit? Wissen Sie, was Sie hinter den Türen erwartet?"

„Hinter der einen schon", antwortete er wahrheitsgemäß.

„Lassen Sie mich raten: Melanie?"

Edgar hielt die Luft an. „Das haben Sie nicht geraten, das haben Sie gewusst, nicht wahr?" Er hörte ihr perlendes Lachen.

„Das war ja auch nicht schwer. Und geben Sie es zu: Sie wissen genau, durch welche Tür Sie gehen werden. Das ist nicht wirklich eine Entscheidung."

„Sie haben recht. Es wird mich keine Überwindung kosten. Der Fall um Martina Kohlfelt ist übrigens gelöst. Sie wollten es doch wissen."

„Mit Ihrer Hilfe, Herr Schaaf? Quatsch, dumme Frage. Natürlich mit Ihrer Hilfe. Und wer ist der Täter? Ein blutrünstiges Monster?"

Jetzt war Edgar an der Reihe zu lachen. „Nein. Wie soll ich ihn beschreiben? Ein verirrter Mann, vielleicht. Eine einzige dunkle Sekunde hatte genügt, ihn straucheln zu lassen. Der Rest war vorgezeichnet. Tragisch."

„Ich werde es ja in der Zeitung lesen. Danke, Herr Schaaf, dass Sie an mich gedacht haben. Passen Sie auf sich auf und verwechseln Sie die Türen nicht. Grüßen Sie Melanie von mir."

*

Melanie schaute auf die Uhr. Zwölf Uhr dreißig. Sie hatte ihre Vertretung Frau Holzer gebeten, am Nachmittag das *Aquarelle und Poesie* zu öffnen und zu führen. Melanie hatte heute nicht den Kopf für das Geschäft.

Morgen ist es vorbei, hatte Edgar gesagt. *Dann verspreche ich dir, dass wir miteinander reden.*

Melanie lief unruhig durchs Haus. Was sie gestern gesagt hatte, lag ihr schwer auf dem Magen. Sie hatte sogar Gertis Essen ausgeschlagen. Doch sie bereute ihre Worte keineswegs, hielt sie vielmehr für dringend notwendig, um ihren Edgar aufzurütteln und vor sich selbst zu schützen. Vielleicht hatte sie sich etwas zu drastisch ausgedrückt, es war einfach so aus ihr herausgesprudelt, doch am Inhalt ihrer Aussage wollte sie nichts geändert wissen. Sie wusste, dass sie Edgar nur über die Sprache erreichen konnte.

So kam Melanie auf den Nenner, dass, wenn sie miteinander reden wollten, sie ihm eine Sprache anbieten musste, die er verstand.

Sie war schon zweimal während ihrer unsteten Wanderung durchs Haus an der Lösung vorbeigekommen, ohne dass sie auf den Trichter gekommen wäre. Beim dritten Mal aber machte es klick, und sie hatte die passende Sprache gefunden.

Auf dem Parkplatz der Polizeidirektion stand seine *Harley*. Als er den Anlasser drückte und der Motor das vertraute Bollern in die sommerliche Luft sandte, verspürte er weder Wehmut, dass ein Kapitel abgeschlossen war, noch Zweifel am Weg, den er einschlagen würde. Auch wenn er jetzt einen kleinen Umweg fahren würde, zum Beispiel über das Reusetal das Schlipfbachtal hinauf, weiter auf die Schwarzwaldhochstraße, von dort nach *St.*

Paulsberg, dann ins Kinzigtal – er würde immer wissen, wo er sein Ziel finden würde. Wo sein Zuhause war.

Als er in die Straße mit dem Türmchenhaus einbog, sah er Melanie auf der Haustreppe stehen. Sie trug die Lederjacke mit den vielen Reißverschlüssen und Nieten, und die Stiefel mit den silbernen Schnallen. Leichtfüßig sprang sie die Treppe herunter zum Gartentor. Dass ihr linker Fuß verkürzt war und sie deswegen leicht humpelte, merkte ein Außensteher nicht.

„Hallo, Sheriff, warum lässt du deine Lady so lange warten?"

„Oh, sorry, ich war gerade einigen Viehdieben auf der Spur."

„Und? Erwischt?"

„No."

„Dann aber nix wie los, Sheriff. Jagen wir das Gesindel", sagte Melanie, setzte Sonnenbrille und den visierlosen Helm auf und schwang das Bein über das Hinterrad.

„So, junger Mann. Erster Gang, zweiter Gang, und so weiter. Du weißt doch hoffentlich noch, wie das geht."

Edgar verstand und grinste. Er trat den ersten Gang und ließ die Kupplung kommen. Dann fuhren sie davon.

*

Theo Schmied wurde noch am selben Tag dem Haftrichter vorgeführt. Der verfügte, Theo Schmied bis zur Gerichtsverhandlung unverzüglich in einer geschlossenen psychiatrischen Anstalt unterzubringen und ein psychiatrisches Gutachten zu erstellen.

****

Die Fischer Taschenbuchverlag GmbH, Das neue Fischer Lexikon in Farbe, Aktualisierte Ausgabe 1981, schreibt über Achate:
Achat (griech.) *der*, gebänderte Kieselausfüllung (meist braun-rot-weiß) in kugeligen Hohlräumen von Erstarrungsgesteinen, Art des Chalzedons; wegen seiner Härte und Polierfähigkeit als Schmuckstein und für techn. Zwecke (z. B. Lager, Reibschalen) verwendet. Hauptverarbeitung in Idar-Oberstein.

Wikipedia schreibt:
Der Achat ist eine Varietät des Minerals Quarz, die ausschließlich mikrokristalline Mineral-Aggregate in Form von Drusen und Mandeln bildet. Auffälliges Merkmal von Achaten sind die überwiegend buntfarbigen, streifenförmigen Ablagerungen aufgrund der rhythmischen Kristallisation, die beim Anschnitt von Drusen- beziehungsweise Mandelsteinen sichtbar werden. Es gibt jedoch auch ungestreifte und einfarbige Achate.

Anmerkungen des Autors

Einer meiner Onkel, er ist vor einigen Jahren gestorben, suchte, sammelte und bearbeitete Achate. Zu Beginn der Siebziger Jahre des vergangenen Jahrhunderts verfiel er in eine wahre Manie, war aber stets auf die Unterstützung anderer Personen angewiesen, wobei sich die Unterstützung auf Fahrdienste beschränkte. Er besaß keinen Führerschein.

Als ich im Jahre 1971 den Führerschein erwarb, engagierte er mich folglich zu den Fahrten ins nahe Lierbachtal im Nordschwarzwald, wo es an diversen Plätzen Achatvorkommen gab. Man kann die Fundstellen heutzutage im Internet nachlesen.

Es blieb nicht aus, dass er mich auch in die Bearbeitung der Achate mit einbezog. Durchtrennen der Knollen mittels einer Diamantscheibe, Schleifen und Polieren der Schnittflächen. Als Lohn dafür, sicher verbunden mit der Absicht, mich bei der Stange zu halten, bekam ich einige Exemplare aufgetrennter und bearbeiteter Achate mit nach Hause, wo sie heute noch in unserem Garten liegen.

Bei einem der Ausflüge ins Lierbachtal führte er mich zu einer Stelle, die mir die negative Seite der Achate-Manie aufzeigte: Tiefe, von Hand rücksichtslos in den Wald geschlagene Gräben und Löcher, aus denen man die begehrten Knollen herausholte. Man begnügte sich nicht mit den Funden, die auf der Erdoberfläche lagen. Angesichts jener Zerstörung einer intakten Natur war für mich damals das Kapitel Achate beendet.

Ich will damit deutlich machen, dass Szenarien bezüglich der Achatesucherei, wie sie im vorliegenden Buch beschrieben sind, nicht aus der Luft gegriffen sind.

Richtigstellungen zur Geographie: Bei den Orten *Poggenau, Holzrück, St. Paulsberg* und *Haldensee* handelt es sich um fiktive Orte. Genauso wenig existieren der Breitkopf im Süd- und der Grindkopf im Nordschwarzwald. Auch den Haldensee findet man nicht im Schwarzwald, sondern in Österreich, und hat mit dem hier beschriebenen nichts gemein. Das Flüsschen Reuse sucht man im Nordschwarzwald vergeblich.

Das Schlipfbachtal ist eine Erfindung des Autors. Allerdings stand das real existierende Lierbachtal im Nordschwarzwald mit seinen Achatvorkommen und den *Allerheiligen Wasserfällen* Pate für das Schlipfbachtal aus diesem Buch.

Personen, die gleichen Namens sind wie in diesem Buch genannte, haben mit der Romangeschichte nichts gemein.

Schaafswinter

Edgar Schaafs erster Fall.

Fünfzig Jahre, nachdem in Seekirch eine junge Frau spurlos verschwunden war, werden dort ihre sterblichen Überreste gefunden. Über zwanzig Jahre nach deren Verschwinden war in Konstanz am Bodensee ein schrecklicher Mord an einer Frau begangen worden. In beiden Fällen hatte es ein und denselben Verdächtigen gegeben: Peter Seibelt.

Edgar Schaaf, pensionierter Kriminalkommissar, wird von der Polizei in Konstanz darum gebeten, sich aus drei Gründen mit Peter Seibelt in Verbindung zu setzen. Zum Ersten war Edgar Schaaf damals als Zeuge in beide Fälle involviert, zum Zweiten war eben jener Peter Seibelt ein guter Bekannter von ihm: Sie stammen aus demselben Dorf und sie gingen zusammen zur Schule. Drittens: Die Fälle sind bis heute ungelöst.

Tatsächlich zeigt sich Peter Seibelt bereit, Edgar Schaaf zu treffen, hüllt sich aber, was seine tragische Vergangenheit angeht, in Schweigen. Bald jedoch holt ihn die Vergangenheit ein und er sieht sich gezwungen, das Schweigen zu brechen.

Schaafssturm

Edgar Schaafs zweiter Fall.

In der Schwarzwaldgemeinde Hohenterzen werden kurz nacheinander zwei Morde verübt. Die Ermittlungen des jungen Kriminalkommissars Melzer verlaufen bald im Sande. Erst als sich der pensionierte Kommissar Edgar Schaaf auf Bitten der Tochter eines der Mordopfer um die Fälle kümmert, eröffnen sich bald neue Konstellationen. Ins Visier Edgar Schaafs und der Polizei gerät ein gewisser *Chato,* dessen Spur die Ermittler schließlich nach Rovinj an der kroatischen Küste führt. Dort bekommen Melanie Köninger und Edgar Schaaf die Wucht des adriatischen Sturmwindes **Bora** bei einer dramatischen Aktion hautnah zu spüren.

Schaafshammer

Edgar Schaafs dritter Fall.

Die Geschäftsführerinnen zweier Spielcasinos werden tot aufgefunden. Eine junge Frau wird missbraucht und liegt im Koma. Für Kriminaloberkommissar Kai Schuster kommt es knüppeldick. Angesichts gravierenden Personalmangels bei der Polizeidirektion Offenburg sieht er sich alleinverantwortlich dreier komplexer Fälle gegenüber.
Als sein früherer Hauptkommissar und Mentor Edgar Schaaf von der ehemalige Stiefmutter der jungen Frau gebeten wird, Licht in das Dunkel der Ermittlungen zu bringen, beschließen die beiden einen Deal. Das führt endlich dazu, einen Täter dingfest machen zu können. Doch der kann fliehen und bringt Edgar Schaafs Frau Melanie Köninger in Gefahr. Weil Edgar Schaaf das nicht zulassen kann, fordert er den Gegner ultimativ heraus.

Schaafsgold
und der ungelesene Autor

Edgar Schaafs vierter Fall.

Blitzeinbrüche und Geldautomatenraube. Eine Bande treibt seit drei Jahren ihr Unwesen. Aber letztlich ist es Gold, weswegen die Dinge in Offenburg und Umgebung gefährlich aus dem Ruder laufen. Nicht weil es da ist, sondern weil es nicht mehr da ist.

Pit Ferman, Autor der *Edgar Schaaf-Krimis*, wird unerwartet und äußerst schmerzhaft mit den Auswüchsen der Suche nach dem Gold konfrontiert. In der Not wendet er sich an seinen Freund Edgar Schaaf.

Schaafsinsel

Edgar Schaafs fünfter Fall.

Kritaholm, Insel in der Ostsee. Für Eliza und Pit Ferman wird der Urlaub mit ihrem Wohnmobil zum Trauma, denn während ihres Aufenthalts geschehen drei Morde. Zu ihrem Entsetzen werden sie kurzfristig sogar wie Verdächtige behandelt.

Auch Edgar Schaaf und seiner Frau Melanie, die einen Monat später mit dem von Pit Ferman erworbenen Wohnmobil anreisen, ist die Insel nicht wohlgesonnen. Edgars Versuche, Ermittlungsansätze zu finden, scheitern an gezielten Anschlägen auf das Wohnmobil und auf ihn selbst.

Erst sein zweiter Anlauf, den er im bitterkalten Winter gemeinsam mit Pit Ferman unternimmt, bringt ihn auf die richtige Spur.

Schaafshunde

Edgar Schaafs sechster Fall.

Während Melanie Köninger ihr Gelübde ableistet und in Spanien auf dem Jakobsweg pilgert, weilt Edgar Schaaf mit den Hunden *Müller* und *Lydia* allein zu Haus. Zufällig wird er Zeuge eines perfiden, durch einen präparierten Hackfleischköder verursachten Anschlags auf einen Hund. Bald stellt er fest, dass es sich nicht um einen Einzelfall, sondern um eine regelrechte Serie von Anschlägen handelt. Als auch Edgars eigene Hunde Ziele eines Hundehassers werden, beginnt er sich zu wehren.

Schaafsfrauen

Edgar Schaafs siebter Fall.

Drei tote Männer, eine schwerverletzte Frau – das ist die Ausgangslage, die an Kriminalhauptkommissar a. D. Edgar Schaaf herangetragen wird. Nicht von irgendwem, sondern von seinen Freunden Eliza Wohlbrecht und Pit Ferman. Diese wiederum beherbergen eine Frau namens Jola, die behauptet, für den Tod der drei Männer verantwortlich zu sein.
Nur widerwillig lässt sich Edgar Schaaf für private Ermittlungen einspannen. Als er zusammen mit dem jungen Kommissar Kai Schuster eine Strategie entwickelt, geschieht das Unfassbare, und Edgar Schaaf stößt an seine persönlichsten Grenzen.

Weitere Bücher von Peter Siefermann im Twentysix-Verlag.

„Zwölfeinhalb Bären, oder wie die Bären nach Waldulm kamen."
ISBN: 9783740711917

„Das große Spiel, oder mit Lachdatte, Mängehatte und Poklapier."
ISBN: 9783740727451

„Tierisch-menschliches in Lyrik und Prosa."
ISBN: 9783740714000

„Drei Männer, zwei Boote, ein Fluss und der Blues."
ISBN: 9783740712952

„Teddor."
ISBN: 9783740729400

„Aus der Sicht des Pumas"
ISBN: 9783740731625

„Die Sachenfinderin"
ISBN: 9783740733674

„Der Totensänger."
ISBN: 9783740744281

„Der Bassist."
ISBN: 9783740746940

Der „Zach"
ISBN: 9783740749132

„Handkerchief"
ISBN: 9783740753580

Alle Bücher sind auch als E-Book erhältlich.

Pit Ferman wurde 1953 in Kappelrodeck im Land Baden-Württemberg geboren. Er lebte über dreißig Jahre in Basel in der Schweiz und arbeitete für ein deutsches Transportunternehmen. Nach Versetzung in den Ruhestand zog er mit seiner Ehefrau nach Deutschland zurück.
Pit Ferman ist Vater zweier Kinder, die beide in der Schweiz leben.